文芸社セレクション

木霊村

仲鋸 宇一

NAKANOKO Uichi

文芸社

目次

前編
木霊村

後編
魔林坊…… 307

前編

木霊村

プロローグ

「ふ〜〜〜っ、だいぶ登ってきた感じがする。麓を出発してから、四十分ほど経ったよな。でも須崎（すざき）課長の言ったように、ここの空気は格別美味い。

僕の住む取手市も、都内から戻れば、空気が違うと感じるけれど、ここの空気は本当に澄んでいて美味いな。緑も濃く、酸素濃度が高いのもよくわかるよ」

中野は額に流れる汗をタオルで拭きながら、そう独り言を呟いていた。背中に背負ったアタックザックより、ペットボトルのお茶を取り出しキャップをひねると、半分ほど一気に飲み干したのである。

眼下に広がる緑色の木々を眺めながら、昨日の朝、取手警察署の須崎から呼び出されたときのことを、思い出していた。

「おおっと中野ちゃん、今朝は早い時間から来てもらい悪かったな。

どうしても中野ちゃんに頼みたいことがあってだな、それで来てもらったんだ。だがな、まだ事件も何も起こってはいないし、この先も起こらないかも知れん。そうであれば、それに越したことはない。しかしどうしても母方の祖母である凜婆さんが、俺に様子を見にきてくれと頼むものだから、頭を痛めているわけだ。

中野ちゃんも知っての通り、うちには例の取手市役所爆破予告が届いている。だからたとえそれが悪戯であっても、今すぐにこの取手市を離れるわけには、いかんのだよ。それはわかってもらえるだろう中野ちゃん。

それでだな、俺の代わりに行ってもらいたいんだよ。俺のもう一つの故郷である『木霊村』へ……」

「おはようございます、須崎課長。取手市役所爆破予告の件は、悪戯のようにも思えますが、もしかしたらそうでない可能性もありますものね。

ですから悪戯だとハッキリするまでは、須崎課長が取手市を離れるわけにはいかないのも、よくわかります。そのため、僕が須崎課長の代わりに、指示された場所へ出向くのは、一向に構いません。

木霊村という場所が、須崎課長の故郷であることを、僕は初めて伺いました。木霊村とは、どこにあるのでしょう。そして木霊村では、いったい何が起きているのでしょうか。もう少し、詳しく教えてください」

須崎は神妙な顔つきになると、右手で少し伸びた顎の髭をなぞりながら、

「そりゃあそうだよな。木霊村を初めて聞くのであれば、そうなるわな。

さて、何から説明すればわかりやすいか。中野ちゃんのことだから知っているだろうが、俺たちが暮らすこの茨城県には、村と名のつく場所は二カ所しかない。

それは美浦村と東海村の二つだけだ。だから木霊村とは、あくまでも通称であり、正式な住所表記でいえば、茨城県久慈郡大子町木霊になるわけだ。つまり大子町に属しているということだ。そうは言っても、大子町とはだいぶ離れているのだがな。

大子町より徒歩で一時間ほどの場所に聳えている双子の山、阿仁山と当斗山に挟まれた山間の村なんだよ。北に阿仁山がそそり立ち、西に当斗山があるわけだ。東南方向に開けた、とてものどかで静かな村なんだがな。

しかし色々な事情があって、木霊村へ行くにはとても面倒なんだよ。まあ、そのため、変な開発にも巻き込まれずに済んでいるわけだ。それでも廃村とはならずに、細々とではあるが木霊村は生き残っている。

元来は、林業だけが生業の村だった。しかし時代は変わり、林業だけでは食ってはいけぬ。だから昭和の半ば頃から木霊村では、生きていく術を変えたんだ。

それは木彫りの人形、人形といっても最初の頃、主流となっていたのは、殆どが木

彫りの仏様だった。木彫りの動物も若干はあったがな、たとえば鮭を咥えた熊とかな(笑)。今では、木彫りの花嫁人形が持て囃されていて、とても人気のようだ。きっと中野ちゃんがイメージする花嫁人形の、何倍も美しい人形だと思うぞ。

木霊村には電気は通っているが、それ以外は全て地場で調達している。ライフラインとなる飲料水は、双子山の中腹から木霊神社の脇を通って、木霊村を二分するように流れている紫星川の水を使っている。現在でも清流であり、とても澄んだ美味しい水なんだよ。しかし紫星川が飲料水として使われているのは、木霊村を通り過ぎる区間だけなのだがな。不思議なことに紫星川は、木霊村を通り過ぎてしまえば、その先では飲料水としては認可されなくなってしまう。それだけでも不思議な話だよな。

そして家事や暖房に使う火気類については、全て双子山で伐採し製材として利用した後の廃材を、今でも使っている。二つの山を管理しているわけだから、廃材には困らんのだよ。木霊村とは、そのように自然の恩恵を受け、成り立っている村なんだ。まあ悪く言えば、どれだけ田舎なんだということだ。

しかし空気だけは、メチャクチャ美味いぞ。それと食い物もな。天然の鮎や、山で採れる山菜などは、最高に美味なんだよ」

須崎は遠くを見つめ、村の風景を思い出すかのように語っていた。

中野は、いつもの大学ノートをテーブルの上に開き、須崎の話す内容を真剣に書き留めていた。

《1》最初のお出迎え……

九月十二日の木曜日、時間は午前九時半を少し過ぎていた。

須崎と中野は、取手警察署の二階にある大会議室で、話をしていたのである。

中野浩一（こういち）33歳とは、茨城県取手市で私立探偵を営む青年だった。身長178cm、体重73kg、中肉中背の、まあまあいい男である。ボクシングに長けていて、妻帯者である。妻の名前は、亜門という。

第六感に優れており、そのために私立探偵という職業を選んだのだ。数々の難事件を解決したため、今ではマスコミから『リアル・シャーロック・ホームズ』と呼ばれている。

須崎真（まこと）とは、茨城県警察本部取手警察署に勤務する刑事である。役職は捜査課長であり、階級は警視である。年齢は43歳、身長は１８５㎝、体重１００kgの堂々とした体格だった。髪の毛は短く切りそろえ七三に分け、ヘアワックスでガッチリと固めている。

少しゆるめのスーツを着て、その姿からは他を威圧するオーラが放たれていた。『茨城県警の最終兵器』『須崎の通った後に、悪の華は咲かない』そう言わしめるほどの漢(おとこ)だった。ちなみに須崎真の座右の銘は一言、『正義』である。

「先ほども少しだけ話したが、木霊村へ行くには、とても不便なんだ。大子町にある木霊村の入り口には大きな広場があり、村人が使用する車は全て、その場所に置かれている。広場自体はとても大きな造りだから、大型のトラックなども楽に出入りができるようにはなっている。ここまで聞けばわかるだろうが、駐車場から木霊村へ行くためには、舗装もされていない山道をただひたすら歩くしか、方法はないんだよ。

駐車場から木霊村まで、普通の大人ならば、約一時間歩かなければならない。帰りは下りとなるから、登りよりはいくらか早くなるだろう。まあ、それでも四十～五十分ほどは、かかるだろうがな。つまりだ、木霊村とは現代の環境と隔離された村なんだよ。

駐車場には村人たちが使用するリヤカーが、十台ほど置かれているはずだ。村人たちはそのリヤカーを使い、村までの物資を運んでいる。殆ど毎日、村の誰かが持ち回りで、麓の大子町まで必需品を買い出しに行っている。信じられんよな、この茨城県に、そんな村が今でも存在していることがな。けれども村人たちは、その暮らし方を、良しとしている。

木霊村へ続く道路を造ってしまえば、暮らしは楽になるかも知れんが、よからぬ者たちも楽に入ってきてしまうから、道路は造らせなかったというわけだ。だから俺自身でさえ村を訪れるためには、木霊村の駐車場から、せっせと歩いて登らなければ村には行けないんだよ。まず最初の面倒が、これだ」

翌日、九月十三日金曜日、朝七時五十分。中野は独り、木霊村へ向かって出発した。妻の亜門と、八月三日に生まれたばかりの長男勝浩、そして土佐犬で相棒のキンちゃんは、亜門の実家である平家（たいらけ）に残してきた。亜門の産後の経過が思わしくないため、一ヶ月を過ぎた今も、まだ実家を離れられなかったのである。

仕事が入っていなければ、中野は週末ごとに会いに行っていた。しかし今週は無理だった。須崎からの要請で、今日から来週末までの一週間、木霊村へ出張となったたからである。

中野は愛車である四輪駆動車のジムニーに、一週間分の着替えと簡単に食べられる食料、それと間仲(まなか)家への土産物のどら焼きの詰め合わせ、そして自分が揃えておいた探偵道具、取手署から借りてきた衛星電話、須崎から持参するよう指示されたバントラインスペシャル、それらを全て荷台に積んでいる。

但しバントラインスペシャルだけは、別の布袋に入れ、運転席の下に隠しておいた。万が一のことを考えて、そうしたのである。それ以外の荷物は、山用のアタックザックに入れた。

アタックザックとは、山岳向けのリュックサックのことである。リュックサックよりも全てが丈夫にできており、水濡れにも強く、背中に背負える位置も、ベルトで調整できるため、より背中にフィットし、楽に背負えるものだった。

水戸方面へ向かうときと同じように、谷田部インターチェンジから常磐自動車道に乗り、出口となる那珂インターチェンジを目指して走って行く。

天気予報によると、今日からの一週間は、おおよそ天気が良さそうだった。九月の中旬といっても、まだまだ夏の暑さは続いている。

常磐自動車道は、大型のトラックなどの運送業の車は走っているが、一般車はそれほどでもなく意外と空いていた。谷田部インターチェンジから、那珂インターチェンジまでは、距離にして約70㎞である。このペースで走って行けたら、予定通り一時間ぐらいで高速は降りられるだろう。

常磐自動車道を走るのは楽だった。信号もないし、もちろん歩行者もいない。しかし那珂インターチェンジで降りてからは、そうはいかない。中野が目指す、木霊村の入り口がある駐車場までは、距離にして約65㎞。その道は一般道であり、途中からは山道へと入って行く。幾重にも蛇行する道が、続いているのである。

中野は那珂インターチェンジを降りてから、木霊村の入り口までは、約二時間を予定していた。

常磐自動車道は順調に進み、九時丁度に、那珂インターチェンジで降りることができた。ここからは国道118号線を、ただひたすら北上する。118号線を北上する距離は、約40㎞。下野宮の交差点を左折して、県道28号線に入る。次は県道196号線に入るY字路を右折し、細い山道へと進んで行く。

更に進み『木霊村入り口↓』の看板が立つ、私道を右折する。もう直ぐそこが、木霊村の入り口となる駐車場だった。

時計を見ると、丁度十一時、ここまでは全て予定通り、順調に進んでいた。

木霊村の入り口にある駐車場とは、舗装もされていない、ただの広場だった。

けれども草刈りはちゃんと行われていて、人の手で管理されていることが理解できた。右側中央には大きな立て看板があり『木霊村入り口』の文字が見えた。

その先には、山道が続いている。入り口を挟んで左右には、須崎から説明されたように、リヤカーが三台ずつ並んでいて、合計六台あった。そのリヤカーの荷台側面には、木霊村と黒字で書かれている。木霊村において、リヤカーがいかに必需品なのかがよくわかった。

リヤカーの横には、村民の車なのであろう、小型のマイクロバスが一台と、中型のトラックが一台駐まっていて、その脇に一般車が五台ずつ駐まっていた。

中野はその一番奥に、ジムニーを駐めた。山用のアタックザックを荷台から引っ張り出すと、運転席の下に隠しておいたバントラインスペシャルも取り出し、アタックザックに詰めた。

中野のアタックザックは、最大100リットル荷物を入れることができる。一週間分の着替えと簡単に食べられる食料、間仲家への土産のどら焼き、探偵道具、衛星電話、そしてバントラインスペシャルを詰めても、まだまだ余裕があった。

そのため、車にいつも積んでおいた小振りのバッグも、念のために持って行くことにした。もしかしたら使うかも知れないと、思ったからだ。

ここからは山道を、約一時間かけて登るしかない。中野は、キャップ帽を深めに被った。そして入り口の右脇に立っている看板を、あらためてよく見てみた。

大きな木彫りの看板だった。『木霊村入り口』と、達筆な筆文字で誇らしげに彫られている。作られてからは、年数がだいぶ経っているようで、板の四隅は風雨に削られ丸みを帯びていた。しかしそれも風情があり、情緒が感じられた。中野がそのように思えたのは、まだ木霊村を見ていないからであり、心に余裕があったからであろう。もちろん天気が良かったことも、気分を楽にしてくれていた。山の緑が深く、酸素の濃度が濃く感じられる。時間は、十一時十分を過ぎていた。

看板の横には、小さな木製のベンチが置かれていて、その奥にはトイレがあった。木霊村専用のトイレである。トイレを覗くと、男女別に仕切られていて、とても清潔で綺麗だった。

中野は、これからの道のりを考えて、小用を済ませておくことにした。村の入り口にあるトイレでさえも、村人たちの清掃が行き届いていることが、よくわかったのである。

中野は看板脇から続く、山道を登り始めた。もちろん舗装などされていないのだが、登り始めは道幅も広く、傾斜も緩やかだったので、ハイキング気分で登っていく。30mほど進むと、緩やかに右へと道がカーブし、又、30mほど進むと今度は左へとカーブしていく。その繰り返しが、しばらくの間、続いた。

そして今、木霊村へ続く村道を、四十分かけて登ってきたところだった。

木々の合間から見える深い緑の景色を見下ろすと、再び歩き出していく。

すると中野の目の前には何と、トンネルが見えてきたのである。トンネルがあることなど、須崎からは何も聞いてなかった。しかしここまでの道のりは、全て一本道であり、どこにも脇道などはなかった。つまり迷うこともなく、道順は間違っていないはずである。

中野はトンネルの向こう側を覗いてみたが、出口らしきものは見えなかった。

アタックザックから、小型のLEDライトを取り出すと右手で持ち、トンネル内へと進んでみることにした。トンネル内は手掘りのようで、壁はゴツゴツとしている。幅は4mほどあり、高さも一番高いところでは3m近くあった。

人やリヤカーが通るには、十分な大きさである。けれども照明などはなく、昼間でなければ通ることができない気もした。LEDライトが照らす足下は湿っていて、登山靴を履いてきてよかったと思えた。

トンネルの内壁には、シャベルやツルハシで掻いた跡があちらこちらに見られ、このトンネルを造るのに、どれだけ人の手がかかり大変だったかを、窺い知ることができた。

トンネルは20ｍほど進むと、いくらか右へとカーブしており、そこまでくれば出口の光が見えてきた。中間地点で緩やかに曲がっていたので、入り口からは出口の明かりが、見えなかったようである。

しかしトンネルを抜けると、そこからの空気が一変した。中野にいきなり緊張が走った。中野浩一の研ぎ澄まされた第六感が、『危険！　危険！　危険！』と警鐘を鳴らし始めたのである。

トンネルから先へと、道はまだ続いている。道の周辺を囲む木々も、景色としては何ら変わってはいない。深緑の葉が、さざ波のように揺れている。

しかしあきらかに、漂う空気が違う。中野は慎重に周りを見ながら進んで行く。それは何者からか、見られているようだった。人間なのか、それとも野生の動物なのか……。

中野はアタックザックを下ろすと、須崎から譲られたバントラインスペシャルを取り出した。

昨日取手警察署の会議室を出るとき、須崎から内緒で渡されたものがあった。

中野が頭を下げて立ち上がろうとしたとき、須崎が誰もいない会議室の中を、グルリと見回したのである。その行動は、誰もいないとわかっていながらも、もう一度確認したことになる。須崎は背広の内ポケットから、市販のボトルガムケースを取り出すと、そっと中野に握らせてきた。

「中野ちゃんよ、いいか万が一のために、俺の渡したバントラインスペシャルも、必ず持っていくようにな。いざという時、アイツならば中野ちゃんの命を守ってくれるだろう。大概の場面で、役立つはずだからな。

そして更に完璧を目指すならば、これもあった方がいい。大きな声では言えないが、このガムケースの中には、俺が昔一つ一つ手作りした6㎜のアルミ弾が入っている。もちろん違法だ。違法だが、あのバントラインスペシャルに、このアルミ弾を詰めて撃てば、殆どの物は貫通する。

たとえそれが野生の熊や猪であっても、撃ち殺すことができるはずだ。いや……熊を撃ち殺すとは言い過ぎかもしれんが、傷を負わせることぐらいはできるだろう。木霊村には時々、野生の猪が出ると聞いているからな。その時は、躊躇せずに使ってくれ。

もちろんこれが人間に当たれば、ただではすまないだろう。だけどな、これがあるだけで安心できるはずだ。使わぬことに越したことはないが、万が一の場合、中野ちゃんの命を守ってくれるはずだ。俺は、そう信じている。これを中野ちゃんが使った場合の全責任は、俺が持つから心配するな。

無理を頼んで出向いてもらうのに、俺は近くにいない。何が起きても、直ぐには駆けつけられない。だからお守りのつもりで、持っていってくれ。

俺も取手市役所の件が片付き次第、木霊村へ向かうつもりでいるからな」

「了解しました！」

受け取ったボトルガムケースは、その見た目よりも、ズッシリと重たかった。

須崎から譲られたエアガンは、ガスガンのバントラインスペシャルである。ガスガンとは、見た目はモデルガンなのだが、専用の高圧ガスを注入すれば、その圧力でBB弾と呼ばれるプラスチックの弾を発射することができた。

須崎から贈られたガスガンは、二〇〇六年に規制された新たな銃刀法よりだいぶ前のモデルであり、本来ならば規制に伴い、威力を弱めなければならない代物だった。それを行っていないので、違法のガスガンに該当する。

更に法律が曖昧だった頃のため、須崎のガスガンは、当時の市販の物より数倍威力を増す改造が施されていた。

そして中野が昨日手渡されたガスガンの弾は、プラスチック製ではなく、須崎本人が自分で作ったアルミ製の弾である。つまり二重、三重にして、違法の代物だった。

又、バントラインスペシャルとは、拳銃の名称である。西部開拓時代に活躍した、伝説の保安官ワイアット・アープが所持していたとされる、回転式弾倉の拳銃のことだった。その銃身の長さは16インチ（約41㎝）もあったと言われている。中野が譲られたバントラインスペシャルも、伝説の拳銃と同じように16インチの銃身に作り変えられていた。

今中野が手にしているバントラインスペシャルには、アルミ製の弾が六発詰めてある。それを右手に構えると、神経を集中させながら、ゆっくりと進んだ。

その時だった！

左手の前方、林の中から、体高が1ｍ近くもある大きな猪が、涎を垂らしながら現れたのである。眼が血走っていた。あきらかに猪は、中野のことを歓迎していなかった。先ほどから中野を凝視していた生き物とは、この猪だった。木霊村最初のお出迎えである。

しかし中野は、その時、何故だかホッとした。もちろんピンチには違いないのだが、人間だったらこのバントラインスペシャルは、使えなかったであろう。人間であれば、撃てなかったからである。けれども野生の猪ならば、躊躇わずに引き金を引ける。

中野は昨日、須崎からボトルガムケースに入った６㎜のアルミ弾を手渡された。それは確かに法律に反している物である。しかし自分の身を守るためならば、別だと考えていた。家に帰ると直ぐにバントラインスペシャルに、アルミ弾六発を装塡(そうてん)しておいた。

このバントラインスペシャルの威力は、過去（『蛇蝎者の黙示録』参照）においても経験済みである。その時は、プラスチックのＢＢ弾だった。それでも威力は、市販のガスガンとは桁違いだった。それが今回は、アルミ弾である。

猪は中野を睨みつけると、値踏みをするかのように舌舐めずりをした。どうやら猪からすれば、中野が背負うアタックザックが狙いのようだ。

この猪は、人が背負う物に食料が入っていることを、知っているのであろう。後ろ脚で地面を二度三度掻くと、迷わず中野目掛けて突進してきた。

中野もバントラインスペシャルを構え、撃鉄を起こすと猪の額に狙いをつけた。そして躊躇なく引き金を引いた。引き金を引くと同時に、左手の腹で再び撃鉄を起こし、その動作を二度繰り返したのである。

プシュ！　カシャン・プシュ！　カシャン・プシュ！

乾いた音が辺りに響く！　三発とも、猪の額に吸い込まれるように消えていく。その刹那、猪の首が跳ね上がる。

次の瞬間、猪の大きな身体が、中野の目の前で、もんどり打ってひっくり返っていた。

倒れているのに、四本の脚は前進を続けるかのように空中をかいていた。しかし目は、既に白目をむいている。やがて脚の動きが鈍くなり、そして止まった。呼吸も止まったようである。

中野は、猪の亡骸を道の脇へと運ぶと、合掌をし、その先へと進んだ。

須崎から譲られたバントラインスペシャルは、想像を絶する威力であることが、あらためてわかった。確かにこれさえあれば、安心できる。だが使用するには、細心の注意が必要である。そのことを頭に刻み込み、中野は木霊村へと向かった。

《2》四月朔日皐月

トンネルを抜けて十分も進むと、今度はどこからか、人の声が聞こえてきた。よく聞いてみると、どうやら女性が、歌を歌っているようだ。その歌声は、とても哀しい声であり、少しだけ不気味にも聞こえる。中野は、そのメロディーを聞いたことがあり、歌詞も知っていた。その歌とは、なんと……童謡の「花嫁人形」だった。

金らんどんすの帯しめながら　花嫁御寮はなぜ泣くのだろう

文金島田に髪結いながら　花嫁御寮はなぜ泣くのだろう

あねさんごっこの花嫁人形は　赤いかのこの振袖着てる

その歌を聴いたとき、中野の全身にぷつぷつと鳥肌が立つのがわかった。何故だかわからぬが、言い知れない恐怖を感じたのである。それは中野だけが持つ、研ぎ澄まされた第六感のせいかも知れない。この先起こり得る災いを、暗示しているかのようだった。

中野は気持ちを落ち着かせるように深呼吸を三度すると、声の聞こえる方に向かった。

するといきなり目の前に大きな岩がせり出してきた。大岩の周りには、しめ縄が張られていて、中央には文字が彫られている。荒々しい文字で『木霊村』と読めた。この大岩が、木霊村の門の役割を担っているようだ。そしてこの大岩より向こうが、木霊村だった。

歌を歌っている女性は、その大岩の上に膝を抱え座っており、涙を零しながら歌っていた。真っ白なワンピースを着て、スカートの裾を風に靡かせている。真っ直ぐな黒髪も、風にそよいでいた。透明で清んだ歌声は、涙が零れ落ちるたび、途切れて聞こえた。

泣けばかのこのたもとがきれる　涙でかのこの赤い紅にじむ

泣くに泣かれぬ花嫁人形は　赤いかのこの千代紙衣装

その間が何ともいえぬ哀愁を生み、「花嫁人形」の歌詞をより一層、切なくしている。

中野が近づくと、女性が中野に気付き、驚いた顔をした。

女性は中野の顔をジッと見つめると、哀しげに首を左右に振り、

「違う………違うわ……まことさんじゃない…………」と呟く。

そして手の平で涙を拭うと、岩から飛び降りて、村の奥へと走り去ってしまった。

中野が声をかける暇も、与えてくれなかった。

走り去る女性は、何と裸足だったのである。その女性は、化粧もしていないのに、とても美しかった。

中野は今の女性こそが、四月朔日皐月(わたぬきさつき)であると確信した。

皐月は木霊村の入り口に鎮座する岩の上で、須崎真が現れるのを今か今かと待っていたのであろう。しかしそこに現れた男は、皐月からすれば見ず知らずの男だった。

そのために「違う」と言葉を洩らし、走り去ったに違いない。

中野は先ほどの猪といい、四月朔日皐月の涙の出迎えといい、木霊村へ来たことを少しだけ後悔し始めていた。しかしそう思ってみても、今更、後戻りはできない。

何はともあれ、間仲家に向かうことにした。


皐月のことも昨日須崎から聞いている。ある意味それは、忠告とも思える説明だった。

「四月朔日家本家の長女である皐月について話しておこう。皐月の年齢は、今年で33歳になるはずだ。皐月は俺と同じ五月五日に生まれたから、皐月と名付けられたわけだ。もちろん生まれた年は、俺よりも十年遅いのだがな。

そうか、そう考えると皐月は、中野ちゃんと同い年になるのか。皐月とはしばらく会ってないから、俺の中ではまだ、小娘のままなんだがな。そのせいか中野ちゃんの方が、だいぶ大人に思えてしまうよ。

皐月は、中野ちゃんも会えばわかるが、武美上真理や黒神瑠璃と比べてみても、引けを取らぬほど、美しい娘なんだよ。それ故、村人たちからは、村の女神様とも慕われている。

（武美上真理とは鹿嶋市宮中地区の守護を務める女性、その心根は正義。『蛇蝎者の黙示録』『躑躅屋敷』参照。黒神瑠璃とは、表向きは桜川市真壁町にある傀儡女の杜で、人形浄瑠璃を継承する女性、しかしその心根は、闇。その両名の年齢は23歳であり、どちら共、とびきりの美女である）

しかしだな、何ていうか、皐月は時々、おかしな振る舞いをする。つまりだな、常軌を逸しているというのではないのだが、少しだけ普通ではないときがあるんだよ。一人で歌を歌っていたり、時には大声で喚き散らし、泣いていることもあるんだ。たまにいるだろう、人と少しだけ変わった振る舞いをする女性が。皐月はその変わった女性だと思ってくれればいい。

だから皐月が俺のことで、中野ちゃんに何か言ってきたとしても、気にしないようにしてくれ。右から左へ聞き流してくれれば、いいからな。

そんな皐月だが、四月朔日家本家の次期当主と言われている。まあこの先、どうなるかはわからんがな」

いつもの須崎ならば、どんな説明をするときでも、自信ありげにハッキリと話すのだが、何故か、皐月について話すときだけは目が泳ぎ、虚ろな感じがしていた。

その意味をくみ取った中野は、顔を上げると質問をしてみた。

「皐月さんについては、今一つ意味がわかりませんが、了承はしました。つまり皐月さんが、僕に須崎課長のことで何か言ってきたとしても、気にするなということですよね」

「まあ、皐月のことは……そういうことだ。よろしく頼む」

中野が見抜いた通り、皐月に対してだけは、歯切れの悪い須崎だった。

《3》投げ込まれた脅迫文

中野は木霊村の入り口に立っていた。大きな岩の横には、綺麗にならした道が一本、奥へと向かって続いている。腕時計に目をやると、丁度正午を指していた。

大岩を少し過ぎた左側には、小さな広場が設けてあり、雨を凌ぐ屋根も造られていた。

屋根の下には、麓の駐車場にもあった同じリヤカーが四台駐まっている。もちろんリヤカーの側面には、木霊村の文字が書かれていた。

その広場の先には大きな日本家屋が一軒立っていた。どうやらあそこが間仲家のようである。間仲家の裏側には川幅が３ｍほどの清流が流れていて山裾へと続いていた。これが紫星川であろう。間仲家の先には紫星川に、美しい木造の橋が架かっているのが見えた。

橋より先に続く一本道は、正面に聳える二つの山間へと延びていく。道と川の両側には土地が広がり、その土地の左右どちら側にも日本家屋が数軒ずつ立ち並んでいた。この場所だけがとても広く、平坦な土地であることがよくわかった。左右の中心には他の家よりも、二回りほど大きい日本家屋が立っている。その大きな家こそが、四月朔日家の本家であり、八月朔日家の本家であろう。中野が木霊村の入り口に立ち、知り得たことは、それぐらいである。アタックザックを背負い直すと、村の入り口に一番近い間仲家の扉を叩いた。

ここで須崎が中野に話した木霊村について、説明しておこう。そして中野が何故、須崎の指示によりこの木霊村へ訪れることになったのか、その理由も説明しよう。

それはやはり昨日の取手警察署会議室の話である。

「木霊村が昭和の初め頃、林業を生業としていたときも、リヤカーで木材も運んでいたのですか？」

と、中野が尋ねた。

須崎が笑いながら、首を左右に振る。

「いいや、木材を運ぶときには、別の方法があった。それは村を二分して流れている紫星川に流して運んでいたんだ。切り出したばかりの木材ならば、川に浮かべて運べば、多少ぶつかり合って傷が付いたとしても、さほど問題はなかったからな」

「成る程、木材ならば水に浮くし、大きさや重さが増えても、何も問題はなかったわけですね。ありがとうございます。理解できました」

「須崎課長、木霊村の場所と、生業については理解しました。でも、そののどかで静かな村に、いったい何が起きているのでしょう。凜お婆様はそのせいで不安となり、須崎課長を呼んでいるのですよね」

須崎は中野を見ると、目の前に置いてある紙コップのコーヒーを一口飲み、

「ええとだな、俺は要点をまとめて説明するのが苦手でな。だから面倒だろうが、俺の知っていることを洗いざらい話して聞かせるが、それでいいか中野ちゃん。その方が中野ちゃんも理解してくれると思う、木霊村についてはな。ちょっと話は長くなるが、付き合ってくれ」

中野は須崎を見て、ゆっくりと頷いた。

「木に宿る精霊の棲む村という意味で、木霊村と名付けられた村だ。木霊村とは、今でも不思議な村であることに変わりはない。何故ならば、木霊村の殆どの村人が二つの名字に分かれている。一部を除いて二つの名字の村民しか、居ないんだよ。

一方が、『四月朔日』と書いて、『わたぬき』と読む村民。

もう一方が、『八月朔日』と書いて、『ほづみ』と読む村民。

その他に唯一いる村民が、俺の母方の祖母に当たる『間仲』だけなんだ。

住む場所も、東側と南側に分かれている。村の中央を、東南から北西方向へ流れる紫星川を挟んで、左右に分かれていると考えてもらえば、わかりやすいだろう。

だからといって、二つの名字の村民が、対立しているわけではない。お互い持ちつ持たれつ、仲良く暮らしている。ただ単に、名字が違うっていうだけだ。そう思ってもらえばいい。


　村人の正確な人数までは、俺も把握してはいないが、おおよそ百人ぐらいは住んでいるはずだ。

　四月朔日家も八月朔日家も、十世帯ぐらいずつの家があったと、俺は記憶している。その他には俺の婆さんである間仲凜87歳と、息子夫婦である間仲史郎60歳、美咲58歳が、一緒に住んでいるだけだ。俺の叔父叔母に当たる、史郎夫妻には、残念ながら子供はいない。

四月朔日家の家系と、八月朔日家の家系は、どちらも協力し合いながら木彫りの人形を作り、蚕を育てて絹を織り、花嫁人形用の着物も作っている。だから着物の柄さえも、その人形の雰囲気に合わせて作っていると聞いた。よって完成した花嫁人形は素晴らしいものとなっている。

但し人形制作の作業場は、八月朔日家の裏側に立っているんだよ。四月朔日家の裏側には、大きくて古い蔵が立っているからな。その関係で、作業場は八月朔日家に造ったと訊いている。

確か、今では事務所も作業場の隣に設けて、全ての業務をそこでこなしていると、凜婆さんがそう話していた。だから四月朔日家の技術者たちは毎朝、八月朔日家まで通勤している。ゆっくりと歩いても通勤時間はたったの五分もかからんだろう。取手市に住み、都内へ通勤しているサラリーマンから見れば、羨ましい限りだよな。

そして花嫁人形の売り先の殆どが、中国とアメリカ、そしてヨーロッパ諸国の富裕層だと聞いている。当初はもちろん、日本国内向けに始めた商売だったが、やがてインターネットが普及してくると、売り先を海外向けにシフトした。

それが功を奏して、今では作っても作っても、追いつかないほどの反響のようだ。

しかし木霊村の職人たちは、どんなに注文が殺到しようとも、一切妥協などしない。手抜きなしの加工を続けている。

今では木霊村に花嫁人形を注文しても、人形が手元に届くまでには、二年の月日がかかるらしいぞ。まあ、だから売れるのだろうがな」

「そうなんですか、海外に目を向けたんですか。僕は最初須崎課長から、木彫りの人形で暮らしている村だと話を聞いたとき、少し信じられなかったのですが、ようやくその意味が理解できました。

海外の富裕層向けであるのならば、尚更、納得できますね」

「そうだな、しかしガスも水道もない村のはずなのに、インターネットが繋がっているのは、不思議だよな。

木霊村には、両家の中央を流れる紫星川の上流に、木霊神社が立っていてな、その神社が村の守り神となっている。木霊神社には大きな石碑が立ち、その石碑には何故か、童謡の『花嫁人形』の歌詞が刻まれている。何故、木霊神社にその石碑が立っていて、花嫁人形の歌詞が刻まれているのかは、俺自身聞いてもいないので知らん。

もし中野ちゃんが興味あるならば、村の長老である四月朔日八十喜知（やそきち）か皐月にでも、聞いてみてくれ。けれどもその石碑のおかげで、木彫りの花嫁人形が作られたわけだ。

だから村とすれば、有り難い石碑でも、あるんだよ。

しかしだな、俺が凜婆さんから聞いた話では、普通一般に知られている童謡の花嫁人形には、歌詞が五番までしかないそうだが、木霊神社の石碑には、何故だか八番まで刻まれているらしいぞ。つまり追詞がされているんだよ。それについても知りたければ、八十喜知親父か皐月に聞けば教えてくれるだろう。

ここまでの話は、だいたい理解できただろうか、中野ちゃん」

中野は少し考えてから頷いた。

「須崎課長、今、こうしてノートに要点を書いていて、やっと気が付きました。課長の祖母である凜お婆様、つまり間仲家とは、四月朔日家と八月朔日家の仲を取り持つために、存在しているのですね。

だから間で仲を取り持つ、間仲家となるわけですね。二つの名字しかない村人たちが争わぬよう、その中間的立場で物事を判断する家、それが間仲家であり、ある意味、木霊村の駐在所みたいな役割もあるのでしょうか」

中野は瞳を光らせながら、須崎に尋ねたのである。須崎はそれを聞いて、頼もし気に驚いていた。

「そうだ、そうなんだよ中野ちゃん、よくわかったな。今からそのことについて、説明しようと思っていたところだよ。大したもんだな、けれども中野ちゃんならば、わかっても不思議ではないか。

凜婆さんだけでなく、史郎叔父さんも、木霊村では、駐在所みたいな役割を担っている。別にこれといった事件などは起きやしないが、人と人が絡めば、それなりにいざこざも起きるわけだ。

その時、間に入って、公正に判断を下すのが、間仲家の役割なんだよ。そんな凜婆さんだから、今回の件では何か起きるのじゃないのかと心配になり、俺に助け船を求めてきたのだろう」

「そういうことですか、これで話が見えてきました。そのために、僕が呼ばれたわけなのですね。

でも木霊村において、駐在所の役目を担っているはずの凜お婆様が、須崎課長に助けを求めてくるなんて、いったい何が起きたのでしょうか」

「三日前の晩、凜婆さんのところに誰からだかわからぬが、投げ込みがあったんだよ。もちろん村人の誰かが投げ込んだのは、違いないのだがな。それは脅迫文のようにもみえる、警告文だった。投げ込みには、このように書かれていたらしい。

『木霊村の掟を破る者には、天誅を下さなければならぬ。

止められぬなら、災いが起きるであろう。』」

これは凜婆さんから電話で言われただけで、俺は実際に現物を見たわけではない。だから悪戯なのかも知れんがな。しかしこのような投げ込みは初めてのことだと言っている。まあ、何しろ平和な村だからな」

戯けたように言う須崎の顔は、真剣そのものだった。

中野はノートから顔を上げると、苦笑いをして、

「須崎課長。でも課長には、悪戯と片付けることができない、何か理由もあった。だから敢えて、この取手市がざわついていて忙しいときに、わざわざ時間を割いてまで、僕を呼び出したのですよね。

須崎課長が悪戯でないと判断する理由を、僕にも教えてください」

須崎はバツが悪そうに、右手で頭を掻きながら、

「敵わんな、中野ちゃんには。実をいうと、そうなんだよ。これは俺だけでなく凜婆さんもそう感じているから、俺を呼ぼうとしたのだろう。

木霊村の掟とは、三つあってだな。

その一つが、四月朔日家と八月朔日家は、決して争ってはならぬ。

二つ目が、木霊村での稼ぎは、半分を自分のために、残りの半分は村人のために。

そして三つ目が、四月朔日家と八月朔日家の婚礼は、あってはならぬ。

これが木霊村の秩序を守る基盤となっているんだよ。絶対に破ってはならぬ掟なんだからな」

中野は、三つの掟をノートに書き込んでいた。須崎の説明が続く。

「俺が胸騒ぎを感じた理由とはだな、皐月が一昨日の晩、凜婆さんのところへ訪ねてきて、こう言ったそうだ。『真さんを呼んでください。何故だかわかりませんが、この村でよくないことが起きる予感がします』とな。

凜婆さんからしても皐月のことは村の女神、守り神だと思っている。それは先ほども話したが、凜婆さんだけでなく村人はみんなそう思っているんだ。

俺からいわせれば、不思議な女神様だがな。そんな皐月がいきなり真顔でそう言ってきたものだから、凜婆さんとしてもとても驚いたようだ。もしかしたら皐月は夢で見ただけなのかも知れんが、凜婆さんも皐月と同様に、不安を感じたのは事実だろう。

そこで俺に、頼んできたというわけだ。俺も皐月までもが、そう言ってきたとなると、何かが起こりそうな予感がする。

皐月は変わった娘ではあるが、村の中で起きる災いについては、誰よりもいち早く察するからな。村に大雨が降るとか、大きな地震が起こるとか、何度も予知したことがあるんだよ。ある意味、中野ちゃんと同じように、第六感が優れているのかもしれん。それだから女神様であり、守り神とも呼ばれるのだろう。

そして何より、俺の勘も二人と同じように、ざわついているんだ。木霊村……今回だけは、この名前を聞いているとな。何故だかわからんが、ざわつくんだよ。

そんな理由なんだが、他人からすれば、理由にはならんよな」

そう言って須崎は冷めた顔で笑った。

そこまで聞いた中野は、一度首を左右に振り、そして大きく頷いたのである。

「いえいえ、それだけで十分ですよ。須崎課長の勘が、ざわついた。了解しました。僕が須崎課長に代わって、木霊村へ向かうことにします。皐月さんからすれば須崎課長でなくて、僕が行くのでは不安でしょうが、できる限り力を尽くします。他に何か注意することは、ありませんでしょうか」

「そうか、行ってくれるか。ありがとうな中野ちゃん。木霊村では、間仲家に泊まってくれ。場所は木霊村の入り口にあるから、行けば直ぐにわかる。木霊村に入って、最初に目にする家が間仲家だ。結構築年数が経った古い家だが、それなりに広く、快適な家だと思うぞ。

先ほども言ったが、間仲家とは木霊村の駐在所でもあるわけだから、両家の情報もそれなりに聞けるはずだ。凜婆さんと史郎叔父さん夫婦には、俺から中野ちゃんのことをよく伝えておく。悪いが中野ちゃん、一週間ぐらい泊まる覚悟で向かってくれ。

それとこれも貸しておこう。これは取手署の備品である衛星電話だ。木霊村の周りには、携帯電話のアンテナ基地は立っていないから、普通の携帯電話だと通じないはずだからな。

衛星電話であれば、空が見える場所であれば必ず通じる。俺との連絡を取り合うためにも、必要だからな」

「ありがとうございます。衛星電話、遠慮なくお借りしていきます。

明日の朝、八時前には家を出るつもりです。多分、歩きも含めて木霊村には、お昼の十二時までに着けると思います。凜お婆様と史郎さんご夫婦にも、よろしくお伝えください」

中野が間仲家の家の前でしばらく待つと、中年の女性が前掛けで手を拭きながら、扉を開けてくれた。この女性が、須崎の叔母にあたる間仲美咲だった。

中野は笑顔を見せて、挨拶をした。

「取手警察署の須崎課長から、代理を頼まれてきました中野浩一です。どうぞよろしくお願いいたします」

美咲も微笑んで、返してくれた。

「私は間仲史郎の妻で、美咲と申します。ほんとうによく来てくださいました。義母から、名探偵の中野浩一さんが来てくれると、聞いておりました。何もない田舎ですけど、どうぞお上がりください。私には、何でも遠慮せずに、言ってくださいね。奥座敷で、義母も待っています」

美咲は、髪を後ろで一つに縛り、化粧も殆どしていなかった。髪の毛には、所々白い物も見えた。美人ではないが、素朴で優しい女性のようである。

間仲家の玄関は、中野家と同じ横開きの引戸だった。左右にある扉を横にずらして、出入りするものである。

しかし中野家の扉と決定的に違ったのは、左右の扉が分厚い一枚の杉板でできていた。横から見ると、杉板の厚さは、なんと10㎝ほどもあった。それでも扉がスムーズに動くのは、建て付けがよくできているからであろう。そして扉の表面は、黒光りしているため、よけいに重厚そうに感じられたのである。

玄関に入ると、そこは広い土間だった。畳敷きで言えば、二十畳ぐらいはありそうな広さである。土間の左側一面は、炊事場となっていた。土でできた竈が三つもあり、表面にタイルが張られた大きな流し台もあった。流し台には、水道の蛇口が二つもついている。

流し台の脇には、竈で使う薪が山積みに置かれていた。この薪で出る煤が、入り口の扉を黒く光らせているようである。

薪の横には、普通の家では見たこともない、業務用の大きな冷蔵庫が置かれ、その横には冷凍庫もあった。山間の村だけに、大きな冷蔵庫も冷凍庫も必需品なのであろう。

土間は家の奥へと続き、土の廊下が家の中を縦断していた。土の廊下の左右には、石の框が何個か置かれていて、その石のある場所が、そこの部屋への上がり口のようである。

部屋の間仕切りは、全て障子だった。右奥にある障子から、灯りが漏れていた。

中野は美咲によって、その灯りの灯る部屋へと案内された。

美咲が、石の框の真上にあたる障子を両手で少し開くと、

「お義母さん、お待ちしていた中野浩一さんが、お見えになりましたよ」

そう言いながら、今度は障子を大きく開いたのである。

美咲は中野の方に向き直り、笑顔のまま、

「どうぞ中野さん、義母がこちらの部屋でお待ちです。ここから部屋へと、お上がりください」

と説明し、自分の前にある石の框を、指し示してくれた。

框の上には、女性物の草履が一組揃えて置かれている。中野が部屋の前に立ち、中を覗くと、着物姿の老婆が入り口に背中を向けて座っていた。老婆の前には、一枚板の座卓があり、その奥に座布団が置かれている。部屋の広さは八畳だった。

入り口の正面には大きなガラス窓があり、全て開かれていた。窓には風鈴が下がり、外側には葦簀が立て掛けられている。葦簀が夏の日差しを和らげ、風鈴の音色が涼を運んでいた。エアコンなどのない部屋なのに、涼しいと感じさせる部屋だった。

窓際には、渦巻きの蚊取り線香が焚かれていて、微かな香りを漂わせている。

中野は上がり框で登山靴を脱ぎ、アタックザックを担いだまま部屋へと上がっていった。

「失礼いたします」

それだけを言うと、老婆の前に腰を下ろしたのである。

老婆は灰色の絣の着物を着ていて、白髪を簪で一つに纏めていた。身体は、妻の祖母である平(たいら)紀伊のように大きくはなく、とても小柄だった。しかしその眼差しには鋭い光があり、どことなく須崎真を思い起こさせたのである。

老婆は、微笑んでいた。皺だらけの顔の口角の皮膚が上がり、口元からは銀歯が見えていた。その口が、ゆっくりとしゃべり出したのである。

「ようこそ木霊村へお出でくださいました。間仲家の凜でございます。中野さんのことは、孫の真より伺っております。どうぞしばらくの間は、御自分の故郷へ帰ったつもりで、寛いでくだされ。

田舎じゃけん、洒落た物など何もないが、川魚のヤマメと鮎は天下一品じゃて。それと嫁の美咲さんが拵えてくれる、野菜の煮物も天下一品じゃ。この部屋を中野さんの宿部屋として、お使いくだされ。何かございましたら、ワシか美咲さんに申し出てくだされば、直ぐに対応いたします。どうぞゆっくりとしていってくださいまし」

中野は笑顔のまま。アタックザックから紙包みを取り出すと、座卓の上に置いた。

紙包みを凜の前に押し出しながら、

「取手市から来ました中野浩一と申します。こちらこそよろしくお願いいたします。凜お婆様のことは、僕も須崎課長から伺っております。何分、木霊村には初めて来ましたので、いろいろとご指導ください。

これは僕の家の近くにある、和菓子屋さんのどら焼きです。お口に合うかどうかわかりませんが、どうぞお召し上がりください」と挨拶をした。

「ほほう、そうですか、どら焼きをお持ちくださったのか。村への山道を初めて登るのには、それだけで難儀なはずじゃろうに、余計な荷物になってしまったのう。それはそれは、かたじけない。ありがたくいただきますじゃ。ワシは、どら焼きには目がなくてな」

そう言いながら、凜は先ほどよりも口角の皺を増やし微笑んでいた。

その時、美咲が、麦茶を運んできた。美咲は中野と凜の前に、それぞれグラスを置くと、自分も凜の隣に、腰を下ろしたのである。

「中野さん、トイレはこの前の通路を突き当たりまで行き、左に曲がったところにありますから。お風呂はその先ですよ。

主人は今、八月朔日家で、花嫁人形の出荷準備を手伝っています。夕方になれば、戻ると思いますので、あらためて、ご挨拶させてください」

美咲が、そう教えてくれた。その時、中野は猪のことを思い出したのである。

「そういえば木霊村にくる途中、大きな野生の猪に襲われたので退治してきました。場所は、トンネルを抜けた辺りです。猪の亡骸は、取り敢えず邪魔にならないように、道の脇に寄せてきたのですが、後でリヤカーを貸してくださいどちらにしてもあの場所には、放っておけないと思いますので」

それを聞いた、凜と美咲が、顔を見合わせて驚いていた。

「何と中野さんが、あの馬鹿猪を退治してくださったのか。アイツは村の作物を食い荒らして、困っていたところですわ。罠を仕掛けても、ずる賢くて掛からず、村人が山狩りをしても出遭えず、ほとほと困っておりましたのじゃ。

じゃが中野さんは、真のようには腕力がなさそうに見えるが、どのようにあの馬鹿猪を退治してくださったのじゃ？」

凜が首を傾げながら尋ねてきた。けれども中野が驚いたのは、須崎真についてである。

凜は何気なく言っていたのであろうが、今の言い方であれば、須崎真ならばあの巨大な猪でさえも、素手で倒せると思われていたことである。

まあ実際に、須崎真の人間離れした怪力には、何度も遭遇してきた中野である。凜の言う意味も理解できた。

「はい、僕には須崎課長のような力はありませんが、秘密道具があります。それも須崎課長より譲り受けた道具なのです。そのおかげで、猪を退治することができました。後で、片付けるようにいたします」

するとと今度は美咲が笑いながら、

「大丈夫ですよ。今の話を村の若い者が聞けば、直ぐにでも取りに行ってくれます。そういたしますと、今晩は中野さんの歓迎会も兼ねて、豪勢な牡丹鍋が食べられそうですね。村の人たちもそうでしょうけど、お義母さんも私も牡丹鍋は、大好物ですわ。私も、牡丹鍋に合うお野菜を、早速、調達しておきましょう。今から楽しみですわね」

そう言ったのである。

中野は心の中で、『成る程、木霊村では、野生の猪を仕留めた場合などは、村人全員で分け合うものなのか』と、納得した。

美咲は早速、村の若い者に話をするため、席を立って部屋から出て行った。

中野は、凜と二人になれたので、例の話を切り出したのである。

「凜お婆様……須崎課長から伺っている、投げ込みの件です。その警告文は、今でもお持ちでしょうか。それはどのように、凜お婆様の元へ投げ込まれたのでしょう。できるだけ詳しく教えて欲しいのです」

凜は中野の目を見て頷くと、

「中野さんや、来て早々だというのに、その話をしていいのか。まだ、休んでもおらんだろうに」

「はい、僕は表向き、休暇で木霊村へ来たことになっていますが、それについての捜査が、本当の目的です。今はまだ、村の人たちは知らないことなので、凜お婆様と二人のときにしか、この話はできませんし、伺えません。ですから、よろしくお願いします」

「そうか、中野さんも真から、難儀なことを頼まれたわけじゃな。中野さんのことは、真からもよく聞いておるし、新聞でも特集を見ておるから、ワシもよく知っておる。名探偵と呼ばれていることもな。それならば、見てもらうか、投げ込みをな」

凜は、そう言うと、立ち上がり部屋から出て行った。五分もしないうちに、又、戻ってきた。胸元には、四つ折りにした白い紙を挟んでいる。中野の前にある座布団に、再び腰を下ろすと、胸元に挟んでいた白い紙を抜き取り、中野の前にそっと置いた。

「中野さんや、これがワシのところに投げ込まれた代物じゃ。時間は十日の夜九時を過ぎていた。ワシがそろそろ床につこうかと思っていた矢先、これが投げ込まれてきたのじゃよ」

中野はその紙を受け取ると、座卓の上で広げてみた。紙はどこにでもあるA４サイズのコピー用紙である。所々皺が寄っていた。中央部分に縦書きで、パソコンの文字が印刷されていたのである。その文字には特徴があり、『隷書体※』と呼ばれる文字だった。

（※隷書体とは、普通の文字よりも横長であり、古文などに使われる文字である。その他には、銀行券や判子などにも使われている。もちろんパソコン上でも使用できるが、自分から敢えて選ばなければ、使われない文字であった）

『木霊村の掟を破る者には、天誅を下さなければならぬ。
止められぬなら、災いが起きるであろう。』

「凜お婆様の部屋へ直接、投げ込まれたのでしょうか。部屋の窓からですか、その窓は鍵は掛かっていなかったのでしょうか。投げ込んだ人間の姿は見えなかったのでしょうか」

矢継ぎ早に質問をした。凜は一つ一つ頷きながら聞いている。そして直ぐに答えてくれた。

「ワシの部屋へ直接、投げてきおったわい。部屋の窓からじゃ、後でその目で確かめるがよい。この村では殆どの家で、鍵など掛けておらんからのう。全員が顔見知りで、盗人など出たこともないからじゃて。

あいにくあの夜は月も陰っておって、家の中以外は真っ暗じゃった。ワシが窓から顔を出してみたが、何も見えんかったわい」

中野はその答えを聞いて、凜は惚けてもいないし想像以上に切れ者であると確信した。

中野は、あらためて、その紙を観察してみた。

紙の皺から見て、一度丸められたことがわかる。そして右隅には、何かしらの黄色い色が付着していた。それは一見すると、中野がよく使う、ラインマーカーのようにも見えた。

しかしそれにしては、変である。天誅と書かれた文字の右横にあるのだが、どの文字にも一切掛かっていないからだ。

中野は凜に視線を移すと、

「凜お婆様、この黄色い染みは、何でしょうか。もしかしたらこの投げ込みには、紙を丸めただけでなく、何かを包んで、それと共に投げ込まれていたのではないでしょうか」

凛は中野を見て、ゆっくりと頷いた。

「ああ、確かにそうじゃった。タンポポに似た、黄色い花が一輪包んであったわい。じゃがあれはタンポポではなかったぞ。よく似ておったが、タンポポではない。この辺りの山では、見たこともない花じゃった」

それを聞いた中野の目が、一瞬、輝いた。

「凛お婆様、その花は残っておりませんか」

「いやな、ワシの鏡台の上に置いたはずなんじゃが、朝目覚めてから見ると、なくなっておったのじゃ。まさかあんなちんけな花を一輪だけ、誰かが持っていくこともなかろうて。きっと、ネズミでも咥えていったのかも知れんな」

中野は、溜息をついた。

それはもしかしたら、投げ込んだ者へと繋がるヒントになったかも知れない。もし誰かが持ち去ったとしたら、それは投げ込んだ者とは、別の人間であろう。わざわざ包んでまで投げ込んだ花なのだから、投げ込んだ者が持ち去ることはないだろう。つまり別の人間だと考えられる。しかし、それは何のためだろうか。投げ込んだ者へと繋がるヒントをなくすためにか？

中野は少しだけ考えを巡らすと、

「凜お婆様、木霊村から郵便は送れますでしょうか。できるのならこの投げ込みを、取手警察署の須崎課長宛に送って欲しいのです。詳しいことは、僕から須崎課長に連絡しておきますので必ず速達で送ってください。お願いいたします」

そのように、お願いをしてみた。

凜は大きく頷くと、

「今日は金曜日じゃから、夕方には村人が子供たちを迎えに大子町まで行く。その者に送ってもらえるよう頼んでおこう。さすれば明日の午後には真の手元に届くはずじゃからな」

「子供たちを迎えに大子町へ行く？　それは、どういう意味でしょうか」

「この村には学校の類は一切ない。けれども子供たちは大勢いる。小学生が九人、中学生が五人、高校生も五人おる。しかし毎朝、木霊村の村道を通うのには無理があろう。じゃから大子町の中心に、子供たちの住める寮を建ててあるのじゃよ。木霊村専用の寮じゃて。

月曜日の朝、大人たちが寮まで連れて行き、金曜日に連れて帰るわけじゃ。子供たちは学校へ通う五日間だけ、寮生活を送っておる。それが木霊村の生活じゃよ。端から見れば不便にも見えるじゃろうが、子供たちは意外と楽しんでいるようじゃて。そうやってきたからこそ、木霊村は生き残ってこられたのじゃからな」

「成る程、それで村の駐車場には、小型のマイクロバスが駐まっていたのですね。子供たちは、五日間だけ親元を離れて、寮で共同生活をする。きっとそれはそれで楽しくて、世の中を生きていく勉強にもなることでしょう」

中野は一人、納得していた。

出された麦茶を飲んでみると、木霊村の麦茶にも、お砂糖が入っていたのである。これは妻の亜門の実家である平家（たいらけ）と、同じ味がすると中野は思った。

「一休みされたら中野さん、四月朔日家と八月朔日家の本家にだけは、挨拶へと行きましょうぞ。他の村人には、道などで会ったとき、会釈だけでよいので、そうしてくだされ。そうすれば自然と村人たちからも、受け入れられるはずじゃからな」

そう告げると凜は、ゆっくりと立ち上がった。中野も立ち上がると、凜の後に続いた。

しかし凜は、玄関方向には向かわず、土間の廊下を更に奥へと進んでいく。どうやら、裏口から出るようである。薄暗い土の廊下を進んでいくと、左右には三部屋ずつ、部屋があった。

玄関から見て一番左奥にある部屋の前までくると、凜が振り向き中野を見て、

「この部屋がワシの部屋じゃ。中野さんが窓の位置など知りたいのであれば、先に見ておくか」

と聞いてくれた。

中野は一応、申し訳なさげに頭を下げて、

「はい、差し支えなければ見ておきたいのですが、大丈夫でしょうか」

「婆さんの部屋など何もありゃせんから、要らぬ心配じゃよ。ほれ、しかと見ておくれ」

そう話すと、入り口となる障子を開いて見せてくれた。

部屋の広さは中野が案内された部屋と同じ八畳だった。部屋の造りも殆ど同じである。土の廊下を中心線にして、線対称の部屋だった。入り口から正面に大きなガラス窓があり、右側の壁は一面押し入れになっていて、左側の壁には古風な和箪笥が三棹並んでいた。

ガラス窓の右隅に、鏡の部分のみ布が下がっている鏡台が、ポツンと置いてあった。

部屋の中は、きちんと掃除がされており、塵一つ落ちていない。

凛は、その名前の通り、全ての佇まいが凛としているようだ。

入り口から部屋の中を見た中野は、ガラス窓の位置と、鏡台の位置を覚えておいた。

「凜お婆様、ありがとうございます。もう十分です、理解できました。それでは、四月朔日家と八月朔日家の本家へ、連れて行ってください」

凜は、開いた障子を閉めると、土の廊下を歩き出した。

中野は、もし窓ガラスが開いていて、鏡台の上に花が置かれていたとしたら、部屋に入らずとも窓から手を伸ばせば、花を持ち去ることができるかも知れないと思った。けれども中野の身長と腕の長さでは、無理そうにも見えた。それだけ窓から鏡台までの位置が、遠かったからである。

しかし、もし誰かが持ち去ったのであれば、何故、花一輪だけを持ち出す必要があったのか？　やはり犯人へと繋がるヒントを隠すためにだろうか？　今のところは謎である。

凜は裏口までくると、左手に続く土の廊下を指さして、

「中野さんや、ほれ直ぐそこが厠（かわや）（トイレのこと）で、その先が風呂じゃから、覚えておきなされ」

と教えてくれた。

裏口を開けると、外に出た。そこは村の真ん中を横切る一本道に続いていた。

《4》四月朔日家へ

右側には村道、左側には紫星川が流れている。水面がキラキラと輝き、いかにも清流であることが見てわかった。少し先の紫星川には、木造の美しい橋が架かっている。

凜は背筋を伸ばし、小股でさっさと歩いていく。村道に出ると、右側に広がる芝生の上を斜めに突き進んでいった。その先に見える飛び石は、無視しているようである。

中野も凜の真似をして、芝生の上を横切ることにした。

「まず先に、四月朔日家へ挨拶することにいたしましょう。中野さんは、真からどこまで四月朔日家のことを聞いている」

凜が後ろも見ずに問い掛けてきた。

「はい、木霊村には四月朔日家と八月朔日家、その二つの名字の人だけが住んでいると聞いています。それ以外については、詳しく聞いておりませんが」

今は、木霊村に長らく住んでいる凜から、直接話を聞きたかったので、敢えてそう答えたのである。

「そうか、それならば挨拶の前に説明しておこう。まず始めに、四月朔日家本家に住む者たちについて話しておくか。四月朔日家を束ねているのが、本家に住む四月朔日八十喜知74歳じゃて。八十喜知さんは、この木霊村の長老でもあるのじゃ。

八十喜知さんの妻じゃった花楓（かえで）さんは45歳の時、三つ子を産み落とすと、産後の肥立ちが悪く亡くなってしまった。高齢出産の上、三つ子を産んだわけじゃから、無理もないことなのかも知れんがな。

三つ子の前には、長女も一人産んでおる。それが四月朔日皐月33歳じゃ。皐月は五月五日に生まれたから、皐月と名付けられたのじゃよ。ワシの孫である真も、同じ五月五日生まれじゃがな。もっとも真と皐月は、生まれた年が十年も違うておるがのう。

皐月は稀に見る別嬪さんじゃ。けれどもあんなことがなければ、とっくに嫁に行っていてもおかしくはないのじゃが。それもみ～んな、八十喜知さんが悪いのじゃがな」

中野は不思議に思い尋ねた。

「皐月さんに、何か不都合が起きたのですか」

凛は前を向いたまま、首を左右に振った。

「そこまで中野さんに話すことではなかろう。皐月は見たままの通り、誰よりも美しい娘じゃと、思っていてくだされば、それでいいじゃろう」

言葉を濁すように、そう言った。

それから再び歩きだすと、

「皐月の下には年の離れた三姉妹がいて、三卵性の三つ子なのじゃよ。上から名前を貴理（きり）子、佳純（かすみ）、志萌音（しもね）、もちろん当たり前のことじゃが年は同じじゃ。今年で22歳になるはずじゃ」

そこまで聞いたとき、中野が凛の背中に問い掛けた。

「霧、霞、霜……三人の名前は、山の自然現象から取った名前のようですね」

凛はそれを聞くと、中野に振り返り微笑みながら、

「さすがは中野さんじゃて、よく気付きなされた。確かに三姉妹の名は、自然現象から授かった名前じゃよ。但し読み方は同じでも、漢字は違う字がそれぞれ宛がわれておる」

そう言って、三人の名前の正しい漢字表記も教えてくれた。

「そして三姉妹の一番上になる貴理子と、一番下になる志萌音の二人は、近々、近隣の町へと嫁ぐことになっておる。その婚礼の準備も既に始まっているのじゃがな」

「そうなんですか、貴理子さんと志萌音さんの二人は、嫁ぐのですか。長女の皐月さ

んからすれば、胸の内は、どうなんでしょう。きっと複雑な思いでしょうね」
「そうかも知れんのう。だが仕方あるまいて、皐月には人に言えぬ秘密があるのでな。皐月とすれば長女でもあるし、四月朔日家の後継者として、それなりには振る舞わなければならんだろう。皐月も、その辺りについては納得していなくとも、理解はしているはずじゃよ。可愛そうじゃがな」

凜はそこまで話すと芝生の先にある、一番大きな造りの日本家屋に向かっていった。中野からすれば、凜が最後に言った『皐月には人に言えぬ秘密がある』という言葉に対し、質問をしたかったが、凜はそれを予期したかのように、足を速めたのである。中野もあきらめ、凜の後からついていく。

建物の左右には、一回りほど小さい日本家屋が二棟ずつ立っていた。こちら側の五棟が四月朔日家の敷地のようである。どの家も取手市内に立つ住宅と比べれば、とても大きな家だった。そしてその中央に立つ本家の建物は、豪邸と呼ぶに相応しい大きさだった。

家の左前には、手入れされた大きな松の木が、傘を連なるように切り揃えてあり、屋根の軒先には二本の角を生やし、大きく口を開いた鬼瓦が、睨みを利かせていた。造りは平屋建てのようだが、普通の二階屋よりも、屋根の位置が高かった。

入り口の前から、村道までは飛び石が、等間隔で敷かれている。けれども凜は、その飛び石など関係なく、芝生の上を横切って歩いていた。

四月朔日家本家の玄関扉は、桁違いに大きかった。間仲家と同じように、横開きの引戸だったが、左右二枚ずつの四枚扉である。中央の二カ所の扉だけが開かれ、簾が下がっていた。

玄関に入ると大きな一枚岩の框が置いてあり、四月朔日家は土の廊下ではなく、板張りの廊下が続いている。

凜は、身体に似合わず大きな声で、

「四月朔日さんや、間仲ですじゃ。今日から客人が泊まりにきましたので、ご挨拶に伺いました。入らせてもらいますよ」

と告げると、框石の上に草履を脱ぎさっさと上がっていった。

中野も凜の真似をし、靴を脱ぎ揃え、後ろからついていく。隅々まで掃除がされている廊下を進み、最初の障子を開けた。

そこは大広間になっていて、中央には座椅子に座った老人が、新聞を読んでいた。

「八十喜知さんや、入らせてもらうよ」

凜は気にせず、ずかずかと部屋の中へと入っていく。そして八十喜知の前に、チョコンと座ったのである。

八十喜知はチラッと、新聞から顔を上げ凜を見たが、

「なんじゃ、凜さんかい。客人が泊まりにきたのじゃと、珍しいこともあるもんだな。どれ、こちらに上がってもらえや」

しわくちゃの顔を、よけいにしわくちゃにして、そう言ってくれた。どうやらその顔は、笑っているようだった。この村の老人は皆、凜にしても、八十喜知にしても、皺の数は多いのかも知れない。

部屋に上がると、中野の目に最初に飛び込んできた物は、広い床の間に飾られている三体の花嫁人形だった。

顔の部分と、着物の袖口から覗いている両手については、よく見れば木彫りであるとわかるのだが、身に着けている花嫁衣装は豪華絢爛な作りだった。頭に被っている角隠しや髪飾りも、艶やかに作られている。大きさはどれも60㎝ほどもあった。

この花嫁人形こそが木霊村の伝統技術であり、村が生きながらえている財源だった。どの花嫁人形の顔も憂いをおびていて、とても美しかった。そして清楚である。

ここまでの技術があるからこそ、海外の富裕層が挙って欲しがり、買うのであろう。

中野はあらためて、木霊村の底力を垣間見た気がした。思わず声が漏れてしまった。

「うわあ〜っ、随分と美しい花嫁人形ですね。これが木霊村の、芸術作品ですか」

その声を聞いて、八十喜知も嬉しそうに目尻を下げていた。

人形の前に立ち、あらためてよく見てみると、三体の花嫁人形は顔の作りも、身に着けている花嫁衣装も、少しずつ違っていた。そして花嫁人形の前には木の札が立っていた。

木の札には、それぞれ『霧』『霞』『霜』と彫られていた。これはつまり四月朔日家の、三つ子の三姉妹を模した花嫁人形のようである。

花嫁人形の後ろの壁には、額縁に入れられた書画も飾られていた。

けれどもよく見れば、それは書画ではなく、書画風に書かれた木霊村の掟だった。

一、四月朔日家と八月朔日家は、決して争ってはならぬ。

二、木霊村での稼ぎは、半分を自分のために、残りの半分は村人のために。

三、四月朔日家と八月朔日家の婚礼は、あってはならぬ。

掟は達筆な筆文字で書かれていた。

中野は須崎から、その旨を聞いていたので何気なく見ると、凜の横に腰を下ろした。

座ると同時に、凜が中野のことを紹介してくれた。

「八十喜知さんや、こちらのお若い人が取手市で探偵をなされている中野浩一さんじゃよ。今回は孫の真の勧めで、木霊村に静養にこられたのじゃ。一週間ほど、ワシのところにおる予定じゃから、宜しゅう頼んます」

中野は足を正座に組み替えると、

「中野浩一と申します。取手市から来ました。しばらくの間、凜お婆様の家にご厄介になります。よろしくお願いいたします」

と挨拶をし、頭を下げた。

八十喜知は多分満面の笑みで（しわくちゃなので、中野にはそう感じていた）、

「ほうか、ほうか。中野浩一さんと、仰るのか。探偵をなされておるのか、それは難儀な仕事じゃのう。木霊村で、ゆっくりと骨を休めていってくだされ。

ワシは四月朔日家の主、八十喜知じゃよ。何か困ったことがあったら、いつでも訊ねてきなされ。それじゃあ、まず四月朔日家本家の者たちを、紹介しておくかのう」

そう言うと、両手を強く打ち鳴らした。

パシン！　パシン！　パシン！

そして老人とは思えぬほどの大声で、

「皐月！　皐月！　ちょっと、こちらにきなさい！　凜さんのところに、客人がきておる。ここへきて、挨拶をしなさい」

その声の後、少し経つと、先ほど木霊村入り口にある石の上で座って泣いていた女性が、部屋の奥から現れたのである。

身長は思っていた以上に高いようで、家の鴨居と比べてみても、１７０cm前後ありそうだった。思い詰めたような眼差しが、とても美しい女性である。

確かに須崎から聞いていた通り、武美上真理や黒神瑠璃にも引けを取らないほどの、美しさだった。

殆ど化粧らしきものはしていないようだが、肩まで伸ばした真っ直ぐな黒髪、白い肌に薄らと桃色に染まる頬、切なそうに見える二重目蓋、品のある紅い唇、どれを取ってもバランスが取れていて美しかった。

武美上真理や黒神瑠璃とは、違う方向の美しさである。

鹿嶋市宮中地区の守護である武美上真理を、花にたとえるならば、真夏の青空の下でその大輪を咲かせる『向日葵』であろう。

悪の華と呼ばれる黒神瑠璃を、花にたとえるならば、闇夜の中で妖しく白色の花を咲かせる『月下美人』そのものである。

四月朔日皐月は、その名前の通り、初夏になると美しいピンクの花を、いく片も咲かせる『サツキ』が一番合うかも知れない。

皐月は先ほどと同じ、麻生地でできた白いワンピースを着ていた。とても涼しげに見える。けれども下着の線などが透けないように、同色のキャミソールも着用しているようだ。

中野は皐月が部屋に入ってくるときから、その一挙手一投足に注意して見つめていた。もちろん本人には気付かれないように、観察していたのである。しかし皐月には、どこにもおかしな点は、感じなかった。今の時点では、皐月の頭がおかしいかどうか、その判断はつかなかった。

皐月は中野を見つめると、その目前に腰を下ろした。しおらしく畳に三つ指をつき、

「四月朔日皐月でございます。四月朔日家の長女であり、次期当主を継ぐようにいわれております。ですがそのつもりは、毛頭ありません。どうぞお見知りおきのほど、よろしくお願い申し上げます」

八十喜知を横目でチラッと見てから、中野にはまるで初対面のように挨拶をした。その声は澄んでいて、とてもよく通る声だった。

皐月の挨拶に対し八十喜知は、聞こえぬ顔をしていた。八十喜知と皐月の微妙な関

係性が、わかった気がする。中野もよけいなことは言わずに、正座したままの姿勢で、

「僕は取手市から来ました中野浩一です。しばらくの間、凜お婆様のところで静養させていただきます。こちらこそ、よろしくお願いします」

と、再び頭を下げた。

すると皐月は、中野の顔をジッと見つめてから、

「中野さんは、探偵をされているのですよね。もしかしたら真さんから……いいえ、結構です。やっぱり、後で伺いますわ」

何かを聞こうとしたようだが、言葉を飲み込んでしまった。

今度は逆に中野が、皐月に聞いてみた。

「女性に年齢を伺うのは失礼になりますが、皐月さんは、お幾つになられるのでしょうか？　お見受けしたところ、僕とは同年齢ぐらいに見えたものですから、もし宜しければ教えてください」

中野は須崎から、皐月の年齢を聞いているので知ってはいたのだが、敢えてそのように質問してみた。要は何かボロを出さぬか、鎌を掛けてみたのである。

しかし皐月は別に嫌がる素振りもみせず、平然と答えてくれた。

「はい、昭和六十一年五月五日、寅年の33歳です。五月五日に生まれましたから、皐

月という名前をつけてもらいました。皐月という名前は、自分ではとても気に入っていいます。五月五日の誕生日は凜お婆様のところの真様と同じですわ。私と同い年ですか、中野さんも」

中野は笑顔を見せると、

「はい、僕も昭和六十一年四月三日生まれの33歳です。やっぱり思った通り、同学年でしたね」

と白々しく答えておいた。会話は、それで途切れてしまった。

皐月が中野から、視線を逸らしてしまったからである。これだけでは何もわからず終いだった。

すると八十喜知は皐月に対し、三姉妹を呼んでくるように指示した。

少し待つと、皐月が若い娘を二人連れて戻ってきた。一人は面長な顔で、まあまあ美しい娘である。そしていかにも活発そうな娘だった。長い黒髪を後ろ手に一つに纏めている。薄くだが化粧もしていて、青色のワンピースを着ていた。このワンピースも麻生地のようである。

二人目は、長い黒髪を後ろ手に二つに分けて縛っていた。この娘は丸顔だったが、やはり薄く化粧をしている。一人目と同じように、まあまあ美しい娘ではあるが、どちらかと言えば理知的な顔をしていた。麻生地で織られた桃色のワンピースを着ている。

二人共、身長は１６０㎝ほどだった。横に立つ皐月と比べて、そう判断した。

更に中野が気付いたことは、二人とも皐月に比べて美しさの上では見劣りするが、皐月にはない女性としての色気が感じられた。

二人の娘を八十喜知の横に、座らせると、皐月は再び部屋から出て行った。

すると一人目の娘が、挨拶をしてくれた。

「四月朔日貴理子でございます。どうぞよろしくお願いいたします」

間髪を入れずに、二人目の娘も挨拶をした。

「四月朔日志萌音でございます。どうぞよろしくお願いいたします」

この二人の娘が、近々嫁に行く娘たちのようである。成る程、だから女性としての色気が感じられたのか、この時中野はそう思った。けれどもそれだけでは、なかった。

この時点では、わからなかったが、その理由が他にもあったからである。

中野は二人を交互に見て、笑顔を作りながら、

「取手市から来ました中野浩一です。しばらくの間、凜お婆様のところで、静養させていただきます。こちらこそよろしくお願いします」

と、挨拶をすると、志萠音の方がパッと笑顔になり、

「やっぱりあの、中野浩一さんですよね。リアル・シャーロック・ホームズと呼ばれている、名探偵の中野さんですよね。ねえ貴理子ちゃん、私の言った通りでしょう」

するとと貴理子も微笑みながら、

「本当だね、志萠音ちゃんの言う通りだわ。中野さんと知り合えるなら、私、隆史さんのところにお嫁に行くの、もう少し待っていればよかったわ。隆史さんよりも、中野さんの方が、断然、私の好みだもの」

そう言って、笑うのである。

「貴理子ちゃんは知らないのよ。中野さんには可愛い奥さんが既にいらっしゃるのよ。新聞にそのように書かれていたもの。私たちは出会うのが遅すぎたのよ！」

と志萠音も笑っていた。それを聞いた中野も、苦笑いをした。

すると皐月が、もう一人の若い娘を連れて戻ってきたのである。その娘は右足が悪いようで、杖をつきながら一歩一歩慎重に歩いてきた。隣には皐月が、寄り添っている。

黄色のワンピースを着ており、髪は黒髪だが短く襟足までしかない。まるで男の子のような髪型だった。化粧なども全くしていなく、色気もない黒縁の眼鏡を掛けてい

た。自信なさげに足下だけを見つめる姿、神経質そうに下唇を噛んでいる素振り、どれをとってみても垢抜けない娘に見えた。

三姉妹、いや、皐月を入れて四姉妹の中では、一番女らしさを感じられなかった。この娘が三姉妹の真ん中にあたる、佳純だった。

しかし中野は、この娘をどこかで見たような気がしていた。

そして佳純だけが嫁に行けない理由も、何となくわかった気がする。

皐月に手を取られて佳純は、志萠音の横に腰を下ろした。

佳純は決して中野と視線を合わせようとはせず、両手を畳に付けると、

「四月朔日佳純でございます。どうぞよろしくお願いいたします」

と頭を下げて挨拶した。

中野は挨拶を返しながら、佳純に質問してみた。

「取手市から来ました中野浩一です。しばらくの間、凛お婆様の家で、静養させていただきます。こちらこそよろしくお願いいたします。佳純さんは、右足を怪我されているようですね。何か事故にでも、遭ったのでしょうか」

佳純は驚いて、ビクッと身体を硬直させたが、頷くだけで答えようとはせず、無言のまま、中野の顔を見つめていた。その時初めて、佳純と視線が合ったのである。

しかし質問に答えたのは、佳純の横に座った皐月だった。

「佳純ちゃんは高校生のとき、大子町で男の人にからかわれて、逃げ出したところで交通事故に遭ってしまい、右足が不自由になってしまったんです。だから男の人の前に出ると物凄く緊張してしまうみたい。でも気を悪くしないでください。慣れてくれば、中野さんとも普通に話せるようになりますから」

そう教えてくれた。

中野は、佳純の足先から頭までを、自然と観察していた。その時である。中野の脳裏に、ある人物の顔が浮かんできた。

職業柄、中野は、顔に付く付属物の類い、例えば眼鏡であるとか、口ひげであるとか、マスクであるとか、厚化粧であるとか、余分な付属物を取り除いた素顔を思い浮かべることができた。ときには余計な物を取るだけでなく、女性に対しては化粧を盛ることもイメージする。そのような訓練を、日頃から積んでいたからである。

中野は何故か、佳純の顔より黒縁の眼鏡を外し、その奥に潜む素顔を浮かび上がらせていた。どうしてそうしたのか、その時はわからなかった。

しかしそこから見えてきた答えは、驚愕の事実だった。中野からすれば、あり得ないことである。思わず息を飲み込んでしまった。何故ならば、佳純の素顔は中野の妻である亜門と、瓜二つだったからである。

そんな馬鹿な……中野は心の中で呟いていた。誰が見ても可愛らしく見える亜門と、パッと見た目は垢抜けなく見える佳純の素顔が、同じであるはずがない。そう思いながらも、心を落ち着かせて、もう一度佳純の顔をイメージし直してみた。

今度は佳純から眼鏡を外し、髪型を変えて、亜門と同じような化粧も薄らと施してみた。

すると結果は……先程イメージしたときよりも、更に亜門と似てしまったのである。それはまるで、合わせ鏡でも見るかのように、中野にはそっくりに映っていた。

佳純は自信なさげに振る舞い、神経質そうに見えてはいるが、その元となる顔には、美しくなれる素質が隠されていたのである。きっと本人が気付かないだけなのかも知れない。

佳純が自信をつけ明るく振る舞えば、亜門のように可愛い女性へと、生まれ変われるだろう。そうすれば佳純も二人の姉妹のように、嫁ぐことができるかも知れない。中野には、そう思えたのである。

そんな風に考えている中野を、佳純が不思議そうに見つめていた。

心の動揺がいくらか収まったとき、どこからか聞き慣れない音が聞こえてきた。

バシュッ！　パキーン！　バシュッ！　パキーン！　バシュッ！　パキーン！

規則正しく、その音はリズムを刻んでいる。

今度は、その音に関心が移っていた。

「皐月さん、この音は何ですか？　規則正しく聞こえてくる、この音です」

中野は皐月を見て、問い掛けた。

バシュッ！　パキーン！　バシュッ！　パキーン！　バシュッ！　パキーン！

皐月は耳を澄ませていたが、笑顔になると、

「あれは当家の使用人である泰造が、冬に向けての薪割りをしている音です。後で裏庭に出てみれば、ご覧になれますわ」

と教えてくれた。

「ああ、薪割りの音だったのですか。とても規則正しく聞こえるものですから、泰造

さんはきっと薪割りの名人なのですね」

「ええ、そうです。泰造は薪割りの名人であり、村一番の力持ちでもあるのですよ」

するとと今まで黙って中野たちのやり取りを聞いていた凜が、ボソッと呟いたのである。

「泰造は確かに、木霊村の中では一番じゃ。しかし孫の真の半分ほどしか、力はないわい」

そう呟くと、一人ほくそ笑んでいる。その呟きには、中野も同意した。そしてもう一人、何故か、皐月も頷いていたのである。

四月朔日家本家の住人に対し、一通り挨拶が済むと、八十喜知が提案をした。

「ほならば、今夜は、中野さんの歓迎会を、村の全員で開くことにするべ。先ほど、凜さんところの美咲さんが、大きな猪が手に入ったから、今夜は村の全員で牡丹鍋を作ると騒いでおったぞ。じゃから、それらみんなまとめて、やればいいわな。なあ、凜さんや、それでいいじゃろう」

「八十喜知さんよ。それでいいが、その猪を退治してくださったのは、こちらの中野さんじゃからな。木霊村で世話になる駄賃として、途中で退治してくれたのじゃよ。

村の野菜を食い荒らしていた、あの馬鹿猪じゃて。村の衆はみんな、中野さんに感謝しなきゃならんぞ」

そう説明すると、笑っていた。

それを聞いた皐月の、中野を見る目が変わった。

今までは、興味なさげに中野を見ていたのだが、凜の今の一言で、熱い眼差しで見つめてきたのである。あきらかに心の変化が顔に表れていた。

凜は立ち上がりながら、

「八十喜知さん、邪魔したな。次は八月朔日家に、挨拶に行ってくるわい。今夜の歓迎会の件は、又、打ち合わせにくる。どちらの家でやるにしても、食材の準備だけは、しておかんとな」

そう話すと中野を見て、

「中野さんや、次は八月朔日家本家に挨拶に行くが、先に泰造の薪割りを見てから行かれるか？」

中野も八十喜知や皐月たち姉妹に、もう一度会釈すると、スクッと立ち上がった。

そして凜を見ながら、

「はい、できればこの際ですから、挨拶かたがた見てみたいです。泰造さんの薪割りを！」

　すると、それを聞いた皐月も立ち上がり、

「中野さん、それならば中庭が見える場所へ、私が案内いたしますわ。私についてきてください」

　熱い眼差しで見つめたまま、そう言った。

　中野は皐月の心変わりの意味までは、わからなかったが、いい方向に変わってくれたのだから、それはそれで良しとして、皐月の後についていった。

　皐月は廊下に出ると、屋敷の奥へ向かって歩いて行く。

　部屋に残った八十喜知や、三姉妹が驚いていた。実をいうと凜も、皐月のその態度には驚いていた。

　何故ならば、皐月が男性に対して、熱い眼差しを向けることなど、孫の真以外には一度もなかったからである。

　ましてや初対面の男性を、中庭まで案内することなど、今までの皐月からすれば、到底考えられない行動だった。

　貴理子がニヤニヤと微笑みながら、志萌音に向かって囁いた。

「皐月姉様ったら、もしかして中野さんに、一目惚れしたのかしら。でもそうしたら、不倫の恋になっちゃうわよね」

「あら、それでもいいじゃない！　今まで男知らずの皐月姉様なのだから、不倫でも何でも男を知って、情熱的に終わる恋も、それはそれでいい経験になるわよ。

でも中野さんが、あのことを知ったとき、はたして皐月姉様を抱けるのかしら……男っていざとなれば、みんな度胸がなくなるものなのよ」

「そうね、最後の最後が、見物だわ。名探偵ならば、よけいに面白いことになるわね」

と囁き合っていた。

一緒に暮らす姉妹からも、そうからかわれ、やはり四月朔日皐月は、不憫な娘なのかも知れない。

二人の囁き合う声が聞こえていないのか、佳純だけが虚ろな瞳で、畳の目を指でなぞっていた。

皐月は何故、心がときめいているのか、自分自身でもわからなかった。ただ目の前に現れた男が、須崎真の知り合いであり名探偵である。

そして村の男たちが、誰一人退治できなかった猪を、村で世話になる駄賃代わりに退治してみせた男である。

歳も自分と同じであり、背丈も丁度いいように感じられた。

皐月にとって生まれて初めて、目覚めた感情かも知れない。

初恋……一目惚れ……どちらも本で読んだことがある言葉だった。

しかしその思いは、須崎真に対する憧れとは、何かが違う気がした。

皐月の心の奥底には、いつでも須崎真が住んでいたからである。

それは遠い昔交わした、須崎真との約束。


バシュッ！　パキーン！　バシュッ！　パキーン！　バシュッ！　パキーン！


音が近づいてくるのが、中野にもわかった。

廊下の突き当たりを皐月は、左に折れて、中庭が見渡せる縁側まで連れてきてくれた。

その中庭では、須崎ほどの大男が、汗を飛び散らせながら、一心不乱に薪を割っていた。

使い込まれた斧を、大上段に振り上げると、目の前にある薪に、垂直に振り下ろす。するとその薪が、小気味良い音を立てて、真っ二つに割れる。そして又、薪を台座の上に立て、同じ動作を繰り返す。

一見すると、単純そうに見えるのだが、難しい作業なのであろう。

皐月が泰造に、声をかけた。

「泰造、取手市から来た中野浩一さんよ。お前の薪割りが見たいというから、連れてきたの。こちらにきて挨拶をしなさい」

皐月の声を聞いて、泰造は薪割りを止めると、首に巻いていた日本手ぬぐいで汗を拭きながら、縁側の側まできてくれた。

泰造は灰色の作業服を着ていたが、両袖はまくっていた。

二の腕の太さもそうだが、胸の大胸筋も盛り上がっていることが、服の上からでもよくわかった。

髪型は、少し前ならばロン毛とでもいうのだろうが、泰造の場合は、ただ単に自然に任せて、切らずにいるだけのようである。

けれども何故か、不潔には見えなかった。

皐月は中野を見て、

「村一番の力持ちの泰造です。泰造は、四月朔日家の使用人として、私が子供の頃から当家に仕えてくれています。無口ですが、いざとなれば何でもしてくれる、優しい男ですわ」

そう紹介してくれた。

中野は笑顔のまま、

「初めまして泰造さん。中野と申します。しばらくの間、凛お婆様の家で厄介になります。よろしくお願いします。

しかし泰造さんの薪割りは、見事なものですね。薪を割るリズムも小気味いいですし、そこまで上手に薪を割れるようになるには、相当年数も掛かるのでしょうね」

中野は褒め言葉のつもりでそう言った。

泰造も嬉しそうに、微笑んでいた。

ところがである、皐月がとんでもないことを言い出したのである。

「あら、中野さん。それならば、中野さんも薪割りを、やってみればいいわ。

泰造、その斧を中野さんに貸してあげて、薪割りをやらせてあげてちょうだい」

それを聞いた中野は、慌てて辞退をしたのだが、皐月は引かなかった。

仕方がないので中野は、縁側の外にあった突っかけを借りて、芝まで下りていった。

そしてすまなそうに、泰造から斧を受け取った。

中野の身長は、１７８cmである。横に並んだ泰造は、１８５cm近くはあるだろうか。

中野は泰造にお願いして、薪割りのコツを聞いた。それからは見よう見まねで、薪割りを始めた。

思っている以上に斧は重い。もちろん最初のうちは、薪を割ることなどできなかった。斧を持ち上げるたびに、身体がふらつく。真っ直ぐ振り下ろすことさえも、難しかった。

しかし中野の持ち前の運動神経が、目覚め始めたのである。元々、高校時代はボクシングをやっていた中野である。

台座に置いた薪は、動かない標的であり、その真上から斧を打ち込めばよい。

薪は決して、ボクシングの対戦者のように、打ち下ろす斧を除けようとはしない。当たり前のことだが、それに気が付いたのである。四～五度、失敗を繰り返すうちに、何とかこつが摑めてきた。

『それだけである』そう思い込むようにした。

中野はいつの間にか、それなりに薪を割り出していた。

泰造のように、一定のリズムで割ることはできないが、薪を真っ二つに割ることは、できるようになっていた。

そんな中野の姿を見て、皐月は拍手をしながら、心をときめかせていた。

しかし後で、須崎真が現れたとき、その思いは偽りのものであると、皐月は気が付くことになる。

中野は笑顔で泰造に斧を返すと、お礼を言った。

四月朔日家本家を、これにてお暇した。

《5》八月朔日家へ

凜は次に八月朔日家本家に連れて行ってくれた。

四月朔日家の玄関から出ると、今度は芝生の上ではなく、一本道へと続いている飛び石を渡っていく。

中野も後から続いた。

すると凜は、ここでも八月朔日家本家に住む人について話した。

「八月朔日家には、これまた双子の八月朔日獅子雄（ししお）42歳と、大雅（たいが）の家族たちが、本家として住んでおる。

獅子雄の女房は名前を京子といい、歳は獅子雄よりもいくらか上だった気もするわい。残念ながら獅子雄さん夫婦には、子供はいないのじゃ。
獅子雄さんは八十喜知さんの後、木霊村の長老になられるお方じゃよ。
大雅の女房は和子といい、歳は大雅と同じじゃ。子供は娘が一人いて、名は木綿子(ゆうこ)といい、歳は確か今年で9歳になるはずじゃがな」

そう教えてくれた。

八月朔日本家は、木霊村を縦に分ける一本道と紫星川を渡った反対側にある。

村を分ける道に目をやると、少し先にも橋が架かっていた。どうやら紫星川には、二本の橋が架かっていることがわかった。

確か須崎からの話では、この一本道は木霊神社まで続いていると聞いている。

凜に、その旨を尋ねると、

「ああ、そうじゃよ。木霊神社は、阿仁山の中腹に立っておる。村の守り神じゃ。何しろ林業だけで生きてきた村じゃから。村人たちは今でも木霊神社には、月一で参拝に行っておる。阿仁山と当斗山には、誰もが感謝しておるからのう。
紫星川の源となる泉も、木霊神社の奥より湧き出ていて、この村を通り先の大子町まで続いておるのじゃ。紫星川は村の水源となってるわけじゃからな」

そう教えてくれた。

木霊村を東南に縦断して流れている紫星川の川幅は、おおよそ３ｍほどだった。両脇の川縁には、大小様々な石が丁寧に嵌め込まれていて、整備されていることがよくわかった。

水の流れている実際の川幅は、２ｍほどしかない。しかし流れる水量は豊富で、その見た目はまさしく清流である。キラキラと日差しを受けて反射する水面は、とても美しかった。

紫星川の両側には、木製の囲いが作られていて、無闇には入れないようになっている。

囲いの左右には三カ所ずつポンプが設置されていて、村の家々に引かれる水道に繋がっているようだ。

ポンプの横には、川面まで下りられる階段が設けられていた。

階段はポンプの点検用、もしくは整備用に違いない。

四月朔日家本家と八月朔日家本家を直接結ぶ、メインとなる通路には、立派な橋が架かっていた。もちろん橋桁以外は、全て木材で出来た橋である。

左右の欄干には、龍が彫られていた。

右側の欄干には四月朔日家側から、八月朔日家側に向かって、一匹の龍が横たわり、左側の欄干は、その逆方向に龍が横たわっている。

どちらの龍も、木霊村の木彫りの技術が高いことを、物語っていた。

橋のたもとには、『龍雲橋』と名前が彫られている。

中野は自分の携帯電話で、欄干に横たわる龍を写真に撮っておいた。あくまでもこれは、記念にである。

奥に見える二本目の橋は、普通の欄干が付いていた。

やはりこちらの橋が、木霊村の主となる橋のようだ。

中野は八月朔日家本家への挨拶が済んだら、木霊神社まで行ってみようと考えていた。

橋を渡ると、そこからは八月朔日家の敷地だった。

橋のたもとから八月朔日家本家の入り口までには、やはり飛び石が等間隔で置かれている。

八月朔日家本家の建物は、四月朔日家本家と殆ど造りが同じだった。

違っていたのは、建物の向きだけであり、それはまるで村の中央にある一本道と紫星川を挟んで、線対称のように造られていたのである。

中野は、目の前に立つ八月朔日家本家と、後ろに見える四月朔日家本家を、振り返りながら見比べていた。

「凜お婆様、もしかしたら八月朔日家本家の建物と、四月朔日家本家の建物は、全く同じ造りなのでしょうか。

ここから見える全体の造りは、まるで瓜二つのように見えるのですが」

凜は中野に振り返り、

「ああ、そうじゃよ。八月朔日家も四月朔日家も、本家建物の造りに違いはない。どちらも同じ木材を使い、同じ間取りで建てられている。つまりじゃ、二つの家柄に上下の違いなどなく、立場は平等ということじゃよ。

他の家々は別で造ってはあるがな。本家だけは、村ができたときから、同じなんじゃよ」

と教えてくれた。

その答えに、中野は納得していた。

八月朔日家の敷地中央に立つ本家の建物は、四月朔日家と同じく、豪邸と呼ぶに相応しい佇まいである。

八月朔日家の松の木は右前だった。

手入れされた大きな松の木が、傘を連なるように切り揃えて植えてあり、屋根の軒先には二本の角を生やし大きな口を開いた鬼瓦が、睨みを利かせている。

　これも四月朔日家と同じである。

　造りは平屋建てであり、普通の二階屋よりも、屋根の位置が高い。

　八月朔日家の玄関扉も、四月朔日家と同じように、左右二枚ずつの四枚扉だった。

　中央の二カ所の扉だけが開かれ、こちらには屋根まで掛かる、大きな葦簀が立て掛けてあった。

　四月朔日家とは、日差しが入る方向が違うため、葦簀を立て掛けているようだ。

　玄関に入るとやはり大きな一枚岩の框が置いてあり、四月朔日家と同じように板張りの廊下が続いていた。

　凜は框の上で草履を脱ぐと、声をかけて上がっていった。

「八月朔日さんや、間仲ですじゃ。今日から客人が泊まりに来ましたので、ご挨拶に伺いました。入らせてもらいますよ」

　中野も凜に続いて上がっていく。

　廊下を進むと、四月朔日家とは逆に、右の障子を開けた。

「おやおや、獅子雄さんですか、珍しいことですな。人形の出荷作業は、一段落されましたか。客人を連れてきましたので、ご挨拶をさせてくだされ」

凛の後に続いて部屋に入ると、やはりそこは大広間となっていた。

部屋の中央で一人の男が、コーヒーを飲みながら寛いでいた。その男の風貌が変わっていた。

髪の毛は、櫛も入れていないように乱れていて、無精髭が伸びている。

身に着けている作業服も皺くちゃで、所々に汚れが付いていた。一見すると、まるで浮浪者のようである。

しかしこの男こそが、八月朔日家本家の主である、獅子雄だった。

「何だ、凛さんか。客人を連れてきたのか……俺は作業中だから、汚いままだぞ。先に言っておいてくれれば、身支度ぐらい整えておいたのにな。まあ、今更言ってもしょうがない、どうぞお上がりくだされ」

見た目は汚なかったが、気持ちよく迎えてくれたことが、その笑顔でわかった。

「何じゃ、ワシの倅が獅子雄さんに、客人が来ると伝えてなかったのか？

今朝から、史郎が人形の出荷を手伝うため、こちらへ来ておるはずじゃがな」

「ああ、史郎さんならば、奥で作業を手伝ってくれておるぞ。

ほうか……史郎さんが来たとき、何かそんなことを言っていたかも知れんな。

俺も人形の出荷でテンパッテいたから、よくは聞いておらんかった。そりゃあ失礼したな」

そう言うと、豪快に笑った。

中野は部屋の中に入ると、広い床の間を見た。やはりそこには、二体の花嫁人形が飾られていた。

しかし四月朔日家に飾られていた花嫁人形とは、あきらかに方向性が違っていた。

八月朔日家の花嫁人形は、妖艶だったのである。

四月朔日家の花嫁人形が清楚な花嫁人形ならば、八月朔日家の花嫁人形は、成熟した大人の色気を醸し出していた。

何故ならば、二つの花嫁人形には白無垢姿ではなく、色打ち掛けが着せられている。色打ち掛けの色は、朱色と緑色、朱色と紫色の組み合わせであった。

そして人形の前に立つ木の札には、『京』『和』と彫られていた。

これは八月朔日家の嫁たちの、名前のようである。

確か須崎や凜から聞いた話では、獅子雄の嫁の名が『京子』であり、弟の大雅の嫁の名が『和子』だったはずである。

中野はそのことを思い出し、一人納得していた。

けれども花嫁人形の売り出し方に、違いを付けるところなどは、上手い戦略だった。

四月朔日家は清楚な花嫁人形を作り、八月朔日家では妖艶な花嫁人形を作る。

あきらかに違いをつけることにより、どちらの花嫁人形も欲しがる買い手が、必ずいるはずである。

木霊村は一つのことに立ち止まらず進んできた。そのために、廃村という危機を免れたようである。

中野はその理由についても、理解できた気がした。

凜の横に腰を下ろすと、獅子雄の目を見て挨拶した。

「取手市より来ました中野浩一です。しばらくの間、凜お婆様の家にご厄介になります。よろしくお願いいたします」

「ほうか、アンタがあの中野浩一さんか！　俺は、八月朔日家の主である、八月朔日獅子雄です。よろしく頼みます。

中野さんのことは、史郎さんから聞いたことがあったぞ。何もない村じゃけど、どうぞゆっくりしていってくだされ。空気だけはどこよりも美味いと、俺は思っておるがのう。まあ、それだけ田舎というわけだ。

今、弟の大雅を呼びますけん、ちょこっと待っていてくだされ」

笑顔でそう告げると、部屋の奥へと消えていった。見た目はワイルドだが、心根はとても優しそうな男性である。

獅子雄の身長は、丁度、鴨居と同じぐらいの高さだった。つまり180cm前後のようである。

中野は獅子雄が見えなくなると、あらためて床の間を観察してみた。

やはり花嫁人形の奥の壁には、四月朔日家と同じように、木霊村の掟が書画のように書かれ飾られていた。

一、四月朔日家と八月朔日家は、決して争ってはならぬ。
二、木霊村での稼ぎは、半分を自分のために、残りの半分は村人のために。
三、四月朔日家と八月朔日家の婚礼は、あってはならぬ。

四月朔日家でも八月朔日家でも、この掟だけは絶対に、破ってはいけない取り決めのようである。

お互いの床の間に、目立つように飾っておく。

木霊村の掟………何故だか中野には、その掟が重苦しく感じられた。

少し待つと、獅子雄が戻ってきた。

そして獅子雄の後ろからは、男性が二人現れた。

一人は太った男性で角刈り頭だった。少しだが、髪の毛には白い物も交じっている。歳から見ても、凜の息子である史郎のようだ。史郎も作業服を着ていて、額からは汗をしたたらせていた。

もう一人の男が、獅子雄と双子の弟である大雅のはずだ。けれどもその容姿は、獅子雄とは全然似ていなかった。獅子雄と同じ作業服を着てはいるのだが、だらしなくないのだ。

髪も七三に分け、きちんと櫛を入れ整えてある。もちろん無精髭など生えていない。体つきもスマートで、銀縁眼鏡を掛けていた。まるで東京に勤める、洗練されたビジネスマンのように見える。

年齢も42歳にはとても見えなく、三十代でも十分通用するだろう。

兄の獅子雄がワイルドならば、弟の大雅は都会的に洗練された男性だった。

ここまで対照的な双子の兄弟を、中野は見たことがなかった。

先に史郎が、中野に声をかけてきた。

「これはこれは中野さん、よく木霊村に来てくださいました。私は、間仲史郎です。

いつも甥の真君が、お世話になっております。こんな辺鄙な村へ、中野さんのような有名人が来てくれたことは、とても嬉しいことですよ。

先ほど、女房の美咲に聞いたのですが、あの悪さしてしょうがなかった猪を、早速退治してくださったそうで、本当に助かりました。村人を代表してお礼を言います。ありがとうございました。

美咲の話ですと、今夜は村人全員で、中野さんの歓迎会を開くそうです。その席で、牡丹鍋が振る舞われるそうですよ。今から楽しみにしております」

汗をタオルで拭きながら、笑顔でそう挨拶をしてくれた。

史郎の背丈は、家の鴨居と比べても高く、１８５㎝ぐらいありそうだった。甥と言った須崎真と、同じぐらいあるのかも知れない。但し、お腹周りは、須崎よりもだいぶ膨らんでいた。それはご愛敬であろう。

中野も笑顔で、二人に向かって挨拶をした。

「取手市より来ました、中野浩一です。しばらくの間、凜お婆様の家で静養させていただきます。

こちらこそ須崎課長には、いつも大変お世話になっております。どうぞよろしくお願いいたします」

すると獅子雄の横に、腰を下ろした大雅が笑顔を作って、

「そうですか、貴方が名探偵の中野浩一さんですか。お目にかかれて光栄です。私は、八月朔日大雅と申します。確かに何もない村ですが、暮らし方を考えれば、とても面白い村ですよ。

どうぞ身体が休まるまで、ゆっくりとしていってください。今、我々の家族を紹介いたします」

そう言って頭を下げると、後ろを振り向き、大声で名前を呼んだ。

「お〜い和子、和子。京子さんも呼んで、一緒に来てくれ！」

しばらく待つと、薄緑色の着物を着た女性と、薄紫色の着物を着た女性が、しずしずと入ってきたのである。

二人の女性も年齢は、三十代後半ぐらいに見えたが、どちらの女性が和子なのかわからなかった。和子の年齢は、確か大雅と同じはずである。

そしてどちらの女性も美しく、大人の女性の色香が漂っていた。

薄緑色の着物を着た女性が、獅子雄の左横に腰を下ろした。どうやらこちらの女性が、京子のようである。

薄紫色の着物を着た女性は、大雅の右横に腰を下ろした。こちらの女性が、大雅の

妻である和子のようだ。その着物の色は、床の間に飾られている花嫁人形そのままである。

どちらの女性もほんのりと化粧をしていて、口紅だけが紅かった。

髪の毛は二人とも後ろで一つに纏め、上に持ち上げていた。

二人の女性は、双子のように似ている。髪型までも同じだったから、余計に区別がつかなかった。

獅子雄と大雅の兄弟が、双子というのも信じられなかったが、逆に、京子と和子が赤の他人であるというのも、信じられなかった。

二人を区別するには、和子の口元に、少し大きめの黒子があった。それで判断することができた。

昭和の時代に、ザ・ピーナッツという双子の女性歌手がいたが、それと同じ方法で見分けるしかなさそうである。

京子が先に笑顔を見せて、中野に挨拶をしてくれた。

「中野さんでございますか、初めまして八月朔日京子です。木霊村へようこそ、お出でくださいました。

中野さんのご高名は、テレビやネットなどでも伺っております。どうぞ木霊村での休日を、楽しんでいってくださいませ」

丁寧な口調で、そう挨拶した。

するとと次は、和子が頭を下げた。

「中野さん、私は八月朔日和子です。大雅の妻でございます。どうぞよろしく、お願いいたします」

控えめだが、感じよく挨拶をしてくれた。

中野も京子と和子を交互に見て、笑顔で挨拶をした。

「取手市から来た中野浩一です。しばらくの間、凜お婆様の家でご厄介になります。こちらこそ、よろしくお願いいたします」

すると凜が立ち上がりながら、

「これで八月朔日家にも挨拶が済んだから、後のことは酒飲みたちに任せて、中野さんワシらはお暇しましょう。

獅子雄さん、大雅さん、今夜の歓迎会のことは、お任せいたしましたぞ。牡丹鍋も楽しみだと、八十喜知さんも言っておりましたわ。

どちらの家の大広間で行うにしても、決まったら連絡をくだされ。それでは皆さん、後ほど」

そう告げると、ペコリと頭を下げて部屋を出ていく。

中野も慌てて、八月朔日家の面々に挨拶を済ますと、凛の後に続いて部屋を出ていった。

龍の飾りが付いた橋の欄干まで戻ってくると、中野は凛に疑問をぶつけてみた。

「二つの本家に挨拶をして、あらためてわかったことなのですが、どちらの家の客間にも、木霊村の掟が、誰にでも見えるように飾られていました。ある意味、よそ者の僕からすれば、異様にも見える光景です。それだけあの三ヶ条は、絶対に破ってはならぬという意味に受け取れます。

その中でも三番目に書いてあった、『四月朔日家と八月朔日家の婚礼は、あってはならぬ』この文について、僕は気になりました。

凛お婆様のところに投げ込まれた、警告文の意味から考えると、もしかしたら貴理子さんと志萌音さんの二人の嫁ぐ先が、八月朔日家の遠い親戚に当たるのではないでしょうか?」

凛が足を止めて、中野に振り返った。

「そうじゃよ、中野さんが仰るように、あの掟は、たとえどのようなことがあろうとも、破ってはならぬ、神聖なものじゃ。掟を破れば、木霊村は滅ぶと言われておる。

しかしじゃ、貴理子の嫁ぐ先は、日立市にある佐藤家であり、志萌音の嫁ぐ先は、高萩市の鈴木家じゃからな。八月朔日家とは、縁もゆかりもない家柄じゃ。

ワシも警告文を見たときは、何か繋がりがあるのか調べてみたのじゃが、掟を破るようなことは何一つ無かったのじゃ」

「そうですか、それであれば違うようですね」

中野は少し考えると、今度は別のことを言い出した。

「凜お婆様、僕はこの後、木霊神社まで行きたいのですが、宜しいでしょうか」

すると凜は、山の頂きへと続く道に視線を移し、

「ほうか、木霊神社まで見に行きなされるか。木霊神社までは、この道を歩いて行けば着くのじゃが、少し時間が掛かるぞ。行って帰ってくるだけで、小一時間ほど掛かるじゃろう。まあ、まだ日も高いから、心配はいらぬじゃろうがな。気を付けて、行ってきなされ」

「はい、では行ってきます。でも片道、三十分近くもかかるのですか。木霊神社までは、意外と遠いのですね」

「木霊神社とは元々、紫星川の水源である湧き水の手前に、建てられたわけじゃからな。阿仁山の中腹より湧き出る泉が、村の水源じゃ。

阿仁山と当斗山、そして紫星川の水源となっておる泉、その三つ全てが木霊神社の御神体になるのじゃよ。三つが揃わなければ、木霊村はなかった村じゃ。だから中野さんや、決して紫星川を汚してはならんぞ。飲み水というだけでなく、御神水でもあるわけじゃからな。それだけは、注意してくだされ」

「はい、わかりました。色々と教えていただき、ありがとうございます」

そこで中野は凜と別れ、一人木霊神社へと向かった。

《6》木霊神社

腕時計を見ると、午後二時を少し過ぎていた。

そういえば今日はまだ、昼ご飯を食べていないことに気が付いた。

一緒にいた凜も何も言っていなかったし、夜、自分のために開いてくれるという歓迎会を楽しみにして、今日は昼抜きと決めた。

ポケットに入っていた、キシリトールのガムを取り出し口に入れる。

中野は題名もわからない歌を口ずさみながら、呑気に一本道を進んで行った。

獅子雄の言うように、空気だけは格別に美味い。それは確かである。

しかしその道は、やがて山道となり、傾斜もきつくなっていく。歩き始めて、既に三十分は過ぎている。それなのに木霊神社は、まだ見えてこない。

周りの景色を見ながら、のんびりと歩いてきたせいだろう。

道はまだまだ続いているし、横には紫星川も流れているので、間違いはないはずである。

けれども厄介なことに、天候が怪しくなってきた。

さっきまでは、あれほど天気が良かったのに、山の天候は気まぐれのようだ。

空一面に真っ黒な雨雲が、次から次へと湧き出してきている。今にも大粒の雨が、降り出しそうだった。

暗闇に閃光が走った！　続いて雷が、大きな音を立て鳴り響く！


ピカッ！……ゴロゴロゴロ！

中野は村まで戻るよりも、木霊神社へ急ぐことを選んだ。山道を全速力で駆け出していく。

とうとう大粒の雨が、降りだしてきた。

一本道なのだから、この先に必ず木霊神社があるはずである。それを信じ中野は走り続けた。

ずぶ濡れになりながらも二～三分走ると、目の前にやっと鳥居が現れてきた。とても立派な大木で造られた、朱色の鳥居である。鳥居の先には、高さが2ｍほどもある石碑が立っていた。

これが須崎から聞いていた、花嫁人形の歌詞が刻まれている石碑なのかも知れない。でも今は、それらを確認する時間はない。一刻も早く、神社の軒下まで、逃げ込まなければ。

大粒の雨に全身を叩かれながらも、中野は神社の軒下に駆け込んでいく。

そこまで来ると、木製の階段を三段ほど上り、雨に濡れないように、賽銭箱の脇に座り込んだ。

そして、大きな溜息を吐いた。

「フ～～ッ、とんだ災難だったな」

と洩らしたとき、又も稲光が走り、雷が爆音で鳴り響いたのである。

ピカッ！……ゴロゴロゴロ！

稲光が辺り一面を照らしたとき、視界の左隅に動くものが目に入った。

それは神社の社の中だった。

中野はゾッとし、全身に鳥肌が浮き立つのがわかった。

それでも中野は息を止めると、賽銭箱の脇から社の中を覗いてみた。

何故なら丁度いい具合に、入り口となる障子が少しだけ破れていて、中まで覗けたからである。

社の中は暗くて、よくは見えなかった。何だか白いものが、ユラユラと揺れ動いているようにも見える。

中野は息を止めて、目を凝らした。

境内には大粒の雨が叩きつけていて、少しぐらいの音は、掻き消されてしまう。だから思い切って中野は、大胆に動けたのである。

障子の破れを、少しだけ指で押し広げてみた。

その時だった！

三度目の閃光が走り、雷鳴が轟いた。

ピカッ！……ゴロゴロゴロ！


その閃光により社の中が、一瞬だけ明るくなった。

中野は、そこで見てはいけないものを、見てしまった。

目をギラつかせ、真っ赤な口を耳元まで切り開いた、恐ろしい般若の顔が、中野のことを睨んでいたのである。

「般若の顔が、睨んでいる！」

中野は大声を出して、階段から転げ落ちてしまった。

ドドドドド〜〜〜ン！と。

すると社の中から、人の声がした。

「だ、誰か、そこに居るのですか！」

その澄んだ声には、聞き覚えがある。四月朔日皐月の声だった。

中野は何がなんだかわからなかったが、起き上がると再び賽銭箱の脇まで行き、社の中に向かって説明を始めた。

「皐月さん、先ほど挨拶した中野浩一です。

僕は八月朔日家の挨拶が済んだので、凜お婆さんに了承をもらい、木霊神社を見学しようと思って、ここまで来ました。

ですが大雨に降られてしまい、神社の軒下へと逃げ込んできたところなんです」

少し経つと社の障子が開き、皐月が顔を見せた。四月朔日家で会ったときと同じ白いワンピースを着ている。

そして右手には、自分の履いてきたサンダルを持っていた。

けれども皐月が身に着けていた真っ白なワンピースは、中野と同じように、ぐっしょりと濡れていた。

皐月もどうやら、雨に降られてしまい、社の中へと逃げ込んだようである。

中野は皐月から目を逸らすと、聞いてみた。

「皐月さんは、木霊神社にお参りにきたのでしょうか」

皐月は、その問い掛けには答えず、中野の側までくると、中野の左脇に寄り添うように腰を下ろした。

そして何と、中野にしなだれ掛かってきたのである。中野は緊張したまま、動けずにいた。

すると皐月は、中野の左手に右手を絡ませながら甘い声で、

「寒い……中野さん、皐月は寒い……」

そう囁くと、ガタガタと震えだしたのである。

皐月の顔を覗き込むと、それは演技などではなく、真実のようにも思えた。

皐月のおでこに、右手を当ててみると、熱があるように熱かった。

けれどもこの大雨が降る状況で、皐月の身体を温める術はない。

途方に暮れてしまった中野は、取り敢えず自分の着ていたポロシャツを脱ぎ、固く絞ると皐月の肩にかけてあげた。

そして肩を抱き寄せ、背中をこすることしかできなかった。

しかし雨は、まだ降り続いている。

中野は意を決して、雨の中を木霊村まで走り、助けを呼びに行くことにした。

「皐月さん、僕が村まで行き、助けを呼んできます。少しだけ、待っていてください！」

そう叫んで、走り出そうとしたとき、皐月が中野の手を引いて止めた。

驚くことに皐月は急に立ち上がり、大笑いを始めた。

「どうやら中野さんは、嘘など吐いていないようです。私の後をつけてきたわけではなく、本当に木霊神社を見学に来たのですね。

私が誘いかけても、見向きもしませんでしたわ。噂通り真面目な男性のようです。私を心配して、御自分のポロシャツまで貸してくれました。

そしてこの雨の中を、村まで助けを呼びに行こうとしてくださいました。それがわかりましたから、もう大丈夫です。ありがとうございました」

何と皐月は、中野を試していたようである。それでも信じられずに、中野は問い掛けた。

「でも皐月さんのおでこは、熱があるように熱かったですよ。本当に大丈夫なんでしょうか」

皐月は中野から掛けてもらったポロシャツを返しながら、

「これはお返しいたします。ありがとうございました」

中野にお礼を言った。

そして皐月は恥ずかしげに下を向くと、

「私のおでこが熱かったのは、中野さんに抱きついて、心がときめいていたからですわ。ご心配要りません。嘘を吐いてしまい、本当に御免なさい」

胸元を押さえながら、皐月が謝っていた。

騙されたことよりも、皐月が何ともないのなら、それでよかったと中野はホッとした。

濡れたポロシャツを再び着ると、軒下から空を見上げてみた。

だいぶ、雨は小降りになってきた。夕立は、どうやら峠を越えたようである。

賽銭箱の横に腰を下ろし、皐月と並んで待っていると、やがて雨も上がり日が差してきた。

本当に山の天気は、気まぐれである。何と山間には、美しい虹も架かっていた。

腕時計を見ると、午後三時半を少し過ぎたところである。

中野は、あらためて木霊神社を見て回ることにした。皐月も中野と共についてきて、木霊神社について教えてくれた。

最初に見たのは、入り口に立つ立派な鳥居である。

「この鳥居は、十年ぐらい前に建て替えました。阿仁山に御神木として生えていた杉の大木が、雷が落ちて倒れてしまったのです。

その杉の木を加工して、鳥居としてここに奉納したのですよ。ですからその前の鳥居よりも、大きな鳥居となったのです」

中野は皐月の説明を聞いて、成る程と思い、鳥居の周りを一周してみた。

鳥居の中央にある額束には、木霊神社と深緑色で書かれた縦板が、作り付けられている。柱の部分も太く、全体が朱色に塗られていた。右の柱裏側下部には、平成二十一年十月奉納と記されていた。

次に中野が興味を持って見た物は、鳥居の奥に立っている石碑だった。高さは、中野の背丈よりも高く、２ｍ近くもある。横幅は１ｍほどであり、厚さも30㎝ぐらいはありそうだった。

薄灰色の石碑は、雨で濡れたせいか、いくらか翳んで見える。

石碑の表面には縦書きで、一行ずつ、花嫁人形の歌詞が黒色で刻まれていた。一行ずつというのは、一番が一行、二番も一行という意味である。

そして須崎が話していたとおり、そこには歌詞が八番まで刻まれていた。

『花嫁人形』

一、金らんどんすの帯しめながら　花嫁御寮はなぜ泣くのだろう

二、文金島田に髪結いながら　花嫁御寮はなぜ泣くのだろう

三、あねさんごっこの花嫁人形は　赤いかのこの振袖着てる
四、泣けばかのこのたもとがきれる　涙でかのこの赤い紅にじむ
五、泣くに泣かれぬ花嫁人形は　赤いかのこの千代紙衣装
六、招かれざる者　内輪の情け　花嫁御寮はなぜ泣くのだろう
七、呼んで呼ばれた物の怪御子は　互いを見つめて涙を溢す
八、いにしえ伝える文金島田　守らにゃならぬと古苔恥じる

中野が皐月に問い掛けてみた。

「皐月さん、僕の知る童謡の花嫁人形は、確か五番までだったと思います。ですがこの石碑の花嫁人形の歌詞は、八番までありますよね。

これにはどのような意味があるのでしょうか？　もしご存知ならば、教えてくださ

い」

皐月も中野の横で、石碑を眺めながら、

「童謡の花嫁人形は、作詞が蕗谷虹児さん、作曲は杉山長谷夫さんです。歌詞は、確かに五番まででした。

けれども木霊神社に立つ石碑には、このように八番までの歌詞があります。

その理由は、四月朔日家三代目、新左衛門の妻である美景(みかげ)様が、追詞されたのだと聞いています。

新左衛門は、村一番の樵(きこり)でした。その妻である美景様は、隣村から嫁いできたとても美しい女性でした。

新左衛門は働き者でしたが、大酒飲みであり、根っからの遊び人でもあったのです。

毎晩のように、村を下りて行き、町で遊女たちと遊びほうけていたそうです。

妻の美景様は、仕事は一生懸命するのだから、遊びならば許しますと、新左衛門を咎めなかったそうです。

するとそれを良しとした新左衛門が、羽目を外しすぎてしまいました。

遊女の一人だった、結女子(ゆめこ)にうつつを抜かしてしまったのです。そして結女子との間に、何と子供まで作ってしまい、それが美景様に知られてしまうのです。

美景様は遊びならば許すが、本気になったのであれば、新左衛門を刺し殺して自分も死ぬと決めていました。

覚悟の上、美景様は、結女子とその子供である亜佐美を、木霊村に呼び寄せ、新左衛門も同席させて話を聞いたのです。

しかし生まれてきた赤子の亜佐美は、身体の一部が不自由だったのです。

新左衛門も結女子も許して欲しいと、泣いて美景様に頼み込みました。

情に絆されてしまった美景様が、結女子と不憫な亜佐美のために、新左衛門から身を引く決意をされました。

その時の御自分の心情を、花嫁人形の歌詞に付け足して、石碑に刻んだのだと聞いております わ。このような話で、おわかりになりましたか」

そう、教えてくれた。

中野は、今、皐月から聞いた話と、石碑に刻まれている六番から八番までの歌詞を、自分なりに読み解いてみた。

「成る程、六番の『招かれざる者』とは、結女子さんのことですね。『内輪の情け』とは、新左衛門さんに対してかな。

七番の、『呼んで呼ばれた物の怪御子は』、これは身体の一部が不自由だった亜佐美ちゃんのことですね。

そして『互いに見つめて涙を零す』とは、美景さんと結女子さんのことですか、それとも新左衛門さんのことかな。

『いにしえ伝える文金島田』とは、四月朔日家のことでしょう。

『守らにゃならぬ古苔恥じる』、この意味は今一つわかりませんね。

でも皐月さんの説明のおかげで、僕にも何となくですが、理解できました。ありがとうございます。

でもそうしますと、今の四月朔日家の方々は、新左衛門さんと結女子さんの子孫となるのでしょうか？」

皐月は首を左右に大きく振ってから、

「いいえ、新左衛門も結女子も、娘の亜佐美も、その後直ぐに、流行り病で亡くなってしまいました。四月朔日家を継いだのは、新左衛門の弟だった吉左衛門様でした。美景様を再び木霊村へ呼び寄せて、自分の妻としたのです。つまり今の四月朔日家は、吉左衛門様と美景様の子孫となるわけです」

中野は、何となくそうだろうな、という気がしていた。

何故ならば皐月は、新左衛門と結女子は呼び捨てにし、吉左衛門と美景については、必ず敬称の様を付けて話していたからである。

「そうですか、よくわかりました。ありがとうございます」

皐月を見て、中野は軽く頭を下げた。

「皐月さん、僕はこの後、木霊神社をぐるっと一周見て回ってきたいのですが、もしよろしければ一緒に来ていただけませんか？」

何気なく、そう聞いてみたのだが、皐月はその誘いに異常に反応した。きつい顔に変わると、

「いいえ！　私は神社の後ろには、行きたくありません。絶対に行きません！」

口調を荒げて、そう言ったのである。

中野は何か不味いことでも言ったかなと思い、一瞬考えてみたが、

「そうですか、それならば僕は一人で見てきます。でもよろしければ、ここで待っていてください。村までは一緒に帰りましょう」

直ぐに優しい声で、そう告げた。

皐月は中野を見て頷くと、哀しげな表情で唇を噛んでいた。

中野は木霊神社の右側から回り、裏側に出てみた。神社の裏側は、家一軒分ぐらいの、空き地となっていた。

切り倒された丸太が、等間隔で立て掛けてあり、その丸太には椎茸が生えていた。村の誰かがこの場所で、椎茸を栽培しているようだ。

皐月が怒るような物は何もないようである。しかし皐月は何故、木霊神社に来ていたのだろうか、それについては先ほど問いかけてみたが、上手くかわされてしまった。ただ本当に、木霊神社へお参りに来ただけなのか？　それとも別の理由があったのか？

そう考えながら中野は、裏から左側に進み、神社の正面に戻ってきた。するとそこに居るはずの皐月の姿が、見えなかったのである。中野は慌てて周りを見回してみたが、皐月の姿はどこにもない。

一人で先に帰ってしまったのか？　ほんの五分前に、一緒に帰りましょうと約束したはずである。

中野は念のために、皐月の名前を呼びながら、木霊神社の周りを今度は左側から、一周回ってみることにした。けれども皐月が現れることはなかった。

仕方なく皐月を探すのは諦めて、一人で木霊村へ戻ることにした。

帰り道は下り坂になっているので、三十分も掛からないで戻ってきた。

村を縦断する一本道を、四月朔日家の方向を見ながら歩いていくと、本家の前で皐月が素知らぬ顔をして、長い竹箒を使い庭を掃いていたのである。

中野は、皐月が無事に戻っていることがわかると、敢えて皐月には何も声をかけずに、そのまま間仲家へ帰っていった。


中野は裏口からでなく、玄関まで行き、そこから中へ入っていく。

「ただいま！　中野です、今、帰りました！」

大声で伝えて、土間の廊下を進んでみたが、どこからも返事はなかった。

中野は先ほどの部屋まで行き、障子を開けると、座卓の上には竹で編まれた籠が逆さになって伏せられていた。

部屋に上がり、籠をよく見てみると、その下に置き手紙がされていた。


『中野さん、何もないですが、お昼ご飯用意しておきます。よかったら食べてください。

その代わり夕飯は、豪華ですから、楽しみにしていてくださいね。

美咲　』

手紙には、そのように書かれていた。

籠を開けてみると、海苔の巻かれた大きなおにぎりが二つ、たくあんが四切れ、お皿の上に載っていた。

皿の脇には、麦茶も置いてあった。中野は、お腹が空いていたので、ありがたくご馳走になった。

海苔の巻かれたおにぎりには、中に大きな梅干しが入っていた。たくあんにしても、梅干しにしても、木霊村で作られた物に違いない。

最近の傾向だと、どちらもスーパーなどで売っている物は、塩分が控えめだが、今食べた二つは、とても味が濃かったからである。

中野からすれば、久しぶりに食べた、田舎の味だった。

お腹が膨れたところで、部屋の中を見回すと、違和感を覚えた。

『何かが、変わっているぞ………』

それは中野の唯一の荷物、１００リットルのアタックザックが、表を向けて壁に立て掛けておいたはずなのに、何故だか裏を向いていたのである。

『美咲さんが掃除するために、移動させたのか……』

初めは、そう思った。

中野は念のために、アタックザックを開けて確認してみた。

財布も、着替えも、衛星電話も、バントラインスペシャルも、全て揃っている。

財布の中身も、ちゃんと入っていた。

しかしバントラインスペシャルの銃口だけが、下を向いていた。

中野はアタックザックに、バントラインスペシャルを収納するときは、必ず銃口を上に向けて入れておく。いくら布袋に入れてあるとはいえ、銃口とグリップの位置を間違えるはずはない。

つまり誰かが、この部屋に入り、中野の荷物を調べたことになる。

それは美咲でないことだけは、確かである。

すると部外者が、この部屋に入ったのか？　それは何のために、そうしたのか？

取手市では考えられないことだが、この村では家に鍵など掛けていない。入り口も窓も、全て開けっ放しである。

それが木霊村での、習慣ならば仕方がないことだが、普通に考えれば不用心であることに違いない。

しかし誰がいったい、中野のことを監視しているのか？　監視している？

まさか、凜との会話も聞かれていた？　そのために皐月が、先回りをして木霊神社へ出向いていたのか？

まさか、それは思い過ごしであろう。

中野は自分の考えに、取り敢えず蓋をした。

今夜は自分のために、村人全員で歓迎会を開いてくれるのだから……中野は、そう思うことにしたのである。

中野は衛星電話を使い、今日の出来事を須崎に報告することにした。まだ夕方の五時前だったが、宴会の後で電話するのは、難しいと考えたからである。

部屋の窓際まで行き、衛星電話を開いてみると、この部屋からでも通じそうだった。

取手警察署に電話をした。

捜査課長の須崎を呼んでもらうと、上手い具合に席にいてくれた。

「おおっと中野ちゃんか。無事に着いていたか。そうか、それはよかったよ。どうだ、俺の故郷である木霊村の居心地は？」

須崎は何かあったのか、疲れたような声で電話に出た。

「はい、まだ着いたばかりで全部は見ていませんが、とても感じのよい場所です。何より空気が澄んでいて、とても美味しいです。

故郷がない僕には、こんな故郷があればと思います。

ですが須崎課長、疲れた声をしていますね。そちらでは何か、進展があったのでしょうか」

「ああ、そうなんだ。例の取手市役所爆破予告の件だがな、どうやら悪戯ではなさそうなんだよ。

今日の昼過ぎに、市役所内にあったゴミ箱から、発火があってな。小火で消し止めたからよかったんだが、それについても事前に予告があったとわかったんだ。

取手市役所の奴らもそのこと自体、軽く考えていたらしく、小火が出てから予告がきていたと言い出す始末なんだ。

全く、全てを先に言えっていうもんだ。そんなこんなで、ここに戻ってきたのは、ちょっと前だったのさ。それで疲れているんだよ。まあ肉体の疲れではなく、精神的な疲れというやつだがな。

中野ちゃんの方は、どうなんだ？　村の中で、何かあったのか」

「いいえ、まだ何も動きはありません。今日は、四月朔日家本家と、八月朔日家本家に挨拶に行き、木霊神社まで例の石碑を見に行ってきました。

今夜は、僕の歓迎会を村の人たちが開いてくれるそうです。だから、まだ何も事件は起きていません。但し、引っ掛かることは、何点か出てきました。

その内の一点なのですが、凜お婆様のところに投げ込まれていた警告文のことです。

最初警告文には、何かの花を包んだ状態で、投げ込まれていたらしいのです。用紙には、黄色い花の染みが付いていました。

ですが、凜お婆様が気付いたときには、黄色い花だけが消えていたらしいのです。その警告文を今日の夕方、大子町郵便局より取手警察署の須崎課長宛てに、速達で送ってもらうように頼みました。明日には間違いなく、そちらに届くと思います。

申し訳ありませんが、着いたら直ぐに鑑識課にお願いしていただき、警告文と共に投げ込まれた花の種類を特定して欲しいのです。よろしくお願いします」

「その花の種類が、それほど大事だと思うのか、中野ちゃんは……」

「はい、僕の第六感がそう告げています。よろしく、お願いいたします」

「そうか、わかった。届いたら直ぐに鑑識課の奴らに、調べさせることにしよう。花の種類がわかったら、俺の方から衛星電話に着信を入れておく。それを見たら、折り返し電話をくれればいい。

歓迎会があるならば、楽しんでこいよ。だが何が起きるかわからぬから、くれぐれも気を抜くんじゃないぞ。用心することに越したことはないからな」

「はい、了解しました。明日の夕方までには、何も起きなくとも連絡を入れます。須崎課長も気を付けてください」

それで須崎への一日目の報告は、終わった。

夕方六時を過ぎると、大岩のある村の入り口方向から、子供たちの賑やかな声が聞こえてきた。明るい笑い声である。

どうやら一週間の寮生活を終えて、木霊村に子供たちが戻ってきたようだ。その声を聞いて、中野も自然と笑顔になっていた。

それから間もなく、凜が障子を開けた。

「中野さんや、風呂が沸いておるから、先に入りなされ。風呂から上がったら、歓迎会が待っておるからのう。

酒を飲む前に風呂に入らんと、飲んでからでは入れなくなるだろうからな。

それと村の中の移動には、真がいつも使っているこの下駄をお使いなされ。山靴では何かと不便じゃろうからな」

中野は風呂の意味がわかったので、遠慮なく一番風呂に入らせてもらうことにした。

そして用意してくれた下駄を使うことにした。須崎が使用していた下駄である。

いくらか大きい気もするが、もちろん登山靴よりは、使い勝手がいいのは当たり前だ。いちいち紐を結び直さなくともいいからである。

土間を突き当たりまで行き、左に折れて、厠の向こうが風呂だと聞いていた。間仲家の風呂場はかなり広く、脱衣所も湯槽も大きかったが、床は全てタイル敷きだった。真冬には冷たそうに思える。

風呂自体は薪で焚いており、とてもお湯が柔らかく、まるで温泉のようにいい湯加減だった。

タオルも石鹸も用意してあったが、バスタオルだけは用意されていなかった。きっとこれは、間仲家のやり方なのであろう。

中野は、それに従うことにした。郷に入っては郷に従えである。

風呂を出るとき、タオルをきつく絞り、それで身体を拭いた。

凜の部屋の前を通るとき、障子の外から、

「お先にお風呂いただきました。とてもお湯が柔らかくて、気持ちのいいお風呂でした。ありがとうございました！」

と声をかけた。

すると直ぐに障子が開き、凜が顔を出した。凜の顔が笑っている。

「中野さんや、用意ができたら、歓迎会へ行きましょうぞ。歓迎会は、七時集合ですじゃ。今回は八月朔日家本家で、行いますのじゃ」

中野は顔に噴き出た汗を、タオルで拭いながら笑顔で頷いた。

「はい、今すぐ支度をしてきます。その前に凛お婆様、今、木霊神社へ行ったとき、たまたま皐月さんと出会ったのですが……」

中野は木霊神社で、雨に打たれて雨宿りをしているとき、恐ろしい般若の顔が神社の社の中より睨んでいたこと。

それは自分より先に神社まで来て、雨宿りをしていた皐月ではなかったのか、その疑問をぶつけてみた。

すると凛は一瞬目をつぶったが、直ぐに目を見開き、中野を見つめ直すと、

「そうか、中野さんは皐月の般若を見てしまったのか。それならば致し方なかろうて、話して聞かせるか。

しかし中野さんは、やはり名探偵と呼ばれるだけのお方のようじゃ。他人よりも引きが強いのかもしれん。

いくら村の中では、公然の秘密じゃといっても、村へ来た初日から、皐月の秘密にまで行き着いてしまうのじゃからな」

ため息交じりにそう言うと、凛は皐月の悲しい過去を話してくれた。

「村人ならば、誰もが知っていることなのじゃが、皐月の背中から尻にかけては、般

若の顔の入れ墨が彫られているのじゃ。

皐月が初潮を迎えたとき……あれは確か、小学四年生の頃だったはずじゃ。

八十喜知さんが、その当時、最高の彫り師と謳われていた高村幸之助に頼み込み、入れ墨を入れさせたのじゃよ。

八十喜知さんからすれば、41歳の時、やっとのことで生まれてきた娘じゃったから、誰にも嫁に出さぬと決め込み、皐月の背中に入れ墨を入れたのじゃ。しかしそれから十一年後に、三つ子が生まれてきたわけじゃから、皮肉なものじゃて。

八十喜知さんの女房の花楓は、八十喜知さんよりも七つ年下じゃった。とても美しい女性じゃったから、皐月も母親に似て美しい娘なんじゃよ。

そして皐月が、木霊神社の後ろへ回ることを拒んだのには、理由があるのじゃ。

あれは今から十五年ほど前のことじゃった。皐月が花も恥じらう18歳の時のことじゃよ。今でもそうじゃが、当時の皐月は本当に美しかった。その上、羨むごとく清楚じゃった。若い男であれば、誰もが憧れる娘であったろう。

花嫁人形の出荷が遅れていたとき、わざわざ木霊村まで取りにきた、運送業者の若い男がおったのじゃ。

その男は皐月を一目見て気に入ってしまい、木霊神社の裏まで無理やり連れて行き、皐月を手込めにしようとした。

しかしじゃな、皐月の背中に彫られていた般若の顔をまともに見てしまい、恐怖の雄叫びを上げながら、何もできずに逃げ帰ってきたのじゃよ。

その男はそのまま村を出て行き、二度と村には現れなかった。

それ以来、皐月を抱く男は、背中の般若に一物を食い千切られると噂になり、誰も皐月には、近寄らなくなってしまったのじゃ。いや、近寄れなくなったというのが、本心じゃろう。

八十喜知さんの、思っていた通りの結果になったのじゃが、周りの者たちから見れば、酷い仕打ちにしか思えんよな。

実の娘の背中一面に、般若の刺青を彫らせてしまった。普通の地域ならば、児童虐待で訴えられてしまうじゃろう。

しかしこの木霊村では、それさえも有耶無耶になってしまう。

長らくこの村で暮らしてきたワシが、こんなことを言うのもなんじゃが、それが世間と隔離された中で、独自に生きながらえてきた木霊村なんじゃよ。

中野さんのことじゃから、その他のことでも、いろいろなことで実感するはずじゃて。一般常識など通じない村じゃとな……。

それを踏まえた上で、楽しんでいってくだされ。

話を元に戻すが、じゃから未だに皐月は独身であり、処女なのじゃよ。そういう意味でも皐月は、木霊村の女神であり、守り神なのじゃ。

けれども八十喜知さんの、次の後継者となるのは、その皐月が一番の候補じゃろう。四月朔日家の名を名乗る者たちからすれば、多少は心配があるのかも知れん。

中野さんのことじゃから、薄々とは感じていると思うが、皐月は誰よりも真に惚れておる。

中野さんや。これからも皐月と接触しなければならぬじゃろうが、背中の刺青については、触れないようにしてくだされ」

衝撃の事実を聞かされた。つまり中野が、木霊神社の社の中で見た恐ろしい般若の顔は、皐月の背中一面に彫られた入れ墨だったのである。

中野は探偵である。これまでも普通の人では出合うことのない、数々の殺人現場を目の当たりにしてきた。悲惨なものも、酷いものも、それなりには見てきたつもりである。

けれどもその中野でさえ、恐怖を感じ逃げ出すほどの般若の顔であった。

それは土砂降りの雨の中、稲光により浮かび上がるというシチュエーションの中で見たことも、一理あるかと思う。

村人の誰もが知っているという、皐月の公然の秘密。それを中野も知ってしまった。

背中から尻に掛けて、般若の入れ墨が彫られているという事実。

それが本当ならば、実の父親である八十喜知は、自分の娘に何と酷い仕打ちをしたのかと、中野は思った。

あれだけ美しい女性ならば、もし背中の刺青が無かったとしたら、世の男性陣から引く手数多（あまた）だろう。

先ほど目にした八十喜知と皐月の微妙な関係、その意味もわかった気がする。

中野は凜に対し頭を下げると、もう一度、

「直ぐに支度をしてきます」

それだけを伝え、自分の部屋に戻ったのである。

中野は部屋に上がると、アタックザックから、新しいポロシャツとジーンズを出し、それに着替えた。

バントラインスペシャルを見つめて考えていたが、これを待って歩くわけにもいかないので、アタックザックの一番下にしまい込み、置いていくことにした。

それから凜の部屋へと向かい、声をかけた。

「凜お婆様、用意ができました」

障子が直ぐに開き、薄茶色の絣の着物に着替えた凜が出てきた。

「ほなら行きましょう。史郎も美咲さんも、宴会の準備があるから、先に八月朔日家に行っておりますのじゃ」

中野さんが退治してくれた猪は、希にみる大物じゃったようで、村人全員の胃袋に入っても、余りそうですわい。まずはよかった、よかったですな」

そう言って、笑っていた。

《7》晩餐会

凜について八月朔日家に入ると、先ほど挨拶を交わした客間と、その横の部屋も奥の部屋も、襖が全て取り外されていて、一つの大きな部屋となっていた。

畳敷きで計算すると、六十三畳にもなる広さだった。そこに大小の座卓が持ち寄られ、縦に三列並べられている。

一列には、向かい合わせで三十二〜三十四人ぐらいは座れそうなので、合計すると、百人以上の席が設けられていた。

座卓の上には、既にビールや日本酒、焼酎にジュース類まで並んでいる。

山奥の村のはずなのに、ここまでいろいろな飲み物類が揃っているのが、不思議に思えたほどである。

鮎の塩焼き、野菜や山菜の天ぷら、芋の煮っ転がし、ひじきの煮物、漬物類、ピーナッツやさきいかなどの乾き物まで、万遍なく並んでいた。

村人たちも席に座り、談笑している。娯楽など何もない村だからこそ、村人総出の宴会は、楽しみなのであろう。席に座る村人たちの顔が、屈託ない顔に見えた。

右端の座卓には四月朔日家が、左端の座卓には八月朔日家が、真ん中の座卓の前の方が空いていて、その場所に凜と中野は、腰を下ろした。

中野は真ん中の左側に座ったため、後ろ側に八月朔日家が居て、正面に四月朔日家が座っていた。

中野の正面には凜が座り、その向こう側には四月朔日八十喜知が座り、八十喜知の前に、皐月が座っていた。だから皐月の表情が、よく見て取れた。

皐月は中野と目を合わすと、嬉しそうに微笑むのである。中野には、その意味がわからなかった。

木霊神社では、さっさと中野を置いてけぼりにして、帰ってしまったくせに……。

皐月の横には、貴理子、その正面には佳純が座り、貴理子の横に志萌音が座っている。

四月朔日家にしても、八月朔日家にしても、子供たちは後ろの席に固まっていた。

ざわざわと話し声が響く中、美咲、京子、和子の三人が、ぐつぐつと煮立っている大鍋を持って現れた。

それをそれぞれの座卓のメインとなる場所に置いていく。だから中野の座卓には、中野と凜の目の前に、牡丹鍋が置かれた。

この鍋こそが、中野が仕留めた猪でこしらえた、牡丹鍋である。牡丹鍋からは湯気とともに、味噌風味の美味しそうな匂いが漂っていた。

中野の横に間仲史郎が座り、正面には妻の美咲が座った。後ろの座卓には、用事が済んだ京子も和子も席に着いた。

全員が席に座ったことがわかると、八月朔日獅子雄がビールの入ったグラスを片手で持ち、上座中央まで出てきたのである。

獅子雄は、いくらか既に飲んでいるようだ。先ほど中野が挨拶をしたときとは違い、髪の毛はきちんと梳かされていて、髭も剃られていた。

着ている服も作業服から、上下揃った濃紺色の甚平に着替えている。その姿からは、八月朔日家の主の風格が漂っていた。

獅子雄は、満面の笑みを見せていて、とても機嫌がよさそうだった。

するとと獅子雄が右手を下に振りながら、静かにしろとみんなに合図をした。

ざわざわとしていた声が、いくらか静かになる。それを待っていたかのように、獅子雄が挨拶を始めた。

「えー、ただいまマイクのテスト中、ただいまマイクのテスト中……」

マイクなど持っていないのに、持った振りをしながら、戯けるようにそう言った。

すると弟の大雅が、笑いながら大声で突っ込みを入れる。

「兄さん、木霊村には、マイクなんてそんなしゃれた物ありゃしないよ！　みんな腹を空かして待っているんだから、さっさと始めましょうや！」

その突っ込みを聞いて、会場が大爆笑となる。

獅子雄は、また右手を下に振って、静まれと合図をすると、

「えー、それでは皆さん、長らくお待たせいたしました。

今夜は取手市より我が木霊村に静養にこられました、茨城県が生んだスーパースターであります名探偵中野浩一さんの、歓迎会を開きたいと思います。

どうぞ今宵は、無礼講で飲んで食って大騒ぎをして、大いに楽しみましょう！　尚、今、目の前に並びました牡丹鍋の猪は、我が木霊村の野菜を食い荒らして育った猪でございます。だから絶対に、美味いはずです！　そしてこの馬鹿猪を退治してくださったのが、何と、本日のゲストであります中野浩一さんなのです！

まず一言、中野浩一さんから、ご挨拶をしていただきましょう！　どうぞ中野さん、その場で構いませんから、一言だけ挨拶をお願いします」

急に振られたので、中野は何も考えてはいなかったが、『ええい、ままよ！』と立ち上がり挨拶をした。

「取手市から静養に来ました中野浩一です。木霊村には、しばらくの間、ご厄介になります。どうぞ木霊村の皆さんと、仲良くさせてください。

よろしくお願いいたします。本日は、このような席を設けていただき、誠にありがとうございます」

そう話すと、身体がくの字になるよう、大きく頭を下げた。

会場の全員から、大きな拍手が湧き起こったのである。それを見届けた獅子雄が立ち上がり、再び話し始めた。

「中野さん、ありがとうございました。そういうわけだから、みんなも中野さんを余所者という目で見ないで、仲良くしてください。

それでは乾杯の音頭を、村の長老である八十喜知さんに、お願いしましょう。皆さんは、目の前のグラスに好きな飲み物を注いで、お持ちください。

…………

用意は、宜しいでしょうか。それでは八十喜知さん、お願いいたします」

八十喜知は、ニコニコとしながら、ビールを注いだグラスを持って立ち上がると、

「中野浩一さんの歓迎と、木霊村の更なる発展を願って、乾杯！」

村の住人約百人が、そう唱えグラスを合わせた。

「乾杯！」「乾杯！」「乾杯！」「乾杯！」

そこから先は、無礼講の宴会が始まった。

少し深めの中野の皿には、美咲が牡丹鍋を取り分けてくれた。濃厚な味噌仕立てで、臭みもなく、とても美味しい猪の肉だった。

何しろ先ほど村人たちがさばいたばかりで、新鮮そのものの肉である。不味いはずがない。

野菜の天ぷらも、山菜の天ぷらも、鮎の塩焼きも、料理はどれも絶品だった。

中野はちょっと前に、おにぎりを食べていたことも忘れ、取り分けられた料理に舌鼓を打っていた。

するといつの間にか、中野の横に皐月がにじり寄ってきた。

「中野さん、おひとつどうぞ」

色気のある声で、そう耳元で囁くと、日本酒を勧めてくれた。

中野は正直言って、酒類は得意ではない。特に日本酒は苦手である。全く飲めないわけではないが、できれば遠慮したかった。

いつもなら付き合い程度で、止めておくのだが、今日だけは、そうもいかなかった。何しろ自分のために開いてくれた歓迎会である。

皐月の後は、貴理子が、貴理子の後は志萌音が、志萌音が済むと、京子が、和子が、次から次へと、日本酒を勧めてくれた。

宴が始まってから三十分もしないで、中野は酔ってしまった。

しかしそれでも終わらなかった。獅子雄も大雅も、酌に来た。

一時間後には、中野は限界に達していた。

凜に耳打ちをして、夜風を浴びるため、家の外に避難することにした。みんなに気付かれぬよう、そっと席を外したのである。

玄関から下駄を突っ掛けて、なるべく音を鳴らさぬようにしながら外へ出て行く。

外に出て夜空を見上げてみると、星が落ちてきそうなぐらい光り輝いていた。

取手市で見る夜空も、それなりに綺麗だが、木霊村の夜空は、中野が今まで見た中でも一番の輝きを放っていた。

しかし身体がふらふらとする。

八月朔日家の中より聞こえる喧噪から逃れるように中野は、千鳥足で裏側へと歩いて行った。どうしても下駄がカランコロンと音を立ててしまう。

目の前には丁度、夕涼みに適していそうな、太い竹で造られた虎竹縁台（竹製のベンチのこと）が置いてあった。

けれどもよく見れば、その縁台には先客が一人、座っていたのである。

そして哀しげな声で、歌を口ずさんでいた。その歌は又しても、花嫁人形だった。

しかし今回は、皐月ではない。

『金らんどんすの帯しめながら　花嫁御寮はなぜ泣くのだろう

文金島田に髪結いながら　花嫁御寮はなぜ泣くのだろう

あねさんごっこの花嫁人形は　赤いかのこの振袖着てる』

哀しい旋律が、夕闇に溶け込んでいく。

よく目を凝らしてみると、縁台に座っていたのは、四月朔日家の三つ子の二番目である佳純だった。

佳純は昼間と同じ、黄色のワンピースを着ている。そして杖を自分の横に立て掛けて、空を見上げて歌っていた。

その姿は哀愁を帯びていて、とても寂しげに見える。

中野は佳純の横顔を見て、自分の妻の亜門のことを思い出していた。

酔って頭が働かないまま、中野は佳純の側へと近づいていった。

佳純が下駄の音に気付き、振り向いた。その目には涙が零れ、驚いた顔をしている。

中野は佳純の横の、空いているスペースを指差しながら、

「佳純さん、僕も横に座らせてもらってもいいでしょうか？　お酒をたくさん注いでもらい、だいぶ酔ってしまいました。足下がふらつくので、夜風で酔いを覚ましにき

たのです」

突然の中野の問い掛けに、佳純は答える言葉を見つけられずにいた。

泣いていたところを、中野に見られたくないのか、両手の甲でしきりに涙を拭っていた。そのいじらしい姿も、何となく妻の亜門を思わせた。

中野は縁台に座ると、ズボンのポケットからハンカチを取り出して、

「佳純さん、どうぞこれを使ってください。ちゃんと洗ってありますから綺麗です。心配しないでください」

そう言うと、佳純に有無も言わさず手渡したのである。

佳純はハンカチを受け取ってはみたものの、使っていいものなのか、悩んでいる感じだった。

そして中野に対して、信じられないことを言いだしたのである。

「あの～、貴方は誰でしょうか……木霊村の人では、ないですよね。何故、私の名前を知っているのでしょう」

中野は、一瞬、佳純が何を言っているのか、意味がわからなかった。

ふざけているのかと思ったが、佳純の顔を見ると、そうではなさそうだった。

佳純は中野の顔をジッと見つめ、不安そうな表情をしている。腰を幾らかずらし、

杖を手に持ち、いつでも逃げ出せる体勢をとっていた。

　佳純は過去に、男の人にからかわれて逃げ出し、交通事故に遭ってしまい、その時から杖を使うようになったと、皐月から聞いている。そのために警戒しているのであろう。

　中野は酔った頭でそこまで考えると、今一度、自己紹介をしてみた。

「先ほども、四月朔日家の客間で、佳純さんに挨拶をしましたが、僕は今日、取手市から来ました中野浩一です。凜お婆様のところで、ご厄介になっています。しばらくの間、木霊村で静養させていただきます。よろしくお願いします。そして今夜の歓迎会は、僕のために開いてくれたと聞いています。思い出していただけましたか、佳純さん」

　佳純は中野を見て、キョトンとしている。

「取手市から来た、中野浩一さん………凜お婆さんのところに、泊まっているのですか。今夜の歓迎会の主役である中野浩一さんですよね」

　そう同じことを繰り返すと、頭をペコリと下げて、中野が手渡したハンカチで涙を拭った。

　佳純の涙が乾くのを待ってから、中野がもう一度声をかけてみた。

「佳純さん、僕のこと思い出してくれましたか?」

佳純はもう一度、中野の顔をジッと見つめてから、

「はい………思い出しました。取手市の中野浩一さんですよね」

その答え方は、あきらかに思い出していなかった。今、知ったと、佳純の顔には書いてある。

中野は、佳純も酔って忘れているのだ思い、話題を変えた。

「木霊村は、とても良い村ですね。村人全員で、歓迎会を開いてくれるなんて、僕には信じられなかったです。佳純さん、どうもありがとうございました」

敢えて、そう話を振ってみた。

すると佳純は再び中野の顔を、覗き込むように見つめてから、

「私は……私は良い村だとは、思いません。中野さんは来たばかりですから、何も知らないのです。木霊村は、このままだと滅びてしまいます。

掟を破る者を止められなければ、必ず災いが起きるでしょう。今は、そういう状況まで、きているのです。誰かが、それを止めなければなりません。

そして中野さんの歓迎会を開いたのは、私ではありませんから……ハ、ハンカチ、ありがとうございました。後で、洗ってお返しいたします」

蚊の鳴くような、か細い声でそう言うと、下を向いてしまった。

中野は佳純の言ったフレーズを、どこかで聞いた気がする。しかし酔っている中野の頭では、いつものようにパッとは思い出せなかった。

中野は再び話題を変えた。

「そういえば聞いた話ですが、貴理子さんと志萌音さんが、嫁いでこの村を出て行くそうですよね。佳純さんからすれば、二人が同時にいなくなると、寂しくなりますね」

中野は、そう自分で問い掛けてから『しまった！』と思った。

いつもならば、佳純を傷つける言葉など、絶対に言わないはずである。

それが酔った勢いで、つい口から出てしまった。気付いたときには、後の祭りである。

佳純は何も答えずに夜空を見上げて、涙が再び零れぬように我慢していた。その横顔には、やはり妻亜門の姿が重なった。

その時だった。美咲が中野を呼びに来たのである。

中野は美咲に連れられて、再び宴会場に戻されてしまった。

そこから先は、夜中の零時を過ぎるまで、歓迎会という名の飲み会は続いた。

中野は生まれて初めて、二日酔いになるまで酒を飲まされることになってしまった。

間仲家に帰りつくと、中野の部屋には、布団が既に敷かれていた。それを見て、思わず布団に倒れ込んでしまった。

その時、いきなりある言葉が、中野の頭を過ったのである。

『木霊村の掟を破る者には、天誅を下さなければならぬ。止められぬなら、災いが起きるであろう。』

しかし身体は、どうにもならなかった。

中野はそのまま、死んだように眠りに落ちていった。

《8》花嫁御寮はなぜ泣くのだろう

翌日の九月十四日、朝の八時過ぎだった。中野はトイレに行きたくなり、目が覚めた。

上半身を布団の上で起こすと、頭が割れるように痛かった。完全なる二日酔いである。目の前がグルグルと回り、焦点も定まらない。

頭を右手で叩きながら、トイレに向かった。

トイレから外の景色を覗くと、細かいながらも雨が降っていた。

「今日は、雨降りなのか……夕べは天気予報を見ていないから、そんなことも知らなかったな。あ〜でも頭が痛い、あ〜気持ち悪い」

独り言を洩らしながら部屋に戻ると、座卓の上には水差しと、ガラスのコップが用意してあった。

ガラスのコップには、大きくて透明な氷が入っていて、水差しの横には、頭痛薬も二錠置いてある。

きっと凜か美咲が、気を利かせて置いてくれたのだろう。

中野はコップに水を注ぐと、一気に飲み干した。それだけでも生き返った気がする。

もう一杯、コップに水を注ぐと、頭痛薬を取り出し、二錠とも飲んでおいた。

そして再び布団に寝そべり、眠ってしまった。

そこからの眠りは浅かったのか、わけのわからない夢を何度も見ていた気がする。

黒い魔物に追いかけられ、崖から落ちそうになる夢。誰かを助けようと伸ばした指先が、あと少しで届かない夢。

そして犯人に捕まり、両手両足を縛られ、身動きができなくなっている夢。夢の中で必死に両手の縄を解き逃げだそうと、もがいているときだった。

どこからか、自分の名前を呼ばれた。遠くの方から、それは聞こえてくる。誰かが助けにきてくれたのか、名前を連呼している。

「中野さん、中野さん、中野さん！　起きてください！　大変なことが起きてしまったのです！」

そこで、やっと目が覚めた。汗をビッショリと掻いたまま目を開けると、目の前には美咲の顔があった。

美咲が眉間に皺を寄せ、中野の身体を揺らしている。中野は、まだ少し頭が痛かったが、上半身を起こして美咲を見た。

「お、おはようございます美咲さん。夕べは、色々と世話を掛けてしまい、申し訳なかったです。本当に、ありがとうございました」

と、寝ぼけながらも、そう挨拶をした。

「中野さん、そんなことはどうでもいいですから、お願いです。しっかりと目を覚ましてください！　とんでもないことが、この村で起きてしまったのです！」

美咲は二度、同じようなことを言った。

中野は座卓の上のコップに再び水を注ぐと、一気に飲み干してから、もう一度目を見開いて美咲を見た。

その時気が付いたのだが、コップの氷は既に溶けて水となっていた。つまり、それだけ長い時間、中野は眠っていたことになる。

「美咲さん、何が起きたのでしょう。しっかりと、目を覚ましましたので、もう大丈夫です。話してください」

美咲は青い顔をしながら、唇が震えていた。

「四月朔日家の貴理子ちゃんが……ちょっと前に死体となって見つかったのです」

中野は、いきなり後頭部を殴られたような衝撃が走った。

「何ですって、貴理子さんが死んでいたのですか。どういうことですか、もう少し詳しく話してください」

美咲は青ざめたまま頷くと、

「四月朔日家の皐月ちゃんたちが今朝目覚めると、貴理子ちゃんの姿だけが、見えなかったそうです。

貴理子ちゃんが、誰にも何も言わずに朝から居ないなんて初めてのことだったから、家中を捜したのに、それでも見つからなかった。

次に四月朔日家の敷地内を捜したようですが、どこにもいなくて、仕方がないので八月朔日家の方にも、お願いをして捜してもらいました。

ですが、八月朔日家の敷地内でも見つからなかったそうです。

最後に村の駐在所代わりである当家、間仲家へ皐月ちゃんが来ました。義母（凛の事）と史郎さん、そして私も、捜索に加わり捜していました。

村の中だけではなく、村の外にも目を向けて捜しました。

するとちょっと前に、義母が貴理子ちゃんを見つけたのです。貴理子ちゃんは、村の入り口より先にある、トンネル前の林の中で見つかりました。ですが既に亡くなっていたのです。

それで義母が『直ぐに中野さんを呼んできてくれ！』と私に言いつけ、こうして呼びに来た次第です。

ですから中野さん、直ぐにでも私と一緒に来てください。お願いいたします！」

中野は頷くと、起きたままの格好で下駄を突っ掛けて、村の入り口へと駆け出していた。

走っていると、頭がガンガンと響く、まだ、酒が抜けていない。けれども、そんなことは言ってられやしなかった。下駄の音だけが、カランコロンと大袈裟な音を立てている。

中野は走りながらも、夕べのことを後悔していた。歓迎会の前には須崎と電話をし、『気だけは抜くなよ！』と言われていたはずなのに、二日酔いになるまで飲んでしまうなんて。

そしてその隙を突かれたかのように、貴理子が死んでしまった。殺されたのかも知れない。もしこれがあの警告文と関係しているのなら、大馬鹿者である。いや、間違いなく、関係しているのであろう。

警告文が投げ込まれたことを聞いて、何かが起こるかも知れないと、凜と須崎、そして皐月までもが心配していたのである。

けれども須崎は、動くことができない。取手市で別の事件が起きていたからだ。そのため中野が須崎の代わりに、木霊村へ来たわけである。

それなのに、未然に防げなかったということは、何の役にも立たなかった。つまり、そういうことである。

入り口にあるしめ縄が巻かれた、大きな石の横を駆け抜けていくと、その先に村人が数人心配げに寄り添って、中野を見つめていた。

中野が駆けつけると、見ていた村人が左右に割れて、中へ通してくれた。先頭には凜と史郎が、中野のことを待ち倦ねていた。

「すみません、遅くなりました」

中野は詫びる気持ちでそう言って、凜の横に立った。すると凜は無言で、前方を見ろと右手を差し出したのである。

そこは村から見てトンネル前の道を、左脇へ少し入った場所だった。

その場所は、元は杉林だったようだが、最近伐採されたのか、十本ぐらいの切り株が並び、少しだけ開けた場所になっていた。

正面に立つ杉の大木の枝に、着物の帯を首に巻いた貴理子が、宙ぶらりんの状態で、ぶら下がっていた。

貴理子は目は大きく見開いたままで亡くなっており、杉の木から流れ落ちてくる雨粒が頬を伝い、まるで涙を流しているかのように見える。口元には、薄っすらと血が滲んでいる。

中野は貴理子の側まで進むと、上を見上げた。つまりそれだけ高い位置に、貴理子の身体は吊るされていたのである。

中野は史郎の方に振り向き、手伝ってもらえるようにお願いした。

「史郎さん、どちらにしても、このままでは貴理子さんが不憫です。下ろしてあげたいと思います。

帯が後ろにある別の杉の木に縛ってあり、それだけで吊るされているようです。一緒に下ろすのを、手伝ってください。お願いいたします」

史郎は神妙な顔で頷くと、中野と共に貴理子の身体を下ろすのを手伝った。

中野が杉の木に結んである帯を解き、史郎と二人で貴理子の身体を支えて、草の上にそっと寝かせた。

貴理子は昨日見たときと同じ、青いワンピースを着ている。

中野は貴理子の顔を、上から下へとそっと右手でなぞり、開いていた目を閉じてあげた。

凜も側まで来ると、

「どうやらあの投げ込みは、嘘ではなかったようじゃのう」

と、中野だけに聞こえるように、呟いたのである。中野は眉を寄せたまま頷いた。

「そうですね。悪戯ではなかったということです。

雨が小やみになってきましたので、取り敢えず現場はこのままにして、大子町警察署に連絡を入れましょう」

と告げた。すると凜は首を左右に激しく振った。

「いや、いや、それはいかん！　昨日も話したじゃろうが、木霊村には木霊村の、やり方があるのじゃよ。

まず先に、四月朔日八十喜知さんと、八月朔日獅子雄さんに現場を見せ、その後に指示を仰がねばならぬのじゃ」

中野は驚いてしまった。人が一人亡くなったというのに、警察よりも村の定め事の方を優先させるとは……。

木霊村は昔から閉鎖的な村であったため、そのような行いが、まかり通るのであろう。郷に入っては郷に従え。

中野は、その諺の通り、ここは凜に従うことにした。

凜は直ぐに息子の史郎に指示して、四月朔日八十喜知と、八月朔日獅子雄を呼びに行かせたのである。

その間に中野は、貴理子を観察してみることにした。

どうやら雨が、上がったようである。

中野は、貴理子の顔に付いた雨水を、手の平で拭ってあげると、目を閉じて合掌をした。

それから首に巻かれていた帯を外して、喉の辺りをよく見てみた。

帯の下には、太さが１㎝ほどのみみず腫れのような跡が、赤く付いている。

やはり首に巻かれていた帯は、吊るすためだけの道具であり、貴理子の命を奪った紐は、細引きの紐であろう。

つまり、貴理子は細引きの紐で絞殺されてから、帯でこの杉の木に吊るされたわけである。

しかし、何のために、わざわざこれほど高い位置へ吊るしたのか？　人目につくように、敢えて吊るしたようにも見える。

今の時点では、中野にもわからなかった。

貴理子の身体を、最小限見ただけだが、乱暴などはされていないようだった。

いきなり首を絞めて殺され、この杉の木に吊るされたに違いない。

中野は警察を直ぐに呼ばないのであれば、ある程度は、自分で調べておくしかないと思い、貴理子の横にしゃがみ込むと、顎を触ってみた。

貴理子の顎は、既に死後硬直が始まっていて、固く閉ざされていた。

普通の死体ならば、死後硬直が始まると、まず最初に顎がだらしなく開いてしまうのだが、貴理子の場合は、帯で首の部分から吊るされていたので、開かずに済んだようである。

次に、手足を動かしてみた。手足についても、死後硬直が始まっていた。

しかし身体には、まだ起きていない。先ほど貴理子の身体を下ろすとき、抱きかかえながら下ろしたので、それは間違いない。

つまり貴理子は殺害されてから、おおよそ七~八時間経過していると考えられた。

中野は、腕時計を見た。今の時間は、午前十時を少し過ぎたところだった。

それから考えると、貴理子が殺害された時間は、夜中の二時から三時の間であろうと推測できる。

貴理子の身体を見る限り、残された手掛かりは、吊るすのに使われていた帯だけだった。

それはとても太く綺麗な刺繍も施されていて、高級な帯であることが中野にも理解できた。

中野は帯を触りながら、凛に振り返ると、

「凛お婆様、これはどういった種類の帯になるのでしょうか？　僕には、随分と高級そうにも見えるのですが」

と、問い掛けてみた。すると凛はチラッと見ただけで、

「その帯は、貴理子が祝言を挙げるときに締める予定じゃった花嫁衣装の帯じゃよ。高級そうに見えて当たり前じゃて。八十喜知さんがわざわざ、京都の呉服店に特注した品物じゃからな」

そう教えてくれた。

中野は、その答えに衝撃を受けていた。貴理子が吊るされていた時の姿を思い出してみると、それはまるで花嫁人形の歌詞そのものだったからである。

『金らんどんすの帯しめながら　花嫁御寮はなぜ泣くのだろう』

貴理子は自分の花嫁衣装である帯を、首に巻かれて吊るされていた。吊るされた杉の木から流れ落ちる雨粒が、貴理子の顔を伝い、まるで涙を溢すかのように、流れて落ちていた。

帯を締める位置こそ違いはあるが、歌詞の通りに殺されていた。

その意味がわかったからこそ、中野は衝撃を受けたのである。

もしかしたらそれは、貴理子を殺害して吊るした犯人の、意図するものではなかったかも知れないが、結果的にはそのようになっていた。

そしてこの状況から考えられることは、貴理子を殺した犯人には、間違いなく恨みがあったということだ。何故ならば、殺害だけでなく、その後に工作をしているからだ。

恨みのない衝動的な犯行ならば、死体に細工などしやしない。殺害してそのまま逃げるだけである。

それを敢えて、このように吊るしておいたのだから、そこには間違いなく強い恨みがあったはずだ。

更に死体を隠すよりも、目立つように高く吊るしている。

これはある意味、見せしめのようにも感じられた。

つまり悪く取れば、この先にも第二の殺人があると告げているようにも思えた。

そう考えを巡らしていると、青い顔をした八月朔日獅子雄が息を切らして、やってきた。

中野の足下で横になっている貴理子を見つけると、涙を溢していた。

次に現れたのは四月朔日皐月と、皐月に付き添われやってきた、四月朔日八十喜知である。

八十喜知は昨日会った時の堂々とした姿ではなく、明らかに憔悴しきっていた。

白髪を振り乱し、目も充血している。貴理子の姿を見るなり、大声を上げて、その場で泣き崩れてしまった。

皐月も、その美しい瞳に涙をためている。

遅れてきたのは八月朔日大雅と、大雅に付き添われてきた、四月朔日佳純と志萌音の姉妹だった。

大雅は青い顔をしているだけだったが、佳純と志萌音は大泣きをしていた。

佳純は嗚咽を繰り返しながら啜り泣き、志萌音は大声を上げて泣いている。

家族が亡くなるというのは、辛いものだ。

その気持ちは、中野にもよくわかった。

中野自身、両親を交通事故で亡くし、最初の妻だった志津加を病で亡くしている。

八十喜知はよろよろと立ち上がると、獅子雄を見て、

「獅子雄君よ……どうするかね……。

ワシとしては、騒ぎを大きくしたくはないのじゃが。獅子雄君は、どう思う」

問い掛けられた獅子雄は、足下に横たわる貴理子を見つめながら、

「私も、そう思います。できるならば、村の内々で処理したいですよね。

ですが貴理子ちゃんは八十喜知さん、貴方のお子さんだ。最終的に決めるのは、八

十喜知さんですよ」

八十喜知は服の袖で涙を拭うと、中野を見た。

「何の因果かわからぬが、貴理子が殺されたとき、丁度良く、名探偵の中野さんが村にきておった。中野さんは警察の人間ではなく、私立探偵じゃ。中野さんや、ワシらはなるべくならば、大事にはしたくはない。

つまり事件として、マスコミなどに騒がれたくはないのじゃよ。これは木霊村の存続に関わる問題じゃからな。

アンタが凜さんの家におる内だけで構わない。貴理子を殺した犯人を、捜し出してはくれぬか。

ワシらでも犯人の奴が、この村の人間だということはわかっておる。こんな山奥の村では、それ以外におらぬだろうからな。

中野さんが名探偵だというならば、この閉鎖的な村での犯人捜しは、さほど難しくはなかろう。

犯人が見つかった時点で、それから先のことを考えればいい。その後に警察へ届ければいいじゃろう。

どうじゃ中野さん、ここは木霊村のために目をつぶり、ワシらの頼みを聞いてやってはもらえぬか」

　八十喜知はそう言うと、中野の返事を待たずに、獅子雄に視線を戻した。

「獅子雄君、それでどうじゃろうか。犯人が見つかり次第、次のことを考えればよいじゃろうて。

　ワシは貴理子を殺した犯人が憎い。貴理子は来月には、この村を出て嫁ぐことになっておった。

　今が一番幸せな時じゃったはずだ。それなのに、殺されてしまい、さぞかし無念じゃろう。

　じゃから何としても、犯人をこの手で捕まえたいのじゃ。獅子雄君、そうさせておくれ」

　拳を握り締めながら、そう言った。

　獅子雄は八十喜知を見て、大きく頷いた。

　中野は立ち尽くしていたが、ここまで二人の間で話が決まってしまったならば、もはや中野に断ることは、できなかった。

　しかし貴理子の死は、まだ序章に過ぎなかった。中野が先ほど思惑を巡らせたように、貴理子の殺害は見せしめに過ぎなかった。

これから先、この木霊村において、更に酷い地獄が中野を待ち受けていたのである。

八十喜知たちは貴理子の遺体を四月朔日家まで、連れて帰ることにした。

史郎が村の入り口に駐めてあったリヤカーを取ってきたので、それに乗せて運んで行く。

中野は四月朔日家に着くと、貴理子の部屋を見させてもらえるように、皐月に頼んだ。

まずは、そこから捜査を始めようと考えたのである。何かしらの手掛かりが、あるだろうと踏んでいた。

皐月は中野の意図を理解したようで、直ぐに了承し、貴理子の部屋まで案内してくれた。

その部屋とは、三部屋続きの客間をぐるっと回った、更に奥である。昨日の昼間、泰造が薪割りをしている姿を見た縁側を通り過ぎ、更にその先に並ぶ部屋だった。

部屋は向かい合わせで六部屋もあり、皐月の説明によると、一番手前の右側が、八十喜知が寝室として使い、その正面が皐月の部屋だという。

八十喜知の隣の部屋が、貴理子の部屋だった。

皐月の隣の部屋を佳純が使い、貴理子の隣となる一番右奥の部屋を、志萌音が使っていた。

佳純の隣となる一番左奥の部屋は、空き部屋であり、今は誰も使用していない。

そして奥の六部屋は、全ての部屋ごとに厚い壁で仕切られており、部屋の入り口には、それぞれドアが付いていたのである。

ドアには部屋の内側から、鍵が掛けられるようになっていた。

四月朔日家の玄関に近い客間は、襖と障子だけで区切られており、誰でも簡単に出入りすることは可能だったが、奥の六部屋だけは、客間と様相が違っていた。

やはり皐月を始め、妹たちも含めると四姉妹だからこそ防犯対策として、このような部屋の造りになっているのかも知れない。

中野は貴理子の部屋に入るとき、そう感じていた。

貴理子の部屋は畳敷きでいえば、八畳ほどの広さである。

ドアを入った直ぐ右横には、大きな鏡台があった。鏡台は年代物であることが見てわかった。

鏡台の横には机があり、その机の上にはパソコンが置いてある。

普通の家ならば、必ずあるはずのテレビは、見当たらなかった。

左側には洋服ダンスが三棹並び、ドアから見て一番奥に大きな窓があり、窓の前には、セミダブルのベッドがあった。

窓に掛かるカーテンも、部屋の中央に敷かれている絨毯も、どれもピンク色が基調となっており、いかにも若い女性の部屋という感じがした。

部屋の中は、甘い香りが漂っている。

中野は部屋に入ると、まず最初に鏡台を調べることにした。

皐月も中野と共に部屋に入り、ドア付近で腕を組んだまま、中野の動きを見つめている。

中野も皐月を見て、いきなり質問をした。

「皐月さん、この鏡台は、相当に古い代物のように見えますが、貴理子さんは、何故このように古い鏡台を使っていたのでしょうか?」

皐月は一瞬びくっとしたが、直ぐに答えてくれた。

「その鏡台は、私たちの母が嫁入り道具として持ってきた、鏡台なのです。

本来ならば長女である私が使うべきでしょうが、私には高さが低く使いづらかったので、貴理子ちゃんが使用していました。

ですから、もう五十年以上も前に作られた、鏡台になりますわ」

中野は、それを聞いて納得すると、更に確認をとった。

「この鏡台の引き出しを開けてみたいのですが、宜しいでしょうか？」

皐月はコクリと頷いた。

中野は鏡台の引き出しを、上から順番に調べていった。

引き出しは中央に大きな引き出しが一つ、右に開き戸が付いたものが一つ、左側には小さな引き出しが三つ、設けられている。

中野は手際よく、全ての引き出しを開けてみたが、そこからは何も見つけられなかった。

次に中野は机に向かい、その上に飾られていた写真立てを手に取り見つめていた。

写真は大きなサイズで、Ｂ５判ほどの大きさがある。

写真自体は、四月朔日家本家の前で撮られた、ただの集合写真だった。

それもつい最近、撮ったもののようである。

写真の右下にある日付が、２０１９・５・１と打たれていたからだ。

つまり新しい元号の令和が始まった日に、撮影されたものであることがわかった。

中央に八十喜知が座り、右横に皐月が座り、その後ろに貴理子、佳純、志萌音が立っている。

どの顔も笑顔であり、よく撮れた記念写真だった。

貴理子からすれば、最後の写真になったのかも知れない。

中野は少しだけ考えてから、皐月にお願いをした。

「皐月さん、この四月朔日家が写っている記念写真。僕が木霊村に居る間だけでいいので、貸して欲しいのですが、お願いできますか?」

皐月は少し考えてから、

「中野さんには、その写真自体が必要なんですよね。それは貴理子ちゃんの写真だから、この部屋に置いておいてください。

私ももちろん同じ写真を持っていますから、後で私の写真をお貸しいたします。それでもいいのですよね」

中野は笑顔で頷くと、

「はい、それで大丈夫です。よろしくお願いいたします」

と、返したのである。

中野は次に、机の引き出しも見ることを皐月に了承してもらい、開けてみた。

引き出しは、上部に横長の引き出しが一つ、右横に三段あった。

順番に上から見ていくが、手掛かりになるものは、何も出てこなかった。

中野は机の上に置いてあるパソコンを見つめていた。

そして無理かもしれないが、皐月に聞いてみた。

「このパソコンを立ち上げてみたいのですが、お願いできませんか？」

すると意外にも、皐月は「いいですよ」と、あっけなく言った。

但し、貴理子が設定していたパスワードを知らないので、それがわかるのなら、どうぞという意味のようである。

中野はノートパソコンを起動させた。立ち上がりはしたが、パスワードを入力しなければ開けない。それは常識である。

少し考えてから、貴理子の誕生日を皐月に聞いてみた。

貴理子の誕生日は、平成九年（西暦一九九七年）四月十日だと教えてくれた。

中野は、まず最初に、『１９９７０４１０』と打ってみた。誕生日が四月十日である人が、最初に選ぶであろうパスワードである。けれども、それは違っていた。

次に『１９９７－４１０』と打ってみたが、これも違っていた。

少し考えてから、『k·i·r·i４２３１』と打つと、何と、パソコンが開いたのである。

後ろで見ていた皐月は、とても驚いていた。

「ｋｉｒｉはわかるけど、何故『４２３１』という数字なのかしら……」

皐月が聞くと、中野は画面を見つめたまま、

「『４２３１』の意味は、四姉妹の次女で、三つ子の一番上という意味です。たまたま偶然に、当たっただけですよ」

今度は中野の方が、あっけなく答えていた。しかしそれは、探偵中野の研ぎ澄まされた第六感があるからこそ、なし得たことであろう。

中野はパソコンのメール欄を開き、確認してみたが、そこからも何も見つからなかった。

他の画面もしばらくの間、見ていたが、最後は諦めて閉じてしまった。

中野はその後も、貴理子の部屋を隈無く調べてみたが、ヒントになるような物は、何も見つけられなかった。

中野は顎に右手を添えて少しの間考えていたが、貴理子の部屋を調べることは、それで終わりにした。

皐月が不安げに中野に問い掛けた。

「中野さん、貴理子ちゃんの部屋から、手掛かりになるような物は何か、見つかったのですか？」

中野は笑顔を見せたが、首を左右に振った。

「いいえ、何も見つかりませんでした」

皐月は中野が微笑んだことを不思議に思い、更に問い掛ける。

「それでは、犯人への手掛かりは、どうするつもりですか？　何も見つけられなければ、犯人がわかりませんよね」

中野は笑顔のまま、

「何もないからこそ、犯人へと繋がることもあるのです。何もないということは、そういう意味なのです」

自信ありげに、そう答えたのである。

皐月には、中野の話す意味がわからなかった。でも、名探偵と呼ばれているのだから、その言葉を信じてみることにした。

貴理子の部屋を出ると、皐月が自分の部屋に入り、四月朔日家の記念写真を持ってきてくれた。

中野は写真を受け取ると、皐月に礼を言い、客間に戻ってきた。

すると客間では、八十喜知と獅子雄が青い顔をして佇んでいた。

中野は不審に思いながらも、二人の居る客間に入っていくと、その理由がわかった。

四月朔日家の客間に飾られていた、『霧』と名が付けられていた花嫁人形の、腰に巻いていた帯が解かれ、首に巻かれていたからである。

つまりその姿は、先ほど杉の木より吊るされていた貴理子と、同じだった。

犯人は客間にも忍び込み、この花嫁人形にも細工をしていったことになる。

八十喜知と獅子雄は、何も言わず『霧』の花嫁人形を見つめていた。

細工をされた花嫁人形を見たとき、恐ろしい怨念のようなものを中野は感じた。

憎しみが、帯と一緒にそこに渦のように巻き付けられている。

けれどもそれについては、何も言わなかった。いや、言えなかったのである。

奥の客間では、貴理子の遺体が布団の上に寝かされていた。

貴理子の周りには、佳純や志萌音、泰造らが、泣きはらした顔で座っている。

中野は八十喜知と獅子雄に、間仲家へ戻ることを伝えて、四月朔日家を後にした。


間仲家に戻ると入り口にある土間で、凜と史郎、そして美咲の三人が、神妙な面持ちで話をしていた。

「ただ今戻りました」

と頭を下げて、部屋に向かおうとする中野に、凜が声をかけてきた。

「中野さんや、八十喜知さんは、あのように言っておったが、事件は本当に解決できそうなのか？　そしてワシのところに投げ込まれていた、あの警告文と貴理子を殺害した犯人は、同一人物じゃろうか」

中野は土間の中央で立ち止まり、凜を見つめた。

「事件を、解決できるように頑張ってみます。警告文と犯人の関係性については、まだよくはわかりませんが、僕は同じ人物ではないかと考えています」

「ほうか、解決できそうか。それならばよろしく頼みますじゃ。協力が必要であれば、いつでも言ってくだされ。ワシだけでなく、史郎や美咲さんも協力するからのう」

「そのときは、ご相談いたします。よろしくお願いします」

中野は頭を下げると、考え込んだ様子で土の廊下を進んで行った。

その後ろ姿は、暗く沈んでいるようにも見える。

自分の部屋に戻ると、まずは着替えをしてから、風呂場にある洗面所まで行き、顔を洗った。

やっとこれで、寝起きではなくなったわけである。

部屋に戻ってくると、須崎だけには木霊村で殺人事件が起きたことを伝えた方がいいと思い、衛星電話を取り出そうとアタックザックを引き寄せた。

アタックザックのジッパーを開き、中を探ったのだが…………。

衛星電話がない。

昨日の歓迎会前に、須崎に連絡したときには確かにあった。使用したのだから、間違いはない。

つまり昨日の夕方六時半までは、このアタックザックの中にあったはずだ。

中野に外部との連絡を取らせないようにするため、誰かが衛星電話を持ち去った。

そう考えると、それは貴理子を殺害した犯人なのか。そうかも知れない。でも何となくだが、違う気もした。

警察には知らせないという八十喜知の意向に、獅子雄も凜も了承したわけである。

つまり木霊村の住民全てに、中野の衛星電話を隠す動機があるということになる。

それならばここは敢えて、騒ぎ立てることは止めておこう。いずれ事件が解決すれば、必然的に衛星電話は返ってくるに違いない。

そう考えた中野だったが、やはり須崎にだけは、連絡を入れておいた方がいいだろうと思った。

考えた末に、間仲家に設置してある固定電話を借りることにした。

土間まで行くと、凜と史郎の姿はなく、美咲だけが炊事場で料理を作っていた。

中野が顔を出すと、先に美咲が笑顔で話しかけてきた。

「中野さん、遅くなったけど、今、朝食ができますから、食べてくださいね。田舎の朝ご飯だから、大した物など何もないけど、新鮮さだけは保証できますからね」

中野は「ありがとうございます」と返してから美咲に、

「美咲さん、妻に電話を掛けたいのですが、電話を貸していただけないでしょうか？」

と尋ねてみた。すると美咲は困った顔をした。

「中野さん、ごめんなさい。村に固定電話は、二台しか引かれていないのよ。一台は四月朔日家の本家、そしてもう一台は八月朔日家の本家だけなの。電話をかけるのなら、そのどちらかに頼んで、借りるしか方法はないのよ。後は村を下りて行き、大子町まで出掛けていくしかなくて……。ごめんなさいね、不便なところで」

すまなそうに、そう教えてくれた。

『そうか、そういうことだったのか。だから僕の持ってきた衛星電話は、邪魔だったんだ。

衛星電話さえなければ、直接外部と連絡を取る手段は、四月朔日家か八月朔日家に出向かなければならない。

その場合、必ず両家では誰かが側に居て、会話を聞くことになる。余計な話は、できないというわけか』

中野は、心の中でそう思った。

「そうですか、固定電話は置いてないのですか。実家に帰省している妻に、電話をしたかったものですから。

それならば後ほど、両家のどちらかに頼んで、電話を借りることにします」

そんな話をしていたら、美咲がお盆の上に、朝食を用意してくれた。

「どうぞ、このまま部屋まで運んで、食べていてください。ご飯のお代わりは、いくらでも大丈夫ですよ。お茶は、直ぐにお持ちしますからね」

そう言って、お盆ごと手渡した。

お盆の上には、イワナの塩焼きと野菜サラダ、生卵とお新香、具だくさんの味噌汁、どんぶりにはピッカピカに光り輝く銀シャリが、大盛りによそわれていた。

中野はお盆ごと受け取ると、自分の部屋へと持っていった。

どうやら間仲家では、朝食は各自、自分の部屋で取るのが、習慣のようである。

食べると料理はどれも素朴な味だったが、とても美味しかった。特に具だくさんの味噌汁は、絶品だった。木霊村で採れたものなのか、山菜も入っている。

中野は食べながら、亜門に電話をし、更に須崎へ伝えてもらう方法を考えていた。

もちろん他の人が聞いても普通の会話であり、怪しまれてはいけない。

しかし亜門にだけは伝わり、須崎に連絡をしてもらえる方法である。

直ぐに美咲が、お茶を運んできた。そして部屋に上がり込みながら、

「静養のために村へきて、いきなり殺人事件に巻き込まれてしまうなんて、お気の毒です。

でも、村にとっては名探偵の中野さんが居てくれたことが、良かったのかも知れませんわ。そう思うことにしました。

何とか、木霊村のために、犯人を捕まえてください。よろしくお願いいたします」

中野は笑顔で、「頑張ります」とだけ答えた。

美咲は、それで部屋を出て行った。

中野は亜門へ伝える方法を探っていた。

《9》妻亜門への電話

三十分後中野は、八月朔日家を訪ね、固定電話を借りることにした。

八月朔日家の固定電話は、奥の客間にあった。

電話を借りたいと伝えると、獅子雄の妻である京子と大雅の妻である和子が出てきて、快く案内してくれた。

しかし電話をする中野と同じ部屋の隅に座り、二人で世間話を始めたのである。つまりそれは中野のかける電話の内容を、全て聞くということだろう。

中野は、それらもわかった上で、亜門に電話をかけた。

電話は中野が一度だけ見たことがある、ダイヤル式の固定電話である。古いテレビドラマの中などでは見たことがあり、使い方も話では聞いたことがあったので、わかっているつもりだ。

受話器を取ると、ダイヤルに恐る恐る人差し指を差し込んで、平家本家の電話番号を回した。中野にとっては、初めての経験である。

呼び出し音が三度鳴ると、平家（たいらけ）本家の使用人である大川留吉が電話に出た。
中野であることを告げて、亜門を呼んでもらった。

ここで中野の妻である亜門と、相棒のキンちゃんについて、少しだけ説明しておこう。

妻の亜門は、旧姓を、平亜門（たいらあもん）という。

今から約千八十年前の武将平将門と、その側室だった桔梗御前との間に生まれた子供の、遠い子孫である平家の長女だった。

歴史上平将門の末裔はいないとされているが、唯一その血を引き継ぐ家系と言われている。

亜門の容姿は可憐で、その気質は日本古来の女性そのものである。見た目も平安時代のお姫様のようだった。

キンちゃんとは本名を阿修羅王といい、中野が探偵を始めた頃からの相棒だった。今年13歳になる老犬でもある。

犬種は純粋な土佐犬なのだが、とても頭が良く、優しい性格だった。しかし闘犬の世界では無敗を誇った横綱であり、史上最強の生物とも言われている。

中野「あ、亜門さん、僕です。わけあって木霊村より、固定電話を借りて電話しています。気にしないでください。

それよりもどうですか、体調の方は、少しは良くなりましたか」

亜門「コウ様ですか。はい、だいぶ楽になりました。

でも、どうされたのですか………電話をいただけるなんて。

今回の出張は連絡できないと思うけれど、心配しないでくださいと、おっしゃっていましたよね。

でも、亜門とすれば、コウ様のお声が聞けて、とても嬉しいのですけど」

中野「そういえば亜門さん、おできができていましたよね。それは治りましたか？」

亜門「はい、目の下にできていた、おできのことですよね。

けれども、それはだいぶ前に治りましたけど、コウ様もそのことは、ご存知ですよね」

中野「でも、それが大事なんですよ。いいですか、その場所です、それがとても大事なんです」

亜門「目の下が……大事なんですか？」

中野「へ～、そうだったのですか、でもそれだったら、メモを取ることがお勧めですよ。僕は、そうした方が、絶対にいいと思いますね。亜門さんも是非、やってみてください」

亜門「……どうしたのですか？　急に話を変えられて、意味が繋がりませんけど？　メモを取ることがお勧めなんて。あっ、わかりました！　もしかしたらコウ様の側に何方かが居て、この電話を聞いておられるのですね」

中野「いや～実をいうと、そうなんですよ。だからメモを取っておけば、忘れませんよね」

亜門「亜門が、これからコウ様のおっしゃることを、メモに取ればいいのですね。少しだけお待ちくださいませ、今メモ用紙を用意いたします。……………はい、どうぞ、用意が整いました」

中野「そうですか、ではいきますよ。

　今日の新聞が示すには、めざしが美味いと書いてありました。きっと目利きの人が、そう言ったようですよ。

だけど目で見てみないと、面食らいますよね。

締めは、雑炊で食べると美味いそうです。

それでは、よろしくお願いしますね、亜門さん」

亜門さん、僕の説明は以上です。

亜門「ヒントが目の下で、今のコウ様の話を、解読すればいいわけですね。やってみます。

電話も自由にできない状況のようですから、くれぐれもお気を付けくださいませ」

中野「ありがとう。でも僕のことはそれほど、心配はいらないから大丈夫ですよ。

亜門さんも、お大事にしてください」

それで電話を切った。

中野は京子と和子にお礼を言うと、間仲家に戻ってきた。

その頃、平家本家では、亜門が首を傾げていた。

「コウ様ったら、暗号で亜門に想いを伝えるなんて、何てロマンチックなお方なのでしょう。それとも、初心なお方……いえいえ、そんなことはありませんわ。コウ様の職業は、探偵でございます。そういたしますと、やっぱりコウ様に、危険が迫っているということなのでしょうか。

でも、亜門に暗号は、難しすぎます。それでも亜門は、名探偵中野浩一の妻でございますわ。弱音を吐いたら、負けでございます。

これがコウ様が話された、内容でございました」

亜門はそう呟くと、自分で書いたメモ用紙を見つめていた。

『今日の新聞が示すには、めざしが美味いと書いてありました。

きっと目利きの人が、そう言ったようですよ。

だけど目で見てみないと、面食らいますよね。

締めは、雑炊で食べると美味いそうです』

「いつもコウ様が、暗号を解くときのように、やってみましょう。

まずは、全て平仮名表記に変えてみます。

そういたしますと、こうなりますわ」


『きょうのしんぶんがしめすには、めざしがうまいとかいてありました。

きっとめききのひとが、そういったようですよ。

だけどめでみてみないと、めんくらいますよね。

しめは、ぞうすいでたべるとうまいそうです』

「そしてヒントは、ええと確か亜門のおできでした。……いえいえ、それも違いました。大事なのは、おできができた位置でした。そうしますと……目の下ですわ。

あっ、わかりましたですわ。目の下でございます。つまり、この文の「め」の文字の下を、読めばいいのですわ。そういたしますと、こうなります」


『きょうのしんぶんがし「め」『す』には、「め」『ざ』しがうまいとかいてありました。

きっと「め」『き』きのひとが、そういったようですよ。

だけど「め」『で』みてみないと、「め」『ん』くらいますよね。

し「め」『は』、ぞうすいでたべるとうまいそうです』

「これで宜しいのでしょうか？　それを続けて読みますと『す・ざ・き・で・ん・は』となります。あああっ……『須崎電話』でございますね。亜門に、須崎様へ電話しろということでございましたか。コウ様、亜門はしかとコウ様のお気持ちを汲むことができました。名探偵中野浩一の妻として、合格でございますわ。直ぐに、須崎様へ電話いたします」

亜門は、その直後、須崎へ連絡を入れた。

須崎は中野の身に、何かアクシデントが起きたことを理解した。しかし須崎自身、直ぐに動くことはできなかった。取手市役所爆破予告、そのタイムリミットが近づいていたからである。

中野は間仲家に戻ると、いつもの大学ノートを開き、木霊村の概要と事件について、今、現在わかることだけ、箇条書きに書き留めておいた。

ノートの横には、皐月より借りた、四月朔日家の集合写真も置かれている。

書き出しの題名には『木霊村』とだけ、書いてあった。

『木霊村』

1、木霊村とは、四月朔日家と八月朔日家の両家で成り立っている。
2、木霊村には古よりの掟があり、国の法律よりも掟が優先される。

木霊村の掟
一、四月朔日家と八月朔日家は、決して争ってはならぬ。
二、木霊村での稼ぎは、半分を自分のために、残りの半分は村人のために。
三、四月朔日家と八月朔日家の婚礼は、あってはならぬ。
以上の三箇条である。

3、四月朔日家本家の住人
八十喜知74歳――皐月　33歳

――貴理子22歳　九月十四日、未明に死亡
――佳純　22歳
――志萌音22歳
使用人　泰造（村一番の力持ち、おおよそ40歳）

4、八月朔日家本家の住人
獅子雄42歳――妻　京子（多分、43歳ぐらい）
大雅　42歳――妻　和子（多分、42歳だと思う）
5、四月朔日家と八月朔日家の、全ての村民を併せると、約百名もいる。
6、木霊村（両家）の収入源は、木彫りの花嫁人形である。
（その技術には目を見張る物があり、売り先の対象は、殆どが海外セレブ向けだった）
7、村の奥には、木霊神社があり、石碑が立っている。

（その石碑には、花嫁人形の歌詞が刻まれている。

但し、一番から八番まで歌詞があった。

本来童謡の花嫁人形は五番までだが、四月朔日家の四代目である吉左衛門の妻、美景が歌詞を創り、石碑に彫らせたようだ）
8、四月朔日家の次女である貴理子は、花嫁人形の歌詞一番の通りに、首に花嫁衣装の帯を巻かれて殺されていた。
9、皐月は、少しだけ気が触れているという説明だった。
しかしその素振りは、見られない。

もしかしたら須崎課長の、ブラフ（はったり）だったのかも知れない。

それならば皐月については、納得できる。

皐月の背中には驚くことに、般若の刺青が彫られていた。

偶然、その刺青を、目にしてしまった。

可哀想なことだが、般若の顔の恐ろしさは、この世のものとは思えないほどである。
10、四月朔日家三女の佳純は、健忘症を煩っているのかも知れない。
もしくは過去に交通事故に遭い、未だに右足を引き摺っていることだから、何らかの記憶障害を起こしている可能性も考えられる。

　午前に挨拶した僕のことを、その日の夕方には完全に忘れていた。

　あれはどう見ても、演技ではなかったと思う。

　それについても現時点では、ハッキリとわかっていない。


　そこまで書いて、鉛筆を置いた。そして、畳の上に大の字に寝そべった。

　それから天井の木目を見つめ、独り言を呟いたのである。

「犯人の目星は、おおよそだが付いている。僕の第六感が、そう告げている。

　でも動機がわからないし、殺害後の状態があまりにも不自然だ。

　そして何よりも、それには無理があり……上手く説明がつかない。

　須崎課長からの連絡も、早く欲しいな。

　警告文と一緒に投げ込まれていた花とは、いったい何だったのか。

　そして誰が何のために、その花を持っていったのか。誰が、僕のアタックザックを探っていたのか。誰が、衛星電話を持ち去ったのか」

　そう呟くと、中野は静かに目を閉じてしまった。

この日は、そのまま夕刻となり、間仲家で夕食を頂くことにした。

凜と史郎と美咲、そして中野の四人で座卓を囲み食事をした。

話題の中心は、貴理子のことではなく、須崎真のことで盛り上がった。中野が須崎と共に解決した事件の話をすると、凜がとても喜んでくれた。

夕食が済むと部屋に戻り、風呂を頂き、眠りについた。

夕べは二日酔いで、眠りが浅かったため、この夜は直ぐに深い眠りにつくことができた。朝まで目が覚めることもなく、ぐっすりと眠ってしまった。

しかしその間に、第二の惨劇が起きてしまったのである。

中野は二日目の朝も、美咲に起こされるまで何も知らずに眠っていた。

《10》泣けばかのこのたもとがきれる

翌日、九月十五日の日曜日。時計の針は、午前十時を回っていた。

昨夜は十時過ぎには眠ったのだから、約十二時間も眠っていたことになる。

いつもは早起きの中野からすれば、それは珍しいことだった。まるで睡眠薬でも盛られたかのようにである。

けれどもそれはいくら何でも…………考えすぎであろう。

「中野さん、中野さん、目を覚ましてください！　再び、事件が起きてしまいました！」

中野は美咲に身体を揺すられて、やっと目覚めたのである。

「……どうされました……美咲さん。……おはようございます」

目を擦りながら、上半身を起こした。布団の横には今朝も、美咲が青い顔をして座っていた。

それは昨日の朝見た光景と、全く同じものである。

「中野さん、今度は四月朔日家の志萌音ちゃんが……志萌音ちゃんが亡くなってしまったのです」

「何ですって、今度は、志萌音さんが亡くなったというのですか！　そこまでは考えてもいなかった……迂闊だった。貴理子さんと、同じ動機なのだろうか？」

そう呟くと、頭を左右に振った。

「美咲さん、今、何時でしょうか？」

「えっ、十時十分ですけど」

「十時十分ですか、そんな馬鹿な。僕は、そんなに眠っていたというのか」

中野は夕べ、夜の十時には布団についたはずである。一度も起きずに十二時間も眠っていたことになる。

それなのに、まだ寝たりない気もするほど、頭がボウッとしていた。

寝過ぎた自分に罪悪感を感じながらも、何かがおかしいとも感じていた。

枕元を見ると、夕べ眠る前に飲んだ、水差しとグラスが置いてある。どちらも空になっていた。

それらは目の前にいる美咲が、用意してくれた水である。

『まさか美咲さんが……僕に睡眠薬を飲ませたのか。でも、それはどう考えてみても、有り得ないだろう』

心の中でそう思ったが、今はそれさえも後回しにした。

「美咲さん、今度は志萌音さんが亡くなっていたのですね。どこで、どういう状況で、亡くなっていたのでしょう。教えてください！」

よく見れば、美咲は泣いていたようである。涙を零した跡が見て取れた。

「志萌音ちゃんは、四月朔日家の蔵の中で死んでいたのです」

「今度は蔵の中………ですか」

「はい、四月朔日本家の裏側に立っている大きな蔵です。四月朔日家が日頃使わない道具や、お雛様などの人形も仕舞われています。

特に今回は、貴理子ちゃんと志萌音ちゃんの、花嫁衣装も飾るように置いてありました。その蔵の中で、志萌音ちゃんは見つかったのです。

今朝方から志萌音ちゃんの行方がわからず、皐月ちゃんと佳純ちゃんが捜していたのですが、蔵の中で亡くなっていたのを、皐月ちゃんが見つけたのです」

「美咲さんの話し方ですと、貴理子さんの時とは違い、志萌音さんは殺害されていたわけではないのですか？」

美咲は首を斜めに傾げると、

「いいえ、私にはよくわかりません。ただ『事故で亡くなったのかも知れぬ』と、蔵の中を見た時、義母がそう言ったものですから。

義母はその後直ぐに『早く中野さんに知らせて、ここへ連れてきておくれ』と、私に申しつけました。ですから、私にはよくわからないのです。

中野さんお願いいたします。今直ぐ私と一緒に、四月朔日家の蔵へと来てください」

中野は布団から立ち上がると、今日もそのままの格好で、

「わかりました、美咲さん。四月朔日家の蔵へ、直ぐに向かいましょう！」

二人は、小走りで四月朔日家へと向かった。

四月朔日家本家の建物を、ぐるりと迂回して裏庭に出ると、その奥には白と黒に塗り分けられた、大きな蔵が立っていたのである。その佇まいには威厳もあり、だいぶ年数が経っているように感じられた。

屋根の高さだけならば、本家の屋根よりも高く造られていた。壁は漆喰で真っ白に塗られている。

明かり取りや換気のために設けられた、壁の上部にある窓枠と、瓦屋根だけが黒色だった。

蔵の正面にある鉄の扉が、左右に開け放たれている。

扉の上にも、明かり取り用の格子窓が設けられていて、その窓も左右に開いていた。

入り口には、自然石の階段が五段も積み重ねてあり、その階段の中ほどでは皐月と佳純が、抱き合ったままで震えている。二人の視線は、蔵の中へと向いていた。

中野は抱き合う二人の横を通って、蔵の中へと進んだ。

美咲は皐月等と共に、階段のところで止まっていた。

中野が入り口から中を見ると、中央の奥に敷かれている茣蓙（ござ）の周りに、人だかりができている。

そこには四月朔日八十喜知、八月朔日獅子雄と大雅、間仲凜と史郎が何かを取り囲むように集まっていた。

誰しもが無言で、取り囲んだ茣蓙(ござ)の上に横たわるものを見つめている。

中野は神妙な顔で、その後ろから声をかけた。

「すみません、遅くなりました、中野です」

その声を聞いて、五人が一斉に振り向き中野を見た。

八十喜知は、目に涙を溜めていた。当たり前であろう、自分の可愛い娘を、二日続けて亡くしたわけなのだから。

凜が溜息と共に、

「中野さんや、すまないのう。静養で木霊村にきたはずなのに、このような悲惨な出来事に、二日も続けて巻き込んでしまってな。

まだ誰も、手をつけてはおらぬ。中野さんのその目で、見てやっておくれ。お主が見れば、事故か事件かがわかるじゃろうて」

哀しげに、そう説明してくれた。

中野は凜の横に立つと、茣蓙の上に横になっているものを見た。

そこには、花嫁衣装である鬘を頭に被り、両肩から紅い斑点模様のある着物を纏った、若い女性が横になっていた。その顔は確かに志萠音である。

肩から纏った着物の下には、ピンクのワンピースを着ていた。志萠音の左胸には、柄の部分に鮮やかな緑色の生地が巻かれた懐剣が、深々と刺さっていたのである。

中野は志萠音の横にしゃがみ込むと、首筋に右手を添えてみた。もちろん脈などはなかった。

次に志萠音の顎に手を添えてみたが、そこは既に固まりつつあった。しかし若干ではあるが、動かせたのである。

更に志萠音の左手を動かしてみると、そこはまだ楽に動かせた。

つまりおおよそではあるが、志萠音が死亡してから、約四時間前後経過したことになる。

今は午前十時二十分だから、志萠音が死亡した時間帯は、今朝の六時から七時ぐらいの間だろうと考えられた。

中野は懐剣を見つめて、八十喜知に聞いた。

「胸に刺さっている懐剣は、この蔵の中に保管されていた物なのでしょうか？」

事故の可能性もあると言っているので、そう聞いてみた。

　すると八十喜知は涙を溜めたまま大きく頷くと、右手を斜め前に向けて、中野の横を指差しながら教えてくれた。

「ほれ中野さんの横に立つ、美景様人形が手にしていた物じゃよ。その人形は、四月朔日家の発展に尽くされた、美景様を模して作られたものじゃて。

　懐剣は美景様の遺品として、その人形の手に握られていたものじゃ」

　中野が後ろを振り向いて、八十喜知が指差す方向を見てみると、そこには等身大の女性の人形が立っていた。

　しかしその人形は、四月朔日家や八月朔日家の客間に飾られていた花嫁人形とは、あきらかに出来栄えに違いがあった。

　顔の作りなどは、のっぺらぼうの木彫りであり、かろうじて目や鼻の位置がわかるぐらいのものだった。

　着ている着物だけが、高級な品物に見える。きっと木霊村の、人形作りの歴史を知る人形なのではあろうが、まだ、芸術品とまでは呼べない時代の作品なのであろう。

　人形の胸元には、懐剣の鞘が挟まっていたが、右手は肘を曲げて少しだけ前に突き出す形を取っており、その先にある五本の指は軽く握られている。

　握り拳の間には、何かを握っていたような、空洞ができていた。つまりこの右手にできた空洞に、懐剣を差して、飾られていたようである。

中野は人形を見つめて頷くと、今度はその横にある白無垢に目を向けた。

美景人形の横には、白無垢を衣桁に広げて掛けてあった。

衣桁とは、細い木を鳥居形に組んで、着物を広げて掛ける家財道具である。

白無垢を掛けた衣桁の隣には、何も掛かってない、もう一つの衣桁も置いてあった。

どうやらその衣桁には、志萠音が肩から纏っている着物が、掛けてあったようだ。

中野が次に質問したのは、志萠音が被っていた鬘と、両肩から纏っている着物についてだった。

「志萠音さんが被っている鬘は、花嫁衣装のものですよね。

そうすると羽織っているこの着物も、花嫁衣装なのでしょうか？

この着物には、紅い斑点模様がついていますが………。

これも花嫁衣装に入るのでしょうか。

すみません。着物については、あまりにも無知で、お恥ずかしい限りです」

すまなそうに、そう尋ねてみた。

すると凜が、横たわる志萠音を見つめながら、

「そうじゃ、鬘は志萠音用に作らせた、文金高島田じゃ。肩から羽織っている着物も、

志萌音のために作らせた花嫁衣装じゃよ。待ちきれなくて、自分で着てみたのかも知れんのう。

その拍子に懐剣にぶつかってしまったのか……それはワシにもわからぬが、もしかしたらこれは、事故なのかも知れぬ」

成る程、志萌音が自分の花嫁衣装を着て、はしゃいでいるとき、人形の手に持つ懐剣に、運悪くぶつかり、自分から命を失ったようにも見えたのであろう。

中野は真剣な表情で、続けて問い掛けた。

「貴理子さんの白無垢は、僕にもわかりますが、何故、志萌音さんの着物には、模様が入っているのでしょうか」

「志萌音は同じ時期に嫁ぐ、貴理子と重ならないようにするために、敢えて色打掛を選んだのじゃよ。

じゃから八十喜知さんは志萌音のために、木霊村の伝統でもある鹿の子模様の打掛を、わざわざ呉服商に作らせたのじゃ。

その空いている衣桁には、志萌音の色打掛と鬘が、掛けてあったのじゃよ」

と、寂しげに教えてくれた。

その答えを聞いたとき、中野の顔が驚きに変わった。

中野の背中に、冷たい物が一筋、流れた気がする。

そしてあの言葉が、再び頭の中を過っていく。

『木霊村の掟を破る者には、天誅を下さなければならぬ。止められぬなら、災いが起きるであろう。』

「何ですって、この着物の模様は、鹿の子模様というのですか……鹿の子模様という」

ぞわぞわとした嫌な気持ちが、心の底から渦巻いてくる。

すると中野は慌てるようにして、志萌音が羽織っていた着物の左右の袖を、確認し出したのである。

裏表を丹念に見ていた。胸のあたりの鹿の子模様が、紅く滲んでいる。

そして右側の袖裏が、20㎝ほども切れていた。その切り口は、あきらかに刃物などで、切り裂かれたものだった。

つまり鹿の子模様のたもとが、切られていたわけである。

中野は、着物の切り裂かれた跡を見つけた時点で、ゆっくりと立ち上がった。

そして五人の顔を見回しながら、

「これは事故などではありませんでした。言いにくいことですが、志萌音さんも何者かの手によって、殺害されたのです。

そして志萌音さんを殺した犯人は、貴理子さんを殺害した犯人と、同一人物だと思われます。

何故ならば、この鹿の子模様のたもとが切り裂かれていることこそが、それを物語っているからです」

そう話すと中野は、咳払いを一つして、いきなり歌を歌い始めたのである。

そこにいる誰もが驚きの表情で、中野を見つめた。

『文金島田に髪結いながら　花嫁御寮はなぜ泣くのだろう

あねさんごっこの花嫁人形は　赤いかのこの振袖着てる

泣けばかのこのたもとがきれる　涙でかのこの赤い紅にじむ』

それは童謡の花嫁人形の、二番から四番までの歌だった。

中野が歌い終えると、凜が更に驚きの顔をして、息を飲み込んだ。

「そうか、そういうことか……中野さんの歌を聴くまで、思いもしなかったわい。確かに昨日の貴理子といい、今、目の前の志萌音といい、花嫁人形の歌詞の通りに殺されておるわ。

まさに志萌音は鹿の子模様の振袖を着たまま、たもとが切れている上に、鹿の子模様が紅く滲んでおるわい。

じゃが何故、犯人は、歌詞の通りに殺しておるのじゃろうか」

中野の顔は一度下を向くと、言いにくそうな表情に変わった。

「まだよくはわかりませんが、それはこの村が木霊村だからかも知れません。木霊神社の石碑の下、花嫁人形の歌詞の通りに犯行が行われているのです。それはきっと、何らかのメッセージを、犯人が送っているのだと思います」

それを聞いた凜は、意味を理解したのか二度ほど頷く。

中野は他の四人の顔を見回してから、八十喜知で視線を止めた。

「八十喜知さん、今度も犯人がわかるまでは、警察に届けないのですよね」

八十喜知は中野の顔を見ることもなく、足下に横たわる志萠音を見つめたまま、

「ああ、そのつもりじゃ。貴理子と志萠音を殺した犯人を、中野さんが捕まえてくれるまで、届けるつもりはない。

犯人がわかった時点で、どう処理するかを考えるつもりじゃ。それが木霊村に生きる者の、運命じゃからな」

「そうですか、それならば僕も木霊村のやり方に従います。僕は警察の人間ではないですし、あくまでも木霊村から雇われた探偵ですので。

だけど、お願いがあります。僕は、犯人を捕まえるためにも、その根底に隠れる動機が知りたいのです。動機が確認できなければ、犯人には行き着けません。

ですから今日の午後、僕は木霊村を下りて大子町まで行きたいと思っています。もちろん、警察に行くつもりも、電話をかけるつもりもありません。そこは僕を信じてください。

僕は、木霊村で起きている、この殺人事件を解決するために、大子町周辺で聞き込み捜査がしたいのです。お願いいたします。八十喜知さん、そして獅子雄さん！」

中野は、素直な気持ちで、そう頭を下げてお願いした。

八十喜知と獅子雄は、困った表情で顔を見合わせている。

二人のその表情を見て、凜が思わぬ助け船を出してくれた。

「中野さんの言うことは、本心じゃろうて。嘘は吐いておらぬ、顔を見れば、よくわかるわい。じゃが、八十喜知さんも獅子雄さんも、それがわかっておりながら返答に困っておる。

じゃからワシが、中野さんと共に大子町まで行こう。ワシが中野さんの捜査について行くならば、二人とも異存はあるまいて。どうじゃ、それならばよかろう」

八十喜知と獅子雄は、凜を見て大きく頷いた。

八十喜知がそのまま、中野に尋ねてきた。

「そうしてもらえるのなら、それが一番いいじゃろう。凜さんは木霊村の人間じゃからな。中野さんも、凜さんが一緒でも構わないかのう」

中野は少しだけ苦笑いをした。

「はい、僕は誰が一緒でも構いません。なるべく早く大子町まで行き、犯人の動機を見つけだし、僕の推理が正しいことの裏付けを取りたいのです」

そう八十喜知に答えたのである。

それを聞いた凜は、

「ほうか、それならば急いで大子町へ行くことにしよう。八十喜知さん、ワシは久し振りに大子町まで行ってくるからな。

中野さんや、取り敢えず間仲家に戻り、出掛ける用意をいたしましょうぞ」

皆にそう告げると、足早に戻って行った。

中野も四人に会釈をすると凜に続いた。

入り口には皐月と佳純がいたので、二人にも会釈をし、四月朔日家の蔵を後にした。

凜の歩くスピードは、思いのほか速かった。

内股で歩幅も狭いのに、ひたひたと繰り出すその足は、とても87歳とは思えぬほど、しっかりとしたものだった。

凜は何かを呟きながら歩いている。

中野は凜の後ろにつき、何を呟いているのか聞き耳を立ててみた。

すると何と凜は、般若心経を唱えながら歩いていたのである。

「観自在菩薩。行深般若波羅蜜多時。照見五蘊皆空。度一切苦厄。舎利子。色不異空。空不異色。色即是空。空即是色。受想行識。亦復如是。舎利子。是諸法空相。不生不滅。不垢不浄。不増不減。是故空中。」

それを知った中野は、何も言えずにいた。

凜は凜なりに、貴理子と志萌音を弔っていたのである。

やがて二人は間仲家に戻ってきた。

凜は中野に振り向くと、

「中野さんや、出掛ける支度をしますから、三十分ほど時間をくだされ。用意が整い次第、中野さんの部屋へ行きますじゃ」

そう告げると、土間の廊下を足早に、自分の部屋へと消えていった。

中野は急にあることを思い出し、慌てて凜の部屋まで行くと、障子越しに声をかけた。

「凜お婆様、一つだけお願いがあります。

八月朔日家本家の皆さんが写っている写真がありましたら、僕に貸してください。

多分、今年の元号が変わったとき、五月一日に記念に撮っていたはずです。

大子町へ行きましたら、その写真を使いたいのです。

四月朔日家の記念写真は、皐月さんからお借りしましたので大丈夫です。

八月朔日家本家が写っている記念写真を、お借りしたいのです」

大きな声でそう話すと、障子がガラッと開いた。

凜が手にある一枚の写真を、渡してくれた。

「ほれ、それならば、この写真でいいじゃろうて。この写真は、今年、新たな元号に変わったとき、八月朔日家の前で撮った写真じゃよ。四月朔日家でも同じように撮ってあったはずじゃ。皐月が貸した写真は、その時のものじゃろう。どちらの写真も、息子の史郎が撮ったものじゃからな」

中野の読み通りだった。

木霊村では元号が変わる度ごとに、記念写真を撮る習慣があるに違いない、そう考えていたのである。

受け取った写真は、皐月から借りた写真と、人や背景こそ違うが、何となく同じ構図の写真だった。それはどちらの写真も、間仲史郎が撮ったからである。

八月朔日家の集合写真は、四月朔日家と同じように、八月朔日家本家の前で撮られたものだった。

真ん中に獅子雄と大雅が立ち、その横に京子と和子が立っている。

大雅と和子の間には、小学生ぐらいの女の子が一人立っていた。きっと二人の子供であろう。どちらの親にも顔立ちが似ていて、美少女であった。

写真の右下に印字されている日付は、２０１９・５・１となっている。この日付も、やはり四月朔日家の写真と同じだった。

お礼を言って自分の部屋に戻ると、中野はアタックザックから小振りのバッグを取り出した。念のために持ってきたバッグが、ここで役に立ったわけである。

いつもの大学ノートに、今借りてきた写真を挟むと、小振りのバッグに詰めた。

バントラインスペシャルは、しばらく考えていたが、置いていくことにした。

LEDライトだけは、帰りの山道のことを考えて、バッグに入れた。

腕時計を見ると、既に十一時を回っている。

今から木霊村を下りて行き、中野が考えている大子町での捜査をした場合、はたして何時間ぐらい捜査ができるのだろうか？

夜遅くなる前には、木霊村に戻ってこなければならない。今から村を下りれば、大子町に着くのは十二時過ぎであろう。

だから捜査できる時間は、どうみても五時間ぐらいしかないはずだ。その時間内で、答えを探し出さなければならないのである。

そして何よりも、87歳になる凜を連れての行動だ。急ぐことはできないし、無理もできない。

そう考えていると、部屋の障子が開いた。顔を見せたのは、美咲だった。

「中野さん、義母のことよろしくお願いします。あのように元気そうに見えても、87

歳ですから……。お手数でしょうが、お願いいたします」

と言い、頭を下げた。

中野は笑顔で「大丈夫ですよ。了解しました」と答えたのである。

すると、ズボンの裾がつぼまったモンペ姿に着替えた凜も顔を見せた。

肩からは、唐草模様の風呂敷き包みを斜めに掛けている。どうやらこの出で立ちが、凜の外出着のようである。

「ほいじゃ美咲さん、中野さんのお供で、大子町まで行ってくるからのう。夕飯までには、戻るつもりじゃて。久し振りの町までの外出じゃ。ましてや若い中野さんと一緒に行くとなると、嬉しくなるわい」

そう戯けるように話すと、笑っていた。

美咲は困った顔で微笑みながら、

「お母さん、あまり無理はしないでくださいね。中野さんに、迷惑を掛けないようにお願いします。本当に、気を付けてくださいね」

と凜に対し、釘を刺していた。

《11》 大子町での捜索

美咲に見送られて中野と凜は、間仲家を出発した。

凜が先頭に立ち、木霊村からの山道を下っていく。

しかし中野が心配していたほど、凜の足取りは耄碌などしていなかった。さすがに木霊村で、長年生きてきた女性である。

中野よりも、山道の歩き方のこつを得て慣れていた。

山道を下りきったところにある、木霊村の駐車場に着いたのは十一時五十分だった。

木霊村に向かうときは、一時間近くもかかったはずだが、下りはその四分の三ほどで、下りてきたようである。

87歳になる凜は、息も乱れていなかった。

「凜お婆様、僕の車が奥に駐めてあります。こちらです」

中野は凜を、駐車場の一番奥に駐めてあるジムニーまで案内した。

ジムニーの助手席に、凜を乗せると、イグニッションキーを回した。

　少しの時間だけ、ジムニーの暖機運転を行う。その間に、中野が説明を始めた。

「僕は、まず最初に、大子町の観光案内所を訪ねるつもりです。凜お婆様は、観光案内所がどこにあるのか、ご存じでしょうか？」

「観光案内所……観光協会ならば、ＪＲ水郡線の常陸大子駅前にあるがのう。中野さんの欲しい情報なら、そこでも同じように聞けるじゃろうて」

「ありがとうございます。大子駅前ですね、それでは観光協会へ向かいます」

　中野はジムニーのアクセルを踏んだ。二十分ほどで二人は、常陸大子駅に到着した。

　中野は、大きな木製の看板が見事な、大子町観光協会に入っていった。凜も中野の後に続き中に入ってきた。

　受付の前に立つと、初老の男性が相手をしてくれた。

「すみません、大子町の観光ホテルについて伺いたいのですが、宜しいでしょうか」

　中野が尋ねると、初老の男性はにこやかに対応した。

「はいはい、大子町周辺には、色々なホテルがございますが、どういったホテルがご希望でございましょう。例えば、袋田の滝周辺がいいとか、温泉宿を希望だとか」

「そうですね、僕の希望するホテルは、ちょっとお忍びで泊まれるような、そんなホテルです。できれば、お勧めのホテルを十軒ほど教えてください」

「ははははっ、お忍びで泊まれるホテルがご希望ですか……。そういたしますと、こちらの十軒のまあ、私は何も聞きませんから大丈夫ですよ。そういたしますと、こちらの十軒のホテルがお勧めでございます。

どういたしましょうか、ご予約は、ご自分で取られますでしょうか？　そうですね、やはりその方が宜しいと思います。私も、野暮ではございませんので。どうぞ、どんな理由であれ、大子町での素敵な旅を楽しんでください」

初老の男性は苦笑いと共に、十軒分のホテルのパンフレットを、中野に手渡してくれた。

中野は笑顔でそれを受け取ると、

「ありがとうございました」

とお礼を言い、観光協会を後にした。

中野が外に出ると、凛も一緒に出てきたのである。

「なんじゃ、中野さん、嫁さんと泊まるホテルならば、お忍びなどとは言わぬじゃろう。すると、中野さんがこれから捜査する場所とは、その手にしておるパンフレットのホテルに向かうということなのか」

中野は凛に振り返ると、大きく頷いた。

「はい、十軒全て回れるかどうかはわかりませんが、僕の予想だと六～七軒回ってみれば、自ずと答えが見つかると思っています。

でも、凜お婆様、先に昼食を取りましょう。時間は、お昼の十二時を過ぎています。直ぐそこにおそば屋さんがありますから、先に食べてそれから、一気に回りたいと思います。そういたしましょう！」

中野と凜は、駅前にあるそば屋に入っていった。

二人は、冷たい天ぷらそばを注文した。中野は、そばのお代わりをした。コシもあり、そばの実の香りが引き立つ、美味いそばである。

食べ終わると、大子駅前から一番近い、観光ホテルに向かった。

最初のホテルは、ジムニーに乗れば五分もかからない距離だった。大子駅前から歩いても、十五分ほどで着きそうである。

その観光ホテルは最近できたばかりのようで、壁の色などは真新しかった。薄いライトブルーの外壁は、どこか若者向けに作られた感じもする。

ホテルの駐車場には、送迎用の小型バスが一台と、普通車が十台ほど駐まっていた。

普通車は一番奥に水戸ナンバーが三台駐まっていたので、その三台は従業員用の車だと思えた。残りは県外ナンバーだったので、客が駐めたものであろう。

中野は一番手前の駐車場に、ジムニーを駐めた。

「凜お婆様、ホテルのフロントまで一緒に行きましょう。僕は、そこで確認を取りたいのです。一緒に来ていただければ、僕が知りたいことがわかると思います」

中野は凜が、ジムニーの助手席より降りてくるのを待って、ホテルの正面玄関へと歩き出した。

ホテルに入ると、奥にカウンターがあり、そこがフロントとなっていた。右側には広い待合室があり、ラウンジにもなっていた。床には真っ赤な絨毯が敷き詰められている。

中野は迷わず、カウンターの中にいる男性従業員に向かって歩いて行く。

カウンターの中の男性は、中野を客だと思い、笑顔で出迎えてくれた。

「いらっしゃいませ……長旅お疲れ様でございました。ホテル・ライラックへ、ようこそいらっしゃいました。ご予約頂いた、お客様のお名前をお聞かせくださいませ」

丁寧な言葉使いで、そう聞かれたのだが、中野は自分の名刺を一枚取り出すと、小声だけどハッキリと聞こえる声で、従業員に尋ねたのである。

「すみません、僕は宿泊客ではないのです。取手市で探偵をしている、中野浩一と申します。

お忙しいところ申し訳ございませんが、僕はある事件を追っていまして、どうしても確認したいことがあるのです。できれば、ご協力願えないでしょうか」

そう聞かれた男性従業員は、驚いた顔をして、名刺と中野の顔を交互に見た。そして思い出したようである。

「ああ、貴方様が、茨城県が生んだ名探偵の中野浩一さんですか。確かに、テレビや新聞で、お顔を拝見したことがございます。私どもで協力できることでしたら、何でもお答えいたします。

但し、お客様のプライバシーに関することでしたら、お答えできないこともございますので、その点は、ご了承くださいませ」

中野と同じように、小声でそう返した。

「いや、実を申しますと、そのプライバシーに関することなのです。ですから、内密で答えて欲しいのです。無理でしたら諦めますので、お願いいたします」

そこまで話すと、更に小声で男性従業員に、あることを尋ねた。

男性従業員は、不安げに頷くと、中野の話を聞いてくれた。

そして思い出すかのように、何度も考えてくれてはいたのだが、中野が求める答えは得られなかった。つまりこの観光ホテルでは、情報が摑めなかったのである。

中野の横で、そのやりとりを聞いていた凜は、信じられないという顔をしていた。しかし、中野には敢えて何も聞かないでいた。

そんな凜に中野は、

「このホテルは、違ったようです。今度は、観光協会で教えられた、一番遠いホテルに行ってみましょう。袋田の滝の近くに立つ、ホテル奥久慈です」

凜は中野を見て頷くだけで黙っていた。

二人はジムニーに乗り込むと、袋田の滝近辺にある観光ホテルに向かって出発した。中野の計算だと、約二十分で着くはずである。

ＪＲ水郡線の袋田駅を過ぎると左折して、道なりに進んでいく。袋田の滝への入り口が見えてくる。

袋田の滝とは、日本三大名瀑の一つに数えられている。那智の滝、華厳の滝、そして袋田の滝の三つが、そう呼ばれていた。

滝は四段で流れ落ち、長さは合計１２０ｍ、滝の幅は73ｍもあり、真冬になると完全氷結することでも有名である。

大子町にとっては、とても貴重な観光スポットだった。だから袋田の滝周辺には、いくつもの観光ホテルが隣接していた。

中野は袋田の滝を通り過ぎて、更に奥へと進んでいく。ホテル奥久慈が立っているのは、その先にある山裾だった。

一件目のホテル・ライラックが洋式だったのに対し、ホテル奥久慈は、純日本形式で建てられていた。

中野は建物の目の前にある駐車場に、ジムニーを駐めた。

ホテル奥久慈は山裾に広がる敷地に、建物が三棟並んで立っていた。

どの建物も三階建てではあったが、一階だけは通路が設けてあり、三棟とも全て繋がっている。

一番手前にある建物の一階部分が、フロントのようだった。

ホテル奥久慈は、決して新しくはなかったが、よく手入れがされていて、どこもかしこも清潔感があり、とても落ち着く感じがした。

中野は、一件目のホテルと同じように、真っ直ぐフロントに進んでいく。そしてフロントにいた、年配の女性に愛想良く声をかけてみた。

その年配の女性は制服姿ではなく着物を着ており、どちらかといえば、旅館の女将さんのようにも見えた。

中野は先程のホテルと同じように、名刺を出して挨拶をし、同じ質問をしてみた。

「すみません。僕は取手市で探偵をしています中野浩一と申します。お忙しいところ申し訳ございませんが、僕はある事件を追っていまして、どうしても確認したいことがあるのです。できれば、ご協力願えないでしょうか」

女将は、一瞬怪訝そうな顔をしたが、中野の名刺を見直して顔色を変えた。

「えっ、貴方様が、あの有名な探偵である中野浩一様ですか。中野様のご活躍は、よく存じております。このような遠方まで、ご苦労様でございます。はい、私共でわかることでしたら、どうぞお答えいたしますが」

笑顔で答えてくれた。

中野の隣にいた凜は、その答えを聞いて、中野浩一が探偵として有名であることを、あらためて認識した。

中野は丁寧に頭を下げると、女将に対して教えてもらいたい、あることを告げた。けれども女将の記憶には、それはなかったようである。女将は奥にいた男性の従業員にも、それとなく訊いてくれたが、記憶にはないと言う。

このホテル奥久慈でも、中野の求める答えは得られなかった。つまりこのホテルでも、情報が摑めなかったことになる。

中野は、女将と男性の従業員にもお礼を言うと、ホテル奥久慈を後にした。

凜は中野の問い掛ける内容に、納得していない表情である。けれども何も言わないでいた。何も聞かずにいた。

凜は黙ったまま、ジムニーの助手席に乗り込んで、シートベルトを締めた。

ジムニーに戻ると、中野は観光協会から受け取った、観光ホテルのパンフレットを改めて確認していた。

そして何かに気が付いたのか、声を上げた。

「そうか、もしかしたら、もっと気楽に考えた方がいいのかも知れないな。そうすると、この次行こうと考えていたホテルではなくて、その次に行こうとしていたホテルへ向かう方がいいのかも知れない。よし、次は、ホテルＦＵＫＵＲＯＤＡに行ってみよう！」

独り言を呟くと、ジムニーのアクセルを踏み込んだ。

中野は、次に行く予定だったホテルを素通りし、その次に行く予定の、ホテルＦＵＫＵＲＯＤＡに向かった。

ホテルＦＵＫＵＲＯＤＡは、中央通りを一本中に入った、裏通りに立っていた。

ホテルの外観は、観光ホテルというよりも、どちらかといえばシティホテルに近かった。いわゆる若者向けの、気軽に入れるホテルである。

それでも中野は、一件目、二件目と同じように、丁寧にフロントで尋ねてみた。

「すみません、僕は取手市で探偵をしている、中野浩一と申します。お忙しいところ申し訳ございませんが、僕はある事件を追っていまして、どうしても確認したいことがあるのです。できれば、ご協力願えないでしょうか」

受付にいた若い男性従業員は、無表情だったが捜査に協力してくれた。

するとここのホテルで、やっと中野が求めていた回答を得ることができた。それも二つの答えを同時に得ることができたのである。

男性従業員の答えを、中野と共に聞いていた凛は、驚きの表情をした。

凛は中野を差し置いて、

「それは間違いないのか！」

と、男性従業員に食って掛かったほどである。

けれども男性従業員は冷静に、

「はい、間違いございません」

と、凛に対しても答えていた。

中野は男性従業員にお礼を言うと、凛の肩を抱いて、ホテルを出てきた。

凛は一言、

「それでも信じられぬ！」

と零している。

中野と凜は、その後も観光ホテルを三軒回り、その内の二軒のホテルからも、同じ答えを得ることができたのである。

もう凜は、観光ホテルからの回答を信じるしかなかった。

その答えは凜にとって、いろいろな意味で衝撃過ぎるものだった。

凜はジムニーの助手席で落胆していた。

そして自分から中野に、問い掛けてきたのである。

「中野さんや、信じられぬことじゃが、もう疑う余地はなさそうじゃわい。ホテル側の答えを聞いて、これでいったい何がわかったというのじゃ」

その声には力が無かった。

中野はジムニーのハンドルを握り、前を見つめたまま、

「そうですね………。

『木霊村の掟を破る者には、天誅を下さなければならぬ。

止められぬなら、災いが起きるであろう。』

この投げ込みの文章が、全てを告げています。

つまり木霊村の掟を破る者への天誅、それが貴理子さんと志萌音さんを殺害した、犯人の動機でした。

今、ホテル側からの回答を聞いて、それが証明できたと思っています」

凜も中野の答えは、ある程度予想はしていたようである。

「ほうか……やはりあの投げ込みが、この事件の根源だったのか。

するど貴理子と志萌音を殺害した犯人とは、いったい誰だと言うのじゃ」

中野は少しだけ考えてから、

「その答えは、もう少しだけ待ってください。事件の出発点である、動機については判明しましたが、事件の細部については、まだ不明な部分があります。

今日のことを踏まえた上で、明日の朝もう一度、調べさせてください」

「しかし中野さんには、犯人の目星はついているのじゃろう」

「はい、わかっているつもりです」

それで会話は途切れてしまった。

そのとき丁度、時計の針が夕方の五時を指した。

大子町でもどこからか、子供向けに『夕焼け小焼け』の音楽が流れてきた。メロディーは子供たちに向けて、「家に帰りましょう!」の合図である。

それを聞いた中野は、ジムニーのラジオのスイッチを入れた。ＮＨＫ放送に合わせてみた。

夕方のニュース番組が、丁度始まったところである。政治の汚職事件や、都内で起きた交通事故などのニュースが流れてきた。

ニュースが終わり、明日の天気予報が始まった。

その時である！　ラジオ放送から、ニュース速報が流れてきた。

「ええとですね、只今入りましたニュース速報です。

茨城県取手市で起きていた事件が、無事に解決いたしました。

先日より騒動となっていた、取手市役所爆破予告の事件についてですが、先ほど午後三時過ぎに、犯人の二人が逮捕されたもようです。

取手警察署の捜査課長である須崎真警視が、自ら犯人を確保したとのことでした。

もちろん爆破は食い止められ、取手市役所に仕掛けられていた爆弾数発も、無事に回収されたとのことです。

もし取手市役所で爆弾が爆発していたら、大勢の負傷者が出ていたことでしょう。いや～、未然に防げて、本当によかったですね」

ＮＨＫのアナウンサーが、ホッとしたように感想を洩らしていた。

それを聞いていた凜は、少しだけ微笑むと、

「成る程な、孫の真は、その事件に関わっていたのか。真なりに頑張っているのなら、それはそれで良しとしよう」

と、孫の須崎真を褒めていた。中野は凜の言葉を聞いて、

「はい。須崎課長は、取手市役所爆破予告事件に、かかりっきりになっていたのです。そのため、凜お婆様より声をかけられても、木霊村へは来られなかったのです。でもさすが須崎課長ですね、自ら犯人を捕まえるなんて！　きっと犯人も須崎課長が相手なら、手も足も出なかったことでしょう」

中野も自分のことのように嬉しかった。凜も孫の須崎真が木霊村へ来られなかった本当の理由を知り、納得していた。

木霊村の駐車場に戻ると、辺りは既に夕焼けに染まっていた。それは真っ赤な絵の具で、大空を塗りつぶしたような綺麗な夕焼けである。

しかしその夕焼けも、直ぐに夕闇へと変わっていく。

そしてここから木霊村へ帰るためには、山道を一時間近くも登ることになる。

中野は入り口脇に置いてあったリヤカーを引いてきて、力無くしょげている凜に対し、

「凜お婆様、今日はお疲れになったでしょうから、木霊村まで、僕がリヤカーを引きますから、どうぞお乗りください」

と、声をかけてみた。

凜は中野をじっと見つめながら、

「中野さんや、お言葉は嬉しいが大丈夫かのう……。真や史郎に比べれば、中野さんは非力に見えるのじゃがな。村までは上り坂を一時間近くも進むのじゃから、ワシを乗せただけでも、リヤカーはたいそう重くなるじゃろう。それでも乗せてくれると、おっしゃるのか」

と、心配げに聞いてくれた。

中野は苦笑いを浮かべ、

「まあ、須崎課長や史郎さんに比べれば、か細く見えるでしょうが、これでも学生時代はボクシングをやっていましたから、普通の男性よりは体力がある方だと思っています。遠慮なさらずに、今日は僕にリヤカーを引かせてください」

「ほうか、それならお言葉に甘えて、お頼みしましょうか」

凜は中野に手を引かれながらリヤカーに乗り込み、前向きに腰を下ろし、両手で手摺りにしっかりと摑まった。

「中野さんや、よろしくお願いします。ゆっくりで結構なので、この老いぼれを運んでくだされ」

そう言うと、頭を軽く下げた。

中野も「はい！」とだけ答えると、リヤカーの持ち手を持ち上げて、ゆっくりと引き出してみた。

駐車場にある木霊村への入り口から、山道へと入って行く。

中野はリヤカーを何度か引いたことはあったが、人を乗せて引くのは初めてのことだったので、最初のうちは慎重に引いた。

けれどもリヤカーに乗っている凜の重さは、殆ど感じられなかった。凜の体重が軽いせいだろう。これならばたとえ山道を一時間引いても、登れる気がした。

山道に入ると、辺りは暗闇に包まれていく。中野は、あらかじめ用意しておいた、LEDの懐中電灯を点した。

すると凜は小声で、またもや般若心経を唱えだしたのである。

「観自在菩薩。行深般若波羅蜜多時。照見五蘊皆空。度一切苦厄。舎利子。色不異空。空不異色。色即是空。空即是色。受想行識。亦復如是。舎利子。是諸法空相。不生不滅。不垢不浄。不増不減。是故空中。」

山道の暗闇の中で、般若心経が聞こえてきたら、普通ならばゾッとするかもしれないが、今の中野には何故だか心に染みた。

その内、凜の呟く般若心経は、聞こえなくなっていた。どうやらリヤカーの上で、うたた寝を始めたようである。中野は凜を起こさないように、リヤカーを静かに引いた。

時計の針が夕方六時半を指した時、やっと木霊村の入り口にある、しめ縄の掛かった大岩が見えてきた。

すると凜も、丁度よく目を覚ましたのである。

「ほほう、どうやらワシは眠ってしまったようじゃ。中野さんや、えらく面倒をかけてしまったのう。

じゃがお陰様で木霊村の山道を、何の苦労もせずに登ってこられたわい。大義じゃったのう、すまなかったのう」

と、お礼を言ってくれた。

「いえいえ、全然大丈夫ですよ。それよりも凜お婆様、一つだけお願いがあります。今日、僕と観光ホテルで聞いたこと、知り得たことは、しばらくの間……そうですね、僕が事件の真相を、八十喜知さんと獅子雄さんに報告するまで、黙っていてもらえないでしょうか。犯人に新たな細工をされると、非常に難しくなりますので」

凜は中野をジッと見つめ、真偽を確かめるような顔つきで問い掛ける。

「中野さんは、八十喜知さんと獅子雄さんに、いつ真相を話すつもりなのじゃ」

中野もリヤカーの持ち手を持ったまま後ろを振り返り、凜を見つめ返すと、

「できるならば、早いほうがいいと思っています。明日の午後までには全てを解決し、八十喜知さんと獅子雄さんに、報告したいと考えています」

「ほうか……明日の午後か。そうすると中野さんの考えだと、第三の事件は未然に防げそうなのか」

中野は大岩の前でリヤカーを止めた。

「第三の事件が起こるとすれば、貴理子さんや志萌音さんの時と比べてみても、簡単にはいかないはずです。明日の午後までに事件が解決できれば、未然に防げるのではないかと、僕は考えています。

そして今は、何よりも村の人たちみんなが警戒している状況ですよね。犯人でさえおいそれとは動けないはずです。凜お婆様は、どう思われますか」

「ほうか、確かにそうじゃのう。村の衆も、みんなが警戒を強めているのじゃろうから、第三の事件は、そう簡単にはいかぬか……確かにそうじゃろう。

犯人が誰なのか、次に誰を狙うのか、ワシには見当もつかぬが、状況から見ても、第三の事件を起こすには難しいということか」

凜は凜なりに、納得したようである。

中野と凜は、木霊村の入り口にあるリヤカー置き場に、引いてきたリヤカーを置き、間仲家に戻っていった。

二人は待っていた史郎と美咲と共に夕飯を食べ、この日は眠りについた。

しかし中野と凜が考えていたほど安易に、第三の事件は、待っていてはくれなかった。

それは翌日の早朝に起きてしまった。犯人は周到に、計画を実行しようとしていたのである。

けれどもこの時点では、中野も凜も、そのことを知る由もなかった。

《12》須崎真登場！

翌日の朝、中野は六時に目覚めると、朝食も取らずに間仲家を出発した。

夕べ眠る前には、疑うわけではないが、美咲が用意してくれた氷水は飲まずに寝た。それが良かったのかどうかはわからないが、今朝はいつもと同じように、六時に起きられたのである。

だから朝起きたとき無性に喉が渇いていたので、洗面所に行き、蛇口から流れ出る水をガブガブと飲んでしまった。

紫星川の水を引き、簡易浄水器を通しただけの水である。それだけなのに、とてもまろやかで美味しい水だった。

土間の流しで、朝食の用意をしていた美咲に挨拶を済ますと、行き先は言わずに、

「一時間ほどで帰ります」

とだけ告げて、間仲家を出た。

中野は木霊村の早朝の気持ちいい空気を、初めて感じることができた。木霊村に来て、三日目の朝である。

今朝は晴れていて、よりいっそう爽やかに感じられた。

昨日と一昨日の二日間は、どんな理由があるにせよ、朝寝坊をしたことに変わりはない。

だから木霊村の早朝が、これほどまでに気持ちがいいと、今朝初めて感じた。

中野は間仲家を出ると、真っ直ぐに木霊村の入り口へと向かっていく。大岩の横を抜けトンネルを目指していた。

夕べは凜をリヤカーに乗せ、暗闇の中を進んできたので、周りの景色など何も見えなかったが、今朝は天気もよく深林の煌めきが目に染みた。

辺りに漂う酸素の濃度も違う気がする。もちろん濃密に感じていた。

トンネルの前まで来ると、左側にある森の中へと入っていく。

そう、この場所は、最初に貴理子が殺害されて、吊るされていた場所である。もちろん今は、誰も居なかった。

中野は誰の目も気にせずに、現場を捜査したかった。

杉の木が伐採されてできた狭いスペースに入るとき、中野は目を閉じて合掌した。貴理子に対し、謹んで哀悼の意を表したのである。

それから貴理子が吊るされていた杉の大木の裏側に回った。地面に這い蹲るようにしゃがみ込み、僅かに残っていた靴跡を探していた。

『あの時、貴理子さんの死体を下ろすのに、この木の裏側に回ってきたのは、僕だけだったはずだ。

杉の木に巻かれていた帯を緩め、貴理子さんを下ろすのを手伝ってもらったのは、史郎さんだけであり、他の人たちは、この木の裏側までは入ってきてはいない。

もちろん史郎さんも、木の裏側までは入っていない。つまり僕だけが、この木の裏側まで入ったことになる。

僕は、今、履いている登山靴しか、木霊村には持ってきてない。そしてあの時は、下駄を突っ掛けていた。

つまりそれ以外の靴跡があれば、それが犯人のものであることが間違いないはずだ。この場所を見る限り、僕以外の足跡は、僅かにだが二人分確認できた。

僕が推理した通りの答えが、これで得られたわけである』

中野は、そう心の中で思っていた。

その後も三十分ほど、その場所を捜査していたが、それ以上は何も見つけられなかった。

中野は間仲家に戻ることにした。


間仲家に戻ると、用意されていた朝食をご馳走になった。

今朝は新鮮な生卵が二つと、自家製納豆、海苔の佃煮、野菜が具だくさんの味噌汁と大盛りの銀シャリである。

中野はお盆に載った、それらの物を部屋まで運び、美味しく頂いた。自家製納豆は、大粒の大豆でできていて、とても嚙み応えがあった。スーパーに売っている小粒の納豆しか食べたことがない中野にとっては、ある意味、新鮮な驚きである。

食べている途中で、美咲がお茶を運んできてくれた。

美咲は中野に対して、何かを言いたそうにしていたが、結局は天気の話だけをして戻っていった。

朝食を食べ終えると洗面所に行き、顔を洗い身支度を整え、再び出掛けようとした。その時だった！　間仲家に大きな濁声が響き渡ったのである。

「凜婆さん、俺だ！　孫の真が帰ってきたぞ！　俺が寄こした中野ちゃんは、無事でいるのか」

取手警察署の捜査課長である須崎真が、ようやく来てくれた。その声を聞いて中野はホッとした。

自分一人で木霊村の殺人事件を解決しなければと、プレッシャーを感じていたからである。

もちろん事件を解決する自信はあった。しかし最初の殺人事件が起きてから、既に三日目である。

それなのに警察には、まだ何も報告していない。報告はするなと、木霊村の長老たちから止められている。

これから先、事件の展開が、全くわからなかった。

でも今、ここで須崎が来てくれたのなら、この先については心配がいらなくなる。

中野が部屋の障子を開けると、そこには須崎真の大きな身体があった。

須崎は眉間に皺を寄せ、心配顔になっていた。

「おおっと中野ちゃん、無事だったか！　亜門から連絡をもらってはいたのだが、何しろ取手市役所爆破予告の事件が、佳境を迎えていたので、俺が抜けるわけにはいかなかったんだ。

そこのところは、わかってくれ。俺も亜門から電話をもらった後、直ぐに中野ちゃんに渡した衛星電話に、連絡を入れてみたのだが、電源が入っていないらしく繋がらなかった。

その後、何度も連絡を入れたのだが、繋がらない。中野ちゃんが木霊村で、何かの事件に巻き込まれたまでは理解できたが、亜門の話しっぷりだと、中野ちゃん自身は元気でいたという。

だから俺は、取手市役所の事件に没頭した。その甲斐もあって、取手市役所の事件は、昨日でやっと片がついた。俺たち警察官のことを手こずらせやがった犯人は、俺がこの手で捕らえてやったよ。

だから今朝一番で、木霊村へ来たというわけだ。これでも取手市を、朝の五時に出てきたんだぞ。まあ、中野ちゃんの元気そうな顔を見て、取り敢えずは一安心したがな。

ところで凜婆さんや史郎叔父さん、そして美咲叔母さんは、どこにいるんだ？　俺が帰ってきたというのに、誰も出迎えないとは、どういうことなんだ」

須崎は早口で中野にそう説明すると、左右に首を振りながら、大声で呼んでいた。

「凜婆さん！　史郎叔父さん！　美咲叔母さん！」

しかし誰も部屋にはいないようで、返事はなかった。

「須崎課長、昨日の今日なのに、お疲れ様です。凜お婆様たちは、出掛けられているようですね。先ほどまで、美咲さんはいらしたのですが。でも丁度いいです。

誰もいないうちに、昨日までこの木霊村で起きてしまった殺人事件について、報告させてください。実を申しますと、既に二件もの殺人事件が起きているのです。

一人目の犠牲者は、四月朔日家の次女、貴理子さん。もう一人は四月朔日家の四女、志萌音さんです。

須崎課長、立ったままでは何ですから、取り敢えず僕がお借りしているこの部屋に、お上がりください」

「何じゃと……」

須崎が宙を見つめ絶句した。そして視線を中野に戻すと、

「貴理子と志萌音が殺されたのか」

と呟き、更にあきれ顔になり、

「どうせ木霊村の住人のことだから、警察には届けていないのだろう。そうかそれで中野ちゃんの衛星電話を、取り上げたというわけか。

全く、木霊村の連中の考えることは、時代錯誤もいいとこだよな。どれ、それじゃあ部屋に入って、中野ちゃんから事件の経緯を聞くとするか」

須崎は部屋の入り口で革靴を脱ぎ、部屋に上がってきた。そして中野の正面に、ドカッと腰を下ろしたのである。

今日の須崎の出で立ちは、いつもの背広姿ではなく、水色のポロシャツにベージュ色のチノパン、濃紺色の麻生地でできた、少し大きめのジャケットを羽織っていた。

麻でできた少し大きめジャケットを着ているのには、刑事なりの理由があった。

ジャケットの裏側には、拳銃ホルスターが装着されており、拳銃も所持しているからであろう。

確か、須崎が所持している拳銃の種類は、ブローニングハイパワーと呼ばれている特殊な拳銃である。

日本の警察においても、ブローニングハイパワーを所持しているのは、須崎真ただ一人に違いない。

ブローニングハイパワーとは携帯できる拳銃の中では、高弾数を装填できる拳銃である。

一般的な拳銃に弾丸を装填できる数は、六発前後なのに対し、ブローニングハイパワーは何と十三発も装填できた。それは弾を詰めるマガジンが、二層構造になっているからである。

須崎は、自分の身を守るためというよりも、悪人から善良な市民を守るため、敢えて装填数の多いブローニングハイパワーを選んだと聞いている。

中野は、その話を聞いたとき、須崎真らしいなと思った。何しろ、拳銃など持っていなくとも、須崎真は超人だった。己を守るだけならば、拳銃などいらないはずである。

握力は左右とも１００kgを超え、右手については１５０kgを超えるという。そして背筋力に至っては、３５０kgを超えるのだから。この数字は一般的な男性の、三倍以上にあたる。

更に柔道は五段の腕前であり、得意技は『山嵐』と呼ばれる伝説の投げ技である。須崎はかつてその山嵐で、ツキノワグマさえ投げ飛ばしてみせた。それも中野の目の前でである。

まさしくその光景は、スーパーマンそのものだった。

それなのに装塡数の多い拳銃を所持しているのは、万が一、周りの市民が襲われたときに、一人でも多くの命を救うために選んだわけである。

そして現に今も、山道を一時間近く早足で登ってきたはずなのに、汗一つ掻いていなかった。あらためて須崎の体力が、無尽蔵であることを知った。

中野は、そんな須崎を見て、木霊村で起きた事件について話し始めた。

「須崎課長、先程おっしゃっていたとおり、僕がお借りしている衛星電話は、誰かに隠されてしまいました。申し訳ございません。

でも、盗まれたのではないと思っています。木霊村の人たちに、そこまで悪い人はいないはずです。

僕が八十喜知さんや、獅子雄さんの指示を破って、警察に連絡できないようにしただけだと思います。

ですから僕が、木霊村を出るときには、きっと返してくれるはずです」

須崎は頷いていた。

「まあ、そうだろうな。八十喜知爺さんや獅子雄たちが、考えそうなことだよ。衛星電話についてはもういいから、貴理子と志萌音の事件について、詳細を聞かせてくれ」

今度は中野が頷いた。

「わかりました。ここからは事件について、ご説明いたします。最初に貴理子さんが、殺害されました。それは一昨日の、朝のことです。

僕は情けないことに前の晩、木霊村の皆さんが開いてくださった歓迎会で、日本酒をたくさん飲んでしまい、二日酔いで迎えた朝のことでした。

頭が割れるように痛いと感じたとき、美咲さんが僕を呼びにきたのです」

そこから中野は、貴理子の死体が木霊村のトンネル手前にある杉の木に、吊るされて発見されたこと。

それは貴理子が、まるで童謡の花嫁人形一番の歌詞の通りに殺されていたこと。

八十喜知と獅子雄が話し合い、警察には犯人がわかるまで届けないと決めたこと。

丁度、探偵の中野が来ているのだから、中野に事件の捜査を任せること。

それらがその場で、取り決められたと説明した。

「次に殺害されたのは、志萌音さんでした。昨日の朝のことです。情けない話ですが、僕は昨日の朝も寝坊してしまいました。

普段ならば、それほど朝寝坊ではないのですが、何故か、二日続けて寝坊してしまったのです。昨日の朝も、美咲さんに起こされるまで、僕は何も知らずに寝ていました。二日続けて美咲さんが、僕を呼びにきたのです。

志萌音さんは四月朔日家の蔵の中で、懐剣を胸に刺して亡くなっていました」

その状況を見て凜お婆様たちは、志萌音は事故死かも知れないと思っていたこと。

しかし自分が調べてみると志萌音は、花嫁人形の二番から四番までの歌詞の通りに殺されていたこと。

その後、昨日は凜と共に大子町まで行き、町内近辺に立っている観光ホテルを六軒回ったこと。それらを説明した。

「そうか、八十喜知爺さんは、娘を二人も殺害されたのに、それでも警察には届けようとしなかったのか。相変わらず木霊村とは、掟とやらに縛られている村のようだな。

しかし花嫁人形の歌詞の通りに殺害するとは、犯人は何を思ってそうしたのか。その辺りにも、犯人の動機が隠されているような気がする。

そして中野ちゃんが凜婆さんを連れて、昨日大子町の観光ホテルを回ったのには、何か意味があるのだろう。きっと、事件の裏付けを取りに行ったんだよな。犯人の動機か……。

そう考えれば中野ちゃんには、犯人の目星が付いている。そうなんだろう」

中野は、ゆっくりと頷いてみせた。

「はい、わかっているつもりです。でも、全ての謎が解けたわけではないのです。須崎課長、僕が郵便で送った、警告文と共に包まれていた花の種類は、いったい何だったのでしょうか？　もう鑑識課から、答えは出ていると思うのですが」

須崎は胸ポケットから手帳を取り出すと、ページを開きそこの部分を読んでくれた。

「ああ、出ているよ。中野ちゃんが郵送した警告文は、俺の手元に一昨日の午前中に届いていたからな。

鑑識課に頼んで黄色い成分を調べさせたら、その日の夕方には答えを持ってきてくれたよ。

あの警告文に包まれていたと思われる花の種類は、キク科の草花であるマリーゴールドという花らしいぞ。マリーゴールドは、四月から十一月の間に花を咲かせるそうだ。どうだ、それによって、何かわかるのか中野ちゃん」

中野は、須崎の答えを予想していたようで、項垂れてしまった。

「やはりそうでしたか。もしかしたらそうではないかと、思っていたのです。凛お婆様は、タンポポにも似ていたと、おっしゃっていましたから。

黄色いマリーゴールドの花言葉で、一番有名なものは『嫉妬』です。事件の発端は、全て嫉妬から始まったのでしょう」

中野は哀しげに、そう呟いたのである。

《13》三より二が消え失せて……

その時、部屋の障子が開き、美咲が顔を出した。美咲の顔は、今度も焦っていた。

しかし部屋に居た須崎に気が付き、余計に驚いてしまった。

「あら、真さん！　いつ、こちらにいらしたのですか！」

　須崎は後ろを振り返ると、

「美咲叔母さん、今来たところですよ。そんなに焦って、どうされました。まさか、三度事件でも起きたというのじゃないでしょうね」

　美咲は額に流れる汗を右手で拭いながら、

「ええ、事件のことは、中野さんに聞かれたのですね。それでは、もうしょうがありません。

　私の一存では事件については、真さんには申し上げられませんが、三度事件が起きたのではないようです。

　でも、お義母さんが、至急、中野さんを呼んでこいと、おっしゃっているのです」

　中野が須崎の肩越しに、美咲の目を見つめながら、

「事件ではないのに、僕を呼べとは、いったいどういうことでしょう。凜お婆様は、僕にどこへ来いと、言われているのですか」

　美咲は須崎から中野に視線を移すと、

「はい、八月朔日家本家で、呼んでいます。今朝は八月朔日家にて、花嫁人形の出荷が三件ありましたので、史郎さんと共に手伝いに出向いていたのです。

　何故だか今朝に限っては、お義母さんも作業の様子を見にこられていました。作業

を見ていたとき、お義母さんは大雅さんがいないことに気が付いたのです。

するると急に、大雅さんを捜し始めました。ですがこんなときに限って、大雅さんの姿がどこにも見当たらなくて、……。

大雅さんの奥さんである和子さんも、獅子雄さんも京子さんも困っていたのです。和子さんの話ですと、大雅さんは今朝から姿が見えないとのことでした。

そのことがわかると、お義母さんが急に慌てだし、私に向かって、『美咲さんや、中野さんを至急呼んできてくだされ！』とおっしゃったのです。

それで今、ここに来たのですが」

それを聞いた中野の顔が、一瞬で曇った！

そして凜のように、焦りだしたのである。

「何ですって、大雅さんの行方が朝からわからないのですか。それは凜お婆様が思われた通り、不味い状況かも知れないですね。

でも大雅さんが、そんな簡単に呼び出されるはずはないと思っていたけど、本当にそうなのだろうか？」

独り言のように呟くと、須崎を見て、

「須崎課長、一緒に八月朔日家本家へ来てください。もしかしたら凜お婆様の思われた通り、第三の事件へと繋がるのかも知れません」

中野は立ち上がりながら、そう告げた。

須崎には、まだ意味が飲み込めていないようだが、ここは中野と共に八月朔日家へ向かおうと立ち上がったのである。

中野は靴を履くと、裏口に向かって歩き出していた。今回は下駄でなく、ちゃんと靴を履いたのである。

須崎と美咲も中野に続く。裏口から出ると、木霊村の一本道を小走りで進み、村を二分する紫星川の中央に架かる『龍雲橋』を渡っていく。

今朝の木霊村の天気は、快晴だった。紫星川の水面が、いつにも増してキラキラと輝いている。時計の針は丁度九時を指していた。

八月朔日家本家の前に着くと、中野は「お邪魔します！」と一声かけて、玄関より中へと入っていった。

客間を通り越し本家の裏庭へと向かう。

裏庭に面した廊下を更に進むと、その一番奥に花嫁人形を作り、出荷する工房が設けられていた。この部分の造りだけが、四月朔日家とは違っていた。

その工房はとても広く、二十畳ほどの部屋が四部屋も連なっていた。

一番手前が事務所であり、机が六台あった。どの机の上にも、デスクトップ型のパソコンが置かれている。

このパソコンで世界中から、花嫁人形の注文を受けているようだ。

もちろん経理の業務も、ここで行われているのであろう。中年の男性が三人と、女性三人がパソコンを操作していた。

左右の壁には大きな棚があり、その棚にはファイルがびっしりと並んでいる。この風景は、都会の事務所とさほど、変わらなかった。

二番目の部屋が、この工房の心臓部ともいえる、人形の作製部屋だった。

技術者が十二人いて、それぞれが大小様々な鑿、鋸、鑢などの道具を脇に置き、一心に人形を製作している。

中野が見たこともない道具も並んでいた。よく見ると技術者は、男性が九人、女性が三人だった。

三番目の部屋では、出来上がった人形に花嫁衣装を飾り付けていた。

この部屋では女性ばかりが、八人で作業をしている。ミシンや小型の裁断台などもあった。

四番目の部屋が、出来上がった花嫁人形を梱包し、出荷する部屋だった。

既に大きな段ボールが、二箱梱包されており、出荷の準備が整ったようである。梱包し終えた段ボールを取り囲むように、八月朔日獅子雄と妻の京子、大雅の妻である和子、凛と息子の史郎、その五人が神妙な顔つきで、中野が到着するのを待っていた。

中野が駆けつけると、後ろからついてきた須崎真に気付き、五人は驚きの顔をした。特に獅子雄は、バツが悪そうな顔をしている。

凛が須崎に向かって、

「何じゃ、真もようやくお出ましか。真よ、いくらかは中野さんに、木霊村で起きた事件について聞いたのか」

須崎は一同を見回すと、

「ああ、聞いたよ。凛婆さんも含めて、相変わらず木霊村では、日本の法律が通じないらしいよな。中野ちゃんが驚いていたよ。

獅子雄までもが、八十喜知爺さんに言い含められるとは、思わなかったぜ。まあ、ここで議論していても、何も変わらないだろうがな。

それよりも大雅の姿が、消えたらしいな。和子さんにさえ何も言わず、いなくなったのか」

和子を見つめて、そう聞いた。

須崎に問われて、和子は唇を震わせながら、

「主人は、いつも自分の都合だけで行動する人なんです。仕事だけは真面目にするので、その他については、何も言いませんでした。

だから今朝も、人形の出荷作業がありましたから、私はてっきりこの作業場に来ているものと、思っていたのです。

でも私がお手伝いに来ましたら、主人は朝から来ていないし、顔も見せていないと、獅子雄さんから聞いたのです。この忙しいときに、いったいどこへ行ったのかしら」

それを聞いた中野が、和子に質問した。

「今のお話ですと、大雅さんは、これまでも和子さんに何も告げずに、いなくなることがよくあったのですか？」

和子の心の動きまでも読み取るように、中野が鋭い眼差しで見つめている。

「はい、仕事に時間があいた日などは、一人で大子町まで出かけていたようです。出かけると帰りがけには、いつも、大子町にあるケーキ屋さんで、私や子供にケーキを買ってきてくれましたから。それで大子町まで、出かけていたんだと、わかりました」

するとそれを聞いていた獅子雄が、ため息交じりに首を左右に振った。

中野が今度は獅子雄を見つめる。

「弟の大雅は俺と違って、昔から遊び人だったからな。時間ができると、直ぐに町まで遊びに行くんだよ。都会が恋しいと言って出て行くのさ。

でも、仕事のときは、真面目に働いていたんだけどな。今日に限っては、現れないんだよ。全く大雅の奴、どこで油売っているんだか」

再び中野は視線を和子に戻すと、

「もしできるのなら、大雅さんの部屋を見せていただけませんでしょうか？」

しかしその問いかけには、獅子雄が首を傾げながら、

「えっ、でも大雅に何かあったわけではないよな。どうして中野さんは、そんなことを言うんだい。大雅が何か、事件に関係でもしているのかい？」

疑い深い声で、逆にそう問い掛けてきた。

その時だった。周りのやりとりを、黙って聞いていた凜が、声を荒げたのである。

「獅子雄さんや！　ここはつべこべ言わず、中野さんのおっしゃるとおり、大雅さんの部屋を見せてはもらえぬか！　今は、それが最優先事項じゃよ！」

昨日、中野と大子町まで出向き、多少なりともある事実を知っている凜が、そう援

護してくれた。凛も何かしらを、感じているようである。それはもちろん不吉なものだった。

獅子雄は凛を見て黙ってしまった。

「大雅さんの部屋から何も見つからなければ、それはそれでいいのです。でも、何らかの痕跡が出てきたのなら、それは不味い状況なのです」

中野が獅子雄に向かって、冷静にそう告げる。それを聞いた和子が、オロオロとしながら、

「主人の部屋は、こちらです。どうぞ私と共に、来てください」

出荷部屋の更に奥にある扉を開けると、そこは八月朔日家本家の裏側に通じる道だ。

和子についてきたのは、中野と須崎だけだった。

歩きながら須崎が、中野に小声で聞く。

「中野ちゃんよ、いったい痕跡とは、何を指して言ったんだ？　大雅の部屋で、何を探すつもりでいるんだ」

中野は須崎だけに聞こえるよう、

「大雅さんを呼び出すようなものです。僕は、もしかしたらメモ書きみたいなものが、見つかるかも知れないと思っています。

でもそれが見つかったなら、本当に不味いことなのです。出てこなければ、大雅さんのいつもの行動で、済まされると思うのですが」

手入れされている芝の上を歩き、隣に立つ家に向かった。そこが大雅夫婦が暮らす、八月朔日家の分家だった。

本家よりはいくらか小ぶりの家だったが、それでも豪邸だった。玄関は引戸ではなく、普通の扉が付いている。

上がり框より廊下に出て、右側にある最初の部屋が、大雅の部屋となっていた。

部屋の前で和子が、

「こちらの部屋が、主人の部屋でございます。部屋の中の殆どの物は、趣味であるヒーロー物のフィギュアが飾られています」

そう説明すると、入り口のドアを開けてくれた。

中野が先頭になって入ると、入り口脇には、中野の身長ぐらいもあるゴジラのフィギュアが立っていた。

部屋の広さはおおよそ十畳ほどだったが、確かに和子の言う通り、何種類ものヒーローたちのフィギュアが、きちんと整理整頓されて飾られている。

左右の壁には、飾り棚が設けられており、ウルトラマン関係、仮面ライダー関係、ゴジラやガメラなどの怪獣関係、一部には戦隊ヒーローものまで並べられていた。

パッと見た目には、おもちゃ博物館のようにも見える。

入り口から見て一番奥に、ダブルサイズのベッドと、古びた大きな机があった。机の上にも、小振りのフィギュアが数点並んでいる。

中野は、フィギュアの数の多さに一瞬目を奪われたが、躊躇することなく机に真っ直ぐに向かった。

部屋の入り口で見守る和子に、振り向きざまに声をかけた。

「申し訳ございませんが、机の引き出しを調べさせてもらいます。和子さん、ご了承ください！」

答えを聞く前に、中野は上の段から、引き出しを開き始めていた。

須崎は部屋の入り口のところで、ゴジラのフィギュアを繁々と眺めている。

そして何を思ったのかニヤリと笑うと、ゴジラの頭をポンポンと軽く叩いていた。

中野が机の一番大きな引き出しを開けると、そこには映画のパンフレットが何冊も入っていた。どうやら大雅にとって、映画鑑賞も趣味のようである。

次に中野は、脇の引き出しを上から順番に引っ張り出し、詮索していた。

三段の引き出しの一番上には、細かい文具類が並んでいた。筆記用具や、ホッチキス、糊やセロテープ、ハサミや定規類である。
二段目には、フィギュアを手直しするときに使う道具が入っていた。三段目の少し大きな引き出しには、ファイルが整理されて並んでいた。

その一番手前のファイルを取り出すと、机の上で広げてみた。ファイルは何と、フィギュアを写した写真だった。

ファイルの表紙には、ウルトラマンと書いてある。次のファイルの表紙には、仮面ライダーと書かれていた。

その引き出しに入っているファイルは、全てフィギュアの写真を収めたものであった。

机の周りからは、中野が心配する物は見つけられなかった。

中野はホッとして、ベッドの方を見たとき、その奥にゴミ箱を見つけた。

もう一度後ろを振り返り、和子に向かって、

「今度は、大雅さんのベッドに上がらせてもらいます」

そう言葉をかけると、やはり今回も答えを聞く前にベッドに上がり、向こう側にあるゴミ箱をこちらに持ってきた。

そして中を、漁りだしていた。ゴミ箱の中からは、千切り捨てられていた紙切れが

見つかった。

一切れだけ取り出し、皺を伸ばしてみると、そこには『が消え』と印刷されていた。

中野は顔を歪めると、ゴミ箱の中から、その紙切れの残りを全て取り出したのである。

紙切れはＡ４サイズの用紙を、手で八分の一まで千切って、丸めて捨てた物だった。

中野は、その一枚一枚の皺を手で伸ばし、机の上に置いていった。

そしてジグソーパズルみたいに、元のＡ４用紙になるよう繋いでみた。

そこには意味不明な文字が、印刷されていたが、中野には、その文字の書体に見覚えがあった。

繋いだ紙切れには、

『　木霊

三山より、二位二位が消え失せて、残々華々。

五月五月のように、抱いて。

明朝、辰初刻一つ。』

と書かれていた。

その時中野は、背中に冷たい汗が一筋流れるのを感じた。そして頭の中に、三度(みたび)あの言葉が聞こえてきたのである。

『木霊村の掟を破る者には、天誅を下さなければならぬ。
止められぬなら、災いが起きるであろう。』

中野は、ゴジラと戯れている須崎を呼んだ。

「須崎課長！　どうやら本当に、不味い状況に陥ったようです。これを見てください」

須崎は、壁に並んでいるフィギュアに視線を向け、机の前まで来た。

「中野ちゃん、何が見つかったんだ」

「メモ紙が千切った上で、ゴミ箱に捨ててありました。それを拾い出して繋げたものが、これです」

「何だと。この文面は、どういう意味だ。そしてこれの何が不味いというんだ？」

須崎は机の上に置いたメモ紙を見つめ、首を傾げながら中野に問い掛けた。

「まず初めに須崎課長、この文字の書体に、見覚えはありませんか」

そう言われて、須崎は文字を見つめながら、ジッと考えていた。

　すると右の眉が、ピクッと吊り上がった。

「おおおっ、見たことがあるぞ。これは凜婆さんのところに投げ込まれていた、警告文と同じ書体の文字か！」

「そうです！　その通りです。これは『隷書体』と呼ばれている文字です。自分で敢えて選ばなければ、使われることのない書体です」

　しかし須崎には、文字の書体の意味は理解できたのだが、書いてある文章の意味までは理解できていなかった。

「中野ちゃんよ、文字が同じことはわかったが、この文章にはどんな意味があるというんだ？」

　中野は何も言わずに、文字を睨んでいる。

　そして顔を上げると、焦った表情に変わった。

「須崎課長！　一緒に四月朔日家まで来てください。もしかしたら、もう間に合わないかも知れません！」

　そう叫ぶと、和子に会釈だけをし、部屋を飛び出していった。

　須崎も和子に対し「邪魔したな」と一声掛けると、部屋を出ていった。

　八月朔日家を出ると、直ぐに須崎が中野に追いついてきた。

芝生の上を中野と併走しながら、須崎が聞く。

「中野ちゃん、あのメモ紙には、何と書いてあったんだ。そして何に間に合わないというんだ。今は和子さんもいないのだから、話してくれないか」

八月朔日家と四月朔日家の領地を分ける紫星川。

その紫星川に架かる『龍雲橋』の上で、中野は止まった。

相変わらず、紫星川の水面だけは、キラキラと輝いている。

中野は真剣な表情で須崎を見つめると、

「あのメモ紙に書いてあったのは、大雅さんを呼び出す、魔法の言葉だったのです。すみません、僕が迂闊でした。

僕は大雅さんが男であるし、ましてや木霊村で起きた事件についても知っているわけですから、そう簡単に誘い出されることはないだろうと、高を括っていました。誰よりも大雅さん自身が、警戒していると思っていたからです。

でも犯人は、更にその上のことを考えていました。大雅さんの一番弱い部分を、突いてきたのです。まさかそんな方法を考えていたとは、僕にも思いつきませんでした。

僕が男で、犯人が女だからかも知れません。だから和子さんの前では、言いづらかったのです。あのメモ紙に書いてあった、魔法の言葉とは」

須崎の顔色が変わった。

「ちょっ、ちょっと待てくれ、中野ちゃん！　今なんて言った……犯人が女だと、確かにそう言ったよな、犯人は男じゃないのか」

「はい、それについては後ほど説明いたします。メモに書かれていた最初の題名は、木霊と書かれていました。それがこの文を解く鍵になっていたのです。

あのメモ紙は人物についてだけ、言葉を重ねて書いてありました。つまり漢字こそ違いますが、この村の名前でもある『こだま』に掛けていたのです。

『山彦』とは山の神様が答えてくれた言葉であり、『木霊』とは木に棲む精霊が答えてくれた言葉だと言われていますよね。

どちらも叫んだ言葉が、山や谷に反響して返ってくる現象のことです。そして当たり前ですが、どちらも同じ言葉しか聞こえてきません。

犯人は、大雅さんも木霊村の住人だから、意味が通じるだろうと考えたのでしょう。

あのメモ紙には、題名の『木霊』の後に、このように書いてありました。

『三山より、二位二位が消え失せて、残々華々。

　五月五月のように、抱いて。

　明朝、辰初刻一つ。』


最初の三山とは、『さんざん』と読みます。

ですから意味としては、ただの三のことです。

同じように二位二位とは、二のことです。

つまり……

『三より二が消え失せて、残った華があります』

五月五月とは、皐月さんのことです。

そして、『抱いて』とは、そのままの意味でしょう。

つまり、『三姉妹から二人が消えて、華が一人残りました。

皐月さんが昔、木霊神社で襲われた時のように、私を抱いてください。

明朝、辰初刻一つに、お待ちしております』

いくらか違うかも知れませんが、そのような意味が、あのメモ紙には書いてあったのです。

辰初刻一つとは、僕の記憶だと、午前七時のことだと思います。

辰の刻とは、午前七時から九時を指していますし、その最初の一ですから、七時を指しているのだと考えました。

今の時間は、九時半を回ったところです。

もし犯人が待ち構えているところに、浮ついた心のまま大雅さんが向かったとしたら、どうしようもないですよね。

いくら犯人が女であっても、待ち構えているのですから、罠に陥るだけでしょう。でも最後に希望を持って、四月朔日家に寄って確認をしたいのです」

「三引く二……残った華だと……。貴理子、志萌音、残ったのは……佳純。するとと犯人は、四月朔日佳純だというのか！」

中野は須崎を見つめると、哀しげに頷いた。

《14》可憐な殺人鬼

二人は『龍雲橋』を渡ると、四月朔日家本家を訪ねたのである。

中野が玄関から大声で叫ぶと、眠そうに目を擦りながら、皐月が現れた。

皐月は目覚めたばかりのようで、ピンク色のパジャマ姿のままだった。寝起きのはずなのに、とても爽やかで美しかった。

中野が挨拶をして、用件を言おうとしたとき、皐月の顔色が変わった。須崎真がそこに立っていることに気が付いたからである。

すると皐月の大きな瞳から、ボロボロと涙が溢れ出してきた。目の前に居る中野など眼中にないように、須崎の胸に飛び込んでいった。

「真さん、遅いのです、来てくださるのが！　馬鹿、馬鹿、馬鹿……馬鹿。皐月は凜お婆様に、『真さんを呼んでください！』と何度もお願いしたのに……。ずーっといやな予感がしていたんです。ですから、直ぐにでも来て欲しかったのに。真さんが木霊村へ来てくださらないから、だから、だから貴理子も志萌音も、死んでしまいました！」

そう話すと、声を上げて泣き出してしまった。そして更に、

「真さん、覚えてらっしゃいますか。皐月のこと、お嫁さんにもらってくださると約束したこと。皐月は、ずっと待っていたのです。もう、待ちくたびれました。今度こそ、連れていってください」

須崎は大きな手で、皐月の頭を撫でながら、

「皐月よ、何度も言ったはずだが、俺は間仲家の人間だ。四月朔日家、八月朔日家とは、所帯を持つことはできんのだよ。

お前だってわかっているはずだ。それに結婚の約束といっても、あれはお前が小学生の頃の話だろうが」

皐月は胸に抱きついたまま、絶対に離れようとも引こうともしなかった。須崎の胸ぐらを、必死で摑んでいる。

「皐月は存じています。真さんが間仲家とは、血が繋がっていないことも……凜お婆様に聞いたのです。

それにたとえ小学生の頃であっても、約束は約束です。皐月を嫁にもらってください。真さん以外に、皐月のように身体に闇を抱えている者など、嫁にもらってくださる度胸のある漢は、この世にはいませんでしょう。

皐月も今年で33歳になりました。いつまでも待っていられません。今度こそ、木霊村より皐月を連れ出してください。よろしくお願いします。

父にも、真さんならば結婚を許すと、了承は得ています」

須崎の胸に、更に力強くしがみついて離れようとはしない。

中野は思わぬ展開になり、面食らってしまった。まさか須崎と皐月の間に、結婚の約束があったとは。しかもそれは、皐月が小学生の頃の約束だったとは。そして皐月は、今でもそれを信じて待っていたとは。今時珍しいぐらい一途で健気である。

焦っていた事件への気持ちも、皐月の思わぬ告白により、落ち着かせることができた。

須崎は苦笑いをし、中野を見つめると、両手を広げて見せた。その顔は、お手上げだと言っている。

「皐月よ、取り敢えず今は、貴理子と志萌音の事件を追っているんだ。俺たちのことは事件が解決してから、もう一度、話すことにしよう。

ここは一つ、中野ちゃんの用件を聞いてやってくれ」

太い指で、皐月の涙を拭ってやりながら、そう優しく言った。

皐月は嗚咽を繰り返しながらも、やっと須崎の胸から顔を上げた。

須崎は中野を見て、ウインクして見せた。

「中野ちゃんよ、皐月に聞きたいことがあるんだろう。もう答えてくれるから、大丈夫だよ」

中野はまだ、鼻をぐずぐずと啜っている皐月に向かって、尋ねてみた。

「皐月さん、佳純さんにお話が聞きたいのです。呼んできていただけないでしょうか、お願いいたします」

するとと皐月は、中野を見ずに頷くと、本家の中へと入っていった。

皐月が見えなくなると、須崎が大きく「フ〜」と、溜息をついている。

少し待つと皐月がハンカチを手にし、涙を拭きながら戻ってきた。

そして中野ではなく、須崎を見つめながら、

「佳純は、部屋にいませんでした。きっと、村の中でも散歩しているのだ思います。あの子は足が悪いから、そんなに遠くには行けないはずですけど……。でも佳純が、私に何も言わずに出掛けるなんて、珍しいことなんです」

そう話す皐月でさえ、首を傾げていた。

それを聞いた中野は、須崎の左袖を掴み、

「須崎課長！　急ぎましょう」

そう小声で呟くと、皐月にお礼を言って、走り出したのである。

須崎も皐月に「また、来るからな！」と一言だけ告げて、中野に続いて走り出した。

直ぐに中野に追いつくと、

「やはり最悪の展開になってしまったようだな。行き先は木霊神社だろう。中野ちゃんよ、走りながらでもいいから、事件の真相を聞かせてくれないか。俺に

はまだ、事件の全貌が摑めていないいんだよ」

中野は走るスピードを緩めると、

「わかりました、お話しいたします。でも須崎課長が、皐月さんからあれだけ慕われていたのには驚きです。

須崎課長が最初、取手署で僕に皐月さんのことを、少しおかしなところがあると言ったのは、須崎課長なりの照れもあったわけですね。

皐月さんが僕に対して、須崎課長のことをいろいろと言ったとしても、普通じゃないのだからと思わせるためにですよね。

だから最初に皐月さんのことを説明してくれたとき、僕には話す意味が、今一つ理解できなかったわけです。

つまり皐月さんは、頭も含めて、どこもおかしなところはなかった。

僕が最初に木霊村を訪れたとき、皐月さんは僕を見て、違うと言った理由についても、ようやくわかりました。

皐月さんが恋心を抱いたまま、待っていた男性とは須崎課長だったからです」

「皐月のことは、俺も正直、小っ恥ずかしくて言えなかった。俺が皐月を嫁にしてやると言ったのは、アイツの背中の刺青を初めて見たときだった。確か皐月が小学五年生で、俺が21歳になった頃だ。

皐月は、俺に背中を見られて泣いていた。俺は皐月が子供ながらに、可愛そうに思えてな。それで俺は皐月がその刺青のせいで、誰の嫁にもなれないのなら、俺が嫁にしてやると言ったんだよ。

その時の俺は、皐月の刺青を見ても怖さは感じなかったし、それよりも皐月のことが、愛おしく思えていたんだからな。だから嫁にしてやるなんて、恥ずかしいことを平気で約束したんだろうよ。

皐月もあの時から、その約束を信じていたのだろう。まあ、今となっては笑い話で済むと思っているのだがな。困ったもんだよ」

そう話す須崎が、寂しげに笑った。

「でも須崎課長には、一緒に暮らしている高田正美さんがいらっしゃいますものね。二人の美女から迫られたら、どうするおつもりですか?」

中野は知っていて、わざとそう振ってみた。

しかし須崎からは、思わぬ答えが返ってきたのである。

「そうか………中野ちゃんには、まだ話してなかったか。正美は先月末で、俺の部屋を引き払って出て行ったよ。取手警察署も退職してだな、実家がある四国の香川県に帰っていったんだ。正美の親父さんが、脳溢血で倒れてな。命は取り留めたのだが、右半身が不随になってしまった。母親一人では、家業の豆腐店が続けられなくなり、悩んだあげく戻ることを決断した。

正美は最後に、俺に引き留めて欲しいと泣きながら言ってきたが、俺にはそうすることなどできなかったよ。俺には何も言えなかった。

何も言わずにいると、正美は黙って部屋の鍵を置き、去って行った。まあ、だから俺は今は、チョンガー（昭和時代の独身男性を指す呼び方）なんだよ。

どうだ参ったろう、中野ちゃん！」

空元気の須崎が、そこにはいた。

中野は言葉に詰まってしまい思わず、

「そうですか、それなら丁度いいじゃないですか、正美さんがもういないのなら、皐月さんをお嫁さんにしてあげればいいですよ」

と気安く言ってしまった。

須崎は走りながら笑っていた。

「中野ちゃんよ、もう俺の話など後でいいから、事件について聞かせてくれ！」

「そうですよね、そうします。けれどその前に、一つだけ確認させてください。木霊神社へ行くには、この中央の一本道しかないのですよね。他に村人しか知らない、秘密の抜け道とかはないですよね」

須崎は少しだけ考えてから、

「ああ、それはないはずだ。俺が知っている限りでは、見たことも聞いたこともない。子供の頃から、木霊神社へ行くには、この道を通るしかなかったからな。もしあったとしてもだな。険しい森林の中を通り抜けて進むのならば、この道を突っ走る方が、速いに決まっているからな」

「わかりました。それを聞いて安心しました。つまり木霊神社から下りてくる人間がいれば、必ず僕たちと出会(でくわ)すわけですよね」

「ああそうだ。もし木霊神社から下りてくる人間がいれば、必ず俺たちとかち合うだろう」

そこまで聞いた中野は、走るのを止めて早足になった。

須崎も中野に歩調を合わせ、歩き出したのである。

「須崎課長、今回の木霊村での事件は、全てが『嫉妬』から始まったのです。

しかしそうさせた元凶は、村の掟を破った八月朔日大雅さんと、四月朔日貴理子さん、志萠音さんの姉妹でした。

木霊村には、基本二つの血筋の人間しか住んでなく、両家の者同士で所帯を持つこと、つまり結婚をして子孫を残すことを禁止していました。

これはある意味、近親交配を避けるためでしょう。

そのことから考えると、四月朔日家と八月朔日家の遠い先祖は、同じ血縁関係にあったのかも知れません。僕は、そう考えました。

そうであれば、木霊村の掟があれ程まで、両家の一番目立つ場所に、戒めのように飾られていることも、理解できるからです。

もしその掟を破る者が現れたとしたら、どうなるのでしょうか……。

いずれ村自体が滅びることになるでしょう。けれども今の時代、木霊村の内部では難しいでしょうが、大子町まで下りていけば、殆どの人が自由に動くことができます。

誰に見つかることもなく、誰に気兼ねすることもなく、好きなことができるのです。

この意味がわかりますでしょうか。そうなんです。

どういう理由から、そのような関係に陥ったのかは、僕にもわかりませんが、八月朔日大雅さんと四月朔日貴理子さん、志萠音さんの姉妹は男女の関係となり、大子町のホテルで何度も逢瀬を重ねていたのです」

そこまで聞いていた須崎は、しかめっ面をした。

「確かに、大雅は子供の頃から、ませたガキだった気がする。奴が大学生の頃、同じ大学に通う女性四人と、恋愛関係でもめごとを起こしてな。警察沙汰になったと聞いたことがある。兄の獅子雄と違って、根っからの好き者だったからな大雅の奴は。貴理子も志萠音も大雅の奴に、上手く口説かれて、堕ちたのかも知れんよな。悪いことなど、何も知らずに育った箱入り娘たちだ。都会の匂いを振りまく大雅の奴が、魅力ある男に見えてしまったのだろう。ましてや周りを山に囲まれた閉鎖的な村だからな。

若い男女がその気になれば、あり得ない話ではない。しかし、四月朔日家と八月朔日家の両家が、長い間、そのような事態に陥らぬよう注意してきたからこそ、今の木霊村があるわけだ。

そしてそのために両家の居間には、木霊村の掟が飾られている。そのことも三人は子供の頃から散々言われて、誰よりも知っているはずなのに、どうして掟を破ってしまったのか」

「はい、僕もそう思います。そして四月朔日家の四姉妹の内、皐月さんと佳純さんだけは、大雅さんから口説かれることがなかった。長女の皐月さんには、公然の秘密である背中の刺青が、妨げとなっていました。

　三女の佳純さんは足が悪いため、思うように動けないとわかっていたので、口説かれることもなかったのです。ですが佳純さんは、貴理子さんと志萌音さんが、大雅さんと逢瀬を繰り返していることを、偶然に知ってしまった。

　そこからこの事件が、始まったのです」

「すると中野ちゃんよ。凜婆さんのところに投げ込みを入れて寄こしたのは、佳純だというのか」

「はい、そうです。凜お婆様のところへ、真っ先に投げ込みを入れて、注意を促したのは佳純さんでした」

「それならば何故佳純は、凜婆さんに直接、口で伝えなかったんだ？　そんな七面倒くさいことをしなくとも、その方が確実に伝わっただろうに」

「普通の女性ならば、そうしたかも知れません。後で詳しく説明いたしますが、佳純さんにはある病気があったのです。そのため、天誅を行おうとしているときにしか、そのことについて覚えていないのだと思います」

「うん？　それはどういう意味だ？」

「多分佳純さんは、木霊村の掟に憑依されているときしか……。

　そうです、掟に憑依されているときにしか、天誅を行えないのだと思います。きっと、きっとそうに違いありません。そう思えば、まだ救われます」

「中野ちゃんよ、余計に意味がわからんぞ」

須崎が困った顔をしている。中野は足早に歩き続けながら、

「佳純さんの病気については、後でお話しいたします。

先に昨日の僕の行動から、説明させてください。

僕は昨日、凜お婆様と共に大子町まで行き、観光ホテルを六軒訪ねてみました。なるべく若者が入りやすいホテルを、選んでみたのです。

その時、僕は今年の五月一日、つまり新元号である令和が始まった日に撮られた、四月朔日家と八月朔日家の記念写真を、持って回ったのです。

そしてホテルのフロントで、その写真を見せて確認を取りました。僕の名刺を見て、探偵の中野浩一だとわかると、フロントの人たちも内密で教えてくれたのです。

八月朔日家の大雅さんと、四月朔日家の貴理子さんが、ちょくちょくホテルを利用していたことをです。

別のホテルでは、大雅さんと志萌音さんが利用していたことを教えてくれました。

そのことは、凜お婆様も一緒に聞いておりましたから、間違いないです。これが事件を起こすきっかけとなった動機でした。

つまり三人は、決して破ってはならない木霊村の掟を、破ってしまったのです」

「三つ子の三姉妹であるはずなのに、その内の二人が誘われて、自分一人だけがのけ者にされていたと知った時、佳純はどう感じたんだろうな。

やはり最初のうちは寂しいとか、辛いとか思ったんだろう。惨めにも感じていたかも知れんよな。

ところがいつしかその気持ちが、憎しみに変わり、そして殺意へと変わった。

自分の行動に正当性を持たせ、気持ちの上で納得させたものは、木霊村の掟だったというわけか………。

そんなことで、自分の姉妹を殺すなんて、どこまで追い詰められていたというんだ佳純は！　それでなくとも足が悪く、不憫な娘なのにな」

「そうなんです。木霊村の掟は、木霊村で生きる者としては、絶対に破ってはいけないことでした。

もし掟を破った者がいたなら、その者に天誅が下ってもいいと考えていたのでしょう。木霊村の掟を破った者、それがたとえ姉妹であっても、佳純さんは許せなかったのです。

もちろん激しい嫉妬もあったはずです。ですが、それだけではありませんでした。

ここから佳純さんの病気について説明いたします。

佳純さんは交通事故のせいで、そのようになったのか、それとも本当に病気で、そのようになったのかは僕にもわかりませんが、佳純さんは心因性記憶障害という病気にかかっていました。これは心に強くストレスを感じると、発症する病気のようで、一時的な記憶がなくなってしまうのです。

日常的な記憶は残っているので、普段生活するには、何の支障もありませんが、自分に都合の悪いこと、自分の中で嫌なことなどは、全て忘れてしまうのです。

それが自分自身を守ることに、繋がっているからです。だから佳純さんは、貴理子さんを殺害したことも、志萌音さんを殺害したことも、記憶の中から消し去っているのです。

そのために翌日、貴理子さんの死体を見たとき、心から泣いていましたし、志萌音さんまで殺害されたと知ると、本気で怖がっていました。

自分が殺害したという事実は、佳純さんの中には、残っていないのです。

どうしてそのことがわかったかというと、僕が木霊村に来たとき、佳純さんとは顔を見て挨拶を交わしました。それなのに、その夜の歓迎会の席では、僕のことを忘れていたのです。

僕の名前を忘れることはあるでしょう、でも会ったことさえ忘れていたのです。それは佳純さんにとって、僕は嫌なことの部類に入っていたからだと思います。

見ず知らずの男が、間仲家にしばらくの間、寝泊まりしている。何か木霊村に災いを、そう考えたとしたら、記憶を消した方が、佳純さんにとっては楽だったのでしょう。

その方が都合が良かったのだと思います。ですから今回の事件で、一番難しいと思われるのは、そこの部分でした。

しかし今回は、それが証明できるはずです。何しろ現行犯で、その現場を押さえられるはずですから。

そして僕には何となくですが、ある意味佳純さんには何か、木霊村の精霊が憑依したようにも思えていたのです」

中野は少しだけ哀しげに、そう説明した。

「佳純は殺人さえ、自分のしたことを覚えていないというのか」

須崎が驚きの声を上げ、絶句した。中野は須崎を見ずに、ゆっくりと頷く。

須崎は生唾をゴクリと飲み込んでいた。そして直ぐに冷静な表情に戻り、

「佳純は最後に、貴理子と志萌音に掟を破らせた張本人である、八月朔日大雅を殺す

つもりでいるわけなんだな。

大雅は二人が殺されたにも関わらず、佳純の方から抱いて欲しいと誘われたことで、何の疑いもせずに、のこのこと木霊神社に向かったのか。

そこには可憐な殺人鬼が、手薬煉を引いて待ち構えていることなど、露にも思わずにな。

しかし何で佳純は、大雅を木霊神社で殺そうと考えたんだ？　自分は足が悪いのだから、もっと近場で楽な場所を選べばいいのに」

中野は足を速めながら、時々立ち止まり、右側に続く森の中を覗いていた。

「佳純さんは最初から、大雅さんを殺す場所は木霊神社だと、決めていたのかも知れません。

何故なら、貴理子さんを殺した後は、貴理子さんの死体を花嫁人形の歌詞に見立てて、杉の大木に吊るしていたのです。

その時、貴理子さんの死体を、大木に吊るすのを手伝ったのは泰造さんです。

現場に残っていた足跡は二つあり、一つは杖をついた女性の足跡であり、もう一つは靴の大きさが30㎝もある大男の物でした。

泰造さんは、佳純さんに言い含められて、手伝ったのだと思います。きっと『木霊村の掟を守るためだから』ぐらい言われたのでしょう。

四月朔日家にずうっと仕えてきた純朴な泰造さんは、それに従ってしまった。

ちなみに凜お婆様のところから、マリーゴールドの花を持って行ったのも泰造さんです。

窓の外から手を伸ばして、鏡台の上にあるマリーゴールドを摑むには、僕の身長では無理でした。

つまり僕よりも身長の高い人でなければ、摑めないのです。そのことから考えても、泰造さんが持って行ったのだと思われます。

そして貴理子さんの遺体を、木に吊るしたのには特別な理由がありました。それは花嫁人形の歌詞の一番を表現するためだったのです。

吊るした帯は、貴理子さんのために、京都から取り寄せた花嫁衣装の帯でした。

志萌音さんの場合は、童謡の花嫁人形の歌詞二番から四番までのように、殺されていました。

志萌音さんの花嫁衣装である、特注の赤い鹿の子柄の着物を纏い、胸に短刀を刺されて殺されていました。

きっと佳純さんは、三人が木霊村の掟を破ったため、木霊村にまつわる方法で戒めたかったのだと思います。

だから花嫁人形の歌詞になぞらえて、二人を殺害した。

佳純さんは最後の仕上げとして、大雅さんを殺害する場所は、木霊神社と決めていた。

それは木霊神社が村よりも大分離れていて、人も居ない。

ましてや皐月さんが手込めにされそうになった場所でもあるため、普段は人が寄り付かない。

そして何よりも木霊神社には、花嫁人形の歌詞が刻まれている石碑が立っているからです。そういうことでは、ないでしょうか」

「花嫁人形の歌詞の通りに、二人の遺体に細工をしたわけか。

きっと佳純は、自分一人が花嫁衣装を着られない、嫉妬もあったんだろう。

そう言えば佳純は、子供の頃から温和しい子で、誰よりも花が好きだった。

マリーゴールドの花も自分で、育てていたのだろう。俺の知っている佳純は、虫さえも殺さぬ優しい子だったからな。

確かに中野ちゃんの言うように、木霊村の精霊が佳純に憑依して、事件を起こさせたようにも、思えてきたよ。

そう思うと、佳純も哀れだよな。だから最後の仕上げとなる、大雅の処刑場所は、木霊神社と決めていたのかも知れんよな。

するとと、この先にある木霊神社においても、今度は大雅が花嫁人形の歌詞のように、殺されているのだろうか」

中野は少しだけ笑うと、

「それはないと思います。大雅さんは男ですし、花嫁人形の歌詞は、全て女性のことですから」

「そうだよな、大雅は男だからな。花嫁人形の歌詞のようにはできんよな。だが大雅の奴は、選り好みもしないのか。

貴理子や志萌音は、それなりに可愛いから口説きたくなるのもわかるが、佳純だけは根暗で髪も短く、黒縁の眼鏡まで掛けていて地味だろう。ちょっと見だけなら、男の子のようだよな。普通ならば、抱きたくはならんだろうに」

それを聞いて、中野は戸惑っていた。

何故ならば、確かに佳純は地味で目立たない女性だが、その顔立ちをよく見れば、自分の妻の亜門と瓜二つであることを、知っていたからである。

中野は心の中のどこかで、できることならば佳純を助けたかった。しかし、もう無理である。

取手警察署の捜査課長である須崎に、全てを話してしまったのだから………。

《15》守らにゃならぬと古苔恥じる

中野はまた足を止めて、右側にある木と木の間を覗いていた。そして再び歩き出すのである。

須崎が中野のその行動を見て、不思議そうに尋ねてきた。

「さっきから中野ちゃんは、森の中を見て何を探しているんだ」

「はい、探しているというか、木と木の間にある隙間を確認しているのです。木霊神社までは、一本道です。

人が一人、入れる隙間があれば、佳純さんならば隠れられますよね。木霊神社までは、一本道です。

もし僕たちより、佳純さんの方が先に僕たちに気が付けば、この道のどこかで隠れているのではないかと思い、隠れられそうな場所だけは、確認しているのです。

この道の左側は紫星川ですから、確認する必要はないわけですよね」

「成る程、そういうことか。よし、それならば俺も気を付けて見ていこう」

二人は速度を落とし、右側の森の切れ目切れ目に注意をしながら、木霊神社に向かって登っていく。

普通に歩いたならば、約三十分以上かかる行程を、二人は二十五分ほどで登ってきた。

中野が木霊神社の石碑の前で腕時計を見たとき、時間は十時を十五分ほど過ぎていたのである。

木霊神社の前に二人は立つと、須崎は神社の建物の右側から、中野は左側から建物の後ろ側に回ることを決めた。

神社の正面で二人は頷き合うと、同時に歩き出した。それは恐る恐るのようにも見えた。

はたして、この神社の裏側では、どのような光景が待っているのか……。

そう思いながらも中野は、周りの景色に注意を払っていた。

もしかしたら佳純が、どこかに隠れているかも知れないからだ。しかし佳純の姿は、どこにも見えなかった。

つまり佳純は、まだ神社の後ろ側に、大雅と共にいるということである。

中野は神社の左側面を通って、後ろ側に回った。

そこで中野の目に飛び込んできた光景とは、予想を遥かに超えるものだった。

右側から回ってきた須崎も、向こう側の角からそれを見て、立ち尽くしていた。

それは異様な光景だった。

神社の真後ろにあたる部分で、男と思われる人間が下半身を丸出しにし、文金高島田の鬘を被り、身体をくの字に曲げ壁に頭を付けていた。

そう、その男の姿は、まるで馬跳びをするときの、馬の格好のようにである。

両足だけで立ち、身体をくの字に曲げ、鬘を被った頭だけを、神社の壁に付けている。頭だけで身体を支えている感じだった。

両手はダランと下げている。少しバランスが崩れれば、倒れてしまうであろう。そして何故か、下半身はむき出しになっている。

男の背中には、ナイフの柄が深々と突き刺さっていた。地面にできている血溜まりの量から見ても、男が死んでいることは一目瞭然だった。

中野は辺りを見回してみた。しかし佳純の姿は、どこにも見えないのである。

須崎も注意深く辺りを見ていたが、中野と目が合うと首を左右に振った。

中野と須崎は、お互いに男の側まで近寄ってきた。

中野は下を向いている男の顔を覗き込んだ。

そして顔を上げると須崎を見て、

「やっぱり、八月朔日大雅さんです」

とだけ言った。

須崎は男の背中を見つめながら渋い顔で頷くと、

「しかしわざわざ下半身をむき出しにしておくのは、貴理子や志萌音を手込めにしたから、そんな意味でもあるというのか？　何故、文金高島田を被らせているんだ……これには何か意味があるのか？」

それを聞いたとき、中野の顔色が変わった。

「そうか、そういうことだったのか！　須崎課長、意味がわかりました。これは世間には知られていない、木霊村にだけ伝わる花嫁人形の歌詞、八番になぞらえた形なのです。確か八番の歌詞は、このようなものでした。

『いにしえ伝える文金島田　守らにゃならぬと古苔恥じる』

木霊村の歴史を守るため、貴理子さん用の文金高島田を被せ、大雅さんの下半身を丸出しにしておく、つまりこれは『古苔恥じる』の部分のつもりなのでしょう。大雅さんを古苔になぞらえて、下半身を晒すことにより、恥じてるという意味を表現しているのだ思います。

そして花嫁人形の八番の歌詞を使ったことで、今回の事件はこれにて終了となる、そういう意味もあるのではないでしょうか」

須崎は、信じられんという顔をして、自分の顎を撫でていた。そしてハッと気付いたように、

「そういえば佳純の姿が見えんぞ。いったい、どこに隠れているんだ!」

と怒鳴った。

中野も辺りを、もう一度見回してみたが、佳純の姿は見えなかった。

木霊神社の裏側のスペースには、佳純が隠れられそうな場所はないのである。

「裏側には、いそうにないですね。そうすると隠れられる場所は、一つしかありません!」

須崎も中野の言葉に、大きく頷いていた。

「そうだな、もう一つしか残っていないはずだ。木霊神社まで来る道すがら、佳純の

姿はどこにもなかった。

しかし佳純はここまで来て、こうして殺人を行っている。

そう考えると、佳純が隠れている場所とは、木霊神社の社の中しかない。そうだろう中野ちゃん！」

中野も、「そうです！」と呟く。

それでも二人は慎重を期すように、お互いが大雅の前で交差をし、須崎は右回りのまま神社の左側を通り、中野は左回りで神社の右側を通り、神社の正面へと回ることにした。

つまりお互いが見ていない場所を、それぞれもう一度確認していく。そういうことである。

二人は神社の側面及び、周りの木立の中も見て、神社の正面に戻ってきた。

そして木霊神社の社に入るため、目の前の石段を上ろうとしたとき、中野がその石段の一段目に血痕を見つけた。

それは一段目の石段を、右から左へと横切るように付いていた。けれどもその付き方は、少し変だった。

佳純が神社の社に隠れているのなら、横切るように付くのではなく、二段目、三段目へと縦方向に向かって付くはずである。

血の跡を見るだけならば、佳純は社の中へは入っていないようにも思える。

取り敢えず中野と須崎は、社の石段を上り、入り口となる障子を開いてみた。

社の中は、中野が思っていた以上に掃除が行き届いていて、天井の四隅に蜘蛛の巣が張り付いているのが見えるだけだった。

木霊神社のご本尊について、中野が須崎に尋ねた。すると須崎が目を細めながら教えてくれた。

「中野ちゃんも聞いてはいると思うが、木霊神社の御神体は、阿仁山と当斗山、そして紫星川だ。

けれどもこの木霊神社の社に、奉られているご本尊の観音様はだな、樹齢千年と言われた杉の大木から、初代の村人たちが手彫りした観音様らしい。

観音様のお顔は、穏やかな微笑みを見せており、右手は優しげに肩の高さまで上げて、木の葉を持っている。

しかしだな、左手には鞭のようなものを持ち、その鞭の先には、大きく口を開けた龍を従えている。これは慈しみと、強さを兼ね備えた観音様だということだ。

俺は凜婆さんから、そう聞いているぞ」

中野は、それを聞いて、あらためて観音様のお顔を見つめてみた。そして観音様に向かって、両手を合わせたのである。

それが済むと、床に這いつくばり、血痕がないか確認を始めた。

須崎は観音様の後ろ側に回ったり、右隅に置かれている掃除用具入れの中などを、確認していた。

それなのに佳純の姿は、どこにも見えなかったのである。

中野は、血痕の一滴さえ見つけられなかった。つまり結論からいうと、佳純は木霊神社の社の中には、入らなかったようだ。


？？？？？？？


須崎と中野は、お互いに顔を見合わせ、首を傾げていた。

「佳純は、どこにもおらんな。一本道でもすれ違わず、現場にもおらん。しかし現実には、殺人だけが行われていた。これでは犯人の姿なき、殺人事件だよ。中野ちゃんよ、どう思う」

そう聞かれた中野も、戸惑っていた。

このままでは、後もう少し時間が過ぎていくと、佳純の記憶の中で、大雅殺しの記憶さえもなくなってしまうはずだ。

それは貴理子と志萌音のときと、同じようにである。二人を殺害した、約四時間後には、佳純の中で記憶は消されていた。

だから殺害現場を直接押さえれば、言い逃れはできない。

そうすれば、佳純には大雅を殺害した記憶が、刻まれたままのはずだと中野は考えていた。けれども、それはもう無理なのかも知れない。

何故なら、木霊村の掟を破った三人を、殺害し終えたわけだから、佳純にとって心に秘めていた天誅は、これで全て終わったことになる。

だから佳純の記憶の中では、ついさっき大雅を殺害したことさえも消えてしまうのだろう。

「須崎課長、石段に付いていた血痕を追ってみましょう」

中野はそう告げると、社から出て石段を下りていく。

一段目の石段にしゃがみ込み、血痕の跡を追おうとしたのだが、その先に血痕は付いていなかった。

たまたまこの石段にだけ、血痕が付いたようである。

しかし紛れもなく、この血痕こそ、佳純が浴びた大雅の返り血に違いない。そこから考えると、少なくとも佳純の両手は、大雅の血で紅く染まっているはずである。

もしかしたら身体の一部にも、紅く染まっている箇所があるのかもしれない。須崎と中野は、これ以上はどうにも調べようがないので、八月朔日大雅の亡骸はこのままにして、村人を呼ぶことにした。

帰りの道すがらも、二人は左側に続く森の中を、目を凝らして見つめていく。もし佳純が隠れていたなら、絶対に見つかるはずだ。

ましてや隠れながら、二人の先を歩いていたとしても、片足を引きずって歩く佳純の姿は、目に留まるはずである。

けれども二人が村まで下りてきても、佳純の姿は見つけられなかった。

帰りは下り坂のため、二人は二十分も掛からずに下りてきた。それでも佳純には、出会わなかったのである。

時計の針は、既に十一時を回っていた。

もしも呼び出し状の通り、佳純が大雅を七時前後に殺害していたとしたら、四時間以上経過したことになる。

つまり佳純の記憶は、全てリセットされてしまったはずだ。もう、大雅を殺害したことさえ、忘れてしまっているだろう。

佳純は、そういう病気を患っているのである。

須崎と中野は、まず最初に四月朔日家を訪ねることにした。

もう一度、佳純の存在を確認するためにである。

四月朔日家本家の玄関前に立ち、須崎が声をかけた。

「皐月！　俺だ真だ、もう一度だけ出てきてくれ！」

少し待つと、真っ白なワンピースに着替えた皐月が現れた。

今度は皐月も化粧を薄くしており、先ほど見た時よりも愁いを帯びていて、更に美しく輝いていた。

中野は須崎の横で皐月を見つめている。

たとえ薄くでも化粧をした皐月の姿は、鹿嶋市宮中地区の守護である武美上真理や、悪の華と呼ばれている黒神瑠璃と比べても、遜色のない美しさだと感じた。

皐月は須崎の顔だけ、愁いを帯びた顔で見つめている。

「真さん、皐月を迎えに来てくださったのですか。それとも、別の用件で皐月を呼んだのですか」

須崎は苦笑いをし、左手で頭を掻きながら、チラッと中野を見た。

直ぐに皐月に視線を戻すと、

「皐月よ、さっきも言ったが、そのことは事件が解決してからだ。お願いだから、俺を困らせないでおくれ」

それを聞いた皐月は、怒った顔をした。

「困らせているとおっしゃるのなら、真剣に皐月のことは考えていないということでしょうか。皐月を妻にしていただけるという約束を、無下になさるおつもりですか。警察官という立場でありながら、約束を破るのでしょうか。口約束だから、破ってもいいと考えているのでしょうか。

その約束だけを信じ、今日までの二十二年間、皐月は真さんをお待ちしておりました。それでも結婚の約束は、なかったことになさるのでしょうか。

その答えを聞かせていただけるまで、皐月は何も動きませんし、いたしませせぬ」

大きな瞳に再び涙を溜め、きつい口調でそう言い切ったのである。

中野はこんなところで、須崎の修羅場を見ることになるとは、思いもしなかった。

皐月は須崎の答えを真剣に待っている。

ある意味、中野も須崎がこの場を、どう切り抜けるつもりなのか、興味を持って見つめていた。

何よりも中野は、須崎真が追い込まれるところを、初めて見た気がする。

どんな難事件でも、相手がどれほど強大な相手でも、須崎真は逃げたことなど一度もなかった。

全て真っ正面からぶつかって、打ち砕いていく。つまり相手に背中を見せたことなど、一度もない漢である。

その須崎が唇を舐め、言葉を探していた。

咳払いを一つ「ウホン！」とすると、須崎が言った。

「わかった！　わかった！　皐月を俺の嫁にもらおう。その代わり、事件が解決するまで、待っていてくれ。

必ず俺は、皐月を迎えにくる。それでどうだ、それならば動いてくれるか」

須崎真、この場でも逃げも隠れもせずに、真っ向勝負に出たのである。

皐月の怒った顔が、みるみる微笑みに変わった。

「はい、真さん！　不束者ではございますが、皐月のことをよろしくお願いいたします。真さんの御用を、何なりとおっしゃってくださいませ」

女とは恐ろしい生き物である。中野は皐月の豹変ぶりを見て、あらためてそう思った。

須崎は、ここでも「フ〜」と長い溜息をついた。

「それでは皐月よ。もう一度だけ佳純の部屋を見てきてくれぬか。もし佳純がいたら、ここまで呼んできて欲しいのだがな」

すると皐月から、意外な答えが返ってきたのである。

「ああ佳純なら、先程こられたとき部屋にいなかったのは、お風呂に入っていたからみたいですわ。だから家の中を探しても、見つからなかったのです。

もうお風呂からは上がりましたので、今は部屋におります。直ぐに、呼んで参ります」

声を弾ませながらそう説明すると、皐月は佳純を呼びにいった。

中野は皐月が言った『お風呂』という言葉に引っ掛かっていた。

それはさておき、中野は須崎の側に寄り、小声で聞いた。

「須崎課長、皐月さんにあんな約束をしてしまって、大丈夫なんですか。もう逃げられませんよ。

でも、佳純さんは、本当にいるのでしょうか。もし家にいたなら事件については、振り出しに戻ってしまいます」

須崎は落ち着いた顔に戻り、四月朔日家の奥を見つめながら、

「ああそうだな、皐月に対して俺は、もう逃げられんよな。

だからこの先どうなるかわからぬが、今はなるようになれ！という心境だ。

逃げられなければ、本当に皐月を嫁にするしかあるまい。それについて俺は、腹を括ったぞ！

話は戻るが、もし本当に佳純が部屋にいたなら、大雅の殺害について辻褄が合わなくなってしまうぞ。俺や中野ちゃんよりも、佳純の方が足が速いことになるわけだ。

それはどう考えても、あり得んよな。

木霊神社からは一本道だったのだから、佳純と出遭わなかったとなると、佳純が透明の術でも使えるのか、もしくはテレポーテーション（瞬間移動）でもしたのか、そのどちらかだよな。

まあ、それは冗談だが、もし部屋にいれば、佳純は犯人ではないということになってしまうぞ」

中野は須崎の答えを聞き、皐月についてはホッとしていた。

しかし佳純については、不安になっていた。

少し待つと皐月に付き添われ、本当に佳純が現れたのである。

現れた佳純の姿を見て驚いたのは、須崎と中野だった。

黄色のワンピースを着て、肩から大きめのバスタオルをかけ、髪の毛には、まだ水滴がつき所々光っていた。

いかにも風呂上がりの出で立ちで、もちろん化粧などはしていなかった。

そして地味な黒縁の眼鏡をかけ、右手には当たり前のように杖をついている。

驚く須崎と中野を見て、佳純は不思議そうな顔をしていた。

四月朔日家にはいるはずがないと思っていた、可憐な殺戮者が、平然とした顔をして目の前に現れたのである。

全てをやり切ったためか、顔には清々しい表情を浮かべていた。既に佳純の中では、何もなかったことになっているに違いない。

そう、中野の目には映っていた。現行犯で押さえられなかった時点で、中野の負けである。

そしてこのままでは、中野の推理が根底から覆ってしまう。

いや、佳純が犯人であることさえ、証明することができなくなってしまうのだ。

須崎が右手をおでこに当てて、目を閉じた。須崎と中野を見て、佳純が声をかけてきた。

「あのう〜、私に聞きたいこととは、何でしょうか」

その声は外連味のない、少女のような声だった。

中野はその問いに、答える言葉は考えていなかった。

「ええとですね……佳純さんは先ほど伺ったときには、いらっしゃいませんでしたが、ずうっとお風呂に入っていたのでしょうか」

どうしようもない、問い掛けしか思い浮かばなかった。

佳純は、この人は何を言っているのだろうという顔をし、首を傾げると、バスタオルで髪から垂れる滴を拭いながら、

「はい、朝起きたとき、寝汗をかいておりましたし、右足の具合がよくなかったものですから、湯船につかりながら、マッサージをしておりました」

逆に佳純からは、完璧な答えが返ってきたのである。

直ぐに皐月も、佳純の言い分を補足した。

「そうなのよ。佳純は右足の具合が悪いときは、お風呂でマッサージをしているから、いつも長風呂になるんです」

中野は、この場での負けを認めた。

今一度、考えを構築し直すため、ここは引き下がることにした。

「そうですか、それならば結構です。皐月さんも佳純さんも、お手数をお掛けいたしました。須崎課長、一度、間仲家に戻りましょう」

須崎は憮然とした顔で頷くと、間仲家に向かって歩き出していく。

佳純は用事が済んだと思い、直ぐに家の中へと消えていった。

皐月だけは名残惜しそうに、須崎の後ろ姿を見送っていたのだが、諦めて家の中へ入ろうとしたとき、中野が呼び止めたのである。

「皐月さん、もう一つだけ、教えてください。もしかしたら佳純さんは……」

中野はあることを、皐月の耳元で確認した。

皐月の答えを聞いた中野は、再び瞳に輝きを取り戻したのである。

完璧に見えた佳純のトリックを、見破ったからである。

しかしそれはあくまでも、可能性に過ぎない。何故ならば、物的証拠は何一つないからである。

だが、それでもこの状況を論理的に説明できたわけである。

それにより、崩れかかっていた自分の推理を、再び構築し直すことができた。

中野は皐月にお礼を言うと、須崎へと小走りで追いついていく。

横に並ぶと須崎に、今、自分が構築し直した事件の驚愕の真相を説明した。

それを聞いた須崎は、驚きの顔をしたが、直ぐに理解し納得してくれた。

《16》真相

須崎と中野は間仲家に戻ると、直ぐに凜を部屋に呼んだ。

そして事件の真相が全てわかったので、四月朔日八十喜知と、八月朔日獅子雄を呼んでもらいたいとお願いした。

凜から言付けを頼まれた美咲が、二人を呼びに向かった。

二人が来るまでの間、須崎が凜に神妙な顔で話しかけていた。

「凜婆さんよ、皐月のことで話があるんだがな。皐月を俺の嫁さんにもらっても、間仲家としては問題ないのか」

いきなり直球で聞いた。それを聞いた凜は、少しも驚きもせずに、

「何じゃ、真もやっとその気になったのか。いいも悪いも、皐月は、毎日のようにワシに言ってきておるからのう。

真さんが、私と交わした結婚の約束を守ってくれないとな。お前がその気になったならば、皐月を持って帰れ」

須崎は二度ほど頷くと、渋い顔をして言葉を繋ぐ。

「だがそうすると、四月朔日家の跡継ぎがいなくなるが、それでもいいのか。

俺は初めから、四月朔日家に婿養子など行く気はないからな。

俺には天職と決めた刑事という仕事がある。今更、後戻りはできんからな」

「何も真が、刑事を辞める必要はないわ。皐月がいなくなっても、まだ、もう一人残っておろう。

貴理子と志萠音がいなくなっても、佳純がおるから、四月朔日家は大丈夫じゃよ」

その会話を聞いて中野は察した。

須崎が何を言おうとしているのかを…………。

つまりこれから事件の真相を、四月朔日八十喜知と八月朔日獅子雄の二人に説明をすれば、佳純は木霊村よりいなくなる。

そうすれば四月朔日家には跡取りがいなくなり、皐月が須崎の元に嫁ぐことはできなくなるからだ。

それをわかった上で、須崎は敢えて凜に、そう尋ねているのだ。

中野には、皐月の泣き顔が目に浮かんだ。しかしそれでも中野は、探偵としての職務を全うするつもりでいる。

けれども心のどこかでは、四月朔日佳純を助けたいと思っている自分もいた。

妻、亜門の顔が、やけに目に浮かぶ。

やがて眉間に皺を寄せた四月朔日八十喜知と、不安顔の八月朔日獅子雄が、やってきた。

中野が滞在している部屋に、五人が顔を揃えた。

四月朔日八十喜知、八月朔日獅子雄、間仲凜、須崎真、中野浩一の五人である。

他の者は誰が訪ねてきても、絶対に部屋には入れないようにと、凜が史郎と美咲に申しつけていた。

五人の前に、それぞれ麦茶が並ぶと、中野が事件の真相を語り出したのである。

四月朔日佳純が、全ての犯罪を行った犯人であること。

貴理子、志萌音への嫉妬が、事件の始まりであること。

貴理子、志萌音、大雅の三人は、村の掟を破り、繰り返し密通していたこと。

書　名			
お買上 書　店	都道　　　　市区 府県　　　　郡	書店名	書店
		ご購入日	年　　月　　日

本書をどこでお知りになりましたか?

1.書店店頭　2.知人にすすめられて　3.インターネット(サイト名　　　　　　)

4.DMハガキ　5.広告、記事を見て(新聞、雑誌名　　　　　　)

上の質問に関連して、ご購入の決め手となったのは?

1.タイトル　2.著者　3.内容　4.カバーデザイン　5.帯

その他ご自由にお書きください。

(　　　　　　　　　　　　)

本書についてのご意見、ご感想をお聞かせください。

①内容について

②カバー、タイトル、帯について

弊社Webサイトからもご意見、ご感想をお寄せいただけます。

ご協力ありがとうございました。

※お寄せいただいたご意見、ご感想は新聞広告等で匿名にて使わせていただくことがあります。

※お客様の個人情報は、小社からの連絡のみに使用します。社外に提供することは一切ありません。

郵 便 は が き

料金受取人払郵便

新宿局承認

2523

差出有効期間
2025年3月
31日まで
(切手不要)

160-8791

141

東京都新宿区新宿1－10－1

(株)文芸社

愛読者カード係 行

ふりがな お名前		明治 大正 昭和 平成 年生 歳
ふりがな ご住所	□□□-□□□□	性別 男・女
お電話 番 号	(書籍ご注文の際に必要です)	ご職業
E-mail		
ご購読雑誌(複数可)		ご購読新聞 新聞

最近読んでおもしろかった本や今後、とりあげてほしいテーマをお教えください。

ご自分の研究成果や経験、お考え等を出版してみたいというお気持ちはありますか。

ある　　ない　　内容・テーマ(　　　　　　　　　　　　　　　　)

現在完成した作品をお持ちですか。

ある　　ない　　ジャンル・原稿量(　　　　　　　　　　　　　　　　)

佳純が三人を殺害した一番の動機は、三人が村の掟を破ったこと。

貴理子の死体を木に吊るしたのは、佳純に頼まれた泰造がやったこと。

既に第三の事件も起きていて、八月朔日大雅が木霊神社で殺されていること。

大雅の姿は、花嫁人形の歌詞の八番になぞらえて殺されていたこと。

大雅の殺害方法に、花嫁人形の八番の歌詞が使われたことにより、この連続殺人は終わりであること。


それらを淡々と話して聞かせた。


八十喜知も獅子雄も凜も、目を見開いて驚いていた。

その後も説明は続き、今、須崎と共に木霊神社へ行き、大雅の殺されていた現場を見てきたこと。

しかし佳純とは、どの場所においても出遭わなかったことを、正直に話したのである。

つまり佳純の姿は殺害現場で確認していないので、あくまでも状況証拠から、中野が推理したものだと説明した。

そして中野の横にいた須崎も、中野の推理に間違いはないと同意してくれた。

しかしそれを聞いた凜だけは、不思議な顔をして、中野に問いかけたのである。

「木霊神社からの一本道において、行きも帰りも佳純と出会わなかったのは、おかしな話じゃろうて。

佳純はあの通り、右足が不自由で杖をついておる。そんな佳純が真や中野さんよりも早く、村まで戻ってくるのは、常識的に考えても無理じゃろう。

更に神社からの山道では、佳純の足だと尚更歩きづらいはずじゃ。

ましてや一本道なのじゃから、二人とすれ違わずに村まで戻ってくるのは、どう考えてみても不可能じゃろうて。

それをどう説明するおつもりじゃ」

それを受けて中野は頷いた。

「そうなんです。僕もそれだけがわかりませんでした。

行きも帰りも須崎課長と共に、木立の隙間は全て確認しましたので、佳純さんと出逢わないことは、あり得ないのです。でも、それでも出逢わなかったのです。

木霊神社に着くと、その裏側で大雅さんが殺されていたのを、目にしただけでした。

けれども僕はあることに気が付き、その謎もわかりました。

僕も凜お婆様と同じで、佳純さんの不自由な足では無理であると、考えていました。ですが佳純さんならば、それが可能だったのです。

逆に佳純さんでなければ、できなかったことなんです。その答えは、簡単なことでした。

佳純さんは木霊神社から村へ戻るのに、紫星川を泳ぎながら下ってきたのです。緩やかな流れに乗り、時々泳ぎながらです。これは盲点でした。

足が不自由だから、泳げないと勝手に決めつけていました。

ですが、よく考えてみれば、足が不自由でも泳ぎの達者な方は大勢います。

逆に陸の上では自由にならない足でも、水の中では浮力があるので、自由に動き回れるのです。

皐月さんに確認しましたら、佳純さんは子供の頃から、大子町にあるスイミングスクールに通っていたため、姉妹の中でも特に泳ぎが上手いとのことでした。

泳ぎが達者であるならば、たとえ足が不自由であっても、何ら問題はないはずです。

僕たちとすれ違わずに村まで帰れた理由が、これでした。

佳純さんは、村の中央に架かる『龍雲橋』のたもとまで泳ぎ着くと、周りを見回し人がいないことを確認しました。

それから紫星川に掛かっている階段を使い上がってくると、四月朔日家に戻ってきたのです。

そしてそのままお風呂に直行したわけです。手や身体に付いたであろう大雅さんの返り血は、紫星川を泳ぐことで流れてしまったことでしょう」

その説明を聞いて、八十喜知が唸っていた。

「確かに、佳純は泳ぎが達者じゃった。足が不自由な分、他の娘たちよりも余計に、泳ぎを練習をしておったからのう」

獅子雄も別の意味で、唸っていた。

「大雅の馬鹿たれめ……。お前が木霊村の掟を破ってどうするつもりだ！」

中野の詳しい説明が、更に続いた。

そして最後に佳純が、心因性記憶障害という病気を患っていることを告げたのである。

そのため佳純は、既に大雅を殺害したことさえ、忘れているだろうと。

それを聞いたとき、三人の顔色が変わった。

八十喜知も獅子雄も凜からも、その目に輝きが戻ったのである。

凜が企みをもって、八十喜知と獅子雄に問いかけた。

「ほうか、佳純は事件について、何もかも忘れておるのか。それならば、八十喜知さん、獅子雄さんや。このようにしたら、どうじゃろうか………」

その話し合いでは、三人が目指す方向は同じだった。

三人は木霊村を守るために、話し合いを始めた。

それ故、須崎も中野も口出しすることができないでいた。

だから反対意見が出ることなどなく、すんなりと決まったのである。

三人による決定事項は、特に警察組織に属している須崎にとって、その結論を認めることなど、到底無理な話だった。

しかし木霊村を守るためだと、三人から強く切望され、とうとう押し切られてしまったのである。


その結論とは………。

四月朔日貴理子と志萌音は、ノイローゼによる自殺である。

八月朔日大雅は不慮による事故にて死亡。

四月朔日佳純は無実であり、記憶がないのならばそれで良しとする。

須崎真は、事件について何一つ関わりはなく、見てもいないし聞いてもいない。

もちろん中野浩一も、須崎と同様である。

中でも佳純の協力者であった泰造には、きつく口止めをする。

村人の中で事件について知っている者には、直ぐにその決定事項が伝達された。

八十喜知、獅子雄、凜の三人より、そう取り決められたのである。何と閉鎖的な村であろう。

少し前に須崎が言っていた通り、木霊村とは、日本の法律など通じない場所である。

須崎真も中野浩一も、それに従うしかなかった。

今後、木霊村の掟を破る者が出てこなければ、新たな事件は二度と起きないであろう。

今回の事件を伏せることにより、これから先も木霊村は生き延びられると、力説されたからである。

須崎は、木霊村の未来を見据えて、それを黙認した。よって中野も了承した。

正直にいえば中野は、佳純が殺人者として晒し者にならないことを、心の中では喜んでいた。

それは佳純が妻の亜門に、似ていたからである。もちろんそんなことは、口に出して言わなかったが。

最後に四月朔日八十喜知が、今回の事件について、ボソッと零していた。

「どうやら佳純に、美景様の魂が乗り移り、三人に天誅を下したのだろう。木霊村の掟を破っては、いかんとな。ワシには、そう思えてきたのじゃよ」

これにて木霊村で起きた、連続殺人事件は幕を下ろしたのである。

エピローグ

次の日の朝早く、須崎と中野は木霊村を出ることにした。

須崎と中野が帰った時点で、大子町警察署に連絡を入れることになっていたからだ。

中野は一週間滞在する予定でいたが、五日目で木霊村を去ることになった。

衛星電話は、いつの間にか、中野のアタックザックに戻されていた。

凜も史郎も美咲も中野に対して、

「自分の故郷だと思い、いつでも遊びにきなされ！」

と、優しく声をかけてくれた。

中野も笑顔でお礼を言って、間仲家を後にした。

須崎と歩き出して直ぐに、中野は問いかけてみた。

「須崎課長、課長の座右の銘である『正義』とは、どのようなものなのでしょう。いい機会なので、聞かせてください」

須崎は、木霊村に広がる青空を見つめると、大きく深呼吸をした。

「ふ〜〜〜〜っ、相変わらず木霊村の空気は美味いよな。

中野ちゃんは、俺の正義の意味が知りたいというのか。

それはだな……中野ちゃんが望んでいるような答えとは、違うだろうよ。論理的なとか、道理的なとか、辞書に書いてあるような正義ではない。

俺の正義とは、単純明快である。悪い奴に、絶対に負けてはいけないということだ。それが俺の信じている正義なんだよ。馬鹿馬鹿しくなってしまったか」

そう言うと、大声で笑った。それを聞いた中野も、笑顔になった。

「いや、とてもよくわかりました。悪には決して負けてはいけない。とてもカッコいい正義ですよね。須崎課長にピッタリだと思います。

ですが相手が悪い奴でなければ、たまには負けてもいいということですよね。

それもよくわかりました。ありがとうございます」

そう解釈し直すと、いつまでも一緒に笑っていた。

須崎と中野が木霊村の入り口にある大岩の前までくると、大岩の陰から現れた者がいた。薄紫色のワンピースを着て、真っ白なつばの広い帽子を被った皐月である。化粧もいつもと違い、完璧に施している。

今朝の皐月は誰よりも美しく輝いて見えた。それは姿だけでなく、内面からも輝きを放っているようだ。

肩からはブランド物のバッグを一つ提げ、靴はスニーカーを履いている。皐月の傍らには、とても大きなスーツケースが置かれていた。いかにも木霊村を旅立つ気配が、満々の姿である。

皐月は満面の笑みで須崎を見つめると、

「真さん、不束者ではございますが、よろしくお願いいたします。皐月は真さんのためにいい奥さんになれるように頑張ります。皐月のことを末永く、可愛がってくださいませ。これは取り敢えず皐月が必要な、身の回りの品を詰めたスーツケースです。重たいので、ここからは運んでください。よろしくお願いします！」

と、小首を傾けたのである。

了

後編

魔林坊

プロローグ

「これは本当なのだろうか………」

　中野は自宅の郵便受けから一通の封書を取り出し、その裏に書かれている差出人の名前を見つめ、そう呟いたのである。

　その封書は、ごく一般的な白い封筒だった。黒インクの文字が印刷されている。表書きの宛名も、裏の差出人の名前も、隷書体と呼ばれる特殊な文字が使用されていた。この文字は、古文や銀行券などに使われる文字である。隷書体は、もちろんパソコンでも選ぶことができるのだが、自分から敢えて選ばなければ、普通には使われない文字だった。

　けれども中野は、その隷書体の文字を好んで使う女性を一人だけ知っている。いや、忘れられずにいると、言った方がいいのかも知れない。

　差出人の名前の欄には、次のように記されていた。

茨城県久慈郡大子町木霊
四月朔日家十四代目当主　四月朔日佳純

令和三年十一月末、午後のことだった。

中野は封書を手にしたまま、北の方角に視線を向け、目をつぶった。

一年二ヶ月前の九月、中野が木霊村（こだま）において巻き込まれた連続殺人事件、その時のことを思い出していたのである。それはある意味、苦い思い出でもあるのだが、木霊村の景色を思い起こせば、何故か懐かしくも感じられた。

故郷のない中野にとって木霊村の景色は、いつもイメージしていた故郷のようである。

部屋に入ると封筒の上部を切り、中から手紙を取り出し広げた。

『　中野浩一様

大変御無沙汰しております。

今年の春先、父、八十喜知の葬儀のときは、お香典と弔電を賜り、まことにありがとうございました。その後、お礼状も出さず終いで、大変申し訳ございませんでした。

やっと四月朔日家内においても落ち着きを取り戻し、平凡な日常を迎えつつあります。

これも偏に、木霊村を応援してくださる皆様の、おかげだと思っております。

しかし、ここで新たな問題が、起こる予感がいたしております。

来年度は二〇二二年でございます。昭和で数えますと、昭和九十七年となります。大正十五年より七年ごとに繰り返されてきました木霊村の祭り、『神生し祭』の年でございます。

更に来年度は『大厄』と恐れられている、『苦しみ泣く年』九十七年目に当たるのです。それ故、必ずや厄が起きるはずです。木霊村の伝承に登場する当斗山の守り神、魔林坊様がお出でになるのです。魔林坊様とは別名、厄の神とも呼ばれております。

どうか中野様、お願いでございます。今一度、木霊村に御足労いただき、魔林坊様から木霊村を、お救いくださいませ。中野様のご予定が許されるのなら、今年の暮れより来年のお正月の一月四日まで、木霊村に滞在して欲しいのです。年が明けました元旦の午前零時より、魔林坊様は木霊村へお越しになり、一月三日の零時を過ぎれば、再び当斗山へ戻られると聞いております。ですからそれまでの間だけ、木霊村をお守りくださいませ。

これについては間仲家の凛お婆様にも、ご了承いただきました。

そしてこのたびの木霊村での滞在期間中は、間仲家ではなく、どうぞ四月朔日家本家に宿をお取りくださいませ。中野様を祭りの出席者として、お迎えいたしたく思っております。

もし宜しければ、奥様の亜門様も一緒にお出でくださいませ。

これから先の、木霊村の存続がかかっております。無理を承知でお願いする次第です。どうか何にもましてご配慮の程、よろしくお願い申し上げます。

もう一度記します。どうか魔林坊様から、木霊村をお守りください。

追伸、木霊村へ来られる日にちが決まりましたら、同封しました返信用葉書に日にちを書き込み、投函してくださいませ。お待ちしております。何卒、お願いいたします。

令和三年十一月二十四日

四月朔日家十四代目当主　　四月朔日佳純』

封筒には手紙に書かれていた通り、返信用の葉書も同封されていた。

中野は読み終えた手紙を、台所で洗い物をしていた妻の亜門（あもん）に手渡した。亜門には一年二ヶ月前の木霊村において、何が起こりどのような結末を迎えたのか、包み隠さず話してある。だから中野と同じだけの情報は、持ち得ていたわけだ。そのため無言で手渡した。

亜門は不思議そうな顔で封筒ごと受け取ると、まずそれを裏返し差出人の名前を見た。そしていきなりその顔を強張らせたのである。亜門も手紙の意味を察したらしい。

直ぐに手紙を開くと、目を通し始めていた。

「まあ、木霊村の四月朔日佳純（わたぬきかすみ）さんからのお手紙ですか。佳純さんとは、例のあのお方でございますよね」

読み終えた亜門は、中野の顔を見つめると、不安げに尋ねてきた。

「コウ様、再び木霊村がコウ様を呼んでおります。この手紙に書かれている、魔林坊様とは、いったい、どのような厄の神なのでございましょうか。亜門には、とても嫌な予感がいたしております。しかしそれでもコウ様は、木霊村に向かうのですよね……」

中野の妻の亜門について、説明しよう。年齢は24歳であり、旧姓を平亜門といった。

今から約千八十年前、常陸の国の武将平将門と、側室だった桔梗御前との間に生まれた子供、その遠い子孫だと言われている。歴史上、平将門の末裔はいないとされているが、唯一、その血を引き継ぐ家系と見なされていた。亜門は、その平家の長女であった。

身長は158cm、中肉中背である。亜門の容姿は可憐で、その気質は日本古来の女性そのものであった。更に所作も言葉づかいにおいても、平安時代のお姫様のようである。かなりおっとりとしているようにも見えるのだが、意外と強かで、先見の明も持ち合わせていた。

中野の元にやって来た時は、押しかけ女房として嫁いできたのである。それが今では籍も入れ、結婚式も挙げ、子供も生まれ、いつのまにか押しも押されぬ正妻となっていた。

数回ではあるが、中野と共に事件現場にも同行し、マスコミからもリサーチをされたおかげで、誰からも名探偵中野浩一の妻と、認知されることになったのである。

そして亜門には秘密があり、己の体内に桔梗御前の魂が棲んでいた。千八十年もの長き間、生き続けてきた桔梗御前の魂である。

亜門が危機に陥るとき現れて、その強大な力を貸してくれた。

けれども中野にだけは、その姿を見せたくはないと思っている。

亜門が背負っている中野の息子勝浩は、すやすやと気持ちよさげに寝息を立てていた。勝浩も今年の八月三日に満1歳の誕生日を迎え、現在は1歳4ヶ月となっていた。今では歩き出し、わんぱく坊主になりつつあった。

それでも母親の背中に負ぶさると、温和しく寝付いてしまう。その顔が余りにも亜門と似ている気がした。

中野は否定も肯定もしないまま、亜門と勝浩を交互に見ると普通に答えた。

「確かに、魔林坊様とは何でしょうね。僕にもよくわかりません。須崎課長に連絡し、尋ねてみることにしましょう」

亜門は手紙を応接間のテーブルにそっと置くと、キッチンに向かった。昼食の洗い物を片付けに行ったようである。

中野は時計を見て、午後一時過ぎに、取手警察署の捜査課長である須崎真(すざきまこと)警視に連絡を入れた。

元々、木霊村には須崎の母方の実家があり、名を間仲(まなか)といった。

もちろん今はまだ、個人の用件に過ぎないため、須崎のスマホに直接連絡を入れた。

須崎は直ぐに電話に出ると、

「おおっと、どうした中野ちゃん。何かあったか、それとも俺の声を聞きたくなったのか」

戯けながらそう話しかけてきた。今日は思いのほか、須崎は機嫌が良さそうである。

「はい、須崎課長の声が聞きたくなりました。そしてついでに教えてもらえればと思っています」

須崎が電話の向こうで、笑ったのがわかった。

「どうやら俺に尋ねる方が、本当の用件のようだな。それで今日は、何について知りたいんだ。俺の知っていることなら、何でも答えてやるぞ」

　中野も笑った。

「そうですか、それならばよろしくお願いします。木霊村に厄をもたらす神、魔林坊様について教えてください」

「何だと木霊村に厄をもたらす神、魔林坊様だと……」

　須崎が電話口で、首を傾げているようだった。

「どういう意味で、中野ちゃんは言っている。魔林坊とはいったい何のことなんだ？いったい何があったというんだ」

　中野は今し方、木霊村の四月朔日佳純から手紙が届き、そこには来年が『神生し祭』の年であり、昭和でいえば九十七年に当たること、そして厄をもたらす当斗山の守り神、魔林坊が木霊村へ訪れること。それ故、佳純が中野に対し、できれば今年の大晦日から来年の一月四日まで、木霊村に滞在して欲しいと、頼んでいることを伝えた。

　すると須崎は「う～～～ん」と唸ったまま黙ってしまったのである。

　そしてしばらく経つと、

「そうか、来年は神生し祭の年になるのか。やっと俺も思い出したよ。

子供の頃、凜(りん)婆さんが話していたよな。昭和でいえば、来年は九十七年となり、最悪の年に当たるわけか。まあ、そんなことは木霊村内だけで、そう言われているだけだがな。苦しみ泣く年……確かに木霊村では、語呂合わせとして、そう恐れられていた。そうすると来年の正月は、木霊村にとって最悪の正月なのかも知れん。

　佳純や凜婆さんが心配するのも、よくわかるわい。しかしそこまでは俺も、凜婆さんから聞いたことがあり知ってはいるが、魔林坊については聞いたことがないぞ、初耳だよ」

　凜婆さんとは、須崎の祖母のことであり、名前を間仲凜といった。木霊村の長老の一人でもある。

「須崎課長、それでは神生し(かんのう)祭(まつり)とは、いったいどんな祭りなのでしょうか」

「俺もよくは知らぬが、確か当斗山の中腹にある洞窟にお供え物を献上し、七年間の感謝を伝える祭りだと聞いている。

　鶏肉、川魚、山の幸、この三つを、四月朔日(わたぬき)家と八月朔日(ほづみ)家の当主が、七年ごとに交互に洞窟まで持って行き、祈りを捧げてくるらしいぞ。

　そこまでしか俺は、聞いてないのだがな」

「須崎課長もお正月に帰ったとき、神生し祭を、ご覧になったわけですよね」

「いいや、一度も見たことがない。何故なら、神生し祭がある正月だけは、凜婆さんから『絶対に来年の正月は、木霊村に来るんじゃないぞ！』ときつく止められていたからな。

　そして必ず笑いながら『三が日が明けてから来るんじゃぞ！　お年玉は逃げぬから安心せい！』と言われていたんだよ。

　ガキだった俺からすれば、凜婆さんは祭りの準備で忙しいからだと、勝手にそう思っていたのさ。

　お年玉さえもらえれば、それだけで嬉しかったし、意味など深く考えもしなかったからな。しかし今から思えば、確かに解せない部分もあるよな」

「そうですよね、神生し祭ですから、文字から見れば神が生きる祭りです。変な祭りには思えませんが？

　いくら子供とはいえ、須崎課長を遠ざける意味はないはずですよね。ちょっとだけ、おかしな話にも聞こえます。

　そして須崎課長には凜お婆様も、魔林坊様について何も話していなかった。何か、引っ掛かりますね………。

　それなら須崎課長の奥さん、皐月さんでしたら魔林坊様について、知っているのではないでしょうか。

皐月さんは本来ならば、四月朔日八十喜知さんの後、四月朔日家の次期当主と言われていた方ですよね。

きっと、八十喜知さんから魔林坊様についても、聞いているように思えます。どうでしょうか、須崎課長から皐月さんに尋ねてもらえないでしょうか」

「そうだな、確かに皐月ならば、何か知っているだろう。ちょっと待ってろ、中野ちゃん。今、皐月に電話して、皐月の方から中野ちゃんの携帯電話に、連絡を入れさせよう。

しかし皐月が直ぐに捕まればいいのだが、生憎と今日は、買い物に出掛けると言っていたからな。

時間が掛かるかも知れんぞ。取り敢えず、皐月からの電話を待っていてくれ」

それで須崎との電話は、切れたのである。

それから一時間後の午後二時過ぎに、皐月から電話が掛かってきた。

これが木霊村後編、『魔林坊』と恐れられた事件の、始まりだったのである。

《1》神生し祭

須崎皐月35歳、須崎に嫁ぐ前の名前は、四月朔日皐月である。

誰もが振り向くほどの美女ではあるが、その背中一面には般若の刺青が彫られていた。

本来ならば四月朔日家の長女として生まれたため、家督を継ぐ立場であったのだが、それを振り切り、須崎の元に嫁いできたのである。

皐月の声は、いつもの落ち着きがなく、少し脅えているようにも思えた。

「中野さん、御無沙汰しております。皐月です。真さんから……主人から連絡がありました。木霊村の神生し祭について、知りたいとのことですよね」

「皐月さん、こちらこそ御無沙汰しております。お元気そうで何よりです。はい、できれば木霊村の神生し祭について、教えていただきたいのですが」

そこからは佳純より手紙が届き、来年の正月に神生し祭が行われ、九十七年目の厄年となるため魔林坊がやってくると、恐れていること。そして中野に木霊村へ再び来て、助けて欲しいと頼んできたこと。それらを説明した。

するとと皐月は、声を震わせながら、

「佳純ちゃんが神生し祭を、魔林坊様を恐れているのですね。それは当たり前のことですわ。中野さん、詳しく話すには電話では無理です。できるのならこれからお会いできませんか、顔を見てご説明したいのですが」

中野は妻の亜門も一緒に話を聞きたいので、これから皐月を迎えに行き、中野家で説明して欲しいと申し出ると、皐月もそれを了承してくれた。

中野は愛車のジムニーに乗り込み、皐月を迎えにいった。取手駅前にある須崎のマンションまでは、車ならおおよそ十五分で到着する。

中野が着くと、皐月は青い顔をして待っていた。それなのに須崎皐月となったその姿は、誰よりも美しかった。

初めて木霊村で四月朔日皐月と会ったときも美しかったが、今の皐月は愛する須崎真の妻となったことで、幸せオーラを身に纏い、更に輝きを増していた。薄桃色のワンピースを着て、その上から緑色のダウンジャケットを羽織っている。

挨拶もそこそこに皐月はジムニーに乗り込むと、中野家に着くまで殆ど会話をしなかった。何か思い悩んでいる感じだった。

中野家に着き、応接間まで来ると、そこで初めて笑顔をみせた。

応接間の窓際で寛ぐ、キンちゃんを見たからである。

「キンちゃんを初めて見ました。主人から話だけは何度も聞いていましたが、これほど大きくて、優しい顔をしているなんて、私の想像を遥かに超えていました。キンちゃん！　須崎真の妻の皐月と申します。よろしくお願いしますね」

キンちゃんは、寛いだ姿勢のまま顔だけ上げて皐月を見つめると、「ウオン」と軽く鳴き挨拶していた。


キンちゃんとは、本名を『阿修羅王』という老犬である。

今年で15歳になるはずだが、その姿は五年前から殆ど変わっていない。

中野が探偵を始めた頃からの相棒であり、数々の修羅場を共に切り抜けてきた、最高の同志でもある。

犬種は純粋な土佐犬なのだが、とても頭がよく優しい性格だった。

しかし闘犬の世界では無敗を誇った横綱であり、史上最強の生物とも言われている。不思議なことに、中野の言葉だけでなく、その意志までも理解することができた。

するとキッチンからコーヒーをトレイに載せて、亜門が顔をみせた。

亜門と皐月も初対面である。

皐月は立ち上がりダウンジャケットを脱ぐと、丁寧に頭を下げて挨拶した。

「須崎皐月でございます。主人がいつも大変お世話になっております。主人共々、よろしくお願い申し上げます」

亜門もトレイをテーブルに置くと、皐月の正面に立ち、

「中野亜門でございます。こちらこそ須崎様には、大変お世話になっております。皐月様、よろしくお願い申し上げます」

二人は挨拶がすむと、同時に着席した。

その時初めて亜門の顔をよく見た皐月は、驚きの声を漏らしたのである。

「佳純ちゃん………？」と。

それを聞いた中野は、慌てて亜門の隣の席に腰を下ろし、

「やはり皐月さんも気付かれましたか。そうなんです。

私の妻の亜門さんと、四月朔日佳純さんの顔は、とてもよく似ているのです。いや、似ているというレベルではなく、瓜二つと言ってもいいのかも知れません」

そう説明すると、皐月は中野の顔をジッと見つめてきた。

「中野さんは一年二ヶ月前の九月、最初に佳純ちゃんを見たときから、そのことに気付かれていたのですか」

中野はその問いかけに、ゆっくりと頷いたのである。

それを見た皐月は、哀しげに下を向いた。そして唇を嚙み、言葉を選びながら、

「その状況で、よく事件の真相を、村の長老たちに説明できましたね。心中お察しいたします。

名探偵と呼ばれている立場であれば、しょうがないことなのでしょうが。さぞ、辛かったことでしょう」

そう呟くと、目の前に置かれたコーヒーカップを見つめていた。

どうやら皐月は、一年二ヶ月前に木霊村で起きた、連続殺人事件の真相を知っているようである。それ故の呟きだったに違いない。

木霊村で起きた連続殺人事件の真相は、当時の村の長老たち三人、四月朔日家十三代目当主だった四月朔日八十喜知享年76、現在も八月朔日家の当主である八月朔日獅

子雄44歳、木霊村の駐在所の役目を担っている、須崎の実家に当たる間仲家の当主、間仲凜89歳。

それに須崎真45歳、そして事件の真相を解明した中野浩一35歳、以上の五人しか知らないことだった。

中野はその後、しばらくしてから木霊村の真相を、妻の亜門にだけは話していた。そう考えれば須崎も、自分の妻となった皐月には、話していたのかも知れない。だから皐月に対し、そのことについて聞くつもりはなかった。皐月もそれ以上、それについては何も言わないようである。

皐月は亜門の淹れたコーヒーを一口飲むと、微笑みながら褒めてくれた。

「亜門さんの淹れてくれたコーヒー、とても美味しいですね」

そこからやっと、木霊村の神生し祭についての説明が始まった。

「木霊村の神生し祭とは、大正十五年より始まったと聞いております。木霊村は、阿仁山と当斗山という二つの山に囲まれています。

その二つの山の恩恵を受けて、成り立っている村なのです。阿仁山には木霊神社があるのですが、当斗山には神社の類いは造られていませんでした。

昭和の初めに村の者たちの間で、『当斗山にも神社を造ったらどうか』という話になったそうです。

神社用の敷地を均すため、当斗山の中腹を掘り崩していたとき、地崩れが起きてしまい、工事を担当していた村の衆が、七人も亡くなったと聞いています。

その地崩れの奥から現れてきたのが、漆黒の鳥居と小さな祠が奉られていた洞窟でした。

木霊村が現在の場所にできる前、当斗山を塒にしていた部族がいたのです。境魔一族と呼ばれていたようです。

その者たちが、当斗山の中腹に洞窟を掘り、祠を建てて奉っていたものでした。祠に奉られていた神様の名前が、魔林坊様だったのです。

けれども漆黒の鳥居を見た村の衆は、不気味に感じていました。朱色の鳥居ならばわかりますが、漆黒の鳥居は初めてだったからです。

当斗山から祠が出てきたことにより、同じ山に他の神を奉ることはできないので、当斗山の洞窟は、そのままとなりました。

木霊村の村民も、そのまま魔林坊様を崇めることにしたのです。

しかし初めのうちは、亡くなった七人の魂を鎮めることが目的のように、拝んでいたそうです。

それが恒例となり、毎年の一月一日、魔林坊様の祠へと貢ぎ物を届けていました。

ところが七年目の昭和七年に、再び事故が起きてしまったのです。

その年は木霊村近辺でも大雪に見舞われ、一月一日に当斗山の洞窟へ向かった三人の村の衆が雪崩に遭ってしまいました。

男性二人が亡くなり、女性一人だけがかろうじて助かったのです。その女性は、当斗山の洞窟へ何とか逃げ込み、難を逃れました。

ですが寒さだけは、どうにもなりませんでした。女性は生き延びるために、何と漆黒の鳥居と小さな祠の資材を燃やして暖を取り、生きながらえたのです。

結局、助けがくるまでの二日間、鳥居と祠の資材を燃やし続けました。

そのため鳥居と祠は全て燃やし尽くされ、魔林坊様と書かれた御札が一枚残っただけでした。

その時、洞窟で助けを待っていた女性は、飢えと寒さで死線を彷徨いながら、魔林坊様と出遭ったのです。

それが現実に見えていたのか、それとも幻を見たのかはわかりません。

身体の半分近くも顔のある鬼のような者が枕元に立ち、女性にお告げをしました。

『ワシが魔林坊様じゃ。お主は自分の命を守るため、ワシの鳥居と祠を全て燃やしてしまったな。

それについては許してやろう。又、新たに、鳥居と祠を造らせればいい。

しかしワシの住む場所は、この洞窟だけなのだ。

それ故、お主たち木霊村の住人は、ワシのために生け贄を寄こすようにしろ。毎年でなくてよろしい。

七年ごとに感謝の気持ちを込めて、村の長老の娘がワシのところに、生け贄を持って参れ。

さすれば木霊村に厄は起きぬであろう。ワシが守ってやるからな。

もちろんそれを忘れれば、木霊村に厄が起きることになるぞ。

七年ごとの生け贄の品は、人のように二本脚で歩く鳥の肉、村で捕れる川魚、後は野菜の三品でよい。

じゃが九十年後の年だけは、ワシに本物の生け贄を寄こせ。

村の中でも美しい娘を、生け贄として寄こすのじゃ。ワシの永遠の妻としてやろう。

九十年後の正月の三が日、ワシは村を必ず訪れる。

その間に生け贄を差し出せば、村が滅びることはない。

だがもし生け贄の娘を差し出さぬのなら、木霊村は滅亡へと向かうことになるであろう。お前たちの前に、この当斗山で暮らしていた、山の民のようにな。

いいか、このことは村に帰り着いたら、村人全員に話して聞かせろ。

そして新たな鳥居と祠を至急、ワシのために拵えるのだ。

わかったな、もう一度言おう、ワシが厄を司る神、魔林坊様だ！』


そうおっしゃったそうです。

当時の村の民は全員が信心深かったため、そのお告げを信用しました。

だから直ぐに、新しい鳥居と祠、更に魔林坊様の人形を作り、洞窟に奉納したのです。

その時、迷ったのが、鳥居の色でした。

しかし散々迷った下句、最初に奉られていた鳥居と同じように、漆黒の鳥居にしたそうです。

魔林坊様の人形については、お告げを聞いた女性のイメージ通りに、作ったと聞いています。

それから九十年もの間、村ではそのお告げを忠実に守り、ここまできたわけです。

九十年後の年を忘れぬよう、村では昭和九十七年を『苦しみ泣く年』と語呂合わせとして覚え、皆で伝えてきました。

そして来年こそが、魔林坊様のお告げを聞いてから、丁度九十年後に当たるのです。木霊村では、魔林坊様のお告げを正当化するために、七年ごとの祭りを、『神生し祭』と呼ぶようにしました。

本来の名称は、『神生け贄祭り』だったのです。生け贄の『贄』の文字を音読みで『し』に換えて、そう読ませただけなのです。これでおわかりですよね。『神生し祭』とは『神生け贄祭り』を、言い換えた言葉だったのです」

衝撃の説明だった。

中野も亜門も、驚きの表情をしていた。皐月の美しい顔も、強張っている。

「その言い伝えを知っていたからこそ、凜お婆様は幼少期の須崎課長に対して、神生し祭の行われる正月だけは『来るんじゃないぞ！』と、きつくおっしゃっていたわけですね」

中野が重たい口を開いた。皐月はゆっくり頷くと、

「私が木霊村で暮らしていたときも、大人たちが神生し祭の行われるお正月だけは、村の子供たちに対し、『絶対に家から出るんじゃないぞ！』と、きつく言っていました。

神生し祭の期間中は、魔林坊様が村の中を彷徨っているのだから、見つかれば食われてしまうぞと、脅されていたのです。

私も子供の頃は、神生し祭のあるお正月だけは、嫌で嫌でしょうがありませんでした。

家の中で木炭を燃やした火燵に入り込んで、その期間が過ぎ去るのを、震えながら待っていました。

今、こうして取手市で暮らすようになると、それが木霊村の戒めであり、子供たちが恐れる物を敢えて拵えて、真っ当な大人になれるよう、教育してくれたのだと思います。

しかし、それだけではない気もします。来年の神生し祭は、八月朔日家ではなく、四月朔日家の順番となります。

十四年前の四月朔日家の順番のときは、私が貴理子と佳純と志萌音を連れて、生け贄の品々を運びました。

その時見た魔林坊様の人形は、この世の物とは思えないほど、恐ろしい姿をしていました。

年端もいかない妹たち三人は、洞窟の入り口で怖がってしまい、中には入らなかった程です。ですから私一人で、生け贄の品々を献上し、祈りを捧げてきました。

今から思えば、何故あんなに不気味な人形を作ったのか、とても不思議です。

それなのに来年は、佳純ちゃん一人だけで、生け贄の品々を運ばなければなりません。

更に本物の生け贄を献上しなければならない、唯一の年なのです。

木霊村では、等身大の木彫りの花嫁人形を作り、それを魔林坊様に奉納すると聞いています。

前々から、昭和九十七年の年は、そうしようと取り決めてありました。

ですが、それで本当に厄から逃れられるのか、私にはわかりません。

もし、中野さんが本当に木霊村へ行ってくださるのなら、何卒、佳純ちゃんを守ってあげてください。よろしくお願いいたします。

本来なら真さんも私も、木霊村に向かいたいのですが、あいにく真さんは、今年の暮れから正月の三日まで、取手市年末年始特別警備期間となり、その総司令官に任命される予定なのです。

ですから真さんは、暮れから来年の正月期間は、この取手市を離れるわけにはいかないのです。

私も木霊村のことはとても気になります。ですが今の私は須崎皐月、須崎真の妻なのです。真さんの側に仕えていたいと思っています。

中野さん、魔林坊様が単に木霊村の戒めだけであるのなら、それはそれで構いません。

ですが佳純ちゃんからすれば、何かしらの予感がしているのだと思います。

どうか、一年二ヶ月前に起きた事件のように木霊村を……いいえ、奥さんの亜門さんと瓜二つの佳純ちゃんを、助けてあげてください。よろしくお願いいたします」

すまなそうにそう話すと、神妙に頭を下げたのである。

中野は佳純の姿を思い出していた。

一年二ヶ月前の佳純は、まだ自信なさげに俯くだけの少女だった。

しかし顔つきだけは、今、自分の隣にいる亜門と同じであった。

『助けてあげたい』心から、そう思ったのである。

そう決心すると皐月を見て、

「皐月さん、わかりました。僕にどれだけのことができるのかわかりませんが、今年の暮れから年明けの四日まで、木霊村の四月朔日家に滞在することにします」

するとそれを隣で聞いていた亜門が、自分の決心を伝えてきた。

「コウ様、足手まといになるかも知れませぬが、亜門も御一緒いたします。佳純様の手紙にも、亜門も一緒にと書かれておりました。

皐月様が須崎様の妻であるように、亜門も名探偵中野浩一の妻でございます。勝浩とキン様は、平家の実家に預かってもらうことにいたします。

きっと紀伊お婆様も、大川留吉夫妻も、それはそれで喜ばれることと思います」

決め顔で、そう言ったのである。亜門の顔は、何を言われても木霊村へは一緒に行くと、強い意志が感じられた。

それがわかったので、中野は何も言わずに、亜門も連れて行くことに決めた。

けれども心の中では、不安の嵐が渦巻いていた。亜門と佳純、同じ顔を持つ二人の女性が、木霊村において同時に存在することになる。

その一人が自分の妻であり、もう一人は一年二ヶ月前の事件の……可憐な殺人鬼である。

中野が皐月の目の前で、佳純宛ての返信用葉書に、

『十二月三十日の夕方までに、妻の亜門と二人で木霊村に向かいます。

どうぞよろしくお願いいたします。』

と書き込むと、皐月はホッと胸を撫で下ろしていた。

《2》双呪の勾玉

十二月二十九日、水曜日の夕刻だった。

中野と亜門、息子の勝浩とキンちゃんは、亜門の実家である平家(たいらけ)を訪れていた。

ここは茨城県坂東市神田山にある、平家本家である。

平家は周りを畑に囲まれた、自然豊かな場所に立っていた。日本人がイメージする、美しい田園風景がそこには広がっている。

今は真冬のため、畑には茶色い土だけが寒さに耐え、春の訪れを待っているようだった。

ここに暮らしている平家本家の住人とは、平将門と三番目の妾であった桔梗御前との間に生まれた、子孫の末裔と言われている。

平家本家の周りに立つ家々には、全て平家に仕えていた家臣たちの末裔が暮らしていた。

この辺り一帯は、元々、平家を中心に村が形成されたわけである。

平家の前にある畑の右横には、舗装された道路が一本あり、その向かい側には、『延命院』という寺院が立っていた。

その延命院の境内に、平将門の胴塚が奉られているのである。

将門の胴塚と呼ばれる場所は、小高い古墳となっており、坂東市の天然記念物であるカヤの大木がその上に根付いていた。

胴塚の前に佇めば、周りと空気が違うことが感じられるであろう。

将門の胴塚を守るために、今から約千八十年前この地に村を築いたのが、亜門の実家である平家だと言われていた。

平将門の首塚が、東京の大手町にあることは有名だが、将門の首以外は、茨城県のこの地に手厚く葬られていたのである。

この地の今の住所は、茨城県坂東市神田山である。そしてその住所表記である神田山は、『かどやま』と読む。

これは身体山が変化して、神田山になったとも言われ、将門の身体が眠るからこそ、この地名になったのだと聞く。

もしも平将門が天下を治め、新天皇として即位していたら、平亜門は皇女と呼ばれていたのであろう。

しかし平将門の大いなる野望は、たった一本の流れ矢により、打ち砕かれてしまったのである。

まさに俳人芭蕉の句にあるように『夏草や兵どもが夢の跡』そうだったのかも知れない。

その平家の客間で、中野と亜門は寛いでいた。

目の前には、現在平家の当主である、平紀伊が着座していた。

紀伊は95歳という年齢ながらも、その姿は矍鑠（かくしゃく）としていて威厳もある。

更に平紀伊の真の姿を知る者たちからは、『食物連鎖の頂点に立つ生物』と、尊敬と畏れを込めて、そう言われていた。

それだけ知恵も力もあり、誰からも敬われていたのである。

今現在においても平家の情報網は健在であり、関東で起きるありとあらゆる裏情報まで、内々にもたらされるのであった。

その紀伊の孫娘にあたるのが、亜門なのである。

紀伊が中野を見つめ、微笑みながら風呂を勧めてくれた。

「中野様や、そろそろ夕飯の支度が始まるじゃろうて。その前に勝浩と共に、風呂に入ってきなされ。寒いから、しっかりと温まってきなされよ」

中野はその言葉に甘えて、一番風呂をいただくことにした。

風呂に入り、自分の身体を洗い終えると、亜門に声を掛け勝浩を連れてきてもらった。

客間には紀伊と亜門が、二人だけで対峙していた。

しかし紀伊の表情は、先程中野に見せた微笑みとはかけ離れ、厳しい表情に変わっていた。

「亜門や、お主も中野様と共に、木霊村へ一緒に行くつもりなのか」

「はい、紀伊お婆様、そのつもりでございます」

「お主は木霊村のことを、どこまで知っておるのじゃ」

「詳しくは何も、存じておりませぬ。コウ様から伺ったこと以外は、何一つです。

但し、この亜門と同じ顔を持つ女性が、四月朔日家本家の当主として暮らしていることだけは、存じております」

「そうか、四月朔日佳純については、聞いておるのか。それならば『境魔一族』については、どこまで知っておる」

「境魔一族でございますか。名前だけは聞いておりますが、詳しくは知りませぬ。宜しければ、教えてくださいませ」

「ワシも詳しくは知らぬが、今の木霊村に住む村人たちの、祖先じゃないかとも聞いておるが、定かではない。

境魔一族とは、今から約千八十年前、丁度、平将門様が全盛を誇っていた頃と同じ時代に、生きていた部族の名前じゃて。

常陸の国の最北の地で暮らしていた、山の民のことを指すのじゃよ。常陸の国の最北の地とは、今の都道府県でいうのならば、茨城県と福島県の県境辺りになるのじゃろうな。

その時代は筑波山周辺までが、人の住める場所の最北であり、それより北は人の住めない辺境の地と呼ばれていたのじゃ。

もちろん地形も今とは大分異なっておったのじゃから、そういう意味も含め、辺境の地と呼ばれていたのじゃろう。

しかし境魔一族は敢えて、その地を選び、その場所で暮らしていたわけじゃ。人の住む場所と思われていなかったわけじゃから、領地争いに巻き込まれることもなく、山の幸だけを頼りに、細々と暮らしておったようじゃ。

そして境魔一族が神と崇め、奉っていたのが厄を司る神と恐れられている『魔林坊』じゃった。

その時代、年によっては、山の幸だけでは、暮らしていけぬ年もあったじゃろう。人の力では、季節や天候には、抗うことはできぬからな。

魔林坊に対しても、お供え物を献上できぬ年もあったわけじゃ。村人でさえ食う物が無ければ、お供え物を献上するどころでは、ないからな。

しかしそれでも魔林坊に、尽くす村人もおったはずじゃ。

そのため境魔一族内でも争いが起きてしまい、やがて村人は散り散りに分離してしまった。

魔林坊の祠も、洞窟に隠すように埋めたままでじゃ。

一説には、生け贄を渡すことができなかったため、魔林坊に滅ぼされたとも聞いておる。

どちらにしても、境魔一族は魔林坊がらみで滅んだわけじゃよ。

そして約千年後に、その埋もれていた魔林坊の祠を、再び目覚めさせてしまったのが、木霊村の住人だと聞いておる。今から思えば、運が悪かったとしか思えぬよな。それは昭和初期のことじゃった。今一度、日の光を見た魔林坊が、蘇ったというわけじゃよ。

木霊村の言い伝えによると、昭和九十七年の年に、魔林坊に生け贄を献上する約束となっておるようじゃ。何故そうなったのかは、ワシも聞いておらぬ。

その厄の年に、敢えてお主と中野様は、木霊村へ出向くのじゃぞ。それを承知の上なのか、亜門」

亜門は紀伊を見つめ、ゆっくりと頷いた。

「はい、魔林坊様については、木霊村の元住人の方から、伺っております。苦しみ泣く年、昭和九十七年についても、その経緯を教えていただきました。

実を申しますと、コウ様に届いた四月朔日佳純様の手紙には、佳純様の強い思慮の念が込められておりました。

封を開き、最初にその手紙に触れてしまったコウ様には、佳純様の念が入り込んでしまったようなのです。

ある意味、邪念、もしくは呪術のようなものでございましょう。そのため術に堕ちてしまったコウ様には、今は何を言っても、聞き入れてもらえませぬ。

それならば亜門も、コウ様と一緒に行こうと決めたのでございます。今回ばかりは、コウ様お一人では、勝てぬ相手かも知れませぬ。

亜門には、そんな気がいたしております。魔林坊様が、本当に厄の神であるのならば尚更です。

そしてこの亜門も、自分と同じ顔を持つ女性に、会ってみたいと思っております。コウ様に強い思慮の念を送り付け、木霊村まで呼び寄せる女性、四月朔日佳純様。七年ごとに繰り返される神生し祭。苦しみ泣く年、昭和九十七年に、生け贄を求めて現れる魔林坊様。危険であることは、亜門も重々承知しております。

それ故、勝浩とキン様は連れては行けませぬ。ですから紀伊お婆様と留吉さんご夫妻に、お預けしていきますことを、お許しくださいませ」

亜門は力強く、そう言ったのである。

紀伊が目を閉じたまま呟くように、

「亜門よ、四月朔日佳純が一年三ヶ月前、木霊村内で起きた惨劇の……」

紀伊が、その先の言葉を言い淀んでいた。

すると亜門の方から、その先の言葉を引き取り、

「殺人犯であることも、存じております」

平然と、そう言い切ったのである。

紀伊が目を見開き、再び亜門を見つめた。

「そうか、そこまで知っておるのなら、もう何も言うまい。勝浩とキン殿については、心配するでない。ワシらに任せておけ。

くれぐれも気を付けて行ってくるのじゃぞ。特に、中野様には目を光らせておけ。佳純の持つ魔性の血、それに取り込まれかねないからな。

まあ、そうは言っても亜門、お主ほどではあるまいがな。じゃが油断するではないぞ。そして木霊村へ行くならば、これを持っていけ」

紀伊は自分の懐からある物を取り出し、亜門の前にそっと置いた。

それはエメラルドグリーンに輝く、とても美しい二個の勾玉だった。しかしよく見れば、妖しい光沢を放っている。勾玉は、それぞれ麻糸で編まれた細引きの紐に、吊るされていた。

「これは平家に伝わる、『双呪の勾玉』と呼ばれるお守りじゃよ。桔梗御前が身に着けていたと聞いておる。その勾玉には、桔梗御前の念が込められておるのじゃ。

万が一のときは亜門のことを、守ってくださるはずじゃ。

いいか、厄から一つ救われると、勾玉が一つ壊れる。じゃから厄に対抗できるのは、二回までということじゃ。

そして双呪の勾玉は、男では効かぬ。守ってもらえるのは、女だけなのじゃよ。じゃから中野様に渡しても、意味がない。そのことを弁（わきま）えて、双呪の勾玉を持っていけ」

「双呪の勾玉、ありがとうございます。大切に使わせていただきます。勝浩とキン様のことは、くれぐれもよろしくお願いいたします」

亜門のその姿は、桔梗御前の生まれ変わりと言われるほどよく似ていた。

平家本家の客間に飾られている桔梗御前の肖像画は、亜門と瓜二つであった。

そして亜門の中には、千八十年の時を過ぎても、未だに生き続けている桔梗御前の魂が、棲んでいるとも言われている。

中野浩一の妻ではあるが、まだまだ謎の多い女性だった。

翌日の十二月三十日午前十一時、中野と亜門は木霊村に向かって、平家を出発した。

中野の計算通り行程が進めば、午後の四時頃には、木霊村に入れる予定である。

この日は朝から天気も良く、冬晴れの澄んだ空が、とても青く感じられた。

《3》再び木霊村へ

中野は坂東市から一番近い常磐自動車道の入り口、谷和原インターチェンジより高速に乗った。

谷和原インターチェンジから、降り口である那珂インターチェンジまでは、距離にして約87㎞である。

景色を見ながらゆっくりと走っても、一時間半もみれば高速は降りられるだろう。

隣に乗る亜門も、今日は久し振りに上機嫌だった。窓に移りゆく景色を、嬉しそうに眺めている。時折、得意の鼻歌も披露してくれた。

「コウ様、こうして二人きりで遠出するのは、久し振りでございますね。亜門は何だか、ウキウキと心が弾んでおります」

「そうだね、勝浩が生まれてからは、なかなか二人きりで出掛けるのは、難しかったものね。紀伊お婆様と留吉さん夫妻には、無理を頼んでしまったかな。

勝浩はママがいなくても、泣かないかな。ちょっと心配だよね」

「勝浩は大丈夫でございますよ。紀伊お婆様にも、留吉さん夫妻に対しても、とても懐いておりますもの。

だって亜門が産後の肥立ちが悪く、ずうっと床に伏せていたときに、勝浩の面倒をみてくださったのは、紀伊お婆様と留吉さん夫妻でしたから」

「そうだったね。それにキンちゃんも、勝浩の側にいてくれるから、それはそれで安心だよね」

「それよりもコウ様、木霊村に向かうには、木霊村の駐車場より山道を一時間近くも歩くのですよね。亜門は、そちらの方が心配でございます」

中野は笑いながら、

「僕が一緒なのだから、それこそ大丈夫だよ。いざとなったら、リヤカーに亜門さんを乗せて、僕が引いてあげるよ」

「いやですわ。それじゃ、まるで亜門が、コウ様のお荷物みたいじゃありませんか」

二人は、そう言い合って大笑いをした。

確かに常磐自動車道を走るのは、とても楽だった。信号もないし、もちろん歩行者も歩いていない。

しかし那珂インターチェンジで降りてからは、そうはいかなかった。中野が目指す、木霊村の入り口がある駐車場までは、距離にして約65㎞。

その道は一般道であり、途中からは山道へと入っていく。幾重にも蛇行する道が、続いているのである。

中野は那珂インターチェンジで降りてから、木霊村の入り口までは、約二時間を予定していた。

常磐自動車道は順調に進み、十二時半少し前に、那珂インターチェンジで降りることができた。

高速を降りて最初に目に飛び込んできた、国道沿いのラーメン店で昼食を取ることにした。

中野はチャーシュー麺と炒飯を頼み、亜門は中華丼を頼んだ。

どの料理も、少しだけ塩気が濃かったが、味はまあまあだった。二人ともそれなりに満足はした。

ついでにトイレも借り、すっきりとした気分で、再び走り出していく。

ここからは国道118号線を、ただひたすら北上する。その距離は、約40㎞。下野宮の交差点を左折し、県道28号線に入る。

次は県道196号線に入るY字路を右折して、細い山道へと進んでいく。

更に進み『木霊村入り口↓』の看板が立つ、私道を右折する。もう直ぐそこが、木霊村の入り口となる駐車場だ。

時計を見ると、間もなく午後三時になるところだった。ここまでは全て予定通り、順調に進んできている。

木霊村の入り口にある駐車場とは、舗装もされていない、只の広場であった。真冬であるため、殆どの草も枯れてしまい、冷え冷えとしている。

広場に立ったとき、亜門は辺りを見回しながら、木霊村の駐車場の特徴を、的確に呟いていた。

「随分と広い駐車場でございますこと、これならば大型のトラックも、乗り入れられるわけでございますね」

中野はアタックザックを取り出すと、運転席下に隠しておいた、ガス銃のバントラインスペシャルを取り出した。綿生地でできた厚手の袋に包まれている。

念のため中から取り出すと、アルミ弾が六発装塡されていることを確認した。そして再び袋にしまい込み、アタックザックの一番上に入れておいた。

これは木霊村近辺のことだけではなく、茨城県北部全般に言えることなのだが、近年猪が、数多く目撃されているのである。

皐月の話によると、特に冬のこの時期は、人の持つ手荷物を狙って襲ってくることもあると聞いていたからだ。

確かに一年三ヶ月前の九月、木霊村を訪れた時も、中野は木霊村に向かう道すがら、大型の猪と出くわし退治している。

その時退治したのは、大型の猪一頭だけだったが、今現在、木霊村の野菜を食い荒らしているのは一頭だけではなく、何頭もの猪が出没しているらしい。だから山道では、注意するよう忠告を受けていた。

そのために今回も、バントラインスペシャルを持参した。中野の持つバントラインスペシャルとは、須崎から内密に譲られて、前回来たときも大型の猪を退治した、強力なガスガンである。

使わなければ、それに越したことはない。しかし中野は、万が一の場合、使うつもりでいた。

ましてや今回は妻の亜門も一緒である。亜門に危害が加わる恐れがあるならは、躊躇うつもりなどさらさらなかった。

須崎から譲られたアルミ弾も、三十発ほど匂い袋に入れて、腰ポケットに携帯している。いつでも取り出し、直ぐに補充が利くようにだ。

しかしそのことを、亜門は何も知らない。中野が話していないからである。亜門に無用の心配をかけたくないからだった。

中野が背負っているアタックザックは、容量が１００リットル以上入る物だった。アタックザックとは、山岳向けのリュックサックのことである。リュックサックよりも全てが丈夫にできていて、水濡れにも強く、背負える位置もベルトで調整できるため、より背中にフィットし楽に背負えるものだった。

今回はそのアタックザックに目一杯の荷物が、詰められていた。八割方が亜門の荷物だった。

女性はたとえ四泊五日であっても、それなりに荷物が増えるものなのである。

更に亜門は自分でも小振りのリュックサックを背負い、その中にも日頃使う化粧品や小物類が多数詰まっていた。

中野のアタックザックの総重量は、20kgを超えていた。それを背負ったまま、これから山道を一時間以上も登るのである。

中野は更に大きめの紙袋を一つ提げていた。

それは間仲家と四月朔日家、八月朔日家に手渡すつもりの、土産が入っている。取手市にある老舗の和菓子店で購入した、どら焼き等の詰め合わせだった。それが三箱包装されて、紙袋に入っていた。

その上、妻の亜門も連れて行くわけである。かなりの負担が、中野に掛かることは目に見えていた。

《4》今度は、ツキノワグマ！

一年三ヶ月前に来たときも見ているのだが、木霊村へ続く村道の入り口には、大きな木彫りの看板が立っていた。

『木霊村入り口』と、達筆な筆文字で誇らしげに彫られている。

看板が立ってからは年数もだいぶ経っているようで、板の四隅は風雨に削られ丸みを帯びていた。

しかし前回来たときとは違い、中野はその文字を見ただけで、緊張するのがわかった。

隣で看板を見つめる亜門には、悟られないよう声を大きくし、気合いを入れた。

「それでは亜門さん、行きましょう！」

中野は左手で亜門の右手を握りしめ、村に続く村道を、ゆっくりと歩き出したのである。

看板の横には、小さな木製のベンチが置いてあり、その奥にはトイレがあった。木霊村専用のトイレである。

時計の針は、午後三時を指していた。

亜門は中野に久しぶりに、外出先で手を握られたので、嬉しそうにしている。

木霊村の入り口をくぐり、そこから山道を登っていく。

天気は冬晴れのため気温こそ低かったが、逆に空気が澄んでいて、山登りには丁度よく感じられた。

亜門だけはハイキング気分で登っていく、可愛らしい声で鼻歌を口ずさんでいる。

その歌声のおかげで、中野は徐々に緊張の糸が解けていくのがわかった。

やはり一人の時とは違い、信用できる味方が一緒にいるだけで、勇気がわくものである。中野も自然と、笑顔に変わっていた。

木霊村へ続く山道は、もちろん舗装などされていない。けれども登り始めは道幅も広く、傾斜も緩やかだった。

30m程進むと緩やかに右へと道がカーブし、又、30m程進むと、今度は左へとカーブしていく。その繰り返しが、しばらくの間、続いた。

四十分程登った時点で、前方にトンネルが見えてきた。木霊村の住人が手掘りで掘った、トンネルである。

トンネルの長さは30m程なのだが、中心付近でいくらか右にカーブしているため、入り口から覗いても、向こう側の出口の光は殆ど見えない。そのせいもあり、初めてこのトンネルを通る者の心を不安にさせた。

亜門がトンネルの入り口から中を覗き込み、中野の左手を強く握り返してきた。

「コウ様、少しだけ薄気味悪いトンネルでございますね。確かコウ様が前回訪れたときは、このトンネルの向こう側で、大きな猪さんに遭遇したのですよね。

今日は猪さん……現れないといいですね」

亜門の足が竦んでいるのがわかった。

しかし中野には、亜門の言葉を笑い飛ばすことができないでいた。中野の第六感が、前回のときと同様、警鐘を鳴らし始めていたのである。

危険！　危険！　危険！　危険！　危険！

『何かいる……それもトンネルの中に……』

中野は亜門を自分の後ろに導き、アタックザックを下ろし、バントラインスペシャルを取り出した。

「亜門さん、ここで待っていてください。トンネル内に、何か潜んでいます」

亜門をトンネルの入り口付近に待たせると、中野は慎重にトンネル内に足を踏み入れた。

すると内部から、物凄い獣臭が漂ってきたのである。それは前回遭遇した猪の比ではなかった。

そしてこれと同じ匂いを、中野は一度だけ嗅いだことがある。

鬼血骸村において、須崎と共に対峙した相手の匂いであった。

『…………野生の熊の匂い…………まさか今日は十二月三十日、師走も師走。

この年の瀬も押し迫った時期に、熊が現れるなんて想像もできない。

迷い熊？　何となくだが、聞いたことがある気がする。

確か、季節の変わり目に気付くことができなくて、上手く冬眠に入れずにいる熊がいることを。

今年の冬の始まりは今から思えばいつもの冬よりも暖かく、暖冬だった気がする。

地球温暖化の影響で、目の前の熊も冬眠の時期を見誤ったのかも知れない。

それは本を正せば、人間が悪いのだと思う。

自分たち人間だけが暮らしやすくするため、自然界のことをおざなりにしてきたせいだろう。

そのつけが、まず最初に自然界の生き物たちに、降り掛かってきているのだ』

瞬時に中野は、そう思ったのだが、今はそれどころではない。

妻の亜門も一緒なのだから、何としてもここは熊に立ち向かわなければならない。

立ち向かわなければ、木霊村に行くことができなくなってしまう。

けれども、バントラインスペシャルに詰めてある6㎜のアルミ弾が、熊に通じる物なのか？

確か鬼血骸村で対峙したツキノワグマは、須崎が放った本物の拳銃ブローニングハイパワーの9㎜弾を、数発受けたはずなのに向かってきたのである。

最後は須崎が、柔道の幻の技『山嵐』で投げ飛ばし、ツキノワグマは絶命した。

しかし迷っている暇はない。バントラインスペシャルのアルミ弾の装塡数は、六発である。

全て撃ち尽くしても、更に向かってくるようならば、今一度アルミ弾を装塡し直さなければならない。それには多少の時間が必要だった。

中野は敢えてトンネル内に踏み込み、熊に近づくことで、亜門との距離を取ることを選択した。

「亜門さん、信じられませんが、トンネル内に熊がいます。僕が何とかしますから、この場所を動かないでください」

そう叫ぶと、トンネル内に入っていった。

トンネル内は薄暗いが、目をこらせば何とか見ることができた。

中間辺りの暗闇に、熊の両目が光っているのがわかる。どうやら蹲って、休んでいたようだ。

熊も中野のことに気付き、涎を垂らしながら、立ち上がるのがわかった。

10m程近づいたところで、バントラインスペシャルの撃鉄を起こし、熊の左胸に照準を合わせた。

熊の胸には、白い上弦の月を見ることができたので、ツキノワグマと確認できた。

身の丈は、178cmの中野よりも若干小さく見える。150cmから160cmほどだろう。それでも目の当たりにすると、でかく感じる！

ツキノワグマは、中野に向かって両手を上げ、近づいてきた。

大きな口から白い息が、忙しなく吐かれている。どうやらツキノワグマも、中野を見て興奮しているようだ。

後、５ｍの距離まで縮まったとき、中野はバントラインスペシャルの引き金を引いた。

プシュ！

そのために、火薬で発射する拳銃のような、大きな爆裂音はしない。

中野の持つバントラインスペシャルは、ガス銃である。

乾いた音だけが響く。

発射したアルミ弾は、音も無く熊の左胸に吸い込まれていく。

撃たれたツキノワグマさえ、何が起きたのか気付かないのだろう。

しかし若干の痛みはあるようだ。熊の顔が歪む。

中野は直ぐさま、左手の甲で撃鉄を起こすと、引き金を引いた。

その動作を、残り五発、全て撃ち終えるまで続けた。

カシャ、プシュ！　カシャ、プシュ！　カシャ、プシュ！　カシャ、プシュ！　カシャ、プシュ！

アルミ弾は全て、ツキノワグマの左胸に命中した。

それを見た中野は踵を返し、トンネルの入り口へと駆け出していく。熊の状況を確認している暇はない。

走りながら、予備のアルミ弾を入れておいた匂い袋から取り出し、バントラインスペシャルに装填していく。後ろから熊が追いかけてくるのが、気配でわかった。

やはりアルミ弾六発では、熊を撃ち殺すことはできないようだ。

けれどもアルミ弾を走りながら装填するのは、意外と難しかった。身体が上下に、大きく揺れてしまうからだ。止まったままであれば、難なく装填できることなのに、走りながらだと思っていた以上に難しい。

入り口まで戻ってきたとき、まだ三発しか装填できていなかった。

トンネルを飛び出すと、目の前で待っていると思っていた亜門の姿が見えない。

「えっ！」

思わず声が漏れた。辺りを見回してみても亜門がいない。

後ろを振り向いたときである。熊がふらつきながらも、トンネル内から出てくるところだった。まともにアルミ弾を六発受けて、少しは弱っているようだが、目が充血し最高に怒っているのがわかった。

その時だった。トンネル内の暗闇から、女性の声が聞こえてきたのである。

亜門の声のようにも聞こえたが、違うようにも感じた。

低い声である……しかしそれは中野を呼ぶ声ではなく、何とツキノワグマを呼ぶ声だった。

「熊さん、こちら、手の鳴る方へ。熊さん、こちら、手の鳴る方へ。熊さん、こちら、手の鳴る方へ……」

女性が両手を叩きながら、熊を呼んでいる。

手負いの熊は、女性が呼ぶ暗闇へと足を踏み入れていく。

その刹那、ツキノワグマが自分の喉元を掻きむしりながら、断末魔の叫び声を上げた。

ウギャーーーーーッ！！！！

それはある意味、恐ろしい声にも聞こえたが、哀しみの声にも聞こえた。

ツキノワグマはそのまま、仰向けに倒れ絶命した。

するとトンネルの暗闇から、亜門が現れたのである。亜門は中野の胸に、勢いよく飛び込んできた。そして震えながら泣いていたのである。

「コウ様、ご無事でしたか、亜門は、亜門は、とても怖かったです」

そう話す亜門の声は、甲高い声だった。

中野は亜門の頭を抱きしめながら、

「僕はこの通り無事だよ。でも、亜門さん、いったいどうやって、ツキノワグマにとどめを刺したんだい？」

不思議な気持ちで聞いてみた。

亜門は嗚咽を繰り返しながら、

「ぐすん、ぐすん、あのですね……。紀伊お婆様からお守りとしていただいた、双呪の勾玉を一つ、熊さんのお口に放り込んだのです。

そうしましたら勾玉を飲み込んだ熊さんの喉元が、急に緑色の炎に包まれ、苦しそうにもがいて死んでしまいました。

双呪の勾玉とは、平家に代々伝わるお守りなのです。紀伊お婆様のお話ですと、桔梗御前の念が込められていると、おっしゃっておりました。

ですからコウ様と亜門の危機を、桔梗御前が救ってくださったのだと思います」

そのように、教えてくれた。

中野は、成る程と思いながらも、先程、暗闇の中から聞こえてきた、熊を呼ぶ女性の声を思い出していた。

いつもの可愛らしい亜門の声のようにも聞こえたが、しかし思い起こしてみれば、声色の低い女性が、わざと亜門の可愛らしい声を真似て、言っていたようにも思える。あれはもしかしたら桔梗御前の声だったのか……。だから僕に気付かれないよう亜門は敢えて、暗闇に潜んでいたのか……。中野の胸に、疑問と不安が過っていく。けれどもそんなことは、今はどうでもいい。取り敢えず、こうして二人とも無事だったのだから。

中野はツキノワグマの死体を道の脇にずらすと、亜門と共に再び木霊村に向かって、歩き出したのである。

《5》間仲家へ

トンネルを抜けて、しばらく進むと木霊村の入り口にある大岩が目に飛び込んできた。

大岩には真新しい注連縄が下がっていた。この大岩も正月が近いため、新しい注連縄に交換されたのだろう。

大岩の横を抜けると、目の前には間仲家が見えてきた。

築年数は大分経っていると聞いてはいるが、よく手入れされた日本家屋である。

前回来た時と、何ら変わっていなかった。

中野はそこでやっと、笑顔になることができた。

「亜門さん、ようやくつきましたよ。ここが木霊村です。まず最初に、須崎課長のご実家である間仲家に、ご挨拶しましょう」

亜門の左手を握り、ゆっくりと歩き出した。

間仲家の入り口の前に立ち、感慨深げに眺めていると、いきなり扉が開いたのである。

そこには美咲でなく、何と間仲凜89歳が立っていた。

前回会ったときと変わらないしわくちゃな顔を、更にしわくちゃにして微笑んでいた。

「遅かったな、中野さんや。又、木霊村へ来る道中で、何かに出会したのか。心配しちょったぞ」

「お久しぶりです凜お婆様。お元気そうで、何よりです。

はい、来る途中、ツキノワグマに遭いまして、少しだけ手こずりましたが、何とか仕留めることができました。場所は、トンネルの向こう側になります」

それを聞いた凜は、目玉を丸くして驚いていた。

「なんとまあ、中野さんは、木霊村の助け船のようじゃな。

前回の時も、村の畑を荒らし回っておった馬鹿猪を退治して下さり、今回も村の畑を食い荒らしていた迷い熊を、退治してくださったのか。

明日の大晦日、村の若い衆が熊退治に出向く準備をしていたところじゃよ」

凜がそう説明すると、家の中から美咲60歳が声をかけてきた。

「お義母さん、そんなところで立ち話などしていないで、中野さんを中に入れてあげてくださいな。ここまで一時間以上も、山道を上ってきて疲れているでしょうに」

凛は、その声に反応して、

「そりゃあ美咲さんの言う通りじゃわい。さあさあ中野さん、入ってくだされ」

中野と共に、亜門も間仲家に入っていった。

間仲家の玄関は、広い土間になっており、台所と兼用になっている。畳敷きでいえば、二十畳ぐらいはありそうな広さである。

土間の左側一面は、炊事場となっていた。土でできた竈が三つもあり、表面にタイルが張られた大きな流し台があった。

流し台には、水道の蛇口が二つ付いている。流し台の脇には、竈で使う薪が山積みとなっていた。

この薪で出る煤が、入り口の扉を黒く光らせているようである。

薪の横には、普通の家では見たこともない、業務用の大きな冷蔵庫が置かれていた。その横には冷凍庫もあった。

山間の村だけに、大きな冷蔵庫も冷凍庫も必需品なのであろう。

土間は家の奥へと続き、土の廊下が家の中を縦断している。

土の廊下の左右には、石の框が何個か置かれていて、その石のある場所が、そこの部屋への上がり口になっていた。

部屋の間仕切りは、全て障子である。

亜門が物珍しそうに、家の隅々を眺めていた。

土間には、凜と美咲しかいなかった。凜の息子の間仲史郎は、出掛けているようである。

中野はあらためて二人に挨拶をした。

「どうも一年三ヶ月前の時は、いろいろとお世話になり、ありがとうございました。お二人とも、お元気そうで何よりです」

それから亜門を自分の横に立たせると、二人に紹介した。

「こちらの女性が、僕の妻の亜門です。どうぞ亜門のことも、僕同様よろしくお願いいたします」

亜門も二人を交互に見ながら、可愛らしい笑顔を作り、丁寧に頭を下げて挨拶をした。

「中野亜門でございます。昨年主人がお伺いしたときは大変お世話になり、本当にありがとうございました。

今年のお正月は、木霊村で静養させていただくことになりました。どうぞよろしくお願いいたします」

凜と美咲が、亜門の顔をまじまじと見つめ、不思議そうな顔をしたのである。

「亜門さんとおっしゃるのか。四月朔日家の佳純ちゃんでは、ないのだよな？」

息を飲み込みながら、凜がそう聞いた。

凜の横で佇む美咲の顔も、驚きの表情をしている。

中野がその質問に答えた。

「はい、佳純さんによく似ているでしょうが、妻の亜門です。どうぞ、よろしくお願いいたします」

凜と美咲は、お互いに顔を見合わせ、それでも納得していない顔をしていた。

「そうか、佳純ちゃんではなくて、亜門さんとおっしゃるのか。それはそれは、失礼しましたな。あまりにもよく似ているものじゃからな。

ワシは間仲凜と申します。須崎真の祖母ですじゃ、よろしくお願いします。

こっちがワシの倅の嫁さんの、美咲と申します。木霊村の正月を、どうか楽しんでいってくだされ」

美咲もまじまじと亜門を見つめて微笑むと、

「亜門さんと、おっしゃるのね。素敵なお名前ですこと。私は間仲家の嫁の、美咲と申します。

　前回中野さんが来てくれた時は、本当にお世話になりました。どうか亜門さんも、木霊村のお正月を楽しんでいってくださいね」

　亜門は、もう一度丁寧に頭を下げた。

　中野は紙袋から手土産を一つ取り出すと、凛に手渡した。

「これは僕の地元取手市で有名な、甘味処のどら焼きです。どうぞ皆さんで、お召し上がりください」

「いつもいつもかたじけないのう。山道を登ってくるだけでもしんどいじゃろうに、有り難くいただきますじゃ」

　中野は笑顔を少しだけ、真剣な表情に変えて、

「後で、村のリヤカーを貸してください。ツキノワグマを、あのままにはしておけないでしょうから、引き取りに行きたいのですが」

　するとそれを聞いていた美咲が、笑いながら説明してくれた。

「中野さん、トンネルの向こう側ですよね。大丈夫ですよ。そこまで中野さんに迷惑はかけられませんわ。

　村の若い衆に声を掛け、引き取りに行ってもらいますから大丈夫です。

そうしますと明日の大晦日は、熊鍋が食べられそうですね。熊鍋は貴重ですし、精が付きますよ。村のみんなも、久し振りの御馳走に、きっと喜ぶことでしょう」

それを聞いた亜門は、驚きの顔をした。

「熊さんを食べるのですか………？」

しかしこれも中野からすれば、予想通りの展開だった。

前回、猪を退治したときは、村人全員で牡丹鍋として食したのである。

もちろん中野も、村人と共に牡丹鍋をいただいた。

木霊村で大型の獣類が捕れたときは、村人全員に分け与えるものと決まっているようである。

山奥の村であるため、タンパク質はとても貴重であるからに違いない。

そのルールを覚えていたので、やはりそうきたかと思った。

すると凜が、何やら不服そうに尋ねてきた。

「ところで中野さんや、なんぞ聞くところによると、今回は四月朔日家に宿を取るようじゃな。

佳純から、そう聞いておるぞ。何故、間仲家に、ワシの家に宿を取らんのじゃ」

中野は今来たばかりで、魔林坊のことを言って良いのかどうか迷っていると、凜が直ぐに核心を突いてきた。

「もしかしたら佳純の奴は、例の件を……魔林坊様の件を、中野さんに相談したのじゃろうか」

中野は凜の目を見つめて、同意するように頷いたのである。

「はい、そうです。凜お婆様にも相談して、了承を得ていると、手紙には書かれていました」

凜は下を向き、首を左右に振った。

「確かに、中野さんならば、何とかしてくれるかも知れんとは言ったと思うが、まさか本当に中野さんを呼ぶとは、思わなかったわい。

佳純も、余程、追い詰められているようじゃな」

「凜お婆様、よかったら魔林坊様について、詳しく教えていただけないでしょうか。僕には今一つ、わからないところがあります」

凜は大きく頷くと、中野と亜門を客間に上げた。

そこは土間に一番近い右側の部屋であり、もちろん和室で広さは八畳だった。中野はこの部屋に入るのが初めてである。

前回来た時は、この部屋の前を何度も通ったのだが、部屋の障子を開けることはなかった。

上がった部屋には床の間があり、掛け軸が掛かっていて、一目で客間とわかる部屋だった。

家具などは何もなく、ただ中央に大きな一枚板でできた座卓が一つ置かれていた。

しかし部屋には、あらかじめ火鉢が焚かれていて、いかにも中野たちがきたら、この部屋に通すよう準備していたようである。

部屋はとても暖かく、快適な温度と湿度になっていた。

火鉢の上には大きな薬罐がのせられ、甲高い音を立て湯気を噴いている。この薬罐が、丁度良い湿度を作り出しているのだろう。

凜がさっと上がり込んで、薬罐の蓋をずらした。

甲高い音は「ヒュ～」と一鳴きして、鳴り止んでしまった。

中野と亜門は客間に上がると、お揃いで着てきたベージュ色のダウンジャケットを脱ぐ。ホッと寛げた瞬間である。

中野は薄いねずみ色の厚手のトレーナーを着て、濃紺のジーンズを穿いていた。

亜門はピンク色の可愛らしいセーターを着て、濃紺のジーンズを穿いている。

凜と美咲が、二人の対面に座った。

凛は厚手の袢纏を羽織り、中にはこれも厚手で格子柄の着物を着込んでいた。

美咲は暖かそうな手編みのセーターを着て、モンペのようなズボンを穿いている。

二人とも暖かそうに見えた。

凛が亜門を見つめながら、

「確かに、こうして改めて見ても、佳純は亜門さんによく似ておるわい。

特に最近の佳純は、少し前と雰囲気も変わり、垢抜けてきおったからな。

前回中野さんが来られたときは、まだ、足も不自由で、髪の毛も短く可愛げもなかったのじゃが、姉妹の貴理子と志萠音を亡くし、長女の皐月が嫁いでからは、佳純一人になってしもうたため、それなりに奮起したのじゃろう。

いつの間にか足の不自由も治り、普通に歩けておる。目も、悪くないのに掛けていた伊達眼鏡も止めたようじゃ。

そしてインターネットや雑誌で、中野さんの特集を見たとき、横に映る亜門さんの姿を目にし、自分の顔や姿が似ていると感じたのじゃろう。

そこから女に目覚め、亜門さんを目標に、自分を変えてきたというわけじゃ。髪型から化粧の仕方までもじゃよ。

それじゃから、亜門さんによく似ているのは、当たり前なのかも知れん。

どうぞ亜門さん、これから四月朔日佳純に会うじゃろうが、悪く思わんでくだされ。この通り、頼みますじゃ」

そのように説明すると、凜は清く頭を下げた。

凜の言葉に美咲も続いた。

「本当、最近の佳純ちゃんは、亜門さんにそっくりになったわ。佳純ちゃんが目指していた女性とは、亜門さんだったのね。

八十喜知さんが亡くなったときから、佳純ちゃんなりにいろいろと考えて、自分自身を変えてきたわけなのでしょう。

でも、自分の顔が、亜門さんに似ているなんて、よく気が付いたものね。世の中には自分に似ている人が、三人はいると言いますけど、それは本当のことみたい。

見間違えるほど、そっくりに変わったのよ、佳純ちゃんは……」

正直に感想を洩らしていた。

二人の言葉を聞いて、中野の心に不安が過った。最初に佳純と亜門が似ていることに気付いたのは、中野自身である。

しかし一年三ヶ月前は、その事実に誰も気付いていなかった。

もちろん亜門のことを、知らなかったせいもあるだろう。

亜門とは髪型も違っていたし、佳純は伊達眼鏡も掛けて雰囲気も暗かった。

それらを全て排除して現れた顔が、亜門に似ていたわけである。

中野は仕事柄、変装を見破る訓練を積んでいたからこそ、気付くことができたのだった。

はたして佳純は、いつ自分の顔が亜門と似ていることに気付いたのだろう。

木霊村に亜門を同行させることになり、亜門と佳純を会わせることについて、それ程深くは考えていなかった。

ましてや自分であれば、いくら佳純が亜門に似せてきても、見破れる自信があった。当たり前である。中野亜門は、自分の妻なのだから……単純に、そう思っていた。

けれども木霊村に来る前は、佳純の実の姉である皐月がそっくりだと驚き、木霊村に着いてからは、凜と美咲がそっくりだと驚いている。

もしも中野自身、亜門と佳純の区別がつかなかったとしたら、それはそれで大問題となり、妻の亜門が二人居ることになってしまう。

そう考えると、何故だかわからぬが、恐ろしく不安を感じるのであった。

ある意味、中野の研ぎ澄まされた第六感が、警鐘を鳴らしているのかも知れない。

しかしとうの亜門は、何を聞いても笑っていた。

「そうでございますか。亜門がもう一人いるなんて、とても不思議でございます。早く、佳純様にお目にかかって、ご挨拶したく思いますわ」

中野は、亜門が動じないでいるので、今は余計なことを考えるのを止めることにした。

「凜お婆様、木霊村にくる前、皐月さんにお目にかかりました。とても元気にされていましたよ。

至極当然のことでしょうが、須崎課長の奥様になられたのだから、誰よりも幸せそうでした。そして以前よりも美しくなられたと思います」

まず初めに皐月のことを報告した。凜も嬉しそうに頷く。

「そうか、皐月は元気で暮らしておるのか。それはそれでいいことじゃて。まあ、真が旦那として側にいるのだから、何も心配することはあるまいて」

中野も笑顔で頷く。

「その時、魔林坊様について、ある程度は聞いてきたつもりです。

魔林坊様とは木霊村ができる前、当斗山一帯を根城としていた境魔一族の、守り神であったということですよね。

昭和初期の木霊村の住人が、昭和九十七年の正月には、本物の生け贄を捧げると、魔林坊様と約束を交わしたということも伺いました。

もちろん木霊村では、実際の生け贄を差し出すことはできないので、木彫り人形作りの技術、その全てを注ぎ込んだ花嫁人形を作り、魔林坊様に本物の生け贄の代わりとして、捧げるのだと聞いています。

いくら木霊村の人形作りが優れているといっても、本当にそれで厄を防げるものなのでしょうか。

もし魔林坊様が、本物の神であるのなら、僕には厳しい気もします。

いくら木霊村の技術が優れていても、人形では神の目は欺けないように思えるからです。

凜お婆様と美咲さんは、気分を悪くしないでください。

僕は決して木霊村の技術を、過小評価して言っているのではありません。

木霊村が作る花嫁人形は、世界一だと思っています。ですが、本物の人間の代わりを、木彫り人形で代用するのは、難しい気がしているのです。

いったい魔林坊様とは、何なのでしょうか。厄を司る神だと聞いてはいますが、その正体とは、いったい何なのでしょう。もしもご存知ならば、教えてください」

真剣な表情で、そう問い掛けたのである。

凛は下を向いたが、直ぐに中野を真っ直ぐに見つめてきた。

「確かに……中野さんのおっしゃる通りじゃろう。いくら木霊村の人形作りの技術が優れておっても、神の目は欺けんじゃろうな。

じゃがな、そうじゃからといって、本物の人間を生け贄として捧げるわけには、いかぬじゃろうて。

先程ワシは、八月朔日家の工房に行き、生け贄の代わりとなる木彫り人形の完成品を、この目で見てきたわい。素晴らしいできじゃった。木霊村の人形作りの中でも、確かに最高傑作じゃろう。

中野さんも亜門さんも後ほど、その目で見れば驚くはずじゃ。

だからといって、欺くのは難しいことも理解できる。

今は、やるだけのことをやってみんことには、結果はわからぬわい。八月朔日家の獅子雄さんも、そのように腹を括っておった。

後は運を天に任せるしか、仕方あるまいて。

中野さんは、魔林坊様の正体が知りたいのじゃったな。まずはそのことから説明しよう。

魔林坊様とは、境魔一族内で生まれた、奇形児のことなのじゃよ。顔が異常に大きく生まれてしまった男のことじゃ。

　その者は名前を真倫と名付けられ、二十歳になるまでは生きておったそうじゃ。

　しかし二十歳になると真倫は、村の娘を襲いだし、犯した上で絞め殺し、娘の肉を喰らったという。

　村の娘が三人犠牲になったところで、長老たちが真倫を、当斗山の洞窟に生き埋めにしたそうじゃ。

　そして七年が過ぎたとき、洞窟を掘り起こしてみると、真倫は骨だけになっておった。

　真倫の霊が彷徨い出すのを恐れ、その骨にお面を被せ、魔林坊様と名を変えて崇め奉ったのが、始まりだと聞いておる。

　娘たちを犯してから喰らった真倫も、真倫を生き埋めにした村人たちも、どちらもワシらからすれば恐ろしいことじゃがな。

　じゃから魔林坊様とは、厄の神と恐れられておるのじゃよ。千八十年もの昔から、この現代においてもな。

　そして今でも七年毎に行われる神生し祭の期間、魔林坊様はこの木霊村内を跳梁（ちょうりょう）跋扈（ばっこ）しておるといわれておる。そこまでしか、ワシも知らぬ」

と、教えてくれた。

中野は魔林坊の正体が、普通の人間であったことに驚き、それがかえってより一層の恐怖を感じさせたのである。

これも中野の第六感だが、魔林坊の厄は、必ず起きる予感がした。

だから自分は木霊村の見えない力に呼ばれ、此処に来たのである。そう思えていた。

もちろんこの場で口にすべきことではないので、そのことは黙っていた。

「それでは凜お婆様、次は八月朔日家へ、挨拶に行こうと思います。八月朔日家がすんだら、四月朔日家に向かいます。

今夜から年明けの四日まで木霊村に滞在し、宿は四月朔日家にてお世話になります。何か迷いごとが起きれば、直ぐに相談に参りますので、その時はよろしくお願いいたします」

そう伝えて、立ち上がると亜門を見た。

「亜門さん、それじゃあ八月朔日獅子雄さんに、ご挨拶に行きましょう」

亜門は微笑むと、脱いでいたダウンジャケットを羽織った。

中野も再びダウンジャケットを着ると、アタックザックを背負い、凜と美咲に頭を下げてから、間仲家を辞去した。

《6》八月朔日家へ

間仲家を出ると直ぐに亜門が問い掛けてきた。

「コウ様、先程凜お婆様がおっしゃっていた『チョウリョウバッコ』とは、どのような意味なのでしょうか？」

中野は亜門に振り向くと、

「跳梁跋扈とは簡単に言えば、悪い奴らが我が者顔で村中を歩き回っている、そういう意味だと思いますよ」

と答えた。亜門も納得したようで、

「悪い奴とは魔林坊様のことでございますよね。跳梁跋扈……亜門は新しい日本語を一つ覚えました」

そう言って、頷いていた。

木霊村には基本、間仲家以外は、二つの名字の村人しか存在しない。

四月朔日家本家とその分家が十家族前後、八月朔日家本家とその分家も十家族前後だと聞いている。

村人の人数は、百人ほどらしい。

これから向かうのは現在、木霊村の長老となった、八月朔日獅子雄が住む本家である。

四月朔日家本家の八十喜知が、今年の春に亡くなってからは、獅子雄が村の長老を引き継いだのだった。

村を二分する紫星川沿いの道を進み、最初に架かる龍雲橋を渡る。

紫星川の水面は、真冬の日差しを受けながらも、キラキラと光り輝いていた。けれどもさすがに寒そうに感じられる。

龍雲橋とは、橋桁以外は全て木材で造られた橋である。橋の左右の欄干には、横たわった龍が彫られていた。

右側の欄干には四月朔日家側から、八月朔日家側に向かって一匹の龍が横たわり、左側の欄干には、その逆方向に龍が横たわっている。

どちらの龍も、木霊村の木彫りの技術が高いことを、物語っていた。

橋のたもとには、どちら側にも『龍雲橋』と名前が彫られている。

龍雲橋を渡ると、八月朔日家本家の入り口に向かって飛び石が、等間隔で敷き詰められていた。

中野と亜門は、その飛び石を、ゆっくりと渡っていく。目の前には、八月朔日家本家の豪邸が見えてきた。

本家の両脇には、分家の建物が数軒ずつ並んで立っている。その分家の建物でさえ、取手市で見る住宅に比べれば、どれも豪邸だった。

それらの光景は中野にとって、懐かしくも感じられた。

本家の前には、大きな松の木が植えられている。手入れされた松の木は真冬であっても、傘を連なるようにきちんと切り揃えてあった。

屋根の軒先には二本の角を生やし、大きな口を開いた鬼瓦が、睨みを利かせている。

本家の造りは平屋建てなのだが、取手市で目にする普通の二階屋よりも、屋根の位置が高かった。

八月朔日家の玄関扉は、左右二枚ずつの四枚扉である。

前回訪れたときは、その扉が全て開かれていたが、今日はきっちりと閉まっていた。

中野は中央の右側の扉に手を添えて、そっと横へ開いてみた。重厚な扉のはずなのに、軽い力で開くのである。これも木霊村の施工技術の高さの表れであろう。

中野は顔だけを扉の中に入れ、大きめな声で呼び掛けた。

「八月朔日さん、取手市の中野です。ご挨拶に伺いました！」

すると女性の声が返ってきたのである。

「は〜い、少々お待ちくださいませ」

出迎えてくれたのは、獅子雄の妻、京子だった。

京子の年齢は、前回来た時もハッキリとは聞いていないのだが、多分45歳ほどであろう。しかしその見た目だけならば、三十代にしか見えない。

京子は濃紺のシックな着物を着て、えんじ色の帯を締めている。襟元に見える肌襦袢だけが白色で、大人の女性の色香を醸し出していた。

髪の毛は、長い髪を丸く一つに纏め、後ろ側上部で留めていた。両脇に垂らしている少量の毛先だけが、京子が動くたびに揺れている。

その姿がやけに色っぽく、中野は少しだけ焦ってしまった。

京子は上がり框の上で、しゃがみ込み片膝を突き、視線を合わせてきた。

そして微笑みながら、慎ましやかに頭を下げたのである。

「中野様、いらっしゃいませ。御無沙汰いたしております。遠い道のり、お疲れ様でございました」

中野も笑顔を見せながら、

「京子さん、こちらこそ御無沙汰しております。昨年の九月にお伺いしたときは、お世話になりました。本日から年明けの四日まで、四月朔日家でお世話になります。獅子雄さんに挨拶をさせていただこうと思い、伺いました。

それと今日は、僕の妻の亜門も連れてきています。僕同様、妻の亜門もよろしくお願いいたします」

京子は中野の後ろに隠れて立っている亜門に気付くと、一瞬、驚きの表情をした。

「佳純ちゃん……ですよね？」

小声でそう呟くと、中野の顔を再び見た。

「後ろの女性が中野様の奥様の、亜門さんなのでしょうか？」

戸惑いながらも問い掛けてきた。予想していたが、ここでもそうだった。

亜門は微笑みながら、中野の横に並び掛けると、可愛い声で挨拶をした。

「初めまして、京子様。中野亜門でございます。主人同様、よろしくお願いいたします」

中野は右手で頭を掻き、苦笑いをした。

「京子さんまで、見間違うのなら、相当似ているのでしょうね。今現在の四月朔日佳純さんと、妻の亜門は」

　京子は亜門を見つめ直すと、

「失礼いたしました、亜門様。特にここ最近……そうでございますね、三ヶ月前ぐらいからの佳純ちゃんは、見違えるように変わりました。

　右足が治ったことが、一番の要因だと思われます。今では坂道でさえ、普通に歩けているのですよ。それはそれで良かったことなのですが。

　佳純ちゃんは、昨年の事件の後からは、髪の毛も伸ばし始めました。

　その後、きっと何かで中野様の奥様である亜門さんのことを知ったのでしょう。そこからは誰を目標にしたらいいのか、わかったようで、一心不乱に亜門さんを目指していたようです。

　村の中で顔を合わすたびに、『私は中野さんの奥様の、亜門さんを目指しているのです』と、笑顔で話していましたので、そうなのかなとは思っておりました。ですがここまで似せているとは、思いもしませんでした。

　それ故、近頃見る佳純ちゃんは、亜門さんと瓜二つになってしまったようです。やっと、私にも理解することができました。

　長々と玄関先で失礼いたしました。どうぞ主人が、奥の客間で待っております。お上がりくださいませ」

京子からも、佳純の変貌について、語られたのである。

中野と亜門は、上がり框に靴を脱ぐと、京子に連れられて奥の客間に向かった。

塵一つない廊下を奥まで進み、灯りの灯る部屋の障子を開けた。

そこの部屋は、昨年の九月に来た時は、一度も入らなかった部屋である。畳敷きの八畳ほどの和室だった。八月朔日家の中では、狭い部屋の部類に入るのだろう。

そしてここでも、陶器でできた大きな火鉢が焚かれていて、上にのせられた薬罐が、気持ち良さげに湯気を噴いていた。きっと木霊村の冬は格別に寒いので、各家共、なるべく狭い部屋で暖を取り、寒さを凌いでいるのだろうと思えた。

案内された和室は、とても暖かく、居心地の良い部屋だった。

その部屋の火鉢の前で、八月朔日獅子雄が背中を向け、鉄箸で炭を突っついていたのである。今日の獅子雄は、髪の毛もきちんと整えていた。

冬用の厚手の作業服を着込み、暖かそうな藍色の袢纏を羽織っている。

袢纏の背中には白色で、『木霊村』という文字が大きく印刷されていた。

獅子雄は昨年と同じく、優しげな笑顔で出迎えてくれた。

中野は亜門を連れて獅子雄の正面に座ると、手にしていた紙袋から土産物を取り出し、挨拶をした。

「獅子雄さん、お久しぶりです。一年三ヶ月前は、大変お世話になりました。お元気そうで、何よりです。

　これは取手市の和菓子屋さんの、どら焼きになります。皆さんで、食べてください。今回は妻の亜門も、連れて参りました。

　年明けの四日まで、四月朔日家でご厄介になる予定です。よろしくお願いいたします」

　獅子雄は土産物を見つめると、直ぐに中野に視線を合わせた。

「中野さん、お久しぶりですな。中野さんも元気そうで、よかったです。わざわざ土産物までいただき、申し訳ないです。

　そちらの方が、奥様の亜門さんですか。確かに……最近の佳純ちゃんにそっくりですな。いやいや、そうじゃないか。佳純ちゃんが亜門さんに、そっくりなわけですな。中野さんがふざけた人だったら、佳純ちゃんを連れてきたのだろうと、怒鳴り飛ばすところですよ。それだけ、よく似ていらっしゃる」

　そう説明しながら、亜門を見て驚いていた。

　亜門は何処に行っても、同じような言葉を掛けられるのに、嫌そうな顔はみせなかった。むしろそのこと自体を楽しんでいるように、獅子雄に対しても微笑みながら、丁寧に頭を下げ挨拶をした。

「中野亜門でございます。獅子雄様、主人同様、よろしくお願いいたします」

その言葉を受けると、獅子雄が京子に向かって弟の大雅の嫁である和子も、呼んでくるように言った。

するとえんじ色の着物に、濃紺の帯を締めた女性と、二人で戻ってきたのである。えんじ色の着物を着た女性も、京子と同じ髪型をし、その顔は京子と双子のようにそっくりだった。

一つだけ違いがわかるのは、えんじ色の着物を着た女性の口元には、少し大きめの黒子があった。

この女性こそ、今は亡き獅子雄の弟、八月朔日大雅の妻、和子44歳である。

京子も和子も、全くの他人であるのだが、双子と言っていいほど、その容姿は似ていた。前回来た時から中野には、二人が他人であることが信じられなかった。

逆に獅子雄と大雅の兄弟は双子だったのだが、二卵性の双子であったがために、二人の容姿は全くと言っていいほど、似ていなかった。

獅子雄は体格も良く、男らしくワイルドな男性であり、逆に大雅はスマートで都会的に洗練された男性だったのである。

しかし妻として選んだ女性は、どちらもよく似た女性だった。その部分においては、さすが双子だと思える。

けれども京子と共に来た和子は、前回会ったときよりも、少しだけやつれていた。それは当たり前なのかも知れない。自分の愛した夫が、亡くなってしまったのだから……。

そして大雅の死因は、和子には知らせていない。確か、事故死として処理されたはずである。

獅子雄の右横に京子が座り、左横に和子が座った。

年齢的には京子の方が一つ上のはずだが、今見た限りでは、和子の方が老けて見える。それは仕方ないことだろう。中野は、そう思った。

和子を見つめながら微笑むと、挨拶をした。

「和子さん、御無沙汰しております。本日から年明けの四日まで、四月朔日家でご厄介になります。今回は、妻の亜門も一緒に連れて参りました。よろしくお願いします」

するとと和子も笑顔を見せて、

「中野様、こちらこそ前回来てくださった時は、いろいろとご迷惑をお掛けいたしました。本当に奥様の亜門さんは、佳純ちゃんにそっくりなのですね。間違って……いいえ、とても驚きましたわ」

そう挨拶したのだが、言葉尻は、何か意味ありげに聞こえた。

それでも亜門は、天真爛漫に微笑むと、頭を下げたのである。

「中野亜門でございます。和子様、どうぞよろしくお願いいたします」

一通り挨拶が済むと、獅子雄が笑いながら、注意を促してくれた。

「中野さんや、四月朔日家に泊まるのは構わんが、奥さんと佳純ちゃんが瓜二つだから、何かと面倒くさいことになるぞ。

まあ、佳純ちゃんがどう思っているのか俺は知らんが、今回中野さんを木霊村に呼んだのは、佳純ちゃんだと聞いておるからな。いくら神生し祭の順番が、四月朔日家だとはいえ、中野さんを呼んだとなると、何か考えているのかも知れん。

とにかく俺が言えるのは、中野さん、佳純ちゃんには気を付けなされよ。奥さんと間違えたら、偉いことになるからな」

冗談も交えながら、わざとそう言ったようである。

中野も笑いながら、獅子雄にお返しを言った。

「そういう獅子雄さんだって、京子さんと和子さんがこれほど似ているのですから、間違えることがあるのじゃないですか？」

中野は、あくまでも冗談のつもりで、そう言ったのである。

しかし獅子雄からは、予期せぬ答えが返ってきた。

「あるさ、京子と和子を間違えることは、俺でもよくある。だから今は、二人とも俺の女房だと思っているんだ。この意味がわかるか、中野さん。

もちろん日本の法律上の女房は京子だけだが、大雅があああいう形で亡くなり、一人残った和子を救えるのは、俺一人だけだと思っている。

だから木霊村内においては、俺の二番目の女房になってもらったのさ。和子には、まだ小学四年生の娘、木綿子10歳もいるからな。

俺と大雅には、同じ血が流れているんだ。そして俺と京子には、たまたま子供がおらん。だから大雅の忘れ形見も、俺の娘として育てることにしたんだ。和子も、京子も反対はしていない。

よその土地ではできぬことだろうが、木霊村においては、それができるんだよ」

答えを聞いて中野は驚いたが、ある意味、日本国内において唯一治外法権だと思える木霊村ならば、それも許されるのだろうと、思うことにした。

「そうですか……京子さんも和子さんも、納得されているのなら、それはそれでいいと思います。

ですが僕自身は、いくら妻と佳純さんが似ていても、間違えない自信があります。妻には、佳純さんに絶対にない物があるからです。そのことを知っている僕としては、間違えようがないのです」

中野は胸を張って、そう言い切ったのである。隣に座る亜門も、嬉しそうにそれを聞いていた。

中野が亜門にあって、佳純にない物の一つとは、亜門の左乳房上部にある痣のことである。亜門には平将門の紋章とされている九曜紋が、生まれながらに刻まれていた。中央に大きめの○が一つあり、その○を小さな八つの○が、取り囲んでいるのが九曜紋である。

九曜紋とは、火星、水星、木星、金星、土星、太陽、月の七曜に、計都星、羅ごう星の二星を加えたものと、言われている。

亜門の真っ白な左乳房の上に、５㎝ほどの紅い痣が刻まれていた。

そしてもう一つは、亜門の内に棲んでいるといわれている桔梗御前の魂である。先ほどトンネル内で、ツキノワグマに出会(でくわ)したとき、若干ではあるが見え隠れした女性のことである。

桔梗御前が亜門の表に現れたとき、亜門の身体からは恐ろしいほどの妖気が発散される。それは千八十年もの長き間、平家の女系の中を彷徨い続けた桔梗御前にしか表現できない、不気味な妖気だった。

その二つがある限り、亜門と佳純を見分けられると、中野は思っていた。

しかし後から気付くことになるのだが、それは中野のうぬぼれに過ぎなかった。

中野はこの後、亜門と佳純のことを何度も見分けられず、嫌というほど振り回されてしまうのである。けれどもこの時点では、まだ、そのことがわかる由も無かった。

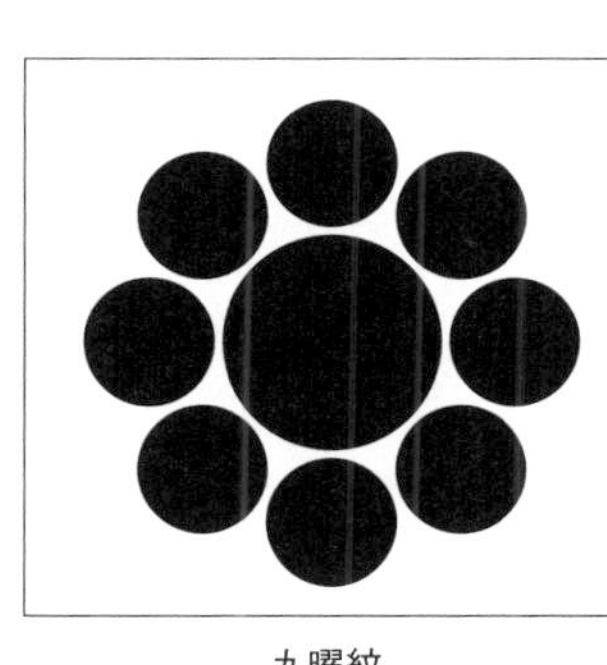

九曜紋

《7》そっくりな花嫁人形

中野の説明を聞いて、獅子雄が苦笑いをした。

「中野さん、男が女に抱く願望や希望なんて全て幻想さ。男が自分勝手に自分の欲望から照らし合わせ、そういう目で女性を見ているだけなんだよ。

中野さんが思っているほど女性は弱くはないし、中野さんが思っている以上に女性はしたたかな生き物なのさ。それは奥さんの亜門さんにもいえることだし、佳純ちゃんにも当てはまることだろう。それを忘れていると、これから痛い目に遭うぞ。

たとえ名探偵の中野さんといえどもな」

笑いながら、忠告をしてくれた。中野は獅子雄の言葉に頷くだけで、それ以上は反論もしなかった。その代わり質問をした。

「獅子雄さん、話は変わりますが、魔林坊様について教えてください。僕は皐月さんと、凛お婆様からは、このように聞いています」

そう前置きをして、今まで聞いてきたことを話してみた。獅子雄は中野の話を聞き

終えると、目をつぶり少しの間だけ考えていた。そしてゆっくり目を開くと、

「それ以外のことについては、俺も知らないな。七年前の神生し祭のときは、確か京子と和子の二人が生け贄の品々を持って、魔林坊様の洞窟に行ってくれたんだよな。その時は、どうだったんだ？

魔林坊様の洞窟の中に、正月の三が日の間だけは、男は入れぬことになっている。俺自身、普段の時でさえ、洞窟の中には入らずに、入り口から手を合わせるだけだからな。

何しろ境魔一族からの伝承では、魔林坊様は男衆が嫌いらしい。祠や鳥居を修繕するとかの、ちゃんとした用事がない限り、無闇に男衆が入るのは、御法度とされているんだ。

男衆が入ると、その年に厄が起こると畏れられている。八十喜知さんから、そのように教えられたんだ。

だからたとえ神生し祭であっても、若い女性に任せるしかないんだよ。

その前の神生し祭のときは、確か四月朔日家の皐月ちゃんが、妹たち三人を連れて行ってくれたはずだ。

皐月ちゃんは成人を過ぎていたが、貴理子ちゃんと佳純ちゃん、そして志萌音ちゃ

んの三人は、まだ10歳になったばかりの頃だったからな。

こんな年端もいかない娘たちに、神生し祭を任せて大丈夫だろうかとの不安もあったが、皐月ちゃんがついていたから、無事に済んだんだよ。

しかし来年度の神生し祭は、最も恐れていた苦しみ泣く年、そういわれている厄年に当たるわけだ。

だから佳純ちゃん一人になってしまった四月朔日家では、どうするつもりなのかと心配していたのさ。

すると中野さんを呼ぶことにより、奥さんの亜門さんまで呼び寄せたというわけだ。

佳純ちゃんなりに、いろいろと考えているのだろう。

京子と和子からは、魔林坊様について、何か補足することはないか?

もしあったら、中野さんと亜門さんに、聞かせてやってくれ」

京子と和子を交互に見て、そう言った。

京子が少しの間、思案していた。そして今までとは違い、魔林坊についてはあまり話したくはなさそうに、重たい口を開いたのである。

「正直言って、私や和子さんが、八月朔日家本家の嫁でなければ、魔林坊様の洞窟には入りたくもありません。あの洞窟に入ると、気温とは別に寒気はするし、言い知れぬ恐怖を感じるのです。

獅子雄さんは知らないでしょうが、いつの頃からか祠の左の壁には、魔林坊様の等身大と思われる人形が立っているのです。

その姿は正直一度見れば、夢に出てくるほど恐ろしい姿でした。

秋田に『なまはげ』という鬼がおりますでしょう。あのなまはげの顔が、身体の半分もある姿だと思ってくだされればわかりやすいです。

身の丈は……そうですね、獅子雄さんと同じぐらいありましたわ。

気のせいかも知れないけれど、生け贄の品々を祠の前に並べ終えたとき、魔林坊様の人形が動いたような気がしました。もちろん人形ですから、動くことはないのですが、それほど気が動転していたのだと思います。

だから和子さんと共に、一目散に逃げてきたことを覚えています」

その時の情景を思い出したようで、京子は自分の身体を両手で抱きしめ、震えていた。

和子の方も、京子の恐怖が伝わったのか、険しい顔に変わった。そして一言だけ、力無い声で呟いたのである。

「できれば二度と、魔林坊様の洞窟には近づきたくないです。魔林坊様のお姿は、この世の者とは思えないほど不気味なものであり、恐怖を感じたことを覚えています」

三人からの話を聞いた中野は、初めて佳純の考えていることがわかった気がした。

「そうか、今、僕にもわかりました。佳純さんは今回僕でなくて、自分に似ている亜門さんを、木霊村に呼びたかったのですね。

そして神生し祭のとき、佳純さんと共に亜門さんにも、魔林坊様の洞窟まで同行してもらおうと考えていた。

佳純さんは、四月朔日家の当主となった以上、神生し祭から逃れられない。逃げ出すことは、許されない立場である。

そのため下準備として、一年三ヶ月の歳月を掛けてまで、亜門さんに自分の姿を似せてきたというわけなのでしょう。きっと佳純さん一人では、苦しみ泣く年の神生し祭だけは、収めることができないと考えたのだと思います。

亜門さん、ゴメン、僕は今やっとここにきて、佳純さんの意図に気が付いたよ」

中野から謝られても、亜門は平然と笑っていた。

「コウ様、亜門は気付いておりましたから、大丈夫でございます。

佳純様のお手紙には、何かしらの思慮のようなものが込められておりました。

コウ様を無理矢理にでも木霊村へ、呼び寄せる必要があったのでございます。

さすれば亜門も、必ず付いてくると考えたわけでございましょう。それもわかった上で、亜門はコウ様と共に木霊村へ来たのです。ですから気になさらないで、くださいませ」

二人の話を聞いていた獅子雄が、中野と亜門に対し頭を下げた。

「きっと、佳純ちゃんの気持ちは、そういうことなのだろう。ここは一つ、中野さんも亜門さんも、木霊村存続のために力を貸してやってください。佳純ちゃんを……延いては木霊村を、守ってやってください。この通りお願いいたします」

獅子雄の心からの叫びに、中野と亜門は頷くことしかできなかった。

二人が了承してくれたと思った獅子雄が、ゆっくりと立ち上がった。

「中野さん、亜門さん。四月朔日家に行く前に、見といてもらいたい物がある。

魔林坊様に対し、一月三日の最終日に捧げる、生け贄の人形を。

木霊村の人形作りの技術、その全てを結集し作り上げた最高傑作の木彫り人形だ。

俺らにとっては、胸を張って見せられる自信作だ。

見た目だけならば、生きている者と区別がつかないと、俺は自負している。

裏の工房に飾ってあるから、付いてきてくれ」

獅子雄は、そう促すと部屋を出ていく。中野も亜門も、京子も和子も、獅子雄に付いていった。

廊下を更に奥まで進み、木霊村の人形作りの工房に向かう。

工房は四部屋が連なっている。

最初の部屋が事務所であり、二部屋めが木彫り職人が作業する部屋だった。

そして三部屋めが、木彫りの人形に衣装を作り着飾る部屋であり、四部屋めが梱包と出荷準備を行う部屋である。

中野たちが連れてこられたのは、三部屋めだった。もちろん今は、正月休みに入っているので、工房は使われていない。だから部屋の明かりは、全て消されていた。

更に入り口には、厳重に鍵も掛けられていたのである。獅子雄が懐から鍵を取り出し、扉を開けた。それから入り口脇にある照明のスイッチを入れた。

部屋の中には、暖房の類いは点いていないので、入るとヒンヤリとした冷気を感じる。

部屋の右隅には、花嫁衣装を着た、等身大の木彫り人形が立っていた。

人形は真っ白な白無垢を身に纏い、頭には角隠しを被り、伏し目がちに佇んでいる。

確かに、その佇まいからして、人形には見えなかった。まるで花嫁衣装を着た若い女性が、そこにいるようである。

中野たち五人は、人形の前に集まった。

人形は伏し目がちに下を向いているので、側までこなければ顔の作りは確認できなかった。

獅子雄以外の四人は、人形の側までくると、下から人形の顔を覗き込んでみた。

中野が、京子が、和子が、驚きの顔をして、隣にいる亜門を見つめた。

何と人形の顔は、亜門と全く同じ顔だったのである。

まさに瓜二つといっていいほどよく似ていて、とても素晴らしいできだった。肌の作りなどは、木彫りの人形とは思えないほどの質感である。

中野も息を飲むだけで、言葉が出なかった。それ程、亜門に似ており、人形には見えなかったからである。

今にも動き出しそうであり、直ぐにでも言葉を発しそうに思えた。

亜門自身も、この人形には多少驚いたようだ。しかし驚きながらも、何故か照れていた。

「嫌ですわ、花嫁人形まで亜門に似せて作られるなんて。でも、とても綺麗に作っていただき、それについては嬉しゅうございます。

コウ様と結婚式を挙げたときのことを、思い出してしまいましたわ。そして何だか、恥ずかしくてこそばゆくもあります」

と身を捩りながら、感想を洩らしたのである。

亜門にそっくりの人形を見たとき、中野には言い知れぬ不安が渦巻いていた。

もしここに佳純がいたなら、亜門が三人となってしまうのか？

そしてそれ自体が、年明けの一月三日には、現実となるわけである。正直、神生し祭が無事に、終わる気がしなかった。

魔林坊が本当に厄をもたらすのか、それとも三人となる亜門が、新たな事件を運んでくるのか、それも、今はまだ、わからなかった。

ただ中野の研ぎ澄まされた第六感だけが、警鐘を鳴らし続けるのである。

獅子雄が、人形の説明を始めた。

「この花嫁人形は佳純ちゃんの意向を汲んで、佳純ちゃんの顔を模写したものです。瞳は、ガラス細工で精巧に作りました。

人形には、首、腕の付け根、肘、手首、脚の付け根、膝、足首の十三カ所に関節を設け、自在に動くよう細工が施してあります。ですから人間がする大概のポーズは、できるはずです。

そして花嫁衣装は、亡くなった四月朔日貴理子ちゃんが着るはずだった、白無垢を手直しして着せてあります。

もちろん鬘も角隠しも、貴理子ちゃん用に拵えたものでした。

それらの衣装についても、佳純ちゃんからの提案だったのです。だから我々も、了承したわけです」

中野は亡くなった貴理子の衣装だと聞いて、更に驚いてしまった。しかもそれは佳純の提案だという。

佳純は魔林坊に捧げる生け贄の人形なのに、姉である貴理子の遺品を使う気持ちが、中野にはわからなかった。

亜門ならば、そういう状況で、はたしてそれを提案したのだろうか？

不安な気持ちが渦巻く中、中野と亜門は、八月朔日家を後にした。

《8》亜門と亜門？

時計の針は、夕方の五時を指そうとしていた。

夕方とはいえ、既に辺り一面は、闇に包まれている。十二月三十日、木霊村の日の入りは思っている以上に早い。

中野と亜門は、暗闇の中を手を繋ぎ、四月朔日家に向かって歩いて行く。二人の口から出る息が、白くなり始めていた。

木霊村を二分する紫星川を渡り、四月朔日家本家へと続く飛び石を渡っていった。

中野が亜門を見つめながら、あらためて説明した。

「亜門さん、これから向かう四月朔日家には、僕たちを木霊村に呼び寄せた張本人の、佳純さんが待っています。

念のためにもう一度言いますが、四月朔日佳純とは前回の事件の……犯人です。姉の貴理子さん、妹の志萌音さん、八月朔日大雅さんの三人を殺害した殺戮者です。でも佳純さん本人は、心因性記憶障害という病気のせいで、自分が犯した罪について、何一つ覚えていません。そのことを知った上で、当時の村の長老たち三人が、木霊村存続のためにと、事実を隠蔽しました。

ですから佳純さんが犯人だと知っていたのは、今は亡き八十喜知さんと、先程挨拶した獅子雄さん、凜お婆様、須崎課長、それと僕の五人だけでした。事件後に、須崎課長から聞いた皐月さん、僕から聞いた亜門さんの二人が増えただけです。

佳純さんには、三人が事故で亡くなったと話してあります。ですから絶対に、事実は話さないようにしてください。

もっともあの時の佳純さんは、木霊村の精霊に憑依されていた気がします。八十喜知さんも、同じようなことをおっしゃっていました。

木霊村の掟を破った者に、天誅を下す。

その使命のために佳純さんは、選ばれたのだと、僕は今でもそう思っています」

亜門は繋いでいる中野の左手を、強く握り締めながら、

「ええ、わかっております。事件について、話すつもりはございません。そして佳純様が、木霊村の精霊に憑依されていたことも、亜門からすれば他人ごとのようには思えませんので、理解しているつもりです」

「そう思ってくれれば、それでいいです。但し忘れないでもらいたいのは、佳純さんは三人もの人を殺めているということです。それだけは、心のどこかに留めておいてください。

それとその可憐なる殺人鬼の姿は、亜門さんと瓜二つなんです。これぱかりは、どうにもならないですけどね」

「コウ様、それらも含めて、全て理解しております。お願いでございますから、くれ

ぐれも佳純様と亜門とを、取り違えないようにしてくださいませ。

亜門の中では、そちらの方が不安でございます。そこまで佳純様が、この亜門に似せてきたということは、神生し祭のためだけではないようにも思えます。

悪くいえばコウ様を誑かすため、そのために策を練ったとも受け取れます。ましてや、このたびの宿は凜お婆様の間仲家ではなく、四月朔日家本家を勧めてきたのも、佳純様でございますよね。

もちろんそれは神生し祭の順番が、四月朔日家だからかも知れませぬが。けれども亜門には、それだけじゃない気もしております。

亜門と全く同じ容姿の、四月朔日佳純様。佳純様とコウ様が抱き合っていたとしましたら、それも浮気と呼んでいいものなのでしょうか？

コウ様は亜門と思い違いをし、佳純様を抱いている。亜門には判断が難しいでございますわ。

ですが、その光景を目にしたとき、きっと亜門は焼き餅を焼くのだと思います。心がザワザワと、波打つことでしょう。ですから、間違えないでくださいませ」

眉間に皺を寄せ、心配そうにそう言ったのである。

中野は自信なさげに微笑むと、

「もちろん間違えるつもりはないですよ。でも、亜門さんと佳純さんを見間違わないようにするため、ときには無茶をするかも知れませんけど、その時は許してください」

　そのような会話を交わしてから、四月朔日家の扉を開けた。

「今晩は！　大変遅くなりました。中野です！」

　中央の扉を横へ開き、中野が声を掛けた。

　すると廊下の奥の方から、聞き覚えのある声が返ってきたのである。

「は～い、今そちらに向かいますので、少々お待ちくださいませ」

　その声はまぎれもなく、亜門の声だった。

　声までも全く一緒であり、イントネーションまでも同じである。自分の妻の声を、聞き間違うはずがない。

　中野は思わず、自分の後ろに控えている亜門の顔を見返してしまった。亜門は確かに、自分の後ろに控えていた。

　しかし廊下の奥からも、亜門の声が聞こえてきたのである。

　そしてパタパタと音を立てながら現れた女性は、見紛うことなく亜門だった。中野は現れた女性を見て、絶句した。

髪型も、化粧の仕方も、着ている服の好みまでも、自分の女房である亜門と、全く同じだったのである。ここまで瓜二つだとは、中野の想像を遥かに超えていた。

上がり框に正座して、小首を傾げるその仕草まで、亜門そのものだった。

「コウ様、いらっしゃいませ。佳純は首を長くし、お待ちしておりました。一年三ヶ月前の九月のときは、大変お世話になりました。改めてお礼を述べさせていただきます。更に今回も佳純の無理な願いを聞いてくださり、本当にありがとうございます。どうぞ客間へ、お上がりくださいませ」

その声も、まさしく亜門なのである。更に佳純から、『コウ様』と呼ばれるのも初めてのことだった。

中野は生唾を「ゴクリ」と音を立てて、飲み込んでいた。師走で気温が低いはずなのに、中野の額には汗が滲んでいた。

佳純の姿、その声を聞いて、衝撃を受けたのである。

佳純はピンク色のセーターを着て、濃紺のジーンズを穿いていた。その服装までも、今日の亜門と全く同じであった。

中野の横に亜門が並んできた。この時初めて、亜門と佳純が直接対峙したわけである。

二人はお互いの顔をまじまじと見つめ合い、一瞬驚き合っていたが、直ぐに微笑み合うと同じ声色で、

「「佳純様、亜門様、初めまして、初めまして、亜門で、佳純で、ございます、ございます。

どうぞ、どうぞ、よろしく、よろしく、お願い申し上げます、お願い申し上げます」」

と、輪唱のように挨拶を交わしたのである。

そして二人して恥ずかしげに、「「ふふふふ……」」と笑い合っていた。

その光景を目の前で見た中野は、何故か恐怖さえ感じていた。

「どうぞ、客間に暖が取ってあります。お二人とも、お上がりくださいませ」

佳純が二人を、奥の客間に案内してくれた。

四月朔日家の客間も、八月朔日家で通された客間と同じ、八畳の和室だった。

やはり木霊村の冬は、小振りの部屋で暖を取り、寒さを凌いでいるようである。

客間には座卓と、冬用の厚手の座布団が三枚、それに暖を取っている火鉢の他には、何もなかった。

座卓の向こう側に、中野と亜門が座った。亜門は小振りのリュックサックを下ろすと、ベージュ色のダウンジャケットを脱いだ。ダウンジャケットの下には、ピンク色のセーターと濃紺のジーンズを穿いていた。これで簡単には、亜門と佳純の区別がつかなくなったわけである。中野の前に佳純が座った。正面の佳純と対面すると、尚更、亜門と瓜二つであることがよくわかった。

中野は、佳純に手土産を渡しながら挨拶をした。

「佳純さん、御無沙汰しております。お元気そうで何よりです。これは取手市の甘味処のどら焼きです。どうぞ皆さんで、食べてください」

「コウ様、こちらこそ御無沙汰しております。このたびは、無理をお願いいたしまして、誠に申し訳ございません。

奥様の亜門様にまで、御足労願い感謝しております。どうぞ、神生し祭の件、よろしくお願い申し上げます」

微笑みながら、座卓の上に三つ指をつき頭を下げたのである。

顔を上げると、亜門をチラッと見てから、

「まず初めに、今現在、四月朔日家本家において、私と一緒に暮らしている親戚の二人を、紹介させてくださいませ」

そう話すと、障子を開き、年配の男女が部屋に入ってきた。

「この方たちは、父八十喜知の弟夫婦でございます。私が一人では何かと不便なものですから、叔父と叔母に、一緒に住んでもらうことにしました。

叔父の名前は、四月朔日九十九（つくも）73歳です。叔母は紅葉（もみじ）、69歳です。二人には、私の食事や身の回りの世話についても、見てもらっています。

どうぞ、よろしくお願いいたします」

佳純の後方に座った二人は、中野と亜門を見てから頭を下げた。

亜門の顔を見たときだけは、やはり驚きの表情をしていた。

二人は年相応であり、優しい顔立ちをしている。この夫婦ならば、佳純も安心できるのであろう。中野には、そう思えた。

紅葉の方は直ぐに席を立つと、予め用意しておいたと思われる日本茶と和菓子を、おぼんに載せて運んできた。

中野と亜門の前に、お茶と栗饅頭を置くと、部屋から出ていった。二人ともいたって、無口である。

二人が出て行くと、その理由を佳純が教えてくれた。

「叔父と叔母は、二人とも声が出ないのです。ですから挨拶もしませんでしたが、それは許してくださいませ」

中野と亜門は納得したというように、佳純を見て頷いた。

佳純が微笑みながら、

「驚きましたでしょう、コウ様も亜門様も、佳純が亜門様に似ていることを。

一年三ヶ月前に不慮の事故が起きた時から、佳純の周りでは環境が、そして景色までもが一変してしまいました。四姉妹だったのに、長女の皐月姉様は嫁いでしまい、貴理子ちゃんと志萌音ちゃんは、事故で亡くなってしまったのです。

一人残された佳純は、このままでは四月朔日家が滅びてしまうと、不安になりました。一人しかいないのですから、佳純がしっかりしなければなりませぬ。

そんな時でございました。名探偵中野様の特集を、ネットの中で拝見したのでございます。そこには奥様の亜門様のことも、たくさん取り上げられておりました。

佳純は亜門様のお顔を見たとき、『あれっ？　このお顔……』どこかで見たことがあると、思ったのでございます。

ですが、それをどこで見たのか、直ぐには気付きませんでした。少しの時間をおいて、鏡に映る自分の顔を見たとき、そこに亜門様の面影を見たのでございます。

自分の顔と、亜門様の顔の作りが大変似ていることに、気付くことができたのです。それからは亜門様を目指し、自分を変えて参りました。もちろん見た目だけでなく、中身も含め全てでございます。声も話し方も仕草も、亜門様の一挙手一投足全てについて、真似させていただきました。

するとどうでしょう。佳純の人生が、明るくなっていったのでございます。どういうわけなのか、悪かった右足も完治し、杖をつくこともなくなりました。今では走ることも、できるようになりました。

周りの皆様からは、『明るくなった』『可愛くなった』『美しくなった』と、お褒めの言葉を、掛けていただけるようになったのでございます。

そうなりますと、佳純は更に亜門様に近づこうと、努力いたしました。その甲斐もありまして、こうして亜門様に似ることができたのです。

亜門様にとりましては、迷惑千万なのは、承知しております。ですが木霊村において、私、四月朔日佳純が生きていく上においては、どうしても必要なことだったのです。

いつかは亜門様に直接お目にかかって、説明させていただこうと、思っておりました。それがこのたびの、神生し祭だった次第でございます。申し訳ございませぬが、何卒、ご了承くださいませ」

と、これまでの経緯を正直に、話してくれた。

但し佳純は事件のことを、不慮の事故と言っていた。やはり真実は、隠されたままだったのである。

そしてこの時から佳純は、自分のことを佳純と呼び始めていた。これも亜門と同じだった。

しかし亜門に似せたことについては、今更どうしようもないことである。

だから中野も亜門も、それについては了承するしかなかった。

佳純はもう一度頭を下げると、中野をジッと見た。

「コウ様、魔林坊様のことは、よろしくお願いいたします。

もうお気付きのこととは思いますが、一月三日の最終日だけは、どうしても亜門様には同行していただきたいのです。佳純と共に生け贄の人形を持ち、魔林坊様の洞窟まで一緒に行ってくださいませ。

もし亜門様に許していただけるのなら、一月一日の生け贄の品々を奉納するときも、一月二日のお参りのときも、同行をお願いできればと思っております。よろしくお願いいたします」

真剣な表情で、頼んできた。

中野は、黙って佳純を見つめていた。それから優しい声で、尋ねたのである。

「佳純さん、最終日の一月三日だけならいざ知らず、一日も二日も同行して欲しいとは、何かあったのですか？

来年は、苦しみ泣く年の厄年に当たることは、僕も亜門さんも承知しています。

ですから最終日の一月三日は、亜門さんにも同行して欲しいことは伺っていました。

それなのに一日も二日もとは、どのような心境の変化があったのでしょう。

その答えによっては、亜門さんも一緒に行ってくれると思いますよ。何があったのか、正直に話してみてください」

佳純は、中野から視線を逸らした。

そして唇を強く噛むと、もう一度中野を見つめ直し、

「はい、コウ様には、誤魔化しが利かないことも存じております。実を申しますと三日前に、このような葉書が、佳純の元に届いたのでございます」

佳純は自分の座る座布団の下から、一枚の葉書を取り出し、中野の前にそっと置いた。葉書を掴む佳純の右手が、微かに震えていた。

《9》陰謀

中野は、その僅かな震えさえ見逃さなかった。
……佳純さんが脅えている……。
葉書の正面には、角張った太い文字で、
『　茨城県久慈郡大子町木霊
　四月朔日佳純　殿　』
と、書かれていた。
裏を返すと、同じく角張った太い文字で、
『山間に、長雨が降り続き、白いもやが降りてきた。
白いもやのせいで見通しが利かず、三人が命を落としてしまう。
たとえ天が授けた白いもやであっても、魔林坊様の荒魂は決して許さぬであろう』
と、書いてあった。

文字から見ただけでは、差出人が男なのか女なのか、区別は付きにくかった。どちらでもあり得る文字である。

文面からして、何かしらの意味がありそうにもみえるのだが、普通の人ではわからないであろう。

しかし、中野はその葉書に込められている意味に、直ぐに気付いていた。それはあまりにも恐ろしい意味だった。だから敢えて佳純の前では気付かないふりをした。

葉書を見つめたまま、白々しく問い掛けてみた。

「この葉書に書かれている文章には、どのような意味があるのでしょう。佳純さんには、何か心当たりはあるのですか」

すると佳純は、中野の目を再びジッと見つめてきた。

「コウ様、嘘は言わないでくださいませ。佳純には、文章の意味はわかりませぬが、けれどもこの葉書からは、邪念のようなものが感じられるのです。葉書が届いてからは、不安ばかりが募っております。お願いでございますから、葉書の意味を教えてくださいませ」

そう迫られても、中野からすれば、誤魔化すしか術はなかった。佳純だけには、正直に言えない。

佳純が葉書の意味に気付けないのは、心因性記憶障害という病気のため、己の犯行時の記憶を失っているからである。

ここで言ったら、木霊村の長老たちの今までの苦労が、水の泡になってしまう。だから言うわけにはいかない。

その代わり、別の返答を考えていた。

「佳純さんがそれほど不安ならば、亜門さんに一日も二日も、同行してもらうことにしましょう。それでどうでしょうか」

中野からの答えを聞いた瞬間、思わず佳純の頬に紅が差し、表情が綻ぶのがわかった。その顔さえも亜門とそっくりだったのである。

中野は自分の左横に座る亜門を見つめると、佳純側から見えない左目でウインクをし、合図を送った。

それからもっともらしく、

「亜門さん、そういうわけだから、一日と二日も佳純さんについていってあげてください。僕からもお願いします」

亜門は中野から合図を受けていたので、意味がわからず戸惑いながらも頷いていた。

亜門が承諾したと思った佳純は、尚更ホッとした顔をしている。

するとと中野と亜門に対し、

「長旅でお疲れでしょうから、どうぞお風呂に入って温まってきてくださいませ。出ましたら、夕食といたしましょう」と、風呂を勧めてきたのである。

そして今いるこの客間を、二人の宿部屋として使って欲しいと告げた。

中野と亜門は準備をすると、四月朔日家の風呂場へと向かった。

風呂場は客間を出ると、廊下を更に奥まで進み、突き当たりを左に曲がった右側にあった。

風呂場手前側の扉が、厠（トイレのこと）だとも教えられた。

亜門は先に厠へ行き、中野は風呂場の前で、亜門が出てくるのを待っていた。それから二人して、風呂場に入っていく。

脱衣所はそれなりに広く、壁も床も全て板張りで、木の温もりが感じられた。

大きな籠が二つ用意してあり、その中には揃いの丹前と浴衣が用意されている。

更に前回来た時、間仲家では用意されなかった、バスタオルもちゃんと入っていた。

中野と亜門は、脱衣所で服を脱いでいく。

中野が素っ裸になったところで、亜門はまだ、下着姿のままだった。

何を思ったのか、中野はいきなり下着姿の亜門に近づくと、少し乱暴にブラジャーを剝ぎ取ったのである。

亜門が「キャッ!」と、小さく悲鳴を上げる。亜門は咄嗟に、両手で胸を隠す。

中野は有無も言わさず、その両手を力ずくで引き剝がした。

亜門の真っ白な裸体が、仄かな灯りの下で浮かび上がってきた。そして左の乳房にある、九曜紋を目にすると、ようやく中野も落ち着いたのである。

中野とすれば、亜門と佳純を今直ぐ見分ける術は、これしかないと考えていた。

右手で頭を掻きながら亜門に謝り、説明をした。

「亜門さん、ごめんなさい。もしかしたら、どこかで佳純さんと入れ替わったのかも知れないと、僕は疑心暗鬼になっていました。だからその胸の九曜紋を、どうしても確認しなければと、焦っていたのです。本当に、ごめんなさい」

亜門は照れながらも、少しだけ唇を尖らせると、

「コウ様、そんなに亜門のおっぱいが見たいのなら、いつでも言ってくださいませ。特別にコウ様だけには、見せてあげますわ」

そう言って、両方の乳房を中野に見せつけたのである。

二人はその後、湯槽に入り、身体の芯まで温まってから風呂を出た。

ちなみに四月朔日家の湯槽は、総檜造りの豪華な浴槽だった。広さも余裕で四～五人は、浸かれそうである。

二人が客間に戻ると、そこには既に、布団が二組敷かれていた。

そして直ぐに、佳純が呼びにきた。

「コウ様、亜門様、大広間に夕餉の用意ができております。どうぞ、いらしてくださいませ。食事は、叔父も叔母も、御一緒させていただきますので、そこのところはご了承ください」

四月朔日家の夕餉は思いの外、静かだったが、並んでいた料理はどれも絶品で、とても美味しかった。

料理の主役は、小さな火鉢の上で湯気を立てている、しゃぶしゃぶだった。しかしそのしゃぶしゃぶの肉は、牛ではなく、なんと猪の肉だった。佳純の話だと、三日前に村の農園に仕掛けた罠に掛かった猪だという。

最初の一口を食べるまで、亜門は恐る恐るだったが、一口食べてから美味しいとわかると、喜んで食べていた。しゃぶしゃぶに入れる野菜類も、どれも新鮮で、とても美味かった。

中野と亜門が美味い美味いと言って食べると、叔父も叔母も嬉しそうに微笑んでいた。

最後の締めには叔父の九十九が、自分の手で捏ねたうどんを、鍋に入れて食したのである。うどんも腰があり、絶品だった。中野と亜門には、とても満足した夕餉であった。

叔父と叔母が、食事の後片付けに入ると、中野が佳純に提案をした。

「できれば明日の大晦日、魔林坊様の洞窟まで見に行きたいのですが、それは可能でしょうか？　一日から三日までの間は、男衆が近づくのもいけないと、獅子雄さんから伺いました。ですから明日、僕が自分自身のこの目で見て、どこかに危険な場所がないか、調べておきたいのです。前以て見ておけば、佳純さんも亜門さんも安心できると思いますが、いかがでしょう」

佳純は小首を傾げて、少しだけ考えると、

「それならば三人で行きましょう。行く途中には木霊神社がございますから、今年一年の感謝を伝えて、その後に魔林坊様の洞窟へ向かえば、いいと思いますわ」

「佳純さんがそれで良ければ、そういたしましょう。亜門さんも木霊神社には、まだお参りしてませんものね。木霊村の礎になっている、花嫁人形の歌詞が彫られた石碑もありますから、一度は見ておいた方がいいと思います」

これで木霊村の初日は、終わったように思えていた。

中野と亜門は、佳純に「お休みなさい」を告げて、二人の宿部屋に戻っていった。

布団に潜り込むと、時間はまだ夜九時を過ぎたところである。

けれども木霊村には、テレビもない。電気だけは通っているのだが、テレビを受信するアンテナがなかった。

もちろん普通のテレビアンテナだけならば、直ぐにでも取り付けられるのだが、ここまで山奥の村だと、大掛かりな中継施設を造らなければ、受信できなかったのである。そのため木霊村には、テレビは一台も置いていない。

但し、インターネットは通じているので、パソコン上で見られるテレビ番組は視聴できた。村人は、それで良しとして、暮らしている。

亜門が中野の布団に潜り込んできた。そして耳元で囁きだしたのである。

「コウ様、佳純様に届いていた葉書には、どのような意味があったのでしょう。亜門は秘密にいたしますので、教えてくださいませ。葉書を読まれたとき、コウ様の顔色が変わったことは亜門にもわかりました。佳純様も気が付いていたようですけど……」

亜門が横に来て、小声で聞いてきた。

中野は、亜門にだけなら教えてもいいと思っている。

けれども亜門の言うように、佳純も中野の顔色が変わったことに気付いていた。

中野は亜門を抱き寄せると、浴衣の襟元を無理矢理開き、再び亜門の左の乳房を見つめたのである。

初雪のように真っ白な乳房の上に、紛れもなく九曜紋の痣が見て取れた。

亜門の襟元を直してあげながら苦笑いをし、言い訳をした。

「亜門さん、ごめんなさい。最近息子の勝浩に、亜門さんのおっぱいを取られてしまったから、きっと僕は恋しくなっているのかも知れないな」

亜門も頬を赤く染めながら、

「嫌ですわ、コウ様ったら。照れてしまいますでしょう。でも……これでこうして、コウ様の胸に抱かれているのは、亜門だと信じてくださいましたか」

中野は亜門を抱いたまま、そっと唇を重ねた。

「そうですね、これで安心しました。先程の葉書に書いてあった意味について、どうしても佳純さん自身には、話せない内容だったので、念には念を入れたつもりです。すみませんでした。あの葉書には、このように書かれていましたよね。

『山間に、長雨が降り続き、白いもやが降りてきた。

白いもやのせいで、見通しが利かず、三人が命を落としてしまう。

たとえ天が授けた白いもやであっても、魔林坊様の荒魂は決して許さぬであろう』

これはある意味、四月朔日佳純に当てた警告文であり、いや、もしかしたら脅迫文と言った方がいいのかも知れません。

最初の『山間に、長雨が降り続き』とは、『木霊村において、不祥事が続いている』と言っているのだと思います。

次に『白いもやが降りてきた。』とは、紛れもなく佳純さんのことを指しているのです。長雨のせいで、降りてきた白いもやとは、簡単に言えば、霞のことですよね。葉書の投稿者は、あえて遠回しに、そう表現したのでしょう。

それは佳純さんに、全てを言わなくとも、恐怖心を煽ることはできますからね。

現に佳純さんは、この葉書のせいで亜門さんに頼ってきているのだから、投稿者の意図した大部分は、成功したと言えるでしょう。

次の『白いもやのせいで、見通しが利かず、三人が命を落としてしまう』とは、一年三ヶ月前の惨劇のことを、ずばり表しているのです。

つまりこの葉書の差出人は、佳純さんが犯人だと知っているに違いありません。

そして最後の行の『たとえ天が授けた白いもやであっても、魔林坊様の荒魂は決して許さぬであろう』とは、この文章をそのまま受け取れば、いいと思います。たとえ長老たちが佳純さんを許しても、魔林坊様の荒魂は決して許さないと、言っているのです。

だから僕は、魔林坊様からなのか、それとも魔林坊様の名を騙る誰からなのかは、わかりませんが、佳純さんを狙っているのだと確信しました。まあ、普通に考えれば、後者の方だと思いますけどね。

それで咄嗟に、亜門さんも一緒に行ってくれると、言ってしまったのです。佳純さん一人では危険かも知れませんが、亜門さんが一緒ならば心強いですからね。

それに亜門さんのことは、僕が必ず守ってみせますから、安心してください。

このような説明で、わかっていただけましたでしょうか」

亜門も中野の説明を聞いて、納得してくれた。

そして今度は亜門から唇を重ねると、

「お休みなさいませ、コウ様」

と言って、自分の布団に戻っていった。

その後、亜門なりに葉書の意味を考えていたようである。

ごそごそと寝返りを繰り返していたが、少し経つと可愛らしい寝息が聞こえてきた。中野も、そのまま深い眠りに落ちていった。

真夜中、何かが動く気配を感じ、中野が目を覚ました。横に寝ていた亜門が、布団の上でモゾモゾと動いている。

中野が目を覚ましたことに気付くと、

「コウ様、起こしてしまってすみませぬ。亜門は、厠に行って参ります」

と小声で謝り、障子を開き出て行った。中野は寝ぼけながらも、

「足下に、気を付けて行ってきてください」と、告げた気がする。

すると今出ていったはずの亜門が直ぐに戻ってきて、中野の布団に潜り込んできた。

「コウ様、亜門は寒うございます」と呟き、唇を重ねてきた。

中野も寝ぼけていたために、そのまま唇を重ねて、亜門の身体を優しく抱きしめてあげた。

しかし中野は、何かしらの違和感を覚えた。それは気にしなければ気にならないほどの、些細なことだった。亜門の唇の感触がいつもより、いくらか硬く感じたのである。

それを確認しようとすると、急に亜門は布団から抜け出し、

「もう一度、厠に行って参ります」と告げ、部屋から出ていったのである。

するとすぐに亜門が戻ってきた。そして先程と全く同じように、

「コウ様、亜門は寒うございます」と言って、再び中野の布団に潜り込んできた。

確かに今潜り込んできた亜門の身体は、冷たく冷えていた。

そしてビデオを巻き戻したかのように、唇を重ねてきたのである。唇も冷たく冷えていたが、感触はいつものように柔らかく感じた。

中野は三度、亜門の浴衣の襟元を開き、亜門の左の乳房を見つめた。そこには誇らしげに、九曜紋の痣が見て取れた。

中野は不安なまま亜門を抱きしめると、そのまま二人は眠りに落ちていった。

翌朝中野が目覚めると、亜門はまだ腕の中で、すやすやと眠っていた。

夕べの亜門は、はたして亜門だったのか？　それとも佳純が忍び込んできたのか？

寝ぼけていた中野には、その真相はわからなかった。

モヤモヤとした気持ちのまま、大晦日の朝を迎えたのである。

《10》魔林坊様の洞窟

朝食も大広間に用意されていた。

今朝は中野と亜門、それと佳純の三人で食べた。叔父夫婦は、一緒には食べないようである。

中野を見つめる佳純の視線が、なぜか今日はまぶしく感じられた。

それ故、中野はなるべく佳純と視線を合わせるのを、意識的に避けていた。

朝食のおかずは、イワナの甘露煮と生卵、海苔の佃煮と自家製の豆腐、きんぴらごぼうが具のお味噌汁、それと銀シャリだった。

イワナの甘露煮は、とても柔らかく煮てあり、頭の先から骨まで全て食せた。

中野も亜門も、旅館に泊まったような朝ごはんなので、いつもより多めに銀シャリを食べ、大満足の朝食だった。美味い美味いと、中野がおかずを誉めると、佳純も嬉しそうに微笑んでいる。

朝食が済んだ一時間半後の午前十時に、三人は木霊神社に向かって、出発する手筈となった。

中野は部屋に戻ると、アタックザックから小振りのリュックサックを取り出し、必要な物を詰め込んでいる。その中には新たにアルミ弾六発を装填した、バントラインスペシャルも忍ばせておいた。

しかし銃身が長いためリュックサックの入り口からは、15㎝ほど飛び出しているのだが、布袋には入れてあるので、見ようによっては、折りたたみ式の杖にしか見えないだろう。

そのほかにも、超強度繊維のスペクトラガードで編まれた細引きのロープ、同じ素材で編まれた手袋とLEDの懐中電灯、それらもリュックサックに入れておいた。

後は佳純に頼んだ、ペットボトルのお茶も三本、詰めたのである。

亜門はまるでハイキングに行くような気分で、鼻歌を口ずさみながら、うっすらと化粧を施していた。

但し首には、祖母の紀伊より授かった、双呪の勾玉を掛けていた。勾玉のおかげで、亜門と佳純の区別がつくと、中野は安心していた。

三人は予定通り、十時に四月朔日家を出発した。

亜門は昨日と同じ、ピンク色のセーターに濃紺のジーンズを穿き、ベージュ色のダウンジャケットを羽織っている。

すると佳純も亜門と全く同じ服装をしてきたのである。まさかダウンジャケットまで、ベージュ色の同じ物を持っているとは驚きだった。

もう中野にとっては、亜門が首から下げているエメラルドグリーンの勾玉しか、見分ける術は無かった。

夕べのように部屋の中であれば、胸の九曜紋で見分けることもできるのだが、この寒空の下で、それを行うことは、どう考えても無謀なことだった。

『何事も間違いが起きないで欲しい』

そう願うことしか、今の中野にはできなかった。

佳純と亜門が先頭に立ち、おしゃべりをしながら進んでいく。

後ろから二人を見守る中野からすれば、亜門と佳純は一卵性の双子にしか見えなかった。いや、きっと万人からも、そのように見えることだろう。

学年でいえば亜門の方が一学年上のはずである。

二人は少女のように、キャッキャッと笑い合いながら、山道を登っていく。随分昔から知り合いのように、仲がよろしい。

まあ、これだけ姿形が似ていれば、気心が合うのも理解できる気がする。

そして佳純の右足は、完全に治っているようだ。

自分が変わりたいと強く思い、美しくなり、自信がついたことで、自然と治癒したのかも知れない。それは中野にとっても、唯一の安心材料だった。

道の左側に村を二分する紫星川を横目で見ながら、木霊神社へ続く一本道を上っていく。

今日は大晦日だというのに、天気も良くのどかな日和なので、村内では時間がのんびりと進むように感じられた。

山道を歩いていると、心の底から空気が美味いと思える。

中野は前を歩く二人に注意しながらも、いつのまにか緊張も和らいでいた。

時計の針が十時四十分を過ぎたとき、木霊神社の鳥居が見えてきた。それは朱色に輝く、大鳥居である。

鳥居の前に立ち、亜門がうっとりとした表情で呟く。

「まあ、随分と立派な大鳥居でございますこと。そして辺りには、神聖な空気が漂っておりますわ」

それは亜門らしい感想だった。

鳥居の前に立ち、神聖な空気を感じられるのは、やはり平家の血筋である亜門だからなのかも知れない。

中野からすれば、空気が冷たく美味いとは思えるが、神聖な空気が漂っているなんて感じることはできなかった。

亜門は佳純に連れられて、石碑の前に向かった。

「亜門様、この石碑には童謡の花嫁人形の歌詞が刻まれております。

皆様の知る花嫁人形の歌詞は、五番までしかないのですが、木霊神社の花嫁人形の歌詞は、八番まであるのです。

佳純が皐月お姉様より聞いた話ですと、四月朔日家本家四代目当主の吉左衛門様の妻、美景様が追詞されたということです。

この花嫁人形の歌詞の御陰で、木霊村は木彫りの花嫁人形を、作るようになったといわれています。ですからとっても有り難い石碑だと、伺っております」

２ｍ近くある石碑には、達筆な筆文字で一行ずつ、花嫁人形の歌詞が刻まれていた。

『花嫁人形』

一、金らんどんすの帯しめながら　花嫁御寮はなぜ泣くのだろう

二、文金島田に髪結いながら　花嫁御寮はなぜ泣くのだろう

三、あねさんごっこの花嫁人形は　赤いかのこの振袖着てる

四、泣けばかのこのたもとがきれる　涙でかのこの赤い紅にじむ

五、泣くに泣かれぬ花嫁人形は　赤いかのこの千代紙衣装

六、招かれざる者　内輪の情け　花嫁御寮はなぜ泣くのだろう

七、呼んで呼ばれた物の怪御子は　互いを見つめて涙を溢す

八、いにしえ伝える文金島田　守らにゃならぬと古苔恥じる

中野はもちろん一年三ヶ月前の惨劇が、この花嫁人形の歌詞になぞらえて起きたことを知っていたし、亜門にも話しておいた記憶がある。

だから亜門が、余計なことを言わないか、少し心配していた。

しかし当の亜門は、佳純の説明を聞いて、真剣に頷くだけだった。忘れているのか、それとも演技をしているのか、中野にはわからなかった。でも、それでいいと思っていた。

次に佳純は木霊神社の社まで亜門を案内すると、二人してお賽銭を投げ、手を合わせていた。

二人に後れを取った中野は、その後にお賽銭を投げ、手を合わせたのである。

すると佳純は、中野と亜門に向かって微笑むと、

「魔林坊様の洞窟に行くためには、開かずの門を開けるための鍵が必要となります。ですからそれを取って参りますので、このまま少々お待ちくださいませ」

そう言い残すと、社の入り口の障子を開き、中に消えていった。

中野と亜門は、賽銭箱の前から、社の中を覗いていた。

佳純は社に奉られている御本尊の観音様に跪き、手を合わせていた。

木霊神社の御神体は、阿仁山と当斗山、そして紫星川である。それとは別に社の中

には、御本尊の仏像が奉られていた。

その仏像は、樹齢千年と云われた杉の大木から、初代の村人たちが手彫りした観音様の像である。

観音様のお顔は、穏やかな微笑みを見せており、右手は優しげに肩の高さまで上げ、木の葉を持っている。

しかしその左手には鞭のようなものを持ち、鞭の先には大きく口を開けた龍を従えていた。これは慈しみと、強さを兼ね備えた観音様ということのようである。

佳純は観音様の像に対し、手を合わせ終えると、足下に平伏す龍の鱗を触りだしていた。

佳純の行動に興味を抱いた中野が、そっと社の中に入り込み、佳純の背中側から覗き込んだ。

佳純の目の前には、三枚の鱗が横に並んでいるのが見えた。鱗の大きさは、おおよそ6㎝四方もある。更に三枚の鱗には、何やら穴が空いていた。

左側にある鱗には左端上部に一カ所、中央の鱗には左下部に一カ所、右側の鱗には左端上下に二カ所、直径2㎝ほどの丸穴が空いていた。

佳純は何やらブツブツと独り言を呟きながら、鱗の前にしゃがみ込んでいる。

中野が自分の後ろにきたことなど、気付いていないようだ。

佳純は鱗に空いている穴に、右手の人差し指を差し込むと、穴自体を左右上下に動かし始めた。

左側がすむと、中央の穴にも指を入れ、左右上下に動かす。それがすむと右側の穴にも指を入れて、やはり同じように左右上下に動かしていた。

すると三枚の鱗の下側が10㎝ほどせり出してきて、引き出し状の入れ物が現れてきた。引き出しは横幅が20㎝、深さが5㎝ほどだった。

その中には、何と三種類の鍵が入っていた。

佳純の背中から、中野が声を掛けた。

「へえ～っ、この鱗は、そういう仕掛けになっていたのですか。まるで神奈川県箱根町の寄せ木細工にも似た、秘密箱みたいですね」

中野の声に驚き、佳純が振り返った。

「駄目ですわ、コウ様！　この引き出しのことは、四月朔日家本家と八月朔日家本家だけの、秘密事項となっているのです！

でも……コウ様でしたら、致し方ありませんわ。秘密にしておいても、いずれわかってしまうことでしょうから。ですが、誰にも話さないでくださいませ」

怒った顔をしながらも、話し終わりには笑っていた。その笑顔も亜門とそっくりである。

「もちろん、誰にも言いませんから、心配しないでください。その三つの鍵が、魔林坊様の洞窟に向かうための鍵なんですか？　随分と厳重なんですね」

答えながらも、中野は少し不安げな顔をした。

「ええ、そうでございます。木霊神社から更に道を上って行くと、少し進んだところに大きな門が立ち塞がり、それより先は立入禁止区域となっております。

たとえ村人が管理のために入るだけでも、四月朔日家本家か八月朔日家本家の承諾を得てからでないと、入山できないのです。

それだけ魔林坊様の洞窟に繋がる道は、厳重に管理しております。

今日は四月朔日家十四代目当主、四月朔日佳純が同行いたしますので、問題はございません。

もちろん昨夜、八月朔日獅子雄様にも許可は得ておりますので、大丈夫でございます」

佳純は真面目な顔で、説明してくれた。

すると中野は、ある一点を見つめながら、尋ねてみた。

「佳純さん、つい最近この鱗に触り、引き出しを開けましたか？」

　佳純は首を傾げながら、

「いいえ、一年前にお父様より、当主の引き継ぎを受けた時以外、触れてはおりませぬが……どうしてでございましょう」

　中野は「そうですか」とだけ呟き、それ以上その件については触れなかった。

　しかし中野は、佳純が気付かなかった、あることに気付いていたのである。それはある意味、中野の心をざわつかせていた。

　しかしこの場で話すべきことではないと判断し、黙認したのである。

　佳純が手にしていた三つの鍵には、それぞれに札が下がっており、『天』『空』『海』と黒文字で記されている。

　その三つの鍵を持って、佳純は社を出た。

　中野も続くと、社の前では亜門が空を見つめていた。

「亜門さん、どうかしましたか？　空なんか見つめて、何か飛んでいたのですか」

　亜門は中野に視線を移すようにして、

「いえいえ、何でもございませぬ。木霊神社のこの位置から、お空を見つめていますと、とてもお空が高く美しく、清々しい気持ちになっておりました。それだけでございます」

可愛らしい声で、そう微笑むのである。

中野も亜門から教えられたように、空を見上げてみた。確かに木霊神社の上空は、雲一つない青空で、とても気持ちよく感じられた。

中野もあらためて、胸いっぱいになるまで、空気を吸い込んでみた。冷たい空気だが、取手市の空気と比べると、酸素濃度が高い気がする。

ここまでは……木霊神社までは、気持ちが良かった。

しかしこの先には、世にも恐ろしい魔林坊様の洞窟が、口を開き待っているのである。

三人は木霊神社を後にして、大鳥居の前の道を、更に奥へと上っていく。

鳥居から五分程歩くと、そこには巨大な門が道を塞いでいた。中野も初めて見る光景だった。

その門は高さが３ｍ近くもあり、長さは紫星川の川岸ギリギリから、森の奥まで続いている。川面には、門柱から槍先のような金属棒も伸びていた。

門には、道の幅と同じだけ開く扉がついており、そこには『これより先、立入禁止』の札が下がっていて、扉には三カ所、鍵穴が設けられている。

一番上の穴の右脇には『天』の文字が、真ん中の穴の右脇には『空』の文字が、そして一番下の穴には、右脇に『海』と書かれ、左脇には『闊』の文字が書かれている。

それを見た中野が、

「成る程、この鍵穴には天空海闊（てんくうかいかつ）の意味があるわけですね。そういう気持ちで、ここから先は進めと諭しているのでしょう」

中野の囁きを聞いて、亜門が問い掛けた。

「コウ様、天空海闊とは、どのような意味があるのでございましょう。亜門にも、教えてくださいませ」

「そうですね、天空海闊とは確か、『人の度量が空のようにからりとしてて、海のように広い』というような意味だったと思います。

つまりこれより先へ進む者は、何を見ても何が起こっても、広い心で対応しろと言っているのだと思いますよ」

亜門は理解したようで、大きく頷いていた。しかしその顔に、笑顔はなかった。

佳純が三カ所に鍵を差し込み開錠すると、ゆっくりと扉が開いた。

その間も中野は、門の前の地面を、二人に気付かれぬよう観察していた。

又、何かに気付いたようである。中野の見つめる先には、人のような足跡が薄らと付いていた。足跡は、つい最近この門の前に、誰かがやってきたことを表している。そのことが再び、中野の心をざわつかせた。

三人は門をくぐり、立入禁止区域に足を踏み入れた。見えている景色は今までと同じで、左側には紫星川、右側には木々が立ち並ぶだけだった。

しかし、あきらかに漂う空気が違っていた。ここからは神域なのである。霊感などない中野でさえ、空気が変わったことを実感した。

亜門と佳純の顔も、あきらかに緊張している。

少し進むとその先には、『天空橋』と書かれた橋が架かっていた。横幅が2m程で、長さも3mほどしかない、アーチ状の小さな木製の橋だった。

今まで道の左側を流れていた紫星川が、ここで右方向にカーブし、道を横切って行く。どうやら紫星川の源流へと、続いているようである。

橋には欄干も手摺りもなく、ただ厚い板をアーチ状に組んだだけの簡素な橋だった。その中間に架かる橋板に、直接『天空橋』と書かれているのである。

天空橋を渡り、更に五分程進むと道が左へと緩やかに曲がり、目の前には少し開けた広場が現れた。広場の右側は深い森があり、周りには大きな岩もゴロゴロと転がっていた。

そして左側には何と、吊り橋が架かっていたのである。その吊り橋の立て札には、『境魔橋』と書かれていた。ここまで来て、初めて千八十年前に滅んだとされる、境魔一族の影が見えてきた。

向こう岸までは、長さが10ｍ程の吊り橋である。けれども幅は1ｍ程しか無く、人一人がやっと通れる幅しかない。

もちろん足下の敷板は全て木製であり、吊り橋を支えているロープは、金属のワイヤーなどではなく、繊維で編まれたロープのようである。

よく見れば、木綿の糸を何本も撚り集め強度を増しながら、直径5㎝ほどのロープに編まれていた。

吊り橋の上から下を覗くと、下に見える岩場までは15ｍ程の高さがある。もちろん落ちれば、ただではすまない。打ち所が悪ければ、命を落としてしまうだろう。

こちら側が阿仁山であり、向こう側が当斗山なのだ。つまりこの吊り橋こそが、二つの山を結ぶ役割を果たしていた。

佳純が中野と亜門に振り向き、

「この境魔橋は、定員が二人となっております。ですから亜門様と佳純が先に二人で渡りますので、コウ様は私たちが渡り終えましたら、お渡りくださいませ」

そのように説明してから亜門と手を繋ぎ、恐る恐る吊り橋を渡りだしたのである。

二人が吊り橋を進むと、思いの外、吊り橋が揺れた。

亜門が静寂を破り、「キャッ」と悲鳴を上げた。佳純の顔も、青ざめているのがわかる。

もしこれで風の強い日だったら、この吊り橋は渡れないだろうと、中野は思って見ていた。

二人が何とか向こう岸まで辿り着くのを見届けると、中野も慎重に渡りだして行く。体重73kgの中野が吊り橋を進むと、足下の敷板がギシギシと悲鳴を上げた。それでも中野は、何事もなかったかのように、簡単に渡りきってしまった。元々中野は、運動神経もバランス感覚も抜群に良かったのである。

しかし吊り橋を渡りきったところで、谷から吹き上げてくる風が、異様な音を響かせた。

「ウオオオオオオウ、ウオオオオオオオウ、ウオオオオオオウ」

それはまるで、魔物が吠えているようにも聞こえた。

亜門と佳純が左右から中野に抱きつき、同時に声を上げた。

「「コウ様！　コウ様！　亜門は、佳純は、怖いです、怖いです」」と。

中野は左右に亜門がいるような感覚に陥り、かなり戸惑った。

この状況を頭では理解しているのだが、左右から同じ声が聞こえてきて、身体がどちらの声にも反応してしまっている。

心を落ち着かせるように、一度深呼吸をしてから、

「大丈夫ですよ、亜門さん、佳純さん。今のは風の音ですから、心配いりません」

左右を交互に見ながら、そう説明した。どちらも同じ顔をして震えている。

二人は尚一層、中野の腕にしがみついてきた。もうどちらが亜門で、どちらが佳純なのか、中野の中ではわからなくなっていた。

吊り橋を渡りきったところも、少し開けた場所になっていて、正面は山肌であり、大きな岩が重なっている。

道はその大岩の右側を迂回するように、奥へと続いていた。道幅自体は２ｍほどもあるのだが、右側は断崖絶壁である。

三人は肩を寄せ合いながら、その道を進んでいった。

吊り橋から五分も進むと、突き当たりに達した。道がそこで終わっているのである。

道の終点の左横に、洞窟が口を開けていた。ここが魔林坊様の洞窟である。

洞窟の表口は幅が3m程で、高さは1・5mぐらいしか無い。

中野はリュックサックから、用意してきたLEDの懐中電灯を取り出すと、入り口から洞窟の中に向かって光を照射してみた。

洞窟は入り口こそ狭いが、中はそこそこ奥行きがあり、高さも入り口よりはいくらか高いようだ。

入り口から5m程先に、小振りの鳥居が立ち、その奥に小さな祠が奉られている。話に聞いていたとおり、鳥居は黒色だった。

懐中電灯の光をグルッと照らしてみると、祠の左側に魔林坊の姿をした人形が、不気味に佇んでいた。確かに、その姿は異様である。

顔の大きさが、身体全体の半分ほどを占め、赤茶色の髪を振り乱している。

懐中電灯の光でみると、顔の色は埃を浴び続けたせいで煤けているのか、殆どが真っ黒だった。ただ、大きな垂れ目だけが、光を反射して、時々光って見える。どうやら眼球には、ガラス玉か何かを嵌め込んでいるようだ。

口は大きく開かれ、下顎からは牙も生えている。

両手はとても長く、だらしなくダランと前方に垂らしていた。垂らした指の先は、地面すれすれまである。

身体の作りまではよく見えないが、足は短く顔の半分しかなかった。

魔林坊の大きさは、おおよそ1・8mぐらいだろう。とにかく異様で、とても不気味な姿であった。

この魔林坊の人形を製作する上で、元となったのは確か女性の夢である。

夢の中に出てきた魔林坊を言葉で伝え、それを形にしたのだから、ある程度は誇張されているのかも知れない。

それでも、もし、このような人間が本当にいたとしたら、それは奇形児と呼んでいいものなのか？　いいや、魔物……もしくは神にも見えていたことだろう。

千八十年前の境魔一族の村人は、今、中野たちが思っているように、恐ろしく感じていたに違いない。

その上で魔林坊は、村の娘たちを犯してから喰い漁るという、信じられない暴挙も行ったらしい。この洞窟に生き埋めにされ、それはある意味正解だったといえる。

中野は心の中でそう思い、手を合わせていた。

亜門と佳純は、中野の左右で震えている。

「コウ様、もう十分見ましたから帰りましょう。亜門は、何だかとても恐ろしいです。まるで今にも、あそこに立つ魔林坊様が動き出しそうで、寒気がしてきます。魔林坊様の横に、一月三日の日には、亜門と佳純様に似せた、あの花嫁人形を生け贄として捧げるのでございますよね。何だか、たとえお人形といっても、可愛そうに思えてしまいます。

魔林坊様の花嫁となる、亜門と佳純様のお人形……できるのなら避けたい気持ちでございます」

亜門の言葉に、佳純も頷いていた。

けれども佳純が、魔林坊の花嫁人形に、自分の模写を選んだのである。

中野がそう思っていると、それを見透かしたかのように、佳純が呟く。

「本来なら、佳純も魔林坊様の花嫁になるのは、たとえ人形といえども嫌でございました。ですが、どなたかが生け贄にならなければならないのなら、四月朔日家当主である、わたくし佳純が、それに応えようと考えたのです。

けれども今となっては、後悔しております。この洞窟であの花嫁人形が、半永久的に魔林坊様の慰み物になるなんて、可哀想すぎますわ……」

その言葉からは、佳純の四月朔日家当主としての覚悟が感じられた。

もう、ここまできたら、どうにもならないことは、三人とも理解している。

だから中野が、微笑みながら、二人に言い聞かせた。

「でも、そのおかげで、村に平和が訪れるのなら、致し方ないでしょう。大変だけど、今は明日からの三が日、亜門さんと佳純さんが、無事に神生し祭をやり遂げられるよう、祈るしかないですよね。

僕も三が日は毎日、吊り橋を渡るところまでは、二人と一緒に行きますので、何とか頑張ってください。それじゃあ、今日はこれで帰りましょう」

二人は黙ったまま頷くと、今度も中野に左右からしがみつきながら、歩き出したのである。

吊り橋まで戻ってくると、来た時と同じように、佳純と亜門が先に手を繋ぎ渡っていく。二人が渡りきると、中野が渡った。

そして天空橋を渡り、天空海闊門をくぐり抜け、しっかりと門に鍵を掛けてから、木霊神社に向かった。

佳純が木霊神社の社の中に、三個の鍵をしまうと、村への道を下っていく。

村の近くまでくれば、もう怖くないはずなのに、亜門も佳純も中野の腕にしがみついたままだった。中野はやれやれと思いながらも、二人を振り払わずにそのまま村の中心部まで、下りてきたのである。

《11》清めの塩

四月朔日家本家の前まで来ると、昨日は会えなかった凜の息子である間仲史郎62歳が、下りてくる三人を待っていた。

史郎の横には、初めて見る若い女性も、一緒に立っていた。

史郎が人の良さそうな笑顔を作り、まず初めに中野に声を掛けてきた。

「いや～中野さん、御無沙汰しております。昨年は、大変お世話になりました。お元気そうで何よりです。今日は両手に華のようですね。羨ましい限りです。

しかし、お袋と美咲からは聞いていましたが、奥様の亜門さんと佳純ちゃんは、本当に瓜二つですね。これほどまで似ているとは、思いもしませんでしたよ。

それで、どちらが奥様の亜門さんなのでしょう。申し訳ないが、私には見分けがつきません。名前を言っていただき、ご挨拶をさせてください」

すまなそうに言ってから、中野の左右の女性を交互に見た。

中野も笑顔を見せると、照れた顔になり
「史郎さん、こちらこそ御無沙汰しております。史郎さんも元気そうで良かったです。実を言いますと、どちらの女性が妻の亜門なのか、僕にも判断がつかないのです。亜門さん、自分から名前を言って挨拶してください。

凜お婆様のご子息、間仲史郎さんです。須崎課長からみれば、叔父さんに当たる方です」

そう紹介してから、再び左右にしがみつく二人を交互に見た。

するとまたもや、中野をあざ笑うかのように、

「「コウ様！　コウ様！　私が妻の亜門です、私が妻の亜門です」」

と、同時に声をかけてきたのである。

そのあと二人は、お互いに見つめ合うと「ウフフフフ」と笑い合っていた。

中野は参ったな～という顔をし、本当に困っていた。


左側にしがみついていた方が、中野の手を離し一歩前に出た。

「私が妻の亜門でございます。おふざけをしてしまい、申し訳ございませんでした。

史郎様、一年三ヶ月前の時は、主人が大変お世話になり、ありがとうございました。

主人同様、亜門のこともよろしくお願い申し上げます」

丁寧に頭を下げて、挨拶をした。それを見て、中野もホッとしていた。

史郎もそれを受けて、笑顔で亜門に挨拶をした。

けれども佳純だけは、まだ、中野の右手を摑んだまま、放さないでいた。

すると何を思ったのか亜門まで、中野の左手をもう一度握り締めると、佳純と同じ格好をとったのである。中野だけが、苦笑いをしていた。

史郎も愛想笑いを浮かべながら、自分の横に立つ、若い女性を紹介してくれた。

「あのう〜ですね。ギリギリ間に合ったと、私は思っているのですが、こちらの女性は、北茨城市関本町小川からわざわざ来てくださいました、京間梨琴さん24歳です。京間とは、京都の間と書き、梨琴は果物の梨と、お琴の琴を書き、梨琴と読むのだそうです」

京間梨琴と紹介された女性は、清楚で凜々しかった。黒く長い髪を、後ろで一つに縛り、水色のダウンコートを羽織っている。化粧も殆どしていないようなのに、それでも美しかった。身長は160㎝ほどで、そのスタイルは華奢である。ただただ、清楚という言葉が似合う女性に見えた。

但し中野だけは、亜門と初めて会ったときの、妖しい雰囲気も感じていた。

梨琴は、中野の目を真っ直ぐに見つめると、ゆっくりと頭を下げた。

「関本町小川の境魔稲荷神社で巫女をしております、京間梨琴と申します。中野浩一様、よろしくお願いいたします」

中野は、フッとあることに気が付き、

「取手市で探偵をしています、中野浩一です。こちらこそよろしくお願いいたします。北茨城市関本町小川と言いましたら、茨城県の中では一番北に位置していて、直ぐ向こう側は、福島県ですよね。

ある意味、この木霊村と同じような位置関係だったと、記憶しています。

京間さんの漢字は、京都の間と書くと伺いましたが、もしかしたら境魔稲荷神社の境魔とは、境魔一族の境魔じゃないのでしょうか」

梨琴は目を細めて微笑みながら、

「はい、その通りです。関本町小川とは、茨城県の中では最も北緯にあります。但し、木霊村ほど標高は高くはないですけど。

そして境魔稲荷神社の境魔とは、中野さんのおっしゃる通り、境魔一族の境魔です。私、京間梨琴は、その境魔一族の末裔なのです。

年明けのお正月は、我らの祖先であります境魔一族が、唯一、この世に残してしまった厄の神、魔林坊様が復活される年となります。

その魔林坊様を鎮めるために、七年ごとに行われてきた神生し祭、そして来年度の神生し祭こそ、苦しみ泣く年とも云われ、生け贄を捧げる約束の年なのです。

いくら約束事とはいえ、魔林坊様に対し、生きた若い娘を捧げなければならないわけです。そのためこちらの間仲様より、私共に力を貸して欲しいと頼まれました。私にどこまで手助けできるのか、それはわかりませんが、間仲様からの依頼を受け、木霊村へやって来た次第です。

何が何でも魔林坊様の神生し祭は、来年で終わらせたいと願っています。いいえ、最終章にしなければならないと思っています。微力ながら、私にも手伝わせてください」

力強く、そう言ってくれた。

すると中野の右手を握っていた佳純が手を離し、一歩前に出ていった。

「私が、四月朔日家十四代目当主、四月朔日佳純でございます。京間梨琴様、わざわざ木霊村まで御足労いただき、誠に忝く思います。本当に、ありがとうございます。村人を代表して、お礼を述べさせていただきます。

明日からの三が日、どうぞ私共に力を貸してくださいませ―

丁寧に頭を下げたのである。

梨琴と亜門も挨拶を交わすと、史郎が三人を八月朔日家へと誘った。

「中野さんと亜門さん、佳純ちゃんも一緒に、八月朔日家本家まできてください。獅子雄さん、京子さんと和子さん、それとお袋の間仲凜が、八月朔日家の客間で皆さんを待っています。

梨琴さんも含めた総勢九人で明日からの三日間、どう乗り切ればいいのか、話し合いをしたいと思っています。よろしくお願いします」

史郎に続いて、梨琴も中野たち三人も、八月朔日家に向かって歩いて行く。

歩きながら中野が梨琴に問い掛けた。

「梨琴さんは、境魔稲荷神社の巫女をなされているそうですが、それは境魔一族が作った神社なのでしょうか」

梨琴は目を伏せて、首を左右に振った。

「いいえ、世間からはそのように思われていますが、実際は私の祖父が起こした神社です。ですから境魔一族の末裔が起こした神社と、そう言えると思いますが、歴史的にはまだ新しい神社なのです」

正直に教えてくれた。

横に立ってひしひしと感じていたのだが、京間梨琴からは妻の亜門と同じ匂いがした。千八十年前から脈々と続いている家系。

亜門の実家である平家と同じように、京間家も平安時代中期からの長き時代を生き抜いてきた一族なのである。

そして誰もが尻込みをする厄の祭りに、敢えて火中の栗を拾うかのように、木霊村にきてくれた。それから考えても、京間梨琴は亜門のように特別な何かを、持っているのかも知れない。どちらにしても亜門や佳純への、力添えにはなるだろう。

中野は、そう考えていた。

八月朔日家の客間に入ると、既に四人が座卓の前で待っていた。

部屋の左右の隅には、火鉢がそれぞれ焚かれている。

外から入ってくると、部屋の中は思いのほか暖かく感じられた。

座卓の中央に八月朔日獅子雄が座り、その右横に間仲凜が座っている。

獅子雄の左横には、京子と和子の二人が並んで座っていた。

獅子雄の正面に中野が座ると、右横に佳純が座り、左横には亜門が座り、亜門の横に梨琴が腰を下ろした。

梨琴の正面に、つまり凜の横に史郎が座り、それで全員が腰を下ろしたことになる。

するとあらかじめ用意してあった、日本茶を急須から注ぎ、和子が全員の前に置いてくれた。

それを見届けると、獅子雄が話し始めたのである。

「とうとう大晦日となりました。苦しみ泣く年、昭和九十七年の元旦は、明日に迫ったのです。ここまできましたら、我々が先祖より言い伝えとして聞いていた通り、神生し祭を恙無(つつがな)くこなすしかありません。

つきましては、明日から三日間の行動予定を、ワシから説明いたします。それについての意見や、アドバイスがありましたら、いつでもおっしゃってください。

それと遅くなりましたが、こちらの京間梨琴さんについては、皆さんとのご挨拶はすんでおりますよね」

と、問い掛けると、一同が獅子雄を見て頷いていた。

「そうですか、それならば結構です」

獅子雄も頷くと、話を続けた。

「もう一度簡単に申しますと、京間梨琴さんは、境魔一族の末裔なのです。

ですから今日からの四日間は、私共、八月朔日家に客人として泊まり込んでいただき、神生し祭の全てを見届けていただくつもりでいます。

もちろん佳純ちゃんや亜門さんと共に、魔林坊様の洞窟へも同行してくださるそうです。そのため今回の神生し祭は、三人の巫女が奉納する形をとります。

皆さん、異存はないでよね。それでは行動予定を、説明いたしましょう。

一月一日の初日は、ここにいる九名で、木霊神社まで向かいます。

その時には、木霊神社に奉納する品の他に、魔林坊様に奉納する生け贄の品も、持っていきます。

初日のこの日の生け贄の品とは、人と同じように二本脚で歩く鶏肉、それと紫星川で捕れた鮎とイワナを三匹ずつ、それに木霊村で採れた大根と人参とゴボウを二本ずつ、それらのことを言います。

木霊神社に新年の挨拶が済みましたら、佳純ちゃんと亜門さん、それと梨琴さんの三人は、生け贄の品を持って、魔林坊様の洞窟に向かってもらいます」

そこまで獅子雄が説明すると、中野が意見を述べた。

「ちょっと待ってください、獅子雄さん。僕も三人と共に、吊り橋がある境魔橋のたもとまでは行くつもりです。そこから三人が帰ってくるまで、見守っています。そうさせてください」

中野がそう申し出ると、獅子雄が横に座る凛の顔を、ちらっと見た。

凛は獅子雄に振り向くこともなく、大きく頷いてみせた。

それを見た獅子雄は、中野に視線を戻すと、

「いいでしょう。しかしくれぐれも、吊り橋のたもとまでにしてください。それ以上の向こう側は、三が日の間だけ男衆の立ち入りが禁止となっていますからな」

中野は獅子雄を見て、

「了解しました」とだけ告げた。

「一日目は生け贄の品々を、魔林坊様の祠の前に並べ、お線香に火を付け、お祈りを捧げてください。それで初日は、終了となります」

初日の説明を終えると、獅子雄は一同を見回した。

何も意見がないとみると、そのまま二日目の予定を話し出した。

「二日目については、巫女の三人と中野さん、それとワシと史郎さんが、魔林坊様に捧げる花嫁人形を持って、木霊神社まで行きます。

その日は生け贄の花嫁人形を取り敢えず、木霊神社の社の中に置いておきます。

その後、巫女の三人と中野さんは、魔林坊様の洞窟へ向かい参拝だけしてきてください。

二日目は、巫女の三人が魔林坊様の祠の前で、お線香を焚き、手を合わせてくれるだけで結構です。お祈りを捧げてくだされば、それで良いのです。

もちろんこの日も中野さんが同行できるのは、吊り橋までです。たとえ何が起ころうとも、それだけは守ってくださいお願いいたしますよ」

獅子雄は中野だけを見て、念を押した。

そして直ぐに、最終日の説明を始めたのである。

「最終日の三日目だけは、巫女の三人と中野さんだけで、木霊神社に向かってもらいます。木霊神社から生け贄の花嫁人形を持ち出し、吊り橋まで中野さんも一緒に運んであげてください。吊り橋からは大変でしょうが、巫女たち三人で生け贄の花嫁人形を運んでもらいます。

洞窟についたら魔林坊様の人形の横に、花嫁人形を立たせてください。

最後に祠の前でお線香を焚き手を合わせ、お祈りを捧げてくだされば、それで神生し祭の一連の行事は、無事に終了となります。

簡単な説明となりますが、理解していただけましたでしょうか。

もし何か意見やアドバイスがありましたら、おっしゃってください」

するると京間梨琴が手を挙げた。

「今更、私がこのようなことを伺うのを許してください。

　私が祖父から聞いた話ですと、九十七年目に当たる厄の年だけは、生きている若い女性を生け贄の品として献上するのだと、理解しております。それが魔林坊様の厄から逃れられる、唯一の方法だと聞いてきました。もちろんこのご時世ですから、本物の生きている若い女性を献上することは、できないとわかっています。

　ですから木霊村の技術の粋を集めて作られた、花嫁人形を生け贄として献上するわけですよね。しかしその花嫁人形だけで、魔林坊様の厄から逃れられるのか、正直言って不安です」

　それを受けて獅子雄が、少しだけムッとした表情となった。

「もし、そうだとしたら、梨琴さんには何か他の考えがあるのでしょうか。あるのなら逆に教えてください。

　我々木霊村の人間は、知恵を持ち寄って、木彫りの花嫁人形でいけると判断したのです。そのために木霊村の技術を全て注ぎ込み、見た目だけならば本物の人間と区別がつかないほどの、花嫁人形を拵えたのです。

　梨琴さんの考えを伺いたいものですな」

　きっと獅子雄は、木霊村の人形作りの技術を、軽く貶(けな)されたと思ったようである。

しかし梨琴は、別に悪びれる様子も無く平然としていた。

「取り敢えず、私にもその花嫁人形を見せていただけませんでしょうか」

獅子雄も自信ありげに微笑むと、

「いいでしょう。その目で見てから判断してください」

受けて立ったのである。

獅子雄と梨琴、それと何故か中野と亜門と佳純まで、工房に向かった。中野ももう一度、花嫁人形を見てみたかったからである。

五人が工房に入り、そこに立つ花嫁人形を見つめた。

まず最初に梨琴が、驚きの声を上げた。

「この人形の顔は、佳純さんと亜門さんに、そっくりじゃないですか。まさか二人の顔を模写したということですか…………」

佳純が頷きながら、説明を始めた。

「誰かのお顔を参考にしなければ、生きている人間には近づけませんでしょう。

それ故、四月朔日家当主であるわたくしが、手を挙げたのでございます。

たとえ人形であれ、自分を模写した人形が生け贄として献上されるのは、誰であれ嫌でございましょう」

梨琴はその言葉を聞いて、佳純のことを見直した。

「確かにこの花嫁人形ならば、生け贄として十分通用すると思います。先程は、大変失礼なことを申して、すみませんでした。お気を悪くしないでください。私なりに、心配したものですから……」

梨琴は自分の発言の非を認め、素直に獅子雄に謝った。

獅子雄もいつもの獅子雄に戻ると、

「誰だって、自分の目で確かめなければ、信用できないものです。そういうワシだって、そうですからな。梨琴さんにわかっていただければ、それで結構です」

そう言って笑った。

獅子雄の性格は豪快であり、それでいて優しかった。

すると何を思ったのか亜門と佳純が、花嫁人形の左右に立ち、人形と同じポーズをとったのである。それを見たとき、中野は息を飲み込んだ。

何よりも恐れていた通り、そこには妻の亜門が三人いたのである。

獅子雄も梨琴も唖然としながら、その光景を見つめていた。

亜門と佳純だけが、「ウフフフフ」と微笑んでいる。

その時、再び中野は嫌な予感がした。探偵として研ぎ澄まされてきた第六感が、警鐘を鳴らすのである。警鐘を鳴らす時は、それでなくともよく当たるのだ。

その後、五人は工房を出て、客間に戻ってきた。工房での梨琴とのやり取りを、獅子雄が凜に説明をし、凜も納得したようである。

すると梨琴が、客間の全員に向かって話し掛けてきた。

「皆様、少しだけお待ちくださいませ。私から……いいえ、境魔一族から伝わるある物を、渡したいと思います」

梨琴は客間を出て、自分の泊まる部屋に戻っていった。そして小振りの紙袋を、重たそうに持ってきたのである。

梨琴は客間に戻ると、その紙袋の中から、入り口にジッパーが付き固く閉ざされているビニール袋を取り出した。袋の中には、更に小分けにされたビニール袋が、七袋も入っていた。小分けにされた袋にも、ジッパーが付いていて、入り口を厳重に閉ざしているのがわかる。

梨琴は、小袋を凜の前に一つ、獅子雄の前に一つ、佳純の前に一つ、亜門の前にも一つ置くと、残りの三つは、再び大きめのビニール袋に戻し、入り口を固く閉ざしたのである。

それから全員の顔を見回し、

「これは境魔一族の時代から我が京間家に伝わる、魔林坊様を鎮めると言われている『清めの塩』でございます。

この塩は、魔林坊様が苦手と言われている物を、三ヶ月もの間、漬け込んでから、一週間天日干しをして、乾かした物です。

魔林坊様が苦手と言われている物とは、鰯の頭、海鼠(なまこ)の内臓、烏賊の目玉と脚、それとニンニクと韮と沢庵、後はドクダミの葉っぱです。更に、境魔一族の時代から我が家に伝わっていた、魔林坊様の母上の物と言われている髪の毛です。

それらと同量の塩を混ぜ合わせ一度火に掛け、よく炒めてから、甕(かめ)に入れて漬け込んでおくのです。三ヶ月後に甕から取り出し、天日干しをしました。ですから、とても匂いがきつく、このような袋に入れておいても、若干匂います。

もし魔林坊様が現れて、悪さをしようとしましたら、この清めの塩を投げつけてください。さすれば一時的には、温和しくさせられると言われています。

本当に効くのかどうかは、私にもわかりません。けれども非常事態なわけですから、無いよりはましだと考えました。そう思ったので伝承通り、精魂込めて作ったつもりです。

境魔一族が代々、清めの塩の作り方を伝えてきたわけですから、私はそれなりに効果があると信じています。

皆様方は、お守りのつもりで、お持ちくださいませ」

そのように説明してくれた。

清めの塩は、全体がねずみ色をしていて、ところどころに黒色の何かが混じっていた。それは髪の毛なのか、烏賊の目玉なのかは、わからなかった。

梨琴より授かった清めの塩を持ち、午前の会合はお開きとなった。

獅子雄から今日の夜、八月朔日家本家において、年越しの晩餐会を開催すると告げられたのである。

ここに居る九人と、四月朔日家の九十九と紅葉（佳純の叔父と叔母）、間仲美咲（史郎の妻）、それと和子の娘である木綿子も同席すると言われた。

つまり総勢十三名だけの、小規模な晩餐会のようである。

昨年中野が初めて木霊村を訪れたときは、村人総出で歓迎会を開いてくれた。しかし今回は、前回とは意味が違う。

前回はまだ事件も起きてなく、これから起きるかどうかもわかっていなかった。

今回は明日の元旦から、神生し祭が始まる。

村人は、なるべく外出を控えなければならない。何しろ、明日からの正月三が日は、木霊村内を魔林坊様が徘徊すると言われているのである。

若い娘たちにとっては、恐怖の三日間となるわけだ。そのような状況で、大々的に晩餐会など開けるわけもなかろう。それがわかっているので、開いてくれるだけで、ありがたいと思わなければならなかった。

そして晩餐会のメインディッシュには、中野が退治した熊肉を使い、熊鍋が振る舞われると聞いた。熊鍋と聞いて亜門だけが一人、眉間に皺を寄せ怖がっていた。

晩餐会は十八時より八月朔日家本家で行うと、獅子雄は話を終わらせた。

その後、各自それぞれ自分の家に帰っていった。

《12》晩餐会

中野と亜門と佳純の三人は、龍雲橋を渡った地点で、凜と史郎と別れた。

梨琴からもらったビニール袋を眺めながら、亜門が呟く。

「梨琴様は、清めの塩とおっしゃいましたけど、ちょっぴり臭いでございます。

これだけ匂いのきつい清めの塩でしたら、魔林坊様でなくとも、鼻を摘んで逃げ出してしまいそうですわ。ねっ、佳純様も、そう思いますでしょう」

「ええ、本当に臭いますこと。きっと、清めの塩を手にして投げただけで、手が臭くなりそうですもの」

右側に佳純、左側に亜門が、中野にしっかりひっついている。

二人が中野を挟んで、顔だけ出して会話をするのだった。

「亜門様、一つだけお願いがございます。木霊村に滞在中だけで結構ですので、佳純がこうしてコウ様にしがみつくのを、許してくださいませ」

「許すも何も、もう佳純様は、そのようにひっついておられるじゃないですか。他の女性でしたら怒るところですが、佳純様だけは特別でございます。許して差し上げますわ。だってまるで、鏡に映した亜門が、そちらにいるようなんですもの。

何だか亜門が、本当に二人いる気がしております」

「亜門様、ありがとうございます」

そう話すと、またもや二人して「ウフフフフ」と笑い合うのである。

中野は、『もうどうにでもなれ！』そういう心境だった。

四月朔日家に帰り昼食を食べて、午後は三人で四月朔日家の蔵の中を見て回った。

亜門がどうしても、蔵を見てみたいと強く要望したからである。

四月朔日家本家の建物を、ぐるりと迂回して裏庭に出ると、その奥には白と黒に塗り分けられた、大きな蔵が建っていた。その佇まいは威厳もあり、だいぶ年数が経っているのが見て取れる。屋根の高さだけならば、本家の屋根よりも高い造りだ。

壁は白漆喰で真っ白に塗られている。明かり取りや換気のために設けられた、壁の上部にある窓枠と瓦屋根だけが黒色である。

正面にある鉄の扉が固く閉ざされていた。

扉の上にも、明かり取り用の格子窓が設けてあり、その窓も今日は閉じている。

入り口には、自然石を使った階段が五段、積み重ねるように置かれていた。

佳純が蔵の鍵を持ち、鉄の扉を開けた。中に入ると、古めかしい匂いがした。所謂、蔵の匂いという奴である。そこに置かれている道具類が、昔からの物だから尚更であろう。

亜門が物珍しげに蔵の中を見て回り、感心しながら呟く。

「これが四月朔日家の蔵の中でございますか。平家の蔵と違って、匂いがまだ新しいでございますね」

確かにそうである、中野は知っていた。

亜門の実家である平家の蔵は、もっと強烈に古臭い匂いがしていた。それに平家の蔵は、カビ臭い匂いもしていたはずである。

亜門がどうしても、四月朔日家の蔵の中を見たいと言ったのには、理由があった。一年三ヶ月前に起きた惨劇の中で、二番目に殺人が行われた場所だからであろう。そのことを中野より聞いていたので、見ておきたかったようだ。

蔵の入り口から見て、左奥には等身大の女性の人形が立っていた。その人形の顔は、のっぺらぼうの木彫りであり、かろうじて目や鼻の位置がわかる程度のものだった。着ている着物だけが、高級な品物だとわかる。

この人形こそが、木霊村の人形作りの歴史を知る人形なのではあるが、まだ、芸術品とまでは呼べない作品だった。

人形の胸元には懐剣が鞘に入った状態で挟まっており、右手は肘を曲げて少しだけ前に突き出す形を取っている。その先にある五本の指は軽く握られていた。本来ならば、その右手には懐剣が握られていたはずである。しかし今は、鞘に入れて胸元に収められていた。

その理由を中野も亜門も知っていた。本家の佳純だけが知らないのである。もちろん中野も亜門も、その理由を佳純に話すつもりはない。

しばらく見て回ると亜門も納得したようで、本家に戻ることにした。

それから三人は、交代でお風呂をいただき、晩餐会に向かう準備をしていた。

中野は念のために、小振りのリュックサックを用意し、バントラインスペシャルも持参することにした。

夕方の五時半が過ぎたとき、中野たち三人と九十九と紅葉の二人も一緒に、八月朔日家に向かった。


五人が八月朔日家につくと、既に間仲家の三人は到着していた。

史郎の妻である美咲は、京子や和子と共に八月朔日家の台所に立ち、晩餐会の料理の準備を手伝っていた。直ぐに亜門と佳純、叔母の紅葉の三人も台所に向かい、準備の手伝いを始めたのである。

八月朔日家の客間には座卓が二卓、縦方向に並べてあり、十三枚の暖かそうな厚手の座布団が敷かれていた。

客間の東西の隅には、陶器でできた大きな火鉢があり、炭が焚かれている。火鉢の上には、アルマイト製の大きな薬罐が、白い湯気を吐き出していた。

客間は思いのほか暖かく、座卓の上座には、八月朔日獅子雄があぐらを掻いて座っている。どうやら一人手酌で、日本酒を飲み始めているようだった。

凛と史郎、そして中野も座布団に腰を下ろした。

獅子雄の正面に中野が座り、獅子雄の横に凛が座り、その横に史郎が座った。

つまり着座位置は、既に決まっているようだ。

向こう側には、獅子雄、凛、史郎、美咲、京子、木綿子、和子の七人が座り、こちら側には、中野、亜門、佳純、梨琴、九十九、紅葉の六人が座るようである。

直ぐに京子が、大きな鉄製の鍋を持って現れた。これが熊鍋のようである。

物凄く濃厚な味噌の香りがしていて、ぐつぐつと音を立て煮えている。その熊鍋を自分が座る座卓の上に置いた。

鍋の下の鍋敷きは年季物のようで、所々塗装がはげており錆も見受けられる。

鍋を座卓の上に置いた時点で、客間の温度が1度高くなったような気がした。それ程、ぐつぐつとよく煮えている。

京子が笑顔で皆に話し掛けた。

「熊鍋、とても熱いですから、気を付けてくださいね。後で、私が皆さんに取り分けますから、それまでは少々お待ちくださいませ」

そう説明すると、再び台所に向かっていった。

その後、和子が、美咲が、亜門が、佳純が、紅葉が、それぞれ料理を手にして運び、直ぐに座卓の上には、豪華な料理が並んだ。

大人十一人が席に座ると、和子が娘の木綿子を連れてきた。木綿子は確か、小学四年生の10歳だと聞いている。顔立ちは和子に似ていて、可愛らしいというよりも、大人びていて美人である。大人の中に入り、少し緊張しているようだ。

それぞれのグラスに、ビールが注がれると、初めに獅子雄が挨拶をした。

「令和三年もいよいよ、本日をもちまして終わりとなります。

今年もいろいろありましたが、思えばあっと言う間に過ぎた気もいたします。

明日からの三日間は、神生し祭が始まります。

それも厄の年と言われている、昭和九十七年に当たります。

何としても無事に乗り切りたいと思っております。

そのために、こうして中野さん、亜門さん、そして梨琴さんにも来ていただきました。

今夜はそのお礼も兼ねて、思う存分飲んで食べていってください。

それでは乾杯の音頭は、凜さんにお願いいたします」

凜は少しだけ渋い顔をすると、ビールの入ったグラスを右手で持ち、

「明日からの神生し祭は、このワシでさえも経験したことのない祭りじゃて。皆様方、どうぞ幾重にも注意して、無事に乗り切ってくだされ。

神生し祭が何事も無く終わるように、乾杯といたしましょう。それじゃあ、乾杯！」

「乾杯！　乾杯！　乾杯！　乾杯！」

皆が声を揃えて、グラスを合わせた。

乾杯がすむと、京子と和子の二人が、熊鍋を取り分けてくれた。

本日の料理は、鮎の甘露煮、ワカサギの天ぷら、野菜の天ぷら、里芋の煮っ転がし、こんにゃくの味噌田楽、後は漬物類である。どれも味は絶品で、中野と亜門は、舌鼓を打っていた。熊鍋も臭みなどなく、とても美味しい肉だった。

亜門は熊鍋に箸を付けていたが、熊肉だけは中野のお椀にそっと寄こしていた。

佳純はそこだけは亜門と違い、熊肉も美味しそうに口に運んでいる。

梨琴も恐る恐る熊鍋を食べ始めたのだが、途中からは美味しいと言って、むしゃむしゃと食べていた。

和子の娘木綿子も、不思議そうな顔で熊鍋を食べている。美味しいとわかると、少女らしい笑顔を見せていた。

晩餐会では神生し祭の話は一切なく、誰もが意識的に、口を閉ざしているようである。

終盤になり和子と木綿子がトイレに立った。時計の針は夜の八時半を指していた。すると木綿子だけが一人、先に客間に戻ってきた。おおよそ、その五分後、和子の悲鳴が上がった。

「キャ〜〜〜〜〜〜〜！」

それはまさしく、絹を裂くような女の悲鳴である。談笑していた全員の箸が止まった。

中野はその悲鳴に反応すると、トイレに向かって駆け出していた。亜門と佳純も中野に続く。

長い廊下を進み、突き当たりを右に曲がったところで、和子がしゃがみ込んでいた。正面にあるトイレの扉は、開いたままである。

扉の前の廊下にしゃがみ込み、和子が震えていた。

中野は和子の横にしゃがむと、震える和子の肩にそっと手を置いて、優しく声を掛けた。

「どうされました、和子さん」

和子はチラッと中野を見たが、直ぐに目を伏せて、唇を震わせている。顔色は、真っ青になっていた。

中野はもう一度優しい声で、

「どうされたのでしょう。もう、大丈夫ですよ」

そう声を掛けた時、亜門と佳純も、その場所に到着した。二人は中野の脇から、心配そうに和子を見つめている。

和子は生唾を飲み込むと、震える左手を差し出し、トイレの奥を指差したのである。そして脅える声で呟いた。

「トイレの上の窓から……誰かが覗いていたのです。その顔は、忘れられるはずもありません、間違いなく……ま、ま、魔林坊様でした……」

そのまま和子は、中野にもたれ掛かるように、気を失ってしまった。

中野の後ろの二人も、魔林坊と聞いて「キャ！」と悲鳴を上げた。

中野は亜門と佳純に向かって、

「和子さんをお願いします！」

和子の身体を二人に任せると、トイレの中に入っていった。

しかし直ぐに中から出てくると、今度は、

「亜門さん、僕は外を見てきます！」

そう叫ぶと、廊下を再び全速力で駆けていってしまった。

二人はポカンとしながら、中野の後ろ姿を見送っている。

中野は、客間の横を通り過ぎるとき、

「トイレの前で、和子さんが倒れています。早く見てあげてください！」

京子に向かって叫びながら、玄関に向かった。玄関にあった突っかけを履くと、そのまま飛び出し、八月朔日家の建物の裏側へと駆けていく。

途中には懐かしい竹製の縁台があった。一年三ヶ月前のとき、星を見ながら佳純と会話した場所である。その縁台を通り過ぎ、八月朔日家の裏側へと回った。

トイレの裏側と思われる場所までくると、そこの前でいきなり止まった。

少し手前から、辺りを慎重に見回してみた。トイレ上部の小窓には、僅かながら灯りが漏れている。それ以外は、漆黒の闇だった。

八月朔日家本家の裏側は、一面畑になっていて、その向こうは森である。どこにも人影は見えなかった。

中野は誰もいないとわかると、呼吸を整えて、その場所を冷静に観察し始めた。

トイレの窓の下に近づくと、まず最初に足下を凝視した。しかしその場所の地面は、硬いのがわかる。最近雨らしい雨も降っていないため、地面はからからに乾いていて、固まっているようだ。もしこの場所に人か、もしくは別の何かが立っていたとしても、足跡は見つけられないだろう。

明かりの漏れる小窓の下に立ち、その窓から中を覗こうと試みたが、中野の身長では見ることができなかった。

もちろん飛び上がれば、かろうじて覗くことはできるだろうが、普通に立ったままでは到底無理なのである。

身長が２ｍ以上ある人間ならば、覗くことは可能かも知れない……。

しかしここで中野には、ある疑問が湧いてきた。

それは今日の午前中、洞窟で見た魔林坊の人形の大きさである。確か、大きく見積もっても、身長１・８ｍほどだった。つまり１・78ｍの中野と、それ程大差は無いはずである。それなのにこの窓から覗いていたというのか？

何かの台にでも上って覗いたというのか？　もしそうだとしても、この付近には、台になるような物は、何一つ見当たらない。

更に魔林坊は、何のためにトイレの窓から中を覗いていたのだろう。

まさか前以て、和子が入っていたことを知っていたのか？

八月朔日家のトイレは男女兼用である。和子だけでなく、獅子雄や史郎も使用する。覗いた時が、たまたま和子だったというのか？　それは偶然にしてもできすぎている。

和子がトイレに入る前には、中野も使用していた。その時は、何も見えなかった。

その場で佇み、しばらくの間考えていたが身体が冷えてきたので、客間に戻ることにした。

すると亜門と佳純が、向こうからやってくるのが見えた。

どうやら中野を心配して、来てくれたようだ。

「コウ様、コウ様、大丈夫で、大丈夫で、ございますか、ございますか。何かいましたか？　何かいましたか？」

相変わらず二人は、かける声がシンクロしている。

中野は思わず笑いながら、

「はい、大丈夫です。何もいませんでした。寒いから部屋に戻りましょう」

と、声をかけて、三人で客間に戻っていった。

客間に入ると和子もそこにいて、獅子雄や凜にトイレの窓から何を見たのか、震える声で説明していた。

和子の話を梨琴も、真剣な表情で聞いている。

梨琴は先程まで、お酒を飲み過ぎたようで、ウトウトと船を漕いでいた。

だから何が起きたのか、気付かなかったようである。

そこに中野たちが戻ってきて、外には誰もいなかったことを伝えた。

中野の説明を聞いた凜だけが、不思議そうに首を捻っている。

「いくら何でも、魔林坊様ではあるまいて。まだ年は明けておらぬからな。厄の神といっても、魔林坊様は神様じゃ。罷（まか）り間違っても、村の民との約束を破るような真似は、絶対にしないじゃろう。そう考えると、やはり誰かの悪戯に違い無いじゃろうが、はたして何の目的があったというのじゃ。

まさか、和子さんの裸を見たかったというのか。確かに、それは考えられることじゃがな。和子さんほどの別嬪さんならば、そう思う輩がおっても不思議じゃないじゃろう。

じゃがそれならば、あの厠には、ワシも入っておるからのう。ワシを覗いても、悪夢を見るだけじゃろうて。しかし偶然にしても、虫が良すぎるわい……」

そのように、感想を洩らしていた。それは先程、トイレの裏側で中野が覚えた違和感と似ていた。

晩餐会はその後、熊鍋を雑炊に作り直し、全員で食し、お開きとなった。

明日の元旦は、八月朔日家のこの場所に午前九時半集合となり、解散となった。

中野たち五人は晩餐会の後片付けを手伝い、それがすむと四月朔日家へと帰っていった。

令和三年の大晦日が、それぞれの胸の中に不安を残したかたちで、終了したのである。

《13》昭和九十七年一月一日

令和四年の日の出を迎えた。

元号を昭和で数えると、九十七年目に当たる年である。

朝の七時を少し過ぎていた。

中野の布団の中には、亜門も眠っていた。

右横で、すやすやと寝息を立てている。

亜門は夜中トイレから戻ると、『寒い』と言って潜り込んできたのである。

そのまま、眠ってしまったようだ。

中野も寝ぼけていたし、身体を寄せ合うと暖かかったので、熟睡してしまった。

そこまではいいだろう。

しかし左横にも何ともう一人、亜門が眠っていた。

もちろんそれは佳純に違いない。

中野は左右から、亜門と佳純に挟まれた状態で眠っていたようである。

目覚めたとき、溜息をつくことぐらいしかできなかった。

ここまで同じ行動をされると、正直、『もう、どうにでもなれ！』そういう気分になる。

ましてや亜門自身も、そのような佳純の行動を許している節がある。

最初の頃こそ亜門は、佳純様と間違えないで欲しいと言っていたくせに、今では一卵性の双子のように気心が通じ合い、わかり合っているように見える。

亜門からすれば、今日からの三日間、その間だけのことなのだからと、割り切っているのかも知れないが……。

中野からすれば、佳純一人よりも亜門と二人の方が、魔林坊に対抗できると考えていた。

しかし昨夜の晩餐会の出来事を考えると、魔林坊よりも佳純に葉書を送って寄こした謎の人物の方に、注意を払う必要があるのかも知れない。

だから亜門の側に、佳純がくっついている方が安心だと思う。

亜門が嫌がらないのであれば、中野は何も言わないつもりでいる。

八時を過ぎると、亜門と佳純は、ほぼ同時に目覚めた。

そして左右から中野にしがみついたまま、

「コウ様、亜門様、お早うございます」「コウ様、佳純様、お早うございます」

と、挨拶をし合い、微笑み合っていた。

中野は二人が起き上がるのを待ち、それからやっと大きく伸びをすることができた。

その後三人で朝食を食べ、九時十五分を過ぎたところで、八月朔日家に向かった。

八月朔日家につくと、夕べの客間には、亜門と佳純が着る巫女の衣装が用意されていた。

純白の浄衣と、鮮やかな緋袴であった。

梨琴は既に同じ内侍の衣装に着替え、準備がすんでいた。

京子も和子も、いつもよりも少し派手めの着物を着て、正月らしい華やかさを醸し出している。

凜は絣の着物を身に纏い、いつも通り凜としていた。

獅子雄と史郎は、いつもと同じ村の作業服を着て、その上から濃紺色の防寒着を羽織っていた。

二人は本日、魔林坊に捧げる生け贄の準備を、用意していたのである。

京子と和子は、木霊神社に捧げる御神酒や、お正月料理を準備していた。

その様子を見つめる中野に、凜が説明してくれた。

「普通の正月ならば、村の衆が思い思いに木霊神社を参拝するのじゃが、今日からの三日間については、家の中からなるべく外に出るなと、申しつけておる。

特に若い女性のいる家には、決して外に出してはいかんと、きつく言ってある。

じゃから村の衆は、一月四日になった時点で、木霊神社へと参拝にいくはずじゃ。

木霊村の今年の正月は、一月四日からということになるのじゃよ。

ここにいる九名だけが村の代表として、神生し祭を恙無く行えばいいわけじゃ。

中野さんや、佳純のことを守ってくだされ。

よろしく頼みますぞ」

中野は「はい」と、力強く答えていた。

すると佳純と亜門が、巫女の衣装に着替えて、皆の前に現れたのである。

全く同じ巫女の衣装を着た二人を、もう区別する方法は見つけられなかった。

亜門と思われる方が、唯一、その胸に双呪の勾玉を下げていた。

しかしそれさえも当てにはならない。

亜門が双呪の勾玉を、佳純に渡していたとしたら、大間違いとなるわけである。

亜門と佳純は、巫女の衣装の上に、ベージュ色のダウンジャケットを羽織った。

梨琴も巫女の衣装の上に、水色のダウンコートを羽織っている。

全ての用意が調うと、獅子雄が話し始めた。

「本来ならば、ここで新年の挨拶をするはずですが、今年は行いません。

神生し祭が無事に終了する、一月四日の朝に、村人全員が揃う場で行うつもりです。

今日からの三日間、皆様方には無理を申しますが、何卒、木霊村のために力を貸しください。よろしくお願いいたします」


それから九人は、各々荷物を持ち、木霊神社に向かって出発した。

木霊村の今朝の最低気温は、氷点下七度を指している。身を切るほど、空気が冷たい。吐く息も、真っ白である。

しかし天気だけは快晴であり、初日の出が木霊村を明るく照らしていた。

獅子雄と史郎が先頭に立ち、大きな籠を二人で持っている。

その後ろから京子と和子の二人が、肩から布袋を提げてついていく。

凜と梨琴が、厳しい表情のまま歩いている。

そして最後尾から、中野と亜門と佳純の三人が続いた。

亜門と佳純は、左右から中野を挟んで、右手と左手をそれぞれ握っている。

中野だけは、昨日からの小振りのリュックサックを背負っていた。

九人は木霊神社までの道のりを、殆ど会話らしきものもなく、到着したのである。

それは誰もが、不安に思っているからであろう。

獅子雄と史郎は、木霊神社の鳥居の前で持っていた籠を置き、社に向かう。

持っていた籠には、魔林坊への貢ぎ物が入っているため、木霊神社の中には持ち込めないようである。その行動を見ても、二人の気配りが感じられた。

京子と和子の二人は、木霊神社に貢ぐ物だけを持っていたので、そのまま社に向かった。

木霊神社の入り口となる障子を開き、獅子雄と京子、それから佳純が入っていく。

社の中に佇む観音様の前に、お正月料理と御神酒を並べ、三人で新年の挨拶を述べていた。

それがすむと佳純が、観音様の足下にひれ伏している龍の鱗から、魔林坊の洞窟に続く、天空海闊門を開くための鍵を取り出したのである。

三人が社の中より出てくると、今度はそこにいる九人全員で、木霊神社に新年の挨拶をした。

九人は鳥居の前までやってくると、獅子雄が中野と三人の巫女に向かって、神妙な顔で、頭を下げた。

「ここから先は、お願いいたします。

ワシらは、先に村へ戻っておりますから、お気を付けていってきてください。

よろしくお願いいたします」

中野たちも神妙な顔で頷くと、足下に置いてあった大きな籠を中野が一人で持ち、四人は木霊神社の更に奥へと上っていった。

鳥居から五分程進むと、そこには巨大な門が道を塞いでいる。

天空海闊門には昨日と同じように、『これより先、立入禁止』と札が下がっていた。

中野は門の前までくると、その場に跪き、地面の様子を観察していた。

そして立ち上がると、何故か、先程よりも険しい顔をしていたのである。

佳純が門の扉の三カ所に、鍵を差し込んだ。

一番上の穴の右脇には『天』の文字が、真ん中の穴の右脇には『空』の文字が書かれている。

そして下の穴には、右脇に『海』、穴を挟んで左脇には、『闊』の文字が書かれていた。

つまり天空海闊である。

梨琴だけは、この状況を見るのが初めてなので、不思議そうに佳純の行動を見つめていた。

門が開き四人は、立入禁止区域に足を踏み入れた。

昨日見た景色と同じはずなのに、更に異様な感じがしている。

ここからは神域と呼ばれる場所なのである。

亜門と佳純、そして梨琴までも、緊張しているのがわかった。

道の10m先には、『天空橋』が架かっている。

横幅が2mほどで長さも3mほどしかない、アーチ状の小さな木製の橋である。

天空橋の下を、紫星川がさらさらと流れていた。

四人は無言で天空橋を渡った。

更に五分進むと道が左へと緩やかに曲がり、目の前には少し開けた広場があった。

広場の右側は深い森であり、周辺には大きな岩が転がっている。

そして広場の左側には、吊り橋が架かっていた。

吊り橋には、『境魔橋』とある。

境魔橋の名前を見て、梨琴が感慨深げな表情になっていた。

ここで初めて自分の先祖と言われている、境魔一族に繋がる文字を見たからであろう。

境魔橋の袂まで来ると、ここから先へは中野は同行できない。

大きな籠を、亜門と佳純に渡しながら、

「亜門さん、佳純さん、梨琴さん。もし不測の事態が起きてしまったら、大声で助けを呼んでください。

たとえ魔林坊様との約束を破ったとしても、僕が必ず助けに向かいますから！

三人が無事に戻ってくるまでは、僕はここを動かずに待っています。

だから心配しないで行ってきてください」

中野がそう話すと、三人は大きく頷いた。

佳純を先頭に亜門、そして梨琴が吊り橋を渡っていく。

その背中を中野が一人、心配げに見送っていた。

佳純と亜門は籠が重たいと思っていたので、途中で左右入れ替わり、籠を持ち直したりもした。

それを見ていた梨琴は、二人が入れ替わっても景色は変わらないと思い、顔には出さずに笑ってしまった。

吊り橋を渡り終えると、少しだけ開けた場所になっていて、正面は山肌であり大きな岩が重なっている。

その大岩の右側を迂回しながら、険しい道が続いていた。

道幅は２ｍほどもあるのだが、右側は断崖絶壁である。

三人は肩を寄せ合いながら、進んでいった。

吊り橋から五分も歩くと、突き当たりに達した。道がそこで終わっている。

突き当たりの左横には、洞窟の入り口が見えていた。魔林坊の洞窟である。

洞窟の入り口は幅が３ｍほどで、高さは１・５ｍぐらいしかない。

三人は入り口でお互いに顔を見合わすと、大きく息を吸い込み「せ〜〜の！」と声を揃えて、同時に洞窟の中に入っていった。

三人は黒色の小さな鳥居を抜けて祠の前まで来ると、籠から生け贄の品々を取り出して、祭壇に並べた。

中央に人間と同じく二本脚で歩く鶏肉を置き、右側には紫星川で捕れた鮎とイワナを三匹ずつ並べた。

左側には、木霊村で採れた大根と人参とゴボウを、それぞれ二本ずつ置いた。

それがすむと、お線香に火を付けて、祈りを捧げたのである。

中央に佳純が、右端には亜門が、左端には梨琴が跪き同時に手を合わせていた。

その時だった。

左端に座る梨琴だけが、その異変に気付いたのである。

洞窟の左壁に佇んでいた魔林坊の人形が、微かに動いたように見えた。

「人形が動いた！」

梨琴がギョッとしながら呟く。

佳純と亜門は、視線を魔林坊に向けると、息を飲み込んだ。

それと同時に、誰かが話す声が聞こえてきた。

『この中で、いったいどの娘が、俺様の嫁になるのだ。

二日後が待ち遠しく、とても楽しみじゃわい』

その声はこの世のものとは思えぬほど恐ろしく、洞窟の中を響き渡っていた。

佳純と亜門が手を繋ぎ合い、入り口へと後ずさりしていく。

二人の顔は恐怖に震えている。

梨琴だけが、敢然と立ち向かう覚悟のようだ。

「魔林坊様、どうぞ鎮まり給え！」

そう叫ぶと、胸に隠していた清めの塩を、魔林坊の人形に向かって投げつけたのである。

梨琴は人形だけでなく、洞窟中に清めの塩を撒き散らしていた。

塩を撒くたびに、同じ言葉を叫んでいた。

「魔林坊様、どうぞ鎮まり給え！」「魔林坊様、どうぞ鎮まり給え！」と。

その様子を入り口付近から、亜門と佳純が見守っていた。

少し経つと洞窟の中が、異様な臭いに包まれてしまった。清めの塩の独特な臭いである。

亜門と佳純は、外に逃げ出していた。

魔林坊の人形が、もうそれ以上動くことも、しゃべることもなかった。

とうやら清めの塩が効いたようである。

魔林坊の人形が動くのを見たのは梨琴だけだが、声を聞いたのは三人同時である。

それだけは事実であるとしか、いいようがなかった。

梨琴が洞窟から出てくると、三人は手を取り合って、逃げるように吊り橋へと走っていった。

《14》ラモンとレモン

待っている中野の周りでも、異変が起きていた。

吊り橋を渡りきり、三人の姿が見えなくなったとき、洞窟の反対側にある森の中から、異様な声が聞こえてきた。

それは獣同士が、争っている声だった。

「ギャー、ギャー、ギャー」

「グオオオオ」「グオオオオ」「グオオオオ」「グオオオオ」

大きなざわめきと共に、三匹の獣が森の中から飛び出してきたのである。

落ち葉が舞い上がり、枯れ枝の砕ける音が鳴り響く。

それは紛れもなく獣だった。目の前の広場で、睨み合っている。

二匹は中型の猪である。

もう一匹は大型の……猫？のようだ。

どうやら二匹の猪が、猫を襲っているようだった。

確かに猫は大型だったが、猪からすれば小柄に見える。

猫は耳が普通の家猫よりも、大きく感じられた。身体の大きさの割には顔が小さい。

どちらかといえば猫よりも、猛獣のチーターの小型版のようにも思える。

『山猫か……？』

中野は心の中で、そう思った。

更にその猫は、後ろ脚を引き摺っている。どうやら猪に脚を嚙まれ、傷を負っているようだ。

それでも必死に、猪に抗っていた。とても勇敢な猫である。

中野は感心して、猫を助けてあげたいと思い、リュックサックからバントラインスペシャルを取り出し、猪一匹に狙いをつけた。

しかし猫と争いながら、縦横無尽に動き回る猪を狙うのは、難しかった。

自分に向かってくれば、直線的な動きなので狙い撃ちもできるのだが、この場合はそう簡単にはいかない。

ミスをしたら、猫に当たってしまう恐れがある。だが早くしなければ、猫が猪にやられてしまう。

中野は足下に転がっていた石を拾い上げ、猪に向かって投げつけた。

当たらなかったが、一匹の猪が動きを止めて、中野の方を見た。

その時、バントラインスペシャルの撃鉄を起こし、素早く引き金を引いた。

アルミ弾は、猪の頭部に命中し、猪の動きが止まった。

直ぐに二発、その猪を狙い、アルミ弾を撃ち込んだ。弾は二発とも猪の頭部に当たり、その場で猪は崩れ落ちた。

その時だった。

猫がもう一匹の猪の首に、ガブリと噛みついたのである。それは猫の最終手段のようにも思えた。

けれども猪に、致命傷を与えるまではいかない。

猪の剛毛が、猫の牙を防いでいるように見える。

猪は猫に噛みつかれたまま、めちゃくちゃに広場の中を駆け出し始めた。

どうやら猫を振り落とそうと、もがいているようだ。

猫も振り落とされまいと、必死に猪の首に食らいついている。

猫の前脚が、猪の両目を塞いだ。猪は前が見えなくなり、闇雲に走り続ける。

猪の進行方向には、大岩が立ち塞がっていた。

中野が大声で叫ぶ！

「ぶつかるぞ！　猪から離れろ！」

しかしその声は、猫には届かなかった。

猪は全速力のまま、猫ごと大岩に激突したのである。

ドスーーーーン！

という、大きな音が辺りを揺らした。

猪は頭を強く打ったようで、泡を吹いて伸びていた。首があらぬ方向を向いている、どうやら絶命したようだ。

猫も猪と共に、頭を強く打ち付けたようで、額から血を流していた。それでも気力だけで、ユラユラと立ち上がった。

猫が飛び出てきた森の中に、向かおうとしているようである。

中野が猫の側まで行くと、猫は天を仰ぎ、中野の方に倒れかかってきた。

中野は自然と猫を受け止めていた。腕の中に抱いてあけたのである。

受け止めた猫は、家猫の倍ほどの大きさだった。

顔は血だらけだったが、美しい顔であることがわかった。身体つきもシャープで、華奢である。

それなのに筋肉質であり、やはり猛獣のチーターのようにも感じられた。

もちろん身体の大きさは、チーターの半分ほどしかない。

身体の色は、美しい山吹色だった。

顔から身体にかけ、黒い斑点模様がついていて、それもチーターを思わせた。

中野が猫の額から流れ出る血を、ハンカチで拭いてあげていると、有り得ないことが起きたのである。

猫が中野を見つめ、口をモグモグと動かしたかと思うと、何と言葉を発したのである。

いや、言葉として中野の頭の中に聞こえてきたが、それは言葉というよりも、一種のテレパシーのようなものだった。

耳を通して聞こえてくる声ではなく、頭の芯に直接響いてくる、猫の思慮であった。

後から思えば、そう考えられたのだが、その時の中野には、猫が本当に人の言葉を喋ったように見えていた。

猫は中野の目を見つめると、

「お願いします……娘たち、ラモンとレモンを頼みます」

一言そう呟き、中野の腕の中で、ゆっくりと目を閉じたのである。

中野は一瞬、何のことだか、わけがわからなくなっていた。

そのため一度、深呼吸をし、いつもの冷静な中野に戻るよう努力した。

猫が猪に追われていたこと。

森の中から飛び出してきたこと。

猫が自分の命も顧みず、必死で闘っていたこと。

猫が死ぬ間際に、中野に託したこと。

「娘たちを頼みます」と告げたこと。

中野はそれらを踏まえて、腕の中の猫を地面にそっと寝かせると、顔にハンカチを掛けてあげた。

それから猫たちが飛び出してきた森の中に向かった。

中野は全神経を集中しながら、聞き耳を立てていた。

森の中を吹き抜ける風の音。

木々が揺れる音。

枯れ葉が、ざわめく音。

自分の歩く音。

自分の心臓の音。

それら以外の音を、慎重に探していた。

すると中野の耳に微かだが、本当に微かだが、「ミャー、ミャー」という鳴き声が聞こえてきたのである。

中野は声のする方に、向かっていく。

時々、木々が揺れて、その声を掻き消してしまう。

それでも必死に、音を聞き分けて、声だけを拾いながら進んで行く。

その声の出所は、大木の太い幹に開いた『洞』もしくは『樹洞』と呼ばれる、穴の中から聞こえていたのである。

洞は２ｍの高さに、空いていた。

確かにこの高さであれば、猪では簡単には上ってこられないだろう。

そう思いながら洞まで上ると、中には子猫が二匹、震えながら鳴いていた。

先程の猫から思えば、とても小さい子猫だった。

それもそのはずである。何と子猫たちは、まだ目も開いてなく、臍の緒も付いたままだった。

つまり生まれてまだ、幾日も経っていないことになる。

確か中野の記憶では、子猫の臍の緒が取れて目が開くのは、生後五日過ぎだと、何かの本で読んだ覚えがある。

その記憶が正しければ、この子猫たちは生まれて五日未満ということになる。

中野は少しだけ思案した。

中野家には、キンちゃんという土佐犬が同居している。連れて帰ったら、どうなるのか……？

しかし今は、そんなことを迷っているときではない。

この子猫たちを産んだ母猫は、既に死んでしまったのである。このまま放っておけば、この子たちも直ぐに凍え死んでしまうだろう。

ましてや母猫は、子猫たちを中野に託したのである。

死ぬ間際、遺言のように「娘たちを頼みます」と言ったのだ。

今は、迷うときではない。

中野は山吹色の子猫と黄色い子猫、二匹を引き取る決意を固めた。

洞から取り出すと、襟元から自分の服の中に、そっと入れた。直接肌に触れられるように、お腹辺りで抱えたのである。

これならば中野の体温により、凍えることはないだろう。

子猫たちは中野の腹の前で、「ミャー、ミャー」と可愛い声で鳴いている。

中野は腹の前を優しく持ち上げながら、吊り橋まで戻ってきた。

それから母猫の死体を埋めてあげるため、穴を掘り出したのである。

側に落ちていた木の枝と尖った石を、リュックサックに入れておいた細引きの紐で固く結んで、即席のシャベルのような物を作った。それで穴を掘ったのである。

中野が何とか穴を掘り母猫を埋め終えると、丁度そこへ、三人が青い顔をして戻ってきた。

中野は真冬だというのに、汗だくになっていた。

服の中に入れた子猫たちは、いつのまにか静かになっている。どうやら眠ってしまったようだ。

中野が穴掘りに夢中になり、体温を上げたため、子猫も暖かくなり安心したのだろう。

赤く火照った顔の中野は、三人の巫女とは対照的な見た目となっていた。

お互いに顔を見合わせると、それぞれに何かがあったと理解した。

亜門と佳純が、中野の胸に飛び込もうとして、勢いよく向かってきた。

それを察した中野が二人に向かって両手を胸の前でクロスし、小声で、

「待ってください！」と、力強く止めた。

亜門と佳純が、『何故？』という顔をしている。

中野は今自分の懐には、子猫が二匹眠っていて、何があったのかを手短に伝えた。

それを聞いた亜門と佳純は、ようやく、中野の胸に飛び込んではいけないことを、理解したのである。

そして直ぐに、興味が子猫に移っていた。それは梨琴も同じである。

中野はホッとしながらも、あることに気付いていた。

三人からは、微かに異様な臭いがしている。

つまりそれは、清めの塩を使ったということである。

四人は天空橋を渡り、天空海闊門に鍵を掛けると木霊神社に戻っていく。

佳純が門の鍵をしまうと、四人は木霊村への道を下っていった。

道すがら三人の巫女から、魔林坊の洞窟で何が起きたのかを聞いた。

初めのうちこそ、三人がそれぞれ興奮しながら中野に話すため、内容を把握するのに苦労したが、最終的には理解した。

要は魔林坊に生け贄の品々を並べ、お祈りしているとき魔林坊の人形が動き出し、それと同時に、恐ろしい声が聞こえてきたこと。

恐ろしい声が三人に向かって
『この中で、いったいどの娘が、俺様の嫁になるのだ。

二日後が待ち遠しく、とても楽しみじゃわい』

と、言ったらしいこと。

直後、梨琴が清めの塩を洞窟中にまき散らし、逃げてきたこと。

但し、声は確かに三人に聞こえたのだが、魔林坊の人形が動くのを見たのは梨琴だけだったこと。

その四点が、三人の話す内容だった。

中野はそれらを聞いて、しばらくの間、黙り込み考えていた。

魔林坊の人形が動いたのを見たのは梨琴だけであり、それは恐怖心からそう見えた可能性がある。

声は三人が聞いているので、それは本当に聞こえたのであろう。

しかし声だけであるのなら、絡繰りは色々と考えられる。何らかの音声レコーダーを使用すれば、説明がつくはずだ。

そう結論づけて、その場は納得した。


四人が村に着いたときには、既に午後一時を過ぎていた。

直ぐに四人の元に獅子雄と凜が来て、労ってくれた。

代表して中野が、魔林坊の洞窟で何が起きたのかを報告すると、獅子雄と凜が顔を見合わせ、渋い表情をした。

獅子雄が取り敢えず一休みをしたら、八月朔日家にもう一度集まって欲しいと伝え、一先ず解散となった。

中野は子猫のことを、獅子雄と凜に言いそびれてしまった。


四月朔日家に戻ると、中野は部屋に暖をとり、佳純に頼んで大きめの段ボール箱を用意してもらった。

その中に柔らかそうな毛布を敷き詰め、子猫を包んだのである。

直ぐにミルクを適温まで温め、スポイトで飲ませてみた。

子猫たちは、中野がかわりばんこに差し出すスポイトを上手に咥え、美味しそうにミルクを飲んだのである。

中野もこれで、一安心できた。何故なら子猫たちが、自ら生きることを選んだことがわかったからだ。

子猫たちがミルクを飲む様子を、亜門と佳純と梨琴が覗いていて、

「可愛い！」と何度も連呼していた。

子猫たちはお腹がいっぱいになると、お互いに抱き合いながら、眠ってしまった。

中野は亜門が木霊村に、たまたま持ってきていた、息子勝浩用に使っている柔らかなタオルを掛けてあげた。そのタオルならば、若干ではあるが亜門の母乳の匂いもする。中野からすれば、母の香りの詰まったタオルという意味合いのようである。

それが功を奏したのか、二匹の子猫は安心して眠っていた。

亜門が母親の顔になり、自分の気持ちを洩らした。

「子猫たちのお母様は、安心したと思います。きっとコウ様ならば、助けてくださると、感じたのでございましょう。これでお母様も天国へと、旅立てたはずですわ」

すると佳純が、中野と子猫を交互に見て尋ねてきた。

「コウ様、子猫たちに名前を付けなければ、いけませんでしょう。もう、考えてある

のでしょうか？」

中野は佳純を見て微笑んだ。

「信じられませんでしょうが、子猫たちには、既に名前がつけられていました。母猫が亡くなる寸前、『娘たち、ラモンとレモンを頼みます』と、語り掛けてきたのです。

ですから子猫たちを見た僕は、山吹色の子猫を『ラモン』、黄色い子猫は『レモン』そう呼ぼうと決めました。

母猫より教えられた通り、そのままの名前を使い、後は僕が勝手に、漢字表記を考えてみました。

『ラモン』は、羅漢の羅の文字を使い、亜門さんの門の字を足して『羅門』。

『レモン』は、木霊村の霊の文字を使い、門の字を足して『霊門』と書きます。

ですが呼び方は、カタカナで『ラモンとレモン』でいいと思います。

これでどうでしょうか」

亜門も佳純も梨琴も、全員納得してくれた。

それでも梨琴が、首を傾げて驚いている。

「本当に、世の中には、不思議なことが、平然と起きるものなのですね。まさか母猫か天国に旅立つ前に、子猫たちの名前まで、中野さんに伝えてくるなんて……母猫からすれば、本当に子猫たちが愛おしく、可愛かったのでしょうね」

ここでも亜門だけが胸を張って、笑顔で語った。

「梨琴様、人間も猫も母は皆強し、そういうことでございますわ」

そう、三人の巫女の中では唯一、亜門だけが母親だったのである。

その後、中野は子猫の世話に、手を焼くこととなった。何しろ、四時間おきに、ミルクを与えなければならないからだ。

どうやら母猫の最後の言葉が、中野の責任感に火をつけたようである。

しかしこの二匹の子猫ラモンとレモンは、やがて名探偵中野浩一の相棒となり、難事件を解決する手助けとなるのであった。

更に子猫たちがどんな猫の種類に分類されているのか。

そこには驚愕の事実が隠されていた。

まあ、この時点では、そんなことは露知らずの中野ではあったのだが。

四月朔日家で梨琴も一緒に昼食をすますと、四人は八月朔日家に向かうことにした。

時間は既に午後三時になるところだった。

八月朔日家では先に凜も来ていて、中野たちを待ち詫びていた。

いつもの客間に通されると、火鉢の上の薬罐が、音を立て湯気を吐き出している。

四人が腰を下ろすと同時に、京子と和子が日本茶を運んできた。

床の間を背に獅子雄と凜が座り、獅子雄の前に中野が座り、その横に亜門、佳純、梨琴の順で座っている。

京子が脇から凜と梨琴と佳純の前にお茶を置き、和子が反対側から、獅子雄と中野と亜門の前に、お茶を用意してくれた。

その時……中野は和子から、いつもと違う匂いを感じた。

いつもの和子からは、ほのかな甘い大人の香りがしていた。その香りの他に、少しだけ別の香りが混じっていたのである。

それが何なのか、その時はわからなかったし、直ぐさま今日の報告に話が向いたので、それっきりとなってしまった。

獅子雄が中野たち四人を順に見ながら、礼を述べた。

「本日の神生し祭、お疲れ様でございました。取り敢えず、こうして無事に帰ってこられて、本当に良かったです。

しかし先程少しだけ伺った話によると、竈林方様のお声を三人が同時に聞いたといものですか……それは予想外のことでしたな。凛さんは、どう思われます」

獅子雄からそう話を振られた凛は、少しだけ思案すると、

「そうじゃな、やはり千八十年の時が経過していても、魔林坊様の荒魂は生き続けているのかも知れん。

ワシら人間は偉そうに、何でも知っているような顔をしておるが、世の中にはワシらの知らぬこともたくさんあるのじゃろうて。特に、人の持つ闇については、計り知れんほどの深さが存在するからな。じゃから何とも言えんわい。

明日からの二日間、何事も無ければよいのじゃが。

特に最終日については、ワシらが拵えた花嫁人形だけで、魔林坊様を欺くことができるものなのか、それが一番心配じゃわい」

厳しい表情で、そう答えていた。

その後、いろいろな意見も出たが、どれ一つ的を射た答えは見つからなかった。

結局これから先も、昨日話し合った通りの予定で行動することになり、話は落ち着いた。

但し、男の中で中野だけが、境魔橋の吊り橋を渡り、魔林坊の洞窟の前まで近づくことを、唯一、例外として認められたのである。

洞窟の中に入ることはきつく止められたが、入り口付近から中の様子を見守ることだけは許された。

それだけでも三人の巫女からすれば、心強い限りだろう。

最後に中野が、獅子雄と凜に、境魔橋の付近で子猫を二匹拾ってきたこと、その子猫を中野が引き取るつもりでいることを告げた。

すると獅子雄と凜が笑顔となり、

「大変じゃろうが、これも中野さんとの何かの縁じゃろうから、よろしく頼みます。子猫たちを、可愛がってくだされ」

と、了承を得たのである。

これにて午後の報告会は終了となり、中野と亜門と佳純は、四月朔日家に戻っていった。

四月朔日家に戻ると、亜門と佳純は風呂に直行し、今日の疲れと寒さと臭いを、綺麗さっぱり落としていた。

中野は一人、子猫たちに二度目のミルクを与えた。子猫たちは生きるために、必死でミルクを飲んでいる。

その姿を見て、子狸たちは無事に育ったなあと中野は思った
木霊村の元旦は、このように過ぎていったのである。
その後は何事もなく、お正月らしく平穏に日が暮れていった。
中野と亜門は、まだ夜九時になったばかりであったが、床につくことにした。亜門も疲れたようだし、明日もあることなので早寝を決め込んだのである。

その晩、亜門は魘（うな）されていた。

夢の中で亜門は、佳純と二人、魔林坊の洞窟にいた。

魔林坊が動き出し、二人に襲い掛かろうとしている。

「どちらの女が、ワシの花嫁になるのじゃ。ワシは二人一緒でも構わんぞ」

恐ろしい声で、大きな口を開きながらそう言うのである。

亜門は佳純の前に立ち塞がり、必死で佳純を守ろうとしていた。

後ろを振り返ると、直ぐそこは壁であり、突き当たりであった。

ジリジリと迫ってくる魔林坊！

亜門は咄嗟に、佳純を洞窟の入り口方向に突き飛ばし、声をかけた。

「佳純様、洞窟から逃げてください！」

佳純は恐怖で足がすくんでいたが、必死で入り口に向かって進んでいく。するとジリジリと迫ってきていた魔林坊が、いきなり亜門に向かって飛びかかってきたのである。

亜門は寸前のところで、魔林坊を躱したのだが、窪みに足を取られ倒れてしまった。倒れた拍子に、魔林坊に右足首を掴まれてしまった。

「キャッ！」

と、短く悲鳴を上げた。

それでも亜門は、入り口方向を見て中野が見えないことを確認すると、左右の手を自分の前で交差させた……その時である。

どこからか中野の呼ぶ声が聞こえてきた。

「亜門さん、亜門さん、大丈夫ですか！　大分魘されていましたよ。きっと疲れていたから、悪い夢でも見たのでしょう」

亜門が目を覚ますと、目の前には中野の優しい顔が覗いていた。

「ああ、亜門は夢を見ていたのですね。もう大丈夫でございます。夜中に起こしてしまい、申し訳ございませんでした」

亜門は夢の内容を中野に話してしまうと、再び眠りについたのである。

そのまま元旦の夜に更けていった

《15》 嚙られていた鶏肉

一月二日の朝が訪れた。

この日も木霊村は快晴だった。その分、気温は低く、最低気温はマイナス9度を指していた。

中野と亜門の泊まっている部屋には、火鉢が焚かれていて、時々部屋の換気さえ行えば、酸素不足にもならず、十分暖かかった。

中野の枕元には、子猫たちの段ボール箱が置かれている。

夕べも中野は、四時間おきに携帯の目覚ましが鳴るようにセットし、子猫たちにミルクを与えた。

横に眠る亜門は一度だけ真夜中に、悪夢を見たようで魘されていたが、それ以外はすやすやと眠っていた。

子猫の世話は中野が行う。木霊村にいる限り、それでいいと中野は思っていた。

何故なら今の亜門には、神生し祭に力を残しておいてもらわなければならないからだ。

それに母猫から子猫たちを託されたのは、中野だけである。

中野は眠い目を擦りながら、丁寧に子猫たちの世話をした。

朝方は気温が冷えてきたので、中野は子猫たちを自分の布団にいれて、一緒に寝るようにした。

その甲斐もあり、子猫たちは朝になると、元気に「ミャー、ミャー」と可愛い声で鳴いて、中野を起こしてくれた。

二日の朝も、亜門と佳純は巫女の衣装に着替えると、九時半には八月朔日家に着いていた。

もちろん中野も一緒にである。

この日は獅子雄と史郎が、工房から魔林坊に捧げる花嫁人形を、客間まで運んで用意していた。

日の光の下で見る花嫁人形は、とても美しくとても清楚な花嫁姿であった。まるで亜門か佳純かが、白無垢を纏っているようである。

巫女の衣装に着替えていた梨琴も、あらためて見とれていた。それ程、亜門と佳純によく似ているし、美しかった。

しかし中野だけは花嫁人形を見て、心がざわついていた。それは中野が持つ、研ぎ澄まされた第六感によるものだろう。ある意味、危険を知らせる警鐘のようなものである。

少し経つと凜が現れ、手には何やらお守りを握っていた。

「この御札は、鹿島神宮より取り寄せた、勝ち守りじゃよ。武甕槌神のご加護が、必ずあるはずじゃ。

これを花嫁人形の胸元に、忍ばせておく。少しでも力になればと思い、持ってきたのじゃ」

そう説明すると、花嫁人形の胸元にしまい込んでいた。凜なりに、力を貸してくれたようである。

花嫁人形を村のリヤカーに乗せると、史郎と獅子雄が引いていく。その後方から、中野と巫女装束の三人がついていった。

今日は凜も、京子も和子も一緒ではない。

この日も、殆ど会話もなく木霊神社に到着した。

道すがら真っ赤な椿の花が咲いている場所があった。とても美しい椿の花が、密集して咲いていたのである。

そこで亜門と佳純は立ち止まると、その花を摘んでいた。

木霊神社に着くと、社の中に花嫁人形をしまい込み、獅子雄と史郎は村へと帰っていった。

「くれぐれも気を付けて行ってきてください。

村に戻られましたら、八月朔日家まで報告にいらしてください。

お待ちしております。よろしくお願いします」

獅子雄が中野たちに向かって、深々と頭を下げた。

中野と三人の巫女だけが、魔林坊の洞窟に向かった。

立入禁止の札が下がっている天空海闊門を開き、天空橋を渡り、境魔橋の前まで来ると、亜門と佳純が手にしてきた紅い椿の花を、母猫の墓前に飾ってあげていた。

四人は手を合わせると、子猫たちが無事なことを報告したのである。

今日は中野も、吊り橋を渡るつもりでいる。

佳純と亜門が先に渡り、直ぐに梨琴も続いた。

梨琴が向こう側につくと、中野が境魔橋を渡った。

するど中野が渡るときだけ、強風が吹きつけ吊り橋を大きく揺らした。それはまるで中野の侵入を、拒むかのようにも感じられた。

しかし中野は、驚く様子も見せずに、平然と吊り橋を渡った。

佳純と梨琴は、心配そうに見つめていたが、亜門だけは落ち着いていた。中野の運動神経がいいことを、誰よりも知っていたからである。

四人は、それぞれ緊張しながらも、洞窟の入り口までやってきた。

中野が入り口から中を覗くと、祠の左横には、魔林坊の人形が憮然として立っている。

よく見てみたが、一昨日中野が目にしたときと、何ら変わっているようには見えなかった。

但し、洞窟の中からは、清めの塩の独特な臭いが漂っていた。その御陰で、魔林坊様は温和しくしているのかも知れない。

何となくだが、中野にはそう思えた。

亜門と佳純と梨琴が、心細げに中野の顔を覗き込んできた。

「どうやら魔林坊様の人形は、元に戻っているようです。ですから大丈夫だと思いますよ。きっと梨琴さんが撒いてくれた、清めの塩が利いているようですね。

僕はこれ以上中に入ることはできませんので、ここから皆さんのことを見守っています。

神生し祭の二日目になります。魔林坊様のために、三人でお祈りを捧げてきてください。よろしくお願いします」

中野は微笑みながら、巫女たちを励ましたのである。

三人は大きく頷くと、佳純を中心に今日は亜門が左につき、梨琴が右について祠の前にしゃがみ込んだ。

佳純が代表して、祈りを捧げている。その声が洞窟の入り口で待つ、中野の耳にも届いてきた。

本当に亜門と声までそっくりだなと、中野は感心しながら聞いていた。

祠の前には、昨日捧げた生け贄の品々が並んでいる。

佳純は祈りを捧げながらも、何気なしに生け贄の品々を眺めていた。

その時だった。

佳純があることに気が付き、「キャ!」と、小さな悲鳴を上げて、祈りを途中で止めてしまった。

そして目の前の生け贄の鶏肉を、震える右手で指差したのである。

亜門と梨琴も、佳純の指差す先を見つめた。

すると鶏肉の腹の部分が、食い千切られていたのである。

それはどう見ても、猪などの獣が囓（かじ）った痕には見えない。大きな口の人間が、囓った痕にしか見えなかった。

三人の巫女たちは青ざめると、いっせいに魔林坊の人形を見た。

何と魔林坊の口元には、鶏肉の肉片が挟まっていたのである。

巫女たちは悲鳴を上げると、祈りも途中で洞窟の外へと逃げ出してきた。

三人はそのまま一緒に、中野の胸に飛び込んだ。今回ばかりは亜門と佳純だけでなく、梨琴も同様にである。

亜門が中野にしがみつきながら説明する。

「コウ様！　魔林坊様の人形が、昨日捧げた生け贄の鶏肉を囓っています！　口元がモグモグと動き、鶏肉を食べているのです！」

いつの間にか、亜門には鶏肉が魔林坊の口元に挟まっているだけではなく、食べているように見えていたようである。

中野は巫女たちを、力強く抱きしめてあげた。

それからそのままの状態で落ち着かせ、

「もう大丈夫です……ちょっとだけ僕を自由にしてください」

そう言い聞かせると、一人一人横にずらした。

中野は洞窟の入り口から上半身だけを突き出し、洞窟の中を覗き込んでみた。

確かに祠の左横に立っている魔林坊の人形の口元には、何か肉片のような物が挟まっているように見える。

しかし冷静に考えれば、人形が鶏肉を囓ることなど、あり得ない話である。

よって誰かが、巫女たちを脅すために、そのように仕組んだに違いない。

それは誰が仕組んだものなのか？

そう、考えられる人物とは、佳純に葉書を送ってきた人物である。

警告文、いや、脅迫文と言った方が適切なのかも知れない。

あの葉書の送り主である。

葉書には、確かこのように書かれていたはずだ。

『山間に、長雨が降り続き、白いもやが降りてきた。

白いもやのせいで、見通しが利かず、三人が命を落としてしまう。

たとえ天が授けた白いもやであっても、魔林坊様の荒魂は決して許さぬであろう』と。

つまり葉書を送った者が、最終的に狙いを付けているのは、佳純ということである。だが佳純には、そのことがわかっていない。誰も真実を告げることができないからだ。だから何としても、佳純を守ってやらねばならない。

中野は三人の巫女たちに言い含めて、もう一度洞窟に戻り、祈りの続きを捧げて欲しいと頼んだ。

「魔林坊様の人形は、絶対に動きはしないし、もし僕がここで見ていて、少しでも動き出したとしたら、今度は僕が洞窟の中に入って止めてみせますから」

とまで言って、頼んだのである。

三人の巫女たちは納得はしていなかったが、中野からそう言われたので、恐る恐る手を繋いで洞窟に入っていった。

三人は二度と魔林坊を振り返ることはしなかった。

そして震える声で祈りの続きを捧げ終えると、ホッとした顔で戻ってきたのである。

中野は三人を笑顔で迎えると、一人一人の頭を撫でてあげた。

それから四人は吊り橋を渡り、天空橋も渡り木霊神社まで戻ってきた。

佳純が鍵をしまい終えると、村までの長い坂道を下った。

村まで戻ると、そのまま八月朔日家に向かう予定である。

しかし中野だけが四月朔日家に一端寄って、子猫たちにミルクを与えてから行くことにした。

巫女たちはそのまま、八月朔日家のある方向へと歩いていく。

中野が部屋に入ると、子猫たちは可愛らしい声で、「ミャー、ミャー」と鳴いていた。

ミルクを欲しがっているようだ。

部屋の温度は丁度良く、七輪の上に載せている薬罐からは、湯気も出ている。

その御陰で、湿度も丁度いいと思われる。

直ぐにミルクを適温に温め、スポイトで交互に与えた。

子猫たちは、かわりばんこに一生懸命ミルクを飲んでくれた。

何だか中野にも、母性が湧いてきた気がする。

ミルクをあげ終えて、子猫たちの背中を柔らかい布で撫でてあげると、可愛らしいゲップをした。

その後、喉をゴロゴロと鳴らしながら、気持ちよさそうに眠ってしまった。

中野はそれを見届けると、急いで八月朔日家に向かった。


中野が八月朔日家に到着し客間に入ると、獅子雄と凜、そして三人の巫女たちが待っていた。

座卓の上に今日は、温かいコーヒーがポットに用意してあった。

中野が席に座ると同時に、亜門と佳純が、全員にコーヒーを注いだ。

それがすむと獅子雄が、今日も渋い顔をしながら、中野に問い掛けてきた。

「中野さんや、巫女たちの話だと、今日も魔林坊様の人形に異変が見られたようですな。

何でも昨日捧げた生け贄の鶏肉を、魔林坊様が囓っていたということでしたが、それについて中野さんは、どう思っていなさるのでしょう。

率直な意見を聞かせてくれませんか」

中野はチラッと佳純を見たが、直ぐに視線を獅子雄に移し、

「はい、僕が魔林坊様の洞窟の入り口から、上半身を乗り出して見たところでは、確かに魔林坊様の口元には、肉片らしき物が挟まっていました。

祠の前の鶏肉までは入り口からは見えませんので、三人の話を信用すれば、その鶏肉には囓られた痕があったようです。

しかし常識的に考えてみても、人形が鶏肉を囓るとは思えません。

ですから誰かが魔林坊様の言い伝えを利用して、三人の巫女たちを怖がらせようとしているのだと思われます」

獅子雄と凜が、直ぐにその説明に反応した。

「うん？　中野さん。それはどういう意味なんだろうか？」

「どういうわけじゃろうか？」

同時に、そう聞いた。

「誰かが、苦しみ泣く年の神生し祭を利用し、悪巧みを行おうとしているのです」

中野がもう一度言い直した。

その言葉に獅子雄と凜が、顔を見合わせ驚き、獅子雄の声が漏れた。

「何だって。苦しみ泣く年の神生し祭を利用し、悪巧みだと……。いったい誰が、何をしようとしているんだ」

中野はそこで、コーヒーを一口飲み、一呼吸おいてから小声で言った。

「今は、僕の推測の中でしかわかっていません。

本当の答えは明日にならなければ、わからないと思います」

凛が鋭い眼差しを向けて尋ねる。

「中野さんには、誰が何をやろうとしているのか、おおよその見当はついておるのか」

中野は凛に視線を移すと、ゆっくりと辛そうな表情で頷いてみせた。

「先程も言いましたが、僕の推測の中では答えが出ています」

凛が更に続ける。

「そうか……それならば、その悪巧みも防げると思って、いいのじゃな」

その問い掛けに中野は、直ぐに答えなかった。

唇を舐めて視線を落とすと、言葉を選びながら答えたのである。

「そうですね……ある程度は防げると思っています。ですが、相手がどんな手を使ってくるかまではわかりませんので、大丈夫かと聞かれたら、正直『はい』とは言えません」

今度は獅子雄が、中野に質問した。

「中野さん、誰が悪巧みを行おうとしているんだ。それだけでも教えてもらえないか」

獅子雄の目は、真剣そのものだった。

中野は再び、チラッと佳純に視線を向けてから、獅子雄を見つめた。

「申し訳ございません。ここではまだ、申し上げられないのです」

中野の視線の動きを目で追っていた凜が、ボソッと呟く。

「成る程……そういうことか……」

獅子雄もこれ以上、中野から聞き出すことは無理だと判断し、本日の報告会はこれで終了となった。

最後に獅子雄から中野たちに向けて、

「明日が神生し祭の最終日となります。今日は早めに身体を休めていただき、明日に備えてください。明日の朝も、九時半に八月朔日家に集合となります。

中野さん、特に巫女たちを守ってあげてください。本日もお疲れさまでございました」

それで二日目は解散となった。

中野と亜門と佳純の三人が八月朔日家を出て、とぼとぼと四月朔日家に向かって歩いていると、遅れて八月朔日家を出た凜が、追いかけてきた。

そして龍雲橋を渡ったところで、中野だけを呼び止めたのである。

亜門と佳純は、先に四月朔日家に帰っていった。

二人っきりになると凜が、辺りを見回し、小声で尋ねてきた。

「中野さんや、狙われておるのは、もしかしたら佳純なのか」

中野も辺りを警戒し、誰も側にいないとわかると、できるだけ声を潜めて答えた。

「はい、そのようです」

凜は、続け様に聞く。

「やはり一年三ヶ月前の惨劇の名残なのか」

「はい、僕はそうだと思っていますが、正直まだ断定はできません」

「明日の最終日、中野さん一人で佳純を守り切れるのか」

「僕一人ならば、難しいかも知れません。ですが今回は、妻の亜門も一緒です。だから何とか守り切れるだろうと、僕は思っています」

それを聞いた凜が、訝しげな表情をした。

「中野さんや、悪くとらんでくだされ。

あの温和しく、お姫様のようにおっとりとされた亜門さんに、そんな力があるとは、到底ワシには見えんのだがのう」

中野は自信ありげに微笑むと、

「凜お婆様だから、敢えてお話しいたします。

妻の亜門は、元々、あの平将門の直系の子孫といわれている、平家本家の娘なのです。実家は今でも坂東市神田山にあり、将門様の胴塚を見守っています」

それを聞いた凜は、今度は口を大きく開けて驚いた。

「何じゃと……坂東市神田山にある平家本家の娘じゃと。

すると亜門さんとは、あの平紀伊様の孫娘じゃというのか」

「はい、そうです。紀伊お婆様のことをご存知でしたか」

凜は大きく頷くと、やっと笑った。

「もちろん知っておるわい。ワシらがまだ娘だった頃の話じゃがな。

平紀伊というお方は、食物連鎖の頂点に立つ女性だといわれておったわい。

そうか、紀伊様の孫娘じゃったのか、亜門さんは……。

それならば話は別じゃ。孫娘ならば同じ血が流れておろう。

紀伊様と同じように、亜門さんにも人智を超えた力がおありじゃろうて。

中野様、明日はよろしく頼みますぞ」

凜は納得し安心したようで、そう言い残すと、間仲家に帰っていった。

これで木霊村の神生し祭、二日目が終わったのである。
いよいよ明日は苦しみ泣く年と恐れられている、神生し祭の最終日である。
誰もが不安を残したまま、時だけがいつも通り過ぎていく。
中野は子猫たちの世話をしながらも、明日の対策を入念に考えていた。

《16》二人の花嫁

一月三日の朝が、静かにやってきた。
中野は夕べも四時間ごとに目覚めて、子猫たちにミルクをあげていた。
そして朝方になると、子猫たちを自分の布団にいれ、暖めながら一緒に寝たのである。
亜門は寒くても、中野の布団に入り込めないので、少しだけ拗ねていた。
しかし相手は生後間もない子猫たちである。
いくら亜門といえども、我慢するしかなかった。
八時になると、佳純が朝食の用意ができたと、二人を呼びにきた。

朝食を食べ、亜門と佳純が巫女の衣装に着替えると、もう時計の針は九時をいくらか回っている。

三人は急ぎ足で、八月朔日家に向かった。

今朝も木霊村の空気は冷えていたが、天気は快晴である。

それだけがまだ、救いだった。

八月朔日家に着くと、梨琴の具合が思いのほか悪かった。

女性にしかわからない、月のものが来たようである。

梨琴は普通の女性よりも、生理痛が酷いらしい。

今日の神生し祭は止めた方がいいと、皆から言われたのだが、それでも梨琴は行くと言って聞かなかった。

自分はこの日ために木霊村に来たのだから、最終日に行かなければ、何の意味もなさないと、厳しい表情でそう話すのである。

梨琴の固い決意を尊重し、昨日までと同じように、中野と三人の巫女体制で向かうことになった。

今朝は、まず初めに木霊神社に向かい、そこで昨日から用意してある花嫁人形を中野が抱きかかえ、魔林坊の洞窟に向かう予定だ。

紛れもなく、今日で神生し祭が終わるはず……いや、終わらせなければならないのである。

苦しみ泣く年と言われ、九十年間もの長き間、木霊村の住民を苦しめ続けてきた、厄の年に終止符が打たれるのだ。

その最終章を、中野と三人の巫女たちは託されたわけである。

中野だけでなく、亜門も佳純も異常に緊張していた。

それなのに梨琴だけは、昨日までの覇気も感じられなかった。

顔色も青白く、具合が悪そうだ。

足下もおぼつかなく、やっとのことで歩いている。

梨琴のことを庇いながら、亜門と佳純が左右から寄り添っていた。

こればかりは中野にも、どうしようもないことだし、わからないことだった。

そのため巫女たちは、女性同士で助け合っているわけだ。

ここにきて三人の絆が強くなったように思える。

その絆がこれから先、起こるであろう厄に対抗できる、唯一の武器なのかも知れない。

中野は歩きながら、大空を見上げた。

木霊村の天気は青空が広がっていて、雲一つない。

それだけでもありがたいと思えた。


四人は、木霊神社に到着した。

今朝は中野と佳純が、社の中に入っていく。

佳純はもちろん、天空海闊門を開くための鍵を取りにきたのである。

中野は社の中に佇んでいた、亜門と佳純に瓜二つの花嫁人形を、迎えにいったわけである。

中野はその花嫁人形を、亜門を抱くように、横向きにして抱き上げた。

所謂(いわゆる)、お姫様抱っこというやつである。

中野は人形を一人で、魔林坊の洞窟まで運ぶつもりだ。

その姿を見て、何故だか亜門だけが照れていた。

自分の結婚式のことでも、思いだしていたに違いない。

嬉しそうに微笑むと、身体を左右に捩らせている。

巫女たちが先頭になり、木霊神社から進んでいく。

中野が大事そうに抱きかかえている花嫁人形は、総重量が約20kgもある。

人形自体は15kgほどしかないのだが、着せている花嫁衣装と鬘が重く、両方で約5kg以上もあった。

初めのうちこそ、抱いたまま洞窟まで持っていけるかと、中野自身心配していたが、よくよく考えてみれば、妻の亜門は40kgもあるわけである。

そう思えば、人形の重さは亜門の半分しかない。

歩くうちに多少なりとも、軽いと感じてきた。

そして抱きかかえたまま、人形の顔を近くで見れば見るほど、亜門とそっくりだなと思っていた。

亜門を抱いているつもりになれば、それほど苦にはならなかった。

天空海闊門の鍵を開け、天空橋を渡った。

亜門と佳純に両脇から支えられて歩く梨琴の足下は、歩を進める程に頼りなくなっていく。

何とか境魔橋のたもとまでやってきたのだが、梨琴は貧血によりそれ以上、歩けなくなってしまった。

その場に座り込んでしまったのである。

すると亜門と佳純が同時に、中野に頼んできた。

「コウ様、申し訳ございませんが、梨琴様はこれ以上は無理のようでございます。ですが、この場所に置いていくわけにもいきませぬ。身体が冷えて、お風邪を召してしまいます。どうかお願いでございます。木霊神社の社の中まで、お連れしてもらえませんでしょうか。あそこであればいくらかは、寒さも凌げることでございましょう」

「わかりました。梨琴さんを木霊神社まで連れていきます。ですがその前に、この花嫁人形を吊り橋の向こう側まで、運んでおきましょう」

中野は少し考えると、人形を抱いたまま橋を渡っていった。

向こう側に人形を立たせると、再び三人が待つ、こちら側まで戻ってきた。

中野がしゃがみ込んでいる梨琴を、花嫁人形を抱いていたように、お姫様抱っこの要領で抱き上げると、亜門と佳純に注意を促した。

「亜門さん、佳純さん、いいですか、僕は梨琴さんを木霊神社に連れていきます。直ぐに戻ってきますから、二人はあの花嫁人形を洞窟の入り口まで運んだら、僕が戻るまで待っていてください。いいですか、勝手に洞窟の中には入らないでくださいね。僕が到着するまでは、絶対に動かないようにしてください」

強くそう言うと、梨琴を抱いたまま、天空橋方向に戻って行った。

亜門と佳純は吊り橋を渡り、花嫁人形を両脇から見つめていた。

中野は梨琴を抱いて歩き出したが、さすがに花嫁人形とは違い、生身の女性は重かった。

梨琴の体つきは、亜門とそれほど変わらないように見えるから、体重は40kg前後であろう。それでも重く感じる。

けれども道はいくらか下りになっているので、来る時よりは楽な気がした。

そう思い込みながら、中野は梨琴を抱いていた。

薄目を開けた梨琴が、辛そうな表情で、

「すみません……」と中野に何度も謝っている。

中野は笑顔を作り、

「大丈夫ですよ」と優しく返していた。

梨琴も途中からは、自らの意志で両腕を中野の首に回し、しっかりとしがみついてくれた。

そうしてもらえると、いくらか重さも軽減される。

天空海闊門を出たとき、開きっぱなしだった門が、突風のせいで『バタン！』と大きな音を立てて閉じてしまった。

中野は振り返って、チラッと門を見たのだが先を急いだ。

そうこうしながらも、やっと木霊神社に到着した。

社の中に梨琴をそっと寝かせると、自分が着ていたダウンジャケットを脱ぎ、梨琴に掛けてあげた。

「梨琴さん、少しの間だけここで待っていてください。洞窟に人形を設置し終えたら、直ぐに戻ってきますので」

そう言い残し、小振りのリュックサックを背負い直すと、魔林坊の洞窟に向かった。


中野と別れた亜門と佳純は、花嫁人形を両脇から見つめ、何やら話し込んでいた。

「佳純様、この花嫁人形とも、もう直ぐお別れでございますね。それならば記念に、三人で写真を撮っておきませんか」

亜門がこの場に来て、妙な提案をした。

それなのに佳純も、亜門の提案に直ぐに乗ってきたのである。

「そういたしましょう。この期を逃したら、二度と三人で写真を撮ることはできなくなります。最初で最後の記念撮影をすることにいたしましょう」

亜門と佳純は花嫁人形を真ん中に立たせ、亜門が持ってきていたスマホで写真を数枚撮った。

　その光景は端から見れば、全く同じ顔の三つ子が、写真を撮っているようにしか見えなかったであろう。

　真ん中に白無垢の花嫁、その両脇を巫女が腕を組んだ姿勢なのだが、どの顔も同じ顔をしているのである。

　それは不思議な光景に、見えたに違いない。

　写真撮影が済むと、亜門と佳純は魔林坊の洞窟に向かって歩き出した。

　もちろん花嫁人形を真ん中にし、両脇から二人が抱えてである。

　しばらく歩を進めると、亜門が不満を言い出した。

「佳純様、意外と花嫁人形は重たいのでございますね」

「亜門様、きっと、人形よりも白無垢と鬘が重いのですわ」

「どういたしましょう……。コウ様は洞窟の入り口で待つようにおっしゃっておりましたが、このまま花嫁人形を洞窟の中まで、奉納してしまいましょうか」

「そうですわね。花嫁人形を魔林坊様の横に立たせたら、直ぐに入り口まで戻り、コウ様が来てくださるのを待てば良いと思いますわ」

「そういたしましょう！」

「そういたしましょう!」

二人は相談しながら、魔林坊の洞窟までやって来たのである。

洞窟の入り口から恐る恐る中を覗くと、相変わらず祠の左横には魔林坊の人形が、憮然と立っているのが見えた。

見れば見るほど気味が悪く、今にも動き出しそうな雰囲気である。

二人は顔を見合わせると、お互いに頷き合い、洞窟の中に足を踏み入れた。

一方中野はというと、天空海闊門まで戻ってきたのだが、ここにきて門を開ける鍵がないことに気が付いた。

そう、門を開ける鍵は、佳純が持っていたのである。

ここまできて、これ以上進めないことがわかった。

「まずい!　このままでは亜門さんと佳純さんが、相手の罠に堕ちてしまう。予定外の事態になってしまった。

早く、向こう側に行かないと、取り返しのつかないことになってしまうぞ!」

そう叫びながら、門の上部を見上げた。

門の高さは3m近くもあり、足場などもないので、簡単には上がれない。

中野はリュックサックから、細引きのロープを取り出すと、道の脇に落ちていた木の枝に結びつけ、門の向こう側に投げてみた。

何かに引っ掛かればと思い、やみくもに投げたのだが、上手く引っ掛かる物には、触れなかったようである。

もう一度ロープを引っ張り、木の枝を引き戻し再び投げてみた。

しかし今度も引っ掛からずに、戻ってきてしまった。

中野は焦っていた。

このようなときは焦れば焦るほど、上手くいかないものである。

その時、洞窟では、亜門と佳純が怖々と足を進め、魔林坊の人形の横に花嫁人形を持ち込んでいた。

魔林坊の人形の横に、花嫁人形を並べ終えたときである。

あの恐ろしい声が、再び二人に聞こえてきた。

『おおおお、どうやら俺様の花嫁は、三人になったようだな。

どの娘も、とても美味そうじゃわい』

亜門と佳純は恐怖のあまり声を失い、祠の奥まで後退りした。

すると花嫁人形の横に立っていた、魔林坊の人形が、ゆっくりと動き出したのである。

今度は本当に、亜門も佳純も動くのを目の当たりにした。

更に右手には懐剣を掲げている。それは夢ではなかった。

魔林坊の人形が懐剣をギラつかせながら、一歩、一歩、二人に近づいてくるのである。

佳純は恐怖のあまり、金切り声で「キャ〜〜〜〜〜」と悲鳴を上げると、そのまま気を失ってしまった。

中野が投げた木の枝は、十投目でようやく向こう側の何かに、引っ掛かってくれた。

二度ほど強く引いても外れそうにないことがわかったので、ロープを摑み勢いよく門をよじ登った。

門の上に立つと、軽やかに飛び降りてみせた。

それから天空橋と吊り橋を渡り、断崖絶壁横の道を駆けていた。

その時だった。

「キャ〜〜〜〜〜」

と、悲鳴が聞こえてきたのである。

「今の悲鳴は、亜門さん！　いや、佳純さんか！」

中野は更に走るスピードを上げて、洞窟に向かった。

洞窟の入り口に中野が立つと、魔林坊が入り口に背を向けて、祠の方に向かおうとしている。

祠の奥には、ぐったりとしている佳純を抱きかかえながら、魔林坊を強い眼差しで睨んでいる亜門がいた。

中野は入ってはいけないと言われていた洞窟の中に飛び込むと、花嫁人形を抱え上げて、魔林坊の背中に向かって投げつけたのである。

すると花嫁人形の懐から、凛が忍ばせておいた鹿島神宮の勝ち守りが飛び出し、眩い光を放った。

魔林坊は不意の光に目が眩み、手にしていた懐剣を落とすと同時に、その場に倒れ込み両膝をついていた。

中野は祠を回り込むと、亜門の横につき佳純を抱き上げた。

「亜門さんも早く、洞窟から出るんだ！」

そう声を掛けると、入り口に向かって走っていく。

亜門も直ぐに中野に続いた。

その時である。

逃げ出そうとする亜門に魔林坊が右手を伸ばし、亜門の右足首を掴んで引き倒したのである。

「キャッ！」

亜門が、短く悲鳴を上げた。

亜門は一瞬、『正夢！』と思った。

元旦に見た悪夢と、現実が重なったのである。

中野を目で追うと、中野は、まだその状況に気付いていない。

背を向けたまま洞窟を出るところであった。

亜門は、中野がこちらに気付いていないとわかると、低くしゃがれた声で魔林坊を罵（ののし）った。

「無礼者！　汚い手で妾（わらわ）の足を触るでない！」

その声に驚き、魔林坊の動きが一瞬止まった。

その刹那！　亜門が両手を自分の前で交差させ、真言密教による九文字の呪文を、早口で唱えたのである。

「臨・兵・闘・者・皆・陣・烈・在・前」

　掛け声と共に、足首を摑んで引きずり込もうとする魔林坊の顔面に向けて、掌底を打ち込んだ！

「ハアーーーーーー！」

　すると魔林坊のお面が真っ二つに割れ、その下から人の顔が現れたのである。

　その顔は狂気を孕んでいた。

　目は真っ赤に充血し、大きく開けた口からは、涎がダラダラと流れ出ている。

　しかし亜門は、その顔に見覚えがあった。

「和子様………」

　驚きと共に呟く。

　魔林坊の格好をした和子が、髪を振り乱し大声で叫ぶ！

「この際、佳純でなくとも、同じ顔であれば構わぬわ！　大雅さんの仇、死ね！」

　和子は叫ぶと、落ちていた懐剣を拾い上げ、再び亜門に襲いかかろうとした。

　倒れたままの亜門は、首から双呪の勾玉を引きちぎると、和子に向かって投げつけたのである。

「魔性の炎よ、全てを焼き尽くせ！」

またもや、低くしゃがれた声で叫んでいた。

エメラルドグリーンの勾玉は、和子の額に当たると砕け散り、和子の身体を緑色の炎で包んでいく。

それはこの世の物とは思えないほど、美しい炎だった。

和子は喉を掻きむしりながら、悲鳴を上げた。

「ギャ〜〜〜〜、喉が、喉が焼ける！」

その隙に、亜門は洞窟の外まで逃げ出してきた。

入り口では、佳純を抱いたままの中野が亜門を待っていた。

亜門が今見た人物の名を、中野に告げようとすると、中野は大きく頷き、先にその名前を呟いたのである。

「八月朔日和子さんだろう……」

その時だった！

地の底から、不気味な地響きが聞こえてきて、大きな揺れが三人の身体を揺らした。

……地震だった。

立っていられないほどの、大きな揺れである。

佳純を抱く中野に、亜門も必死でしがみついていた。

大きな揺れは、二十秒ほど続くと止んだ。

その直後、今度は目の前に開いていた魔林坊の洞窟が、地響きを立てて崩れ始めたのである。


ドゴーーーーーン！　ドッ、ドッ、ドッ……ドッ、ドッ、ドッ、ドゴーーーン！


それは一瞬のことだった。

見る見る洞窟が、埋まって行く。

中野は咄嗟に、佳純を抱いたまま亜門も抱き寄せ、後方へと避難した。

洞窟の中には、まだ、八月朔日和子がいる。

しかし、もう間に合わなかった。

和子が断末魔の悲鳴を残し、洞窟全体が、埋め尽くされてしまったのである。

洞窟より少し離れた場所から、呆然と見つめる中野と亜門……すると中野と亜門の耳に、低く恐ろしい声が聞こえてきた。

『どうやら俺様に、美しい娘二人を、花嫁として寄こしてくれたようじゃな。これで俺も、やっと永き眠りにつくことができる。もう生け贄はいらぬ、村人にはそう伝えておけ……二人の花嫁で十分じゃとな』

そのように頭の中に、聞こえてきた気がする。

今度こそ、本物の魔林坊の声に違いなかった。

中野と亜門は、お互い顔を見合わせると、少しだけ微笑み合った。

そして中野が、亜門を労う言葉をかけた。

「亜門さん、三日間お疲れ様でした。これで苦しみ泣く年の神生し祭は、全て終わったようです。魔林坊様の荒魂も、今度こそは成仏できたみたいですね。

全てが無事に終わったとは言えないでしょうが、何とか佳純さんは守れたので、最低限の仕事はできたと思います。

木霊神社に寄り梨琴さんも連れて、木霊村に帰りましょう」

亜門は微笑み返すと、何も言わずに中野の腕にしがみつき、一緒に歩き出したのである。

三人が吊り橋を渡りきると、何と当斗山側から吊り橋のロープが切れて、吊り橋が崩落してしまった。

これで誰も　当斗山の中腹にある魔林坊の洞窟近辺には、近づけなくなったわけである。

吊り橋のたもとの右横を見ると、昨日亜門と佳純が母猫の墓前に飾っていた椿の花が、風に揺れていた。

中野はそれを見て、軽く頭を下げると、歩き出したのである。

天空橋を渡ったところで、佳純がようやく目を覚ました。

抱かれていたのが中野だったので、佳純は喜んでいた。洞窟で何があったのかさえ、忘れたように喜んでいる。中野は、それでいいと思った。

天空海闊門に鍵を掛け、木霊神社に向かった。

社の中では、梨琴がすまなそうに佇んでいた。先程よりは、お腹の痛みも和らいだという。

中野にお礼を言うと、借りていたダウンジャケットを返してくれた。

それから四人は安堵の表情を浮かべながら、木霊村へと帰っていった。

誰も魔林坊の洞窟で何が起きたのかを、話そうともせず、聞こうともしなかった。

その方がいいと、四人がそれぞれ思っていたからであろう。

《17》真相

木霊村に着くと、四人はそのまま八月朔日家に向かった。

八月朔日家の客間には、獅子雄と凛が待っていた。

四人が無事に戻ってきたことを知ると、満面の笑みで出迎えてくれた。

中野は亜門に目配せをすると、何気ない顔で三人の巫女たちに向かって、風呂を勧めたのである。

「亜門さん、佳純さん、梨琴さん、大変お疲れ様でした。

獅子雄さんと凛お婆様には、僕から神生し祭の結末を報告しておきます。

どうぞ八月朔日家でお風呂を借りて、身体の芯まで温まってきてください。

ついでに三日分の疲れも落とすといいですよ。そして巫女の衣装から、いつもの装いに着替えてきてください」

それから獅子雄を見て、笑顔で聞いた。

「獅子雄さん、お風呂をお借りしても大丈夫ですよね」

獅子雄は直ぐに中野の意図を察したようで、笑顔で了承した。

「ああ、もちろんさ。八月朔日家の風呂は、この時期はいつでも湧いているからな。存分に使ってください！　湯槽は広いから、三人で浸かっても余裕なはずだ。巫女たちよ、本当にお疲れ様でしたな」

三人は顔を見合わせると笑顔になり、代表で亜門がお礼を言った。

「獅子雄様、ありがとうございます。それでは、お言葉に甘えさせていただき、お風呂をいただくことにいたします。木霊神社より向こうは、とても冷えていたから、身体が冷たくなってしまいましたものね。神生し祭が終わったのですから、その記念に三人でお風呂に入りましょう。きっと良い思い出になりますわ」

佳純は笑顔で頷いたが、梨琴は少し躊躇いをみせた。しかし亜門と佳純の後から、八月朔日家の奥へと消えていった。

三人の足音が聞こえなくなったところで、中野が獅子雄と凜に頭を下げた。

「申し訳ございません。八月朔日和子さんだけは、助けることができませんでした」

そう告げたのである。

獅子雄は、大きく口を開き驚いていたが、凜は「やはりな……」と呟いていた。

「これから僕が話す真実は、どうしても佳純さんには、聞かせることができないので、風呂をお借りすることにしました。それはお許しください」

凜は頷くと、中野の意図を理解してくれた。

「そういうことじゃろうと、思っておったから大丈夫じゃよ。客間に入るなり中野さんは、三人を遠ざける手段を講じておったからな」

それには獅子雄も頷いていた。

頷きながらも声を震わせ、聞いたのである。

「中野さん、和子を救えなかったとは、どういう意味でしょうか」

中野は獅子雄の顔を見つめると、再び頭を下げた。

「神生し祭の結果を報告する前に、一つだけ確認させてください。獅子雄さんは、一年三ヶ月前この木霊村で起きた惨劇を、和子さんに話されましたか?」

その問い掛けに、獅子雄は迷わず首を左右に振った。

「いいや、いくら何でも、和子にだけは言えるわけがないだろう」

中野は、それを聞いて頷くと、

「そうですよね、僕もそう思います。

そうしますと、奥さんの京子さんには、話されましたか?」

と、あらためて聞いてみた。

すると獅子雄は、今度は渋い顔をして頷いた。

「京子だけには、話したよ」

「やはりそうですか……京子さんには、いつ頃話されたのでしょうか?」

「そうだな、確か今年の四月頃だったと思うぞ。

大雅の娘木綿子が、四年生に進級した頃だったからな」

「それは僕も同じです。僕も唯一、妻の亜門にだけは、真実を話しましたので。

そうしますと和子さんは京子さんから、一年三ヶ月前の真実を聞いたのでしょうね。

きっと京子さんも和子さんに迫られて、仕方なく話したのだと思います。それも致し方ないことでしょう。

真実を知ってしまった和子さんは、来年の正月に行われる予定の神生し祭にかこつけて、復讐をしようと考えたのです。

可憐な殺人鬼だった、四月朔日佳純さんに復讐しようとしていたのです。

きっと和子さんは大雅さんが木霊村の掟を破り、貴理子さんと志萌音さんを手込めにしたことは、悪いことだと頭の中ではわかっていたはずです。ですが、どうしても自分の心では、愛する夫を殺害した佳純さんを、許せなかったのだと思います。たとえ佳純さんが、心因性記憶障害という病気であったとしてもです。だから佳純さんに対し、それなりの恐怖を与えた上で、復讐したかった。まず最初に和子さんが行ったのは、佳純さんに葉書を送り付けたことです。もちろん葉書の文面には、脅迫文のような文章が書いてありました。

その葉書が、これなんです」

そこまで説明すると、獅子雄と凜の前に、一枚の葉書を置いた。

『山間に、長雨が降り続き、白いもやが降りてきた。
白いもやのせいで、見通しが利かず、三人が命を落としてしまう。
たとえ天が授けた白いもやであっても、魔林坊様の荒魂は決して許さぬであろう』

「獅子雄さんと凜お婆様ならば、この文の意味が理解できると思います。

簡単に訳しますと、貴女が犯した罪を、たとえ天が許したとしても、魔林坊様と自分は許さないと、言っているのです。

けれども、心因性記憶障害という病気だった佳純さんは、自分が犯した罪のことなど、すっかり記憶の中から消し去っています。

だから、この葉書の意味については、深く理解していませんでした。

但し、魔林坊様と書いてあることから、神生し祭について危機感を募らせていたようです。

そのために、僕を呼び寄せました。一年三ヶ月前の惨劇の時、僕が木霊村にたまたまいたため、それにより丸く収まったと思ってくれたみたいです。

僕が木霊村にいたのは決して偶然ではなく、凜お婆様が呼び寄せていたことを知らなかったのでしょう。

そして姉妹が誰もいなくなってしまった佳純さんにとっては、僕以外に頼れる人物が思い当たらなかった。

僕はそれでもいいと思い、佳純さんを助けたい一心で、木霊村に再びやって来ました。今回は妻の亜門も一緒にです。

それは佳純さんが、妻の亜門も連れてくるようにと願ったからです。多少悩みましたが、連れていくことを決断しました。

何故なら佳純さんが妻とそっくりだと、皐月さんより聞いたので、佳純さんが妻の亜門と一緒ならば、敵の目も欺けるかと考えました。それが功を奏したのです。最後の最後に、亜門さんが佳純さんの代わりとなり、囮になってくれました。それ故、こうして佳純さんは無事だったのです」

葉書を見つめながら、獅子雄と凜は、中野の説明に聞き入っていた。

「この葉書も、和子が出した物なのか……。

大雅の復讐だと、馬鹿なことを考えたものだ。

だから……だからこそ和子には、真相を告げなかったのだがな」

獅子雄は、無念のようで唇を強く噛んでいた。

中野が説明を続ける。

「十二月三十一日の大晦日、晩餐会を開いていただきましたよね。

あの時、トイレに立った和子さんが、魔林坊様を見たと悲鳴を上げました。

あれは和子さんの狂言だったのです。本当は窓から何も見えていませんでした。

ですが、あたかも魔林坊様から覗かれたように偽り、悲鳴を上げてみせたのです。

あの直後、僕はトイレの裏側に回って、現場の状況を確認しました。

結論から話すと、トイレの上部にある小窓より中を覗くためには、身長が2m以上なければ覗けないのです。

魔林坊様の身長は、大きく見積もっても1・8mほどしかありませんでした。

和子さんは、佳純さんに恐怖を植え付けるために、あのような行動をとったのです」

中野は、そこまで説明すると、獅子雄と凜を見つめた。

獅子雄は拳を握り締め、震えている。

凜は唇を真一文字に結んで、目をつむって聞いていた。

どちらも何かから逃げ出さずに、ジッと耐えているように見えた。

「一月一日、こちらの客間で報告をさせていただいているとき、和子さんが僕に温かい日本茶を淹れてくれました。

その瞬間、和子さんから、いつもと違う香りがしたのです。僕はそれが何の香りだったのか、その時点ではわかりませんでしたが、今ならばわかります。

あれは梨琴さんが魔林坊様の洞窟で、撒き散らした清めの塩の匂いだったのです。

あの日、和子さんは一人で、魔林坊様の洞窟に潜んでいました。

そして魔林坊様になりすまし、三人の巫女たちに向かって、このように言ったのです。

『この中で、いったいどの娘が、俺の嫁になるのだ。二日後が、楽しみじゃわい』

三人の巫女たちが怖がっていなくなると、生け贄の鶏肉を懐剣で口の形に切り取り、魔林坊様の人形の口に挟み込んでから、木霊村に戻ってきたわけです。

これが二日目に巫女たちが目にした、魔林坊様の人形が鶏肉を囓ったことに繋がっていました」

中野も辛そうな顔をしている。

それなのに、今日の出来事も報告しなければならなかった。

「一月三日の今日、和子さんは魔林坊様の洞窟に潜り込むと、魔林坊様の衣装を身に着け、お面を被り、巫女たちがやってくるのを待ち構えていました。

因みに、和子さんが天空海闊門を自由に出入りできていたのには、ちゃんとした理由があります。それは前以て、天、空、海、の三つの合鍵を作っていたからです。

十二月三十一日に木霊神社に行き、佳純さんが龍の鱗を操作し、三つの鍵を取り出したとき、鱗の周りには埃がなく、つい最近、誰かが動かした跡が見て取れました。

佳純さんは半年以上前から、龍の鱗には触れていないそうです。

よってそこから、最近佳純さん以外の誰かが、龍の鱗を操作したことがわかりました。

天空海闊門の前にも、見知らぬ靴跡があり、ここからも最近誰かが、門の前に立っていたことがわかります。

つまり誰かが鍵を取り出し、天空海闊門を開けた。そういうことになります。

八月朔日家本家の嫁である和子さんならば、龍の鱗の開き方を知っていたのでしょう。

現に七年前の神生し祭の時は、京子さんと和子さんの二人で行ったわけですよね。

京子さんが鱗を操作する場面を見ていたので、わかっていたのだと思います。

だから合鍵を作ることなど、容易かったことでしょう。

そして最終日の今日、和子さんは魔林坊様に成り切り、洞窟の中で待ち構えていました。

当然三人の巫女が、魔林坊様の洞窟に向かう予定でした。

しかし巫女の中で、梨琴さんだけは体調が悪くなり、木霊神社で待機することになってしまったのです。

そのため今日、洞窟に入ったのは、亜門さんと佳純さんの二人でした。

二人が花嫁人形を、魔林坊様の人形の隣に飾ったのです。

ところがです。先程、大きな地震がありましたよね。多分、僕の感覚だと、最低でも震度5以上はあったと思うのですが……実際はどのぐらいの規模だったのでしょうか?」

そう中野が獅子雄と凜に問い掛けると、二人は不思議な顔をして、首を左右に振った。

凜が先に答えてくれた。

「いいや、この一週間ほど、地震など起きてはいないぞ。ましてや今日などは、少しも揺れてはおらんからな。中野さんは、何か勘違いをしておるのじゃないのか。それとも夢でも見ておったのか」

「そうだな、確かに地震は、最近起きていないぞ。俺は今日一日、家にずっといたのだから、もし地震が起きれば気付くだろうさ」

獅子雄も、凜の言葉に相づちを打つように、そう言い切った。

逆に中野はとても驚き、言葉に詰まってしまった。

「ええとですね……。確かに当斗山の中腹では、大きな揺れが起きたのです。もしかしたらあの揺れこそが、魔林坊様の厄の力なのかも知れないな。その揺れが起きる少し前のことでした」

そこで少しだけ間をおいてから、説明を続けた。

「洞窟の中では亜門さんと佳純さんに対し、魔林坊の衣装を身に纏った和子さんが、懐剣を手にして切り掛かってきました。

佳純さんは本当に魔林坊様が襲ってきたと思い、恐怖のあまり気絶してしまったのです。気絶した佳純さんを、亜門さんが支えていました。

その時、タイミング良く洞窟にやって来た僕は、直ぐに状況を理解し、二人が今飾ったばかりの花嫁人形を、魔林坊様の背中に投げつけたのです。

すると凜お婆様が人形に忍ばせてくださったお守りが飛び出し、眩い光を放ったのです。

その光のお陰で魔林坊様が怯んだのをみて、僕は佳純さんを外に連れ出しました。

僕が洞窟に来るのが遅れたのは、梨琴さんを休ませるため木霊神社に一度戻ったからです。

目が眩み、その場で倒れた魔林坊様の仮面が真っ二つに割れ、仮面の下には狂気を孕んだ和子さんの顔がありました。

亜門さんも和子さんの隙を突き、洞窟の外まで逃げ出しました。

すると、大きな揺れが起こり、洞窟が崩壊してしまったのです。

和子さんだけが逃げ遅れ、洞窟と共に埋まってしまいました。

その後、僕たちが洞窟から少し離れた場所で、呆然と見つめていると、恐ろしい声が聞こえてきたのです。

その声は、僕たちの頭の中に直接、このように話しかけてきました。

『どうやら俺様に、美しい娘二人を、花嫁として寄こしてくれたようじゃな。これで俺も、やっと永き眠りにつくことができる。もう生け贄はいらぬ、村人にはそう伝えておけ……二人の花嫁で十分じゃとな』

僕はその声こそ、本物の魔林坊様の声だった思います。

それから僕たち三人が吊り橋を渡りきると、今度は吊り橋まで崩落してしまったのです。これも魔林坊様のご意志なのかも知れません。

きっと、『誰も俺様の側に近づくでない！』そう言っているような気がします。

二人の花嫁を手にしたからこそ、永遠の眠りにつきたいと願ったのでしょう。僕にはそう思えたのです。

これが今日起きた全てですが、信じていただけますでしょうか。

ですから佳純さんは助けられましたが、和子さんを助けることはできなかったのです。申し訳ございませんでした」

中野は話し終えると、三度、獅子雄に対して頭を下げた。

「そういうことだったのか、だから大雅が死んだのに和子は実家には戻らず、復讐のチャンスを窺っていたというわけか。

そのため木霊村に、この八月朔日家に残っていたのか。

馬鹿な女と言いたいところだが、それだけ弟の大雅を愛していたと、思ってやる方がいいのかも知れんよな」

獅子雄は哀しげな表情をしたが、自分に言い聞かせるため、そう言ったのだろう。

それから中野を見つめ直すと、あらためてお礼を言った。

「中野さんには、本当に世話になりました。一年三ヶ月前の時もそうでしたが、今回も嫌な役どころを押しつけてしまい、申し訳ないと思っております。木霊村の代表として、お礼を言います。ありがとうございました」

獅子雄の目には、大粒の涙が溢れていた。

凜は深く溜息をつくと、総括のように言い出した。

「中野さんの説明によれば、佳純は今回も何も知らずに、終われたわけじゃな。

それだけは、有り難いことじゃった。木霊村の存続に関わってくるからな。

しかし和子さんは可愛そうじゃったが、仕方あるまい。本当に魔林坊様の生け贄に、なってしまったというわけじゃな。

大雅の復讐に走ったが故、正気を失ってしまったようじゃ。

光が濃くなれば、自ずとその影も濃くなる。

和子さんの復讐という正義は、いつの間にかその影を濃くしてしまった。

そういうことじゃろうて。

幸か不幸か魔林坊様は和子さんまでも、己の生け贄の品と思ってくれたようじゃ。

その御陰で木霊村の住民を長きにわたり苦しめてきた、神生し祭はこれで終いになったのじゃからな。

中野さんが地震と思った大きな揺れは、魔林坊様の荒魂が起こしたものじゃろう。

そう考えるしか、他になかろう。

中野さんや、何度も木霊村の危機を救ってくださり、お礼を言いますぞ。本当に、ありがとうですじゃ」

今度は凜が中野に対し、深く頭を下げた。

中野の報告が一段落したとき、奥の廊下から、三人の笑い声が聞こえてきたのである。その声は少女のように無邪気で、明るい声だった。

木霊村の神生し祭は、笑い声と共に終わりを告げた。

取手市においても桜の花が満開になった頃、中野のもとに一通の封書が届いた。
差出人は木霊村の間仲凜からだった。
そこには達筆な筆文字で、お礼とともに次のように書かれていた。

『　前略　中野浩一殿

今年初めの神生し祭の折には、大変世話になりました。
村人一同、感謝しております。
木霊村にも遅まきながら、桜が咲き始めて参りました。
今年の花見は心から楽しめそうですじゃ。
これもひとえに、中野さんの御蔭だと思っております。
そんな中野さんには一言だけ、報告したいことがあります。
四月朔日佳純のことですじゃ。
佳純は中野さんと奥様の亜門さんが帰られますと、直ぐに自我に目覚めました。
亜門さんに似せて生きるのではなく、四月朔日佳純として生きていかねばならぬことを、彼女なりに悟ったようです。

それ以降、佳純は昔のように髪も短くし、化粧の仕方も変えました。

可愛さよりも、大人の美しさを選んだようです。

それ故、もうこれ以上奥様の亜門さんに対し、迷惑を掛けることはなくなったと思っております。

それを伝えたく、下手な筆を執った次第です。

中野さん、木霊村は貴方様のお越しを歓迎いたしますじゃ。

いつでもいらしてくださいませ、村人一同お待ち申し上げております。

草々

令和四年三月二十七日

間仲　凜』

これが後に『魔林坊』と呼ばれた、事件の全貌である。

エピローグ

ここからは中野が阿仁山の奥にある立入禁止区域で助けた、子猫たちの話をしておこう。

神生し祭が終わった翌日、つまり一月四日の朝に、中野の布団の中で、子猫たちは初めて目を開いたのである。

臍の緒も、自然と取れていた。

そこから考えるとラモンとレモンは、十二月三十日、もしくは十二月三十一日に生まれたものと推測できる。

その日は朝食を済ませると、中野と亜門は木霊村に別れを告げた。

最後まで見送ってくれた佳純は、大泣きをしていた。

もちろん亜門も一緒に泣いていた。

それでも夏には、再び遊びに来ることを約束し、二人は別れたのである。

亜門も、もう一人の自分と別れるようで、不思議な寂しさを感じていたようだ。

中野はアタックザックを背負い、子猫たちを腹部にしまい込み、亜門の手を引いて、木霊村の村道を下っていった。

この日は亜門の実家である平家に、真っ直ぐ向かった。

息子の勝浩と相棒のキンちゃんが、首を長くし、二人の帰りを待っていた。

中野と亜門が到着すると、真っ先にキンちゃんが出迎え、直ぐに中野の腹の辺りの匂いを嗅ぎ、不思議そうな顔をしている。

さすがはキンちゃんである。

中野はラモンとレモンを腹部から取り出すと、キンちゃんに見せてみた。

キンちゃんは、ラモンとレモンが新たな家族になることを直ぐに察したようで、子猫たちを優しく舐めた。

二匹は初めこそ驚いていたが、直ぐにキンちゃんが味方であると理解したようである。

これで中野の心配事は、何一つ無くなった。

無事に中野家の一員になれたのである。

その後一月七日まで平家で世話になり、取手市の自宅に家族全員で戻ってきた。

ラモンとレモンの居場所は、キンちゃんの隣と決まった。

しかし寝るときだけは当分の間、中野が応接間に布団を敷き、子猫たちと一緒に寝るようにした。

キンちゃんの横で、寝るということである。

一月十一日の火曜日になると、キンちゃんも世話になっている、龍ケ崎市の動物病院に子猫たちを連れて行き、診察と予防接種を受けた。

子猫たちの成育は順調であり、心配することは何もなかったのだが、医師からは思いがけない情報がもたらされたのである。

ラモンとレモンは、特殊な猫種のようで、サバンナ、もしくはサバンナキャットと呼ばれる種類であることがわかった。

そして獣医の見立てだと、ラモンとレモンはＦ３だと思われるが、もしかしたらＦ２の可能性もあると、告げられたのである。

『サバンナキャットとは……』

元々サバンナキャットとは、サーバルキャットと家猫の掛け合わせで生まれてきた種類のことを、そう呼んだ。

サーバルキャットとは、キャット、つまり猫と表示されてはいるが、小型の猛獣のことである。

野生の中で逞しく生きる猛獣のサーバルキャットを、人間の手で飼い慣らし、家猫と掛け合わせたわけである。

そして生まれてきた猫を、サバンナ、もしくはサバンナキャットと呼んだ。

サバンナキャットは、血の濃さによりランク付けがされていた。

それはＦ１からＦ７までの７段階である。

サーバルキャットと家猫の子供をＦ１（第一世代）と呼び、このＦ１については日本国内において、一般家庭で飼うことは禁止されている。

Ｆ１と家猫の間に生まれた猫をＦ２（第二世代）と呼び、Ｆ２と家猫の間に生まれた猫をＦ３（第三世代）と呼び、いずれも特定動物ではなくなるので許可なく飼うことができるようである。

但し行政により、いろいろと制約があるところもあるようだ。

檻タイプの飼育小屋が必要となり、街中の散歩も規制を受けることになる。

Ｆ１からＦ３までのサバンナキャットが、サーバルキャットの特色を色濃く受け継されている。

しかしF４以降のサバンナキャットが、体重10kgを超えることは無い。

中野が木霊村より連れて帰ってきた子猫たちが、いかに特殊な猫種なのかがわかるであろう。

しかしラモンとレモンの両親は、既に亡くなっているため、ハッキリとした答えはわからない。

そのためラモンとレモンは、普通の雑種猫として登録されることになった。

中野家には土佐犬のキンちゃんがいるため、もし何かあったとしても、いくらサバンナキャットのラモンとレモンといえども、キンちゃんには敵わないであろう。

動物病院の先生は、そう判断したわけである。

つまりキンちゃんが、二匹の監視役というわけなのだ。

そして二匹とも雌であるため、たとえF３もしくはF２であったとしても、体重が10kgを超えることは無いようだ。

だから大きめの猫と、ごまかせるだろうと、内々で教えてくれた。

ましてや、子猫たちの目が開く前から世話をしているのだから、誰よりも中野に懐くはずだとも言っていた。

更にサバンナキャットは、キンちゃんのようにとても賢いので、愛情込めて育てれば強い味方にもなるだろうと、アドバイスもしてくれた。

中野は先生によくお礼を言って、動物病院を後にした。

今後、ラモンとレモンが活躍する事件が待ち受けている。

しかし今はしばらくの間、子猫たちの成長を見守ることとしよう。

中野は宝物を抱くように、ラモンとレモンを優しく抱きしめ、笑顔で自宅に帰っていった。

了

※本書はフィクションであり、実在の人物・団体等とは一切関係ありません。

著者プロフィール

仲鋸 宇一（なかのこ ういち）

茨城県在住。
著書：『蛇蝎者の黙示録』（2021年、文芸社）
　　　『女王蜂・幻華』（2021年、文芸社）

木霊村

2024年４月15日　初版第１刷発行

著　者　仲鋸 宇一
発行者　瓜谷 綱延
発行所　株式会社文芸社
　　　　〒160-0022　東京都新宿区新宿１－10－１
　　　　　　　　　　電話　03-5369-3060（代表）
　　　　　　　　　　　　　03-5369-2299（販売）

印刷所　株式会社暁印刷

ISBN978-4-286-25171-4　　　JASRAC　出2310099－301